Diogenes Taschenbuch 23484

Die schönsten Märchen von Hans Christian Andersen

Ausgewählt von Daniel Keel und Silvia Zanovello

Mit einem Vorwort von Egon Friedell und einem Nachwort von Walter Muschg

Diogenes

Der deutsche Text beruht
auf dem 1884 bei Ed. Wartig, Leipzig,
erschienenen Band ›Hans Christian Andersen's
Sämmtliche Märchen. Einzige vom Verfasser besorgte
deutsche Ausgabe‹ und wurde für diese Auswahl
von den Herausgebern bearbeitet
Die Geschichten ›Die Teekanne‹ und
›Der Gärtner und die Herrschaft‹ wurden von
Silvia Zanovello für diese Ausgabe neu übersetzt
Das Vorwort ist leicht gekürzt und stammt aus:
Hans Christian Andersen, ›Satiren‹,
bearbeitet und eingeleitet von
Egon Friedell, Wien 1914
Mit freundlicher Genehmigung
von Brunhilde Kotab
Nachwort aus: Walter Muschg, ›Tragische
Literaturgeschichte‹, Bern 1957
Umschlagzeichnung von
Edmund Dulac (Ausschnitt)

www.diogenes.ch
30/06/44/2
ISBN 3 257 23484 8

Inhalt

Märchen, die sogar Kinder verstehen

von Egon Friedell

Das große Publikum nimmt zu Andersen ungefähr dieselbe Stellung ein wie jener preußische Gardeleutnant, der behauptete, Julius Cäsar könne unmöglich ein großer Mann gewesen sein, denn er habe ja bloß für untere Lateinklassen geschrieben. Weil nämlich Andersen ein so großer Dichter war, daß er sogar von Kindern verstanden wird, glauben die Erwachsenen, er sei für sie nicht gescheit genug. Nun ist es ja zunächst sehr zu begrüßen, daß die Kinder Andersen lesen, denn man sollte von dem Prinzip ausgehen, daß für die Kinder das Beste gerade gut genug ist. Gewöhnlich ist man ja der Ansicht, daß die jugendliche Phantasie gerade gut genug ist, um mit Unverdaulichkeiten oder mit Kitsch gefüttert zu werden. Die sogenannte Jugendlektüre ist nichts als eine systematische Erziehung zum falschen Sehen, weil sie fast ausnahmslos von untalentierten Schriftstellern bestritten wird. Man entschuldigt dies meistens damit, daß die Werke der großen Dichter für Kinder zu kompliziert oder zu unmoralisch seien. Aber ein echter Dichter ist eigentlich niemals »kompliziert«; das sind immer nur die Literaten und Journalisten. Und ebensowenig sind Dichter jemals unmoralisch. Denn es gibt nur eine einzige Form der Unmoral: die Lüge; und wenn man nach dem Charakteristikum suchen wollte, das den Dichter am allerschärfsten von allen übrigen Menschen unterscheidet, so würde man vermutlich kein anderes finden als einen außergewöhnlichen, tiefgewurzelten, fast pathologischen Haß gegen die Lüge auf allen Gebieten.

Nun besitzen aber Andersens Dichtungen sozusagen einen doppelten Boden. Äußerlich betrachtet scheinen sie nichts anderes zu sein als einfache Märchen, und man kann sie so lesen, wie dies ja auch von den Kindern tatsächlich geschieht. Man *kann* sie so lesen, aber man *muß* sie nicht so lesen: denn ihrem innersten Wesen nach sind sie Satiren, die bloß die Form des Märchens gewählt haben. Andersen gibt sich zwar zunächst als ein Erzähler, der zu Kindern spricht, ja selbst als ein Kind: aber dieser Standpunkt ist nur ein angenommener; er ist nicht die Naivität als Zustand, sondern als Rolle, und man könnte diese Kunstform daher als eine ironische bezeichnen in dem

Sinne, den schon Sokrates diesem Worte gegeben hat. Andersens Märchen sind Kunstmärchen, die sich ebensosehr von echten Volksmärchen unterscheiden wie die Odyssee vom Nibelungenlied. Die vollendete Einfachheit und Natürlichkeit ihres Vortrags ist das Werk höchsten artistischen Raffinements. Nur dem Naturmenschen und dem Genie ist es gegeben, den Eindruck der Simplizität zu erwecken, aber darum darf man die beiden nicht miteinander verwechseln, sie bilden vielmehr die äußersten Gegenpole menschlicher Ausdrucksfähigkeit. Gerade durch seine künstlerische Objektivität, die ihn völlig in den dargestellten Gegenständen verschwinden läßt, wird Andersen zum tiefsten und wirksamsten Satiriker.

Im Grunde ist ja eigentlich *jeder* Dichter ein Satiriker. Der Dichter blickt mit vorurteilslosen und scharfsichtigen Augen in die Welt, und dabei entdeckt er natürlich eine Menge von Dingen, die ihm wesentlich, aber nicht genügend beobachtet erscheinen oder die ihm falsch beobachtet erscheinen oder die ihm überhaupt falsch erscheinen. Und es erwacht in ihm das Bedürfnis, diese Übelstände dadurch zu bessern, daß er sie möglichst energisch ins Licht rückt. Das beste Mittel hiezu ist und bleibt aber immer die Satire. Also tiefer sittlicher Ernst, reformatorisches Wohlwollen und die Gabe, richtig zu sehen: das sind die Wurzeln der echten, der lebensfördernden, der dichterischen Satire. Ein Satiriker in diesem Sinne war Plato ebensogut wie Molière und Schiller ebensogut wie Shaw. Und ein solcher Satiriker war auch Andersen, der Kindererzähler.

Das Grundthema Andersens ist der ewige Kampf des Genies gegen das Philistertum, gegen den geistlosen Materialismus, die träge Selbstzufriedenheit, die unduldsame Borniertheit, die satte Eitelkeit, den feigen Konventionalismus des Durchschnittsmenschen. Alle Nuancen menschlicher Beschränktheit, Verlogenheit und Ichsucht spiegeln sich in diesen Geschichten. Nur daß es zumeist nicht an Menschen gezeigt wird, sondern an Tieren, Pflanzen, Haushaltungsgegenständen, etwa nach Art der Fabel. Aber gleichwohl wird kein Mensch auf den Gedanken kommen, diese Dichtungen Fabeln zu nennen. Denn das Wesen der Fabel hat immer etwas Nationalistisches: wenn der Fabelerzähler von der Dummheit der Gans, der Einbildung des Pfaus, der Feigheit des Hasen spricht, scheint er uns immer mit einem Auge verschmitzt zuzublinzeln: an wen erinnert euch das wohl? Es wird immer allzu durchsichtig, daß alles nur allegorisch gemeint ist. Bei Andersen hingegen vergißt man vollständig, daß es sich um Erscheinungen handelt, auf die menschliche Gedanken und Gefühle nur übertragen wurden. Der Fuchs der Fabel ist schließlich nichts als eine *Idee* der Verschlagenheit, es ist kein bestimmter, individueller Fuchs, ja eigentlich überhaupt gar kein Fuchs. Die Wesen Andersens sind keine personifizierten Tugenden oder Untugenden, sondern lebendige Originale. Wir sind fest überzeugt von dem Größenwahn des Mistkäfers, der Protzigkeit des Geldschweins und der Eitelkeit der Stopfnadel: diese Phantasiegeschöpfe verdichten sich zu Realitäten, werden zu persönlichen guten Bekannten.

Eine der Haupteigenschaften des Philisters besteht darin, daß er sich für den Mittelpunkt der Welt hält und seine Funktionen als die allerwichtigsten, ja im Grunde als die alleinwichtigen ansieht; er beurteilt den Wert seiner Mitgeschöpfe nur nach dem Grade, in dem sie ihm ähnlich sind, und nimmt an, daß alles, was anders ist als er, schon dadurch naturgemäß minderwertig sei: die Fachsimpelei ist daher ein häufig wiederkehrendes Motiv bei Andersen. Dazu tritt zumeist ein zweiter verwandter Zug, der Berufsdünkel: die meisten Wesen Andersens sind echte Bürokraten, die von der Ansicht ausgehen, daß sie nicht ihres

Berufes wegen, sondern der Beruf ihretwegen da sei. Jeder hat seine besondere Lebenslüge, alle wollen sie über ihre Verhältnisse leben, sich patzig machen, einander Sand in die Augen streuen.

Von diesen Typenschilderungen, die in ihrer Gesamtheit den breiten Querschnitt des ganzen Alltagslebens darstellen, schreitet nun aber Andersen zu noch höheren Satiren empor, die oft eine ganze Philosophie der menschlichen Natur *in nuce* beinhalten. Enthalten nicht die *Nachtigall* und der *Schweinehirt* eine ganze Kunstphilosophie, eine erschöpfende Satire auf die zünftigen Ästhetiker aller Zeiten? Die meisten Literarhistoriker sind noch heute der Ansicht, das Schönste an der Nachtigall sei, daß sie an eine Spieldose erinnere, und diese habe vor jener sogar noch das voraus, daß bei ihr »alles bestimmt« sei: Man kann sie »erklären«, man kann sie »öffnen und zeigen, wie die Walzen liegen«. Oder die Geschichte von *Des Kaisers neuen Kleidern*: die enthält wiederum ein Stück philosophischer Soziologie. Alle behaupten, die Gewänder des Kaisers zu sehen, obgleich er gar nichts anhat, denn es heißt, wer sie nicht sehe, der müsse entweder ganz dumm oder für sein Amt untauglich sein. Und die Erzählung vom häßlichen jungen Entlein schildert im Grunde nichts anderes als das

Schicksal und den Entwicklungsgang des Genies. Das Genie zeichnet sich vor allen anderen Wesen gerade durch seine Bescheidenheit aus: weil es anders ist als die übrigen, hält es sich für weniger, für besonders minderwertig, und die anderen wiederum verhöhnen es, feinden es an und setzen es zurück: »Es ist so groß und so sonderbar«, sagen alle Enten, »und deshalb muß es gepufft werden.« Bis sich schließlich herausstellt, daß es keine der landläufigen Ententugenden und Entenschönheiten besitzt, weil es ein Schwan ist.

Fast alle Andersenmärchen ließen einen langen, ausführlichen Kommentar zu, man könnte über sie ebenso dicke Bücher schreiben, wie sie jene chinesischen Gelehrten über die Nachtigall schrieben, und man würde damit ein ungefähr ebenso nützliches Werk verrichten. Denn Andersens Dichtungen vertragen im Grunde gar keine »Erklärungen«. Was ihnen einen so hohen Reiz verleiht, ist ja eben das scheinbar völlig Unreflektierte, der kunstvolle Impressionismus der Schilderung, der Eindrücke neben Eindrücke reiht und sie durch sich selbst wirken läßt, und die verstehende Liebe, die nur darstellen will und alle moralisierenden Tendenzen verschwinden macht.

Denn dadurch wird Andersen erst zum ganz

großen Satiriker, daß er trotz aller Schärfe und Unerbittlichkeit der Beobachtung uns dennoch die Geschöpfe, die er so schonungslos abzeichnet, lieben lehrt.

Des Kaisers neue Kleider

Vor vielen Jahren lebte ein Kaiser, der so ungeheuer viel auf neue Kleider hielt, daß er all sein Geld dafür ausgab, um recht geputzt einherzugehen. Er kümmerte sich nicht um seine Soldaten, er kümmerte sich nicht um das Theater und liebte es nur, spazierenzufahren, um seine neuen Kleider zu zeigen. Er hatte einen Rock für jede Stunde des Tages, und wie man von einem Könige sonst sagt, er sei im Rat, sagte man hier immer: »Der Kaiser ist in der Garderobe!«

In der großen Stadt, in welcher er wohnte, ging es sehr munter zu; an jedem Tag trafen viele Fremde ein. Eines Tages kamen auch zwei Betrüger; sie gaben sich für Weber aus und sagten, daß sie das schönste Zeug, das man sich denken könne, zu weben verständen. Die Farben und das Muster wären nicht allein schön, sondern die Kleider, die von dem Zeuge genäht würden, besäßen die wunderbare Eigenschaft, daß sie für jeden Menschen unsichtbar wären, der für sein

Amt nicht tauge oder der unverzeihlich dumm sei.

›Das wären ja prächtige Kleider‹, dachte der Kaiser; ›wenn ich die hätte, könnte ich ja dahinterkommen, welche Männer in meinem Reiche zu dem Amte, das sie haben, nicht taugen; ich könnte die Klugen von den Dummen unterscheiden! Ja, das Zeug muß sogleich für mich gewebt werden!‹ Und er gab den beiden Betrügern viel Geld, damit sie ihre Arbeit beginnen möchten.

Sie stellten auch zwei Webstühle auf und taten, als ob sie arbeiteten; aber sie hatten nicht das Geringste auf dem Stuhle. Frischweg verlangten sie die feinste Seide und das prächtigste Gold, das steckten sie in ihre eigenen Taschen und arbeiteten an den leeren Stühlen bis spät in die Nacht hinein.

›Ich möchte doch wohl wissen, wie weit sie mit dem Zeuge sind!‹ dachte der Kaiser. Aber es war ihm ordentlich beklommen zumute, wenn er daran dachte, daß derjenige, welcher dumm sei oder nicht zu seinem Amte tauge, es nicht sehen könne. Nun glaubte er zwar, daß er für sich nichts zu fürchten habe, aber er wollte doch erst einen andern senden, um zu sehen, wie es damit stände. Alle Menschen in der ganzen Stadt wußten, welche besondere Kraft das Zeug habe, und alle waren begierig zu sehen, wie schlecht oder dumm ihre Nachbarn seien.

›Ich will meinen alten, ehrlichen Minister zu den Webern senden!‹ dachte der Kaiser. ›Er kann am besten beurteilen, wie das Zeug sich ausnimmt, denn er hat Verstand, und keiner versteht sein Amt besser als er!‹

Nun ging der alte, gute Minister in den Saal hinein, wo die zwei Betrüger saßen und an den leeren Webstühlen arbeiteten. ›Gott behüte uns!‹ dachte der alte Minister und riß die Augen auf. ›Ich kann ja nichts erblicken!‹ Aber das sagte er nicht.

Beide Betrüger baten ihn, gefälligst näherzutreten, und fragten, ob es nicht ein hübsches Muster und schöne Farben seien. Dann zeigten sie auf den leeren Webstuhl, und der arme alte Minister fuhr fort, die Augen aufzureißen; aber er konnte nichts sehen, denn es war nichts da. ›Herr Gott!‹ dachte er. ›Sollte ich dumm sein? Das habe ich nie geglaubt, und das darf kein Mensch wissen! Sollte ich nicht zu meinem Amte taugen? Nein, es geht nicht an, daß ich erzähle, ich könne das Zeug nicht sehen!‹

»Nun, Sie sagen nichts?« fragte der eine, der da webte.

»Oh, es ist niedlich, ganz allerliebst!« antwortete der alte Minister und sah durch seine Brille. »Dieses Muster und diese Farben! Ja, ich werde dem Kaiser sagen, daß es mir sehr gefällt.«

»Nun, das freut uns!« sagten die Weber, und darauf nannten sie die Farben mit Namen und erklärten das seltsame Muster. Der alte Minister paßte gut auf, damit er dasselbe sagen könne, wenn er zum Kaiser zurückkäme. Und das tat er.

Jetzt verlangten die Betrüger mehr Geld sowie mehr Seide und mehr Gold zum Weben. Sie steckten alles in ihre eigenen Taschen, auf den Webstuhl kam kein Faden, aber sie fuhren fort, an dem leeren Webstuhle zu arbeiten.

Der Kaiser schickte bald einen anderen ehrlichen Staatsmann hin, um zu sehen, wie es mit den Webern stände und ob das Zeug bald fertig sei; es ging ihm gerade wie dem ersten; er sah und sah, weil aber außer dem leeren Webstuhl nichts da war, so konnte er nichts sehen.

»Ist das nicht ein hübsches Stück Zeug?« fragten die beiden Betrüger und zeigten und erklärten das prächtige Muster, welches gar nicht da war.

›Dumm bin ich nicht!‹ dachte der Mann. ›Es ist also mein gutes Amt, zu dem ich nicht tauge. Es ist komisch genug, aber man muß sich das nicht anmerken lassen!‹ Und so lobte er das Zeug, welches er nicht sah, und versicherte ihnen seine Freude über die schönen Farben und das herrliche Muster. »Ja, es ist ganz allerliebst!« sagte er zum Kaiser.

Alle Menschen in der Stadt sprachen von dem prächtigen Zeug.

Nun wollte der Kaiser es selbst sehen, während es noch auf dem Webstuhl sei. Mit einer ganzen Schar auserwählter Männer, unter denen auch die beiden ehrlichen Staatsmänner waren, die schon früher dort gewesen, ging er zu den beiden lustigen Betrügern hin, die nun aus allen Kräften webten, aber ohne Faser und Faden.

»Ist das nicht prächtig?« sagten die beiden alten Staatsmänner, die schon einmal dagewesen waren. »Sehen Eure Majestät, welches Muster, welche Farben!« Und dann zeigten sie auf den leeren Webstuhl, denn sie glaubten, daß die andern das Zeug wohl sehen könnten.

›Was!‹ dachte der Kaiser, ›ich sehe gar nichts! Das ist ja schrecklich! Bin ich dumm? Tauge ich nicht dazu, Kaiser zu sein? Das wäre das Schrecklichste, was mir begegnen könnte.‹

»Oh, es ist sehr hübsch!« sagte er. »Es hat meinen allerhöchsten Beifall!« Und er nickte zufrieden und betrachtete den leeren Webstuhl, denn er wollte nicht sagen, daß er nichts sehen könne.

Das ganze Gefolge, das er bei sich hatte, sah und sah und bekam nicht mehr heraus als die andern; aber sie sagten, wie der Kaiser: »Oh, das ist hübsch!« Und sie rieten ihm, diese neuen, prächtigen Kleider das erste Mal bei der großen Prozession, die bevorstand, zu tragen. »Es ist herrlich, niedlich, exzellent!« ging es von Mund zu Mund; man schien allseits innig erfreut darüber, und der Kaiser verlieh den Betrügern den Titel: Kaiserliche Hofweber.

Die ganze Nacht vor dem Morgen, an dem die Prozession stattfinden sollte, waren die Betrüger auf und hatten über sechzehn Lichter angezündet. Die Leute konnten sehen, daß sie stark beschäftigt waren, des Kaisers neue Kleider fertigzumachen. Sie taten, als ob sie das Zeug von dem Webstuhl nähmen, sie schnitten mit großen Scheren in die Luft, sie nähten mit Nähnadeln ohne Faden und sagten zuletzt: »Nun sind die Kleider fertig!«

Der Kaiser kam mit seinen vornehmsten Kavalieren selbst dahin, und beide Betrüger hoben den einen Arm in die Höhe, gerade als ob sie etwas hielten, und sagten: »Seht, hier sind die Beinkleider! Hier ist der Rock! Hier der Mantel!« und so weiter. »Es ist so leicht wie Spinngewebe; man sollte glauben, man habe nichts auf dem Leibe; aber das ist gerade das Schöne daran!«

»Ja!« sagten alle Kavaliere; aber sie konnten nichts sehen; denn es war nichts da.

»Belieben Eure kaiserliche Majestät, jetzt Ihre Kleider allergnädigst auszuziehen«, sagten die Betrüger, »so wollen wir Ihnen die neuen anziehen, hier vor dem großen Spiegel!«

Der Kaiser legte alle seine Kleider ab, und die Betrüger stellten sich, als ob sie ihm jedes Stück der neuen Kleider anzögen; und der Kaiser wendete und drehte sich vor dem Spiegel.

»Ei, wie gut sie kleiden! Wie herrlich sie sitzen!« sagten alle. »Welches Muster, welche Farben! Das ist eine köstliche Tracht!«

»Draußen stehen sie mit dem Thronhimmel, welcher über Euer Majestät in der Prozession getragen werden soll«, meldete der Oberzeremonienmeister.

»Seht, ich bin fertig!« sagte der Kaiser. »Sitzt es nicht gut?« Und dann wendete er sich nochmals zu dem Spiegel, denn es sollte scheinen, als ob er seine Kleider recht betrachte.

Die Kammerherren, welche die Schleppe tragen sollten, griffen mit den Händen nach dem Fußboden, gerade als ob sie die Schleppe aufhöben; sie gingen und taten, wie wenn sie etwas in der Luft hielten; sie wagten nicht, es sich merken zu lassen, daß sie nichts sehen konnten.

So ging der Kaiser in Prozession unter dem prächtigen Thronhimmel, und alle Menschen auf der Straße und in den Fenstern sprachen: »Gott, wie sind des Kaisers neue Kleider unvergleichlich; welche Schleppe er am Kleide hat, wie schön das sitzt!« Keiner wollte es sich merken lassen, daß er nichts sehe, denn dann hätte er ja nicht zu seinem Amte getaugt oder wäre sehr dumm gewesen. Keine Kleider des Kaisers hatten solches Glück gemacht wie diese.

»Aber er hat ja gar nichts an!« sagte plötzlich ein kleines Kind. »Herr Gott, hört die Stimme der Unschuld!« sagte der Vater; und einer zischelte dem andern zu, was das Kind gesagt hatte.

»Aber er hat ja gar nichts an!« rief zuletzt das ganze Volk. Das ergriff den Kaiser, denn es schien ihm, als hätten sie recht; aber er dachte bei sich: ›Nun muß ich die Prozession aushalten.‹ Und die Kammerherren gingen noch steifer und trugen die Schleppe, die gar nicht da war.

Die Prinzessin auf der Erbse

Es war einmal ein Prinz, der wollte eine Prinzessin heiraten, aber es sollte eine wirkliche Prinzessin sein. Nun reiste er in der ganzen Welt umher, um eine solche zu finden, aber überall war etwas im Wege. Prinzessinnen waren schon genug da, aber ob es auch wirkliche Prinzessinnen waren, dahinter konnte er durchaus nicht kommen: immer war da etwas, was nicht stimmte. So kam er denn wieder nach Hause und war ganz betrübt, denn er wollte so gern eine wirkliche Prinzessin haben. Eines Abends gab es ein furchtbares Unwetter; es blitzte und donnerte, der Regen strömte hernieder, es war geradezu entsetzlich. Da klopfte es an das Stadttor, und der alte König ging hin, um zu öffnen. Es war eine Prinzessin, die draußen stand. Aber, mein Gott, wie sah sie von dem Regen und dem bösen Wetter aus! Das Wasser triefte ihr von den Haaren und Kleidern herunter und lief in die Schuhspitzen hinein und aus den Hacken wieder heraus, und sie sagte, sie sei eine wirkliche Prinzessin. ›Nun, das wollen wir bald genug herausbekommen!‹ dachte die alte Königin, sagte aber nichts, ging in das Schlafzimmer, nahm alles Bettzeug ab und legte eine Erbse auf den Boden der Bettstelle. Darauf nahm sie zwanzig Matratzen, legte sie auf die Erbse und dann noch zwanzig Eiderdaunenbetten oben auf die Matratzen. Da sollte die Prinzessin nun des Nachts liegen. Am Morgen fragte man sie, wie sie geschlafen habe. »Oh, entsetzlich schlecht!« sagte die Prinzessin, »ich habe fast die ganze Nacht kein Auge zutun können! Gott weiß, was in meinem Bett gewesen ist? Ich habe auf etwas Hartem gelegen, so daß ich am ganzen Körper braun und blau bin! Es ist wahrhaft entsetzlich!« Daran konnte man denn sehen, daß sie eine wirkliche Prinzessin war, da sie durch die zwanzig Matratzen und die zwanzig Eiderdaunenbetten die Erbse gespürt hatte. So feinfühlig konnte nur eine wirkliche Prinzessin sein! Da nahm der Prinz sie zur Frau, denn nun wußte er, daß er eine wirkliche Prinzessin hatte, und die Erbse kam in das Kunstkabinett, wo sie noch zu sehen ist, wenn niemand sie gestohlen hat. Seht, das war eine wahre Geschichte.

Das häßliche junge Entlein

Es war herrlich draußen auf dem Lande. Es war Sommer, das Korn stand gelb, der Hafer grün, das Heu war unten auf den grünen Wiesen in Haufen aufgeschichtet, und der Storch ging auf seinen langen roten Beinen und plapperte ägyptisch, denn diese Sprache hatte er von seiner Frau Mutter gelernt. Rings um die Äcker und Wiesen waren große Wälder und mitten in den Wäldern tiefe Seen. Ja, es war wirklich herrlich draußen auf dem Lande! Mitten im Sonnenschein lag dort ein altes Landgut, von tiefen Kanälen umgeben, und von der Mauer bis zum Wasser herunter wuchsen große Klettenblätter, die so hoch waren, daß kleine Kinder unter den höchsten aufrecht stehen konnten; es war darin ebenso wild wie im tiefsten Walde. Hier saß auf ihrem Nest eine Ente, welche ihre Jungen ausbrüten mußte; aber es wurde ihr fast zu langweilig, weil es so lange dauerte, ehe die Jungen kamen; dazu erhielt sie selten Besuch; die anderen Enten schwammen lieber in den Kanälen umher, als daß sie hinaufliefen, sich unter ein Klettenblatt zu setzen, um mit ihr zu schnattern.

Endlich platzte ein Ei nach dem andern: »Piep! Piep!« sagte es; alle Eidotter waren lebendig geworden und streckten den Kopf heraus.

»Rapp! Rapp!« sagte sie; und so rappelten sie alle, was sie konnten, und sahen nach allen Seiten unter den grünen Blättern; und die Mutter ließ sie sehen, soviel sie wollten, denn Grün ist gut für die Augen.

»Wie groß ist doch die Welt!« sagten alle Jungen; denn nun hatten sie freilich viel mehr Platz als im Ei.

»Glaubt ihr, daß dies die ganze Welt sei?« sagte die Mutter. »Die erstreckt sich noch weit über die andere Seite des Gartens, gerade hinein in des Pfarrers Feld; aber da bin ich noch nie gewesen! Ihr seid doch alle beisammen?« fuhr sie fort und stand auf. »Nein, ich habe nicht alle; das größte Ei liegt noch da; wie lange soll denn das noch dauern! Jetzt bin ich es bald überdrüssig!« und so setzte sie sich wieder.

»Nun, wie geht es?« fragte eine alte Ente, welche gekommen war, um ihr einen Besuch abzustatten.

»Es währt recht lange mit dem einen Ei!« sagte die Ente, die da saß. »Es will nicht platzen; doch sieh nur die andern an: sind es nicht die niedlichsten Entlein, die man je gesehen? Sie gleichen allesamt ihrem Vater – dem Schuft! Aber besuchen tut er mich nicht.«

»Laß mich das Ei sehen, welches nicht platzen will!« sagte die Alte. »Glaube mir, es ist ein Truthennenei! Ich bin auch einmal so hereingelegt worden und hatte meine große Sorge und Not mit den Jungen, denn sie haben Angst vor dem Wasser! Ich konnte sie nicht hineinbringen; ich rappte und schnappte, aber es half nichts. – Laß mich das Ei sehen! Ja, das ist ein Truthennenei! Laß es liegen und lehre lieber die andern Kinder schwimmen!«

»Ich will doch noch ein bißchen darauf sitzen«, sagte die Ente, »habe ich nun so lange gesessen, so kann ich auch noch einige Tage sitzen.«

»Bitte«, sagte die alte Ente und ging.

Endlich platzte das große Ei. »Piep! Piep!« sagte das Junge und kroch heraus. Es war sehr groß und häßlich! Die Ente betrachtete es: »Es ist doch ein gewaltig großes Entlein, das«, sagte sie; »keins von den andern sieht so aus; sollte es wohl ein Truthennenküken sein? Nun, wir wollen bald dahinterkommen; in das Wasser muß es, und wenn ich es selbst hineinstoßen sollte.«

Am nächsten Tage war schönes, herrliches

Wetter; die Sonne schien auf alle grünen Kletten. Die Entleinmutter ging mit ihrer ganzen Familie zu dem Kanal hinunter. Platsch! Da sprang sie ins Wasser. »Rapp! Rapp!« sagte sie, und ein Entlein nach dem andern plumpste hinein; das Wasser schlug ihnen über dem Kopfe zusammen, aber sie kamen gleich wieder empor und schwammen ganz prächtig; die Beine gingen von selbst, und alle waren sie im Wasser; selbst das häßliche graue Junge schwamm mit.

»Nein, ein Truthahn ist es nicht«, sagte sie; »sieh, wie herrlich es die Beine gebraucht, wie gerade es sich hält; es ist mein eigenes Kind! Im Grunde ist es doch hübsch, wenn man es nur recht betrachtet. Rapp! Rapp! – Kommt nur mit mir, ich werde euch in die große Welt führen, euch im Entenhofe präsentieren; aber haltet euch immer nahe zu mir, damit euch niemand trete und nehmt euch vor den Katzen in acht!«

Und so kamen sie in den Entenhof hinein. Drinnen war ein schrecklicher Lärm, denn da waren zwei Familien, die sich um einen Aalkopf zankten, und am Ende bekam ihn doch die Katze.

»Seht, so geht es zu in der Welt!« sagte die Entleinmutter und wetzte ihren Schnabel, denn auch sie wollte den Aalkopf haben. »Braucht nun die Beine!« sagte sie. »Seht, daß ihr euch rappeln könnt, und neigt euern Hals vor der alten Ente dort; die ist die vornehmste von allen hier; sie ist aus spanischem Geblüt, deshalb ist sie so dick, und seht ihr: sie hat einen roten Lappen um das Bein; das ist etwas außerordentlich Schönes und die größte Auszeichnung, welche einer Ente zuteil werden kann; das bedeutet, daß man sie nicht verlieren will und daß sie von Tier und Mensch erkannt werden soll! – Rappelt nur! – Setzt die Füße nicht einwärts: ein wohlerzogenes Entlein setzt die Füße weit auswärts, gerade wie Vater und Mutter; seht so! Nun neigt euern Hals und sagt: Rapp!«

Und das taten sie; aber die andern Enten ringsumher betrachteten sie und sagten ganz laut: »Sieh da! Nun sollen wir noch ihren Anhang haben; als ob wir nicht schon so genug wären! Und pfui! Wie das eine Entlein aussieht, das wollen wir nicht dulden!« – Und sogleich flog eine Ente hin und biß es in den Nacken.

»Laß es in Ruhe!« sagte die Mutter. »Es tut ja niemandem etwas.«

»Ja, aber es ist so groß und so sonderbar«, sagte die Ente, die es gebissen hatte, »und deshalb muß es gepufft werden.«

»Die Mutter hat hübsche Kinder«, sagte die alte Ente mit dem Lappen am Bein, »alle sind schön, bis auf das eine; das ist nicht geglückt; ich wollte, sie könnte es noch einmal machen.«

»Das geht nicht, Ihro Gnaden«, sagte die Entleinmutter, »es ist nicht hübsch, aber es hat ein innerlich gutes Gemüt und schwimmt so herrlich wie jedes andere, ja, ich darf sagen, noch etwas besser; ich denke, es wird hübsch heranwachsen und mit der Zeit etwas kleiner werden; es hat zu lange in dem Ei gelegen und deshalb nicht die rechte Gestalt bekommen!« Und sie zupfte es im Nacken und glättete das Gefieder. »Es ist überdies ein Enterich«, sagte sie; »und darum macht es nicht soviel aus. Ich denke, der wird gute Kräfte bekommen; er schlägt sich schon durch.«

»Die andern Entlein sind niedlich«, sagte die Alte; »tut nun, als ob ihr zu Hause wäret, und findet ihr einen Aalkopf, so könnt ihr ihn mir bringen.«

Und nun waren sie zu Hause.

Aber das arme Entlein, welches zuletzt aus dem Ei gekrochen war und so häßlich aussah, wurde gebissen, gestoßen und gefoppt, und das sowohl von den Enten wie von den Hühnern. »Es ist zu groß!« sagten alle, und der Truthahn, welcher mit Sporen zur Welt gekommen war und deshalb glaubte, daß er ein Kaiser sei, blies sich auf wie ein Kahn mit vollen Segeln und ging auf das Entlein los; dann kollerte er und wurde ganz rot am Kopf. Das arme Entlein wußte nicht, wo es stehen oder gehen sollte; es war betrübt, weil es häßlich aussah und vom ganzen Entenhof verspottet wurde.

So ging es den ersten Tag, und später wurde es schlimmer und schlimmer. Das arme Entlein wurde von allen gejagt: selbst seine Schwestern waren so böse zu ihm und sagten immer: »Wenn dich nur die Katze fangen würde, du häßliches Geschöpf!« Und die Mutter sagte: »Wenn du nur weit fort wärst!« Die Enten bissen es, und die Hühner schlugen es, und das Mädchen, welches die Tiere füttern sollte, stieß mit den Füßen nach ihm.

Da lief es und flog über den Zaun; die kleinen Vögel in den Büschen flogen erschrocken auf. ›Das geschieht, weil ich so häßlich bin‹, dachte das Entlein und schloß die Augen, lief aber gleichwohl weiter; so kam es hinaus zu dem großen Moor, wo die Wildenten wohnten. Hier lag es die ganze Nacht; es war müde und voller Kummer.

Gegen Morgen flogen die Wildenten auf und betrachteten den neuen Kameraden. »Was bist denn du für einer?« fragten sie; und das Entlein wendete sich nach allen Seiten und grüßte, so gut es konnte.

»Du bist außerordentlich häßlich!« sagten die Wildenten. »Aber das kann uns egal sein, wenn du nur nicht in unsere Familie hineinheiratest.« – Das Arme! Es dachte wahrlich nicht daran, sich zu verheiraten, wenn es nur die Erlaubnis erhalten konnte, im Schilf zu liegen und etwas Moorwasser zu trinken.

So lag es zwei ganze Tage; da kamen zwei wilde Gänse oder richtiger, wilde Gänseriche dorthin; es war noch nicht lange her, daß sie aus dem Ei gekrochen waren, und deshalb waren sie auch so keck.

»Höre, Kamerad!« sagten sie. »Du bist so häßlich, daß wir dich gut leiden können; willst du mitziehen und Zugvogel werden? Hier ganz in der Nähe in einem andern Moor gibt es einige süße, liebliche Wildgänse, lauter junge Damen, die alle ›Rapp!‹ sagen können. Am Ende machst du dort dein Glück, so häßlich du auch bist!« –

»Piff! Paff!« ertönte es plötzlich über ihnen, und beide wilden Gänseriche fielen tot in das Schilf, und das Wasser wurde blutrot. – »Piff! Paff!« erscholl es wieder, und ganze Scharen wilder Gänse flogen auf aus dem Schilf. Und dann knallte es wieder. Es war große Jagd; die Jäger lagen rings um das Moor herum; ja, einige saßen oben in den Baumzweigen, welche sich weit über das Schilfrohr hinstreckten. Der blaue Rauch zog gleich Wolken in die dunklen Bäume hinein und weit über das Wasser hin; zum Moor kamen die Jagdhunde: Platsch! Platsch! Schilf und Rohr neigte sich nach allen Seiten. Das war ein Schreck für das arme Entlein! Es wendete den Kopf, um ihn unter den Flügel zu stecken, aber in demselben Augenblicke stand ein fürchterlich großer Hund dicht bei dem Entlein; die Zunge hing ihm lang aus dem Halse heraus, und die Augen leuchteten greulich, häßlich; er streckte seine Schnauze dem Entlein entgegen, zeigte ihm die scharfen Zähne und – Platsch! Platsch! ging er wieder, ohne es zu packen.

»Oh, Gott sei Dank!« seufzte das Entlein. »Ich bin so häßlich, daß mich selbst der Hund nicht beißen mag!«

Und so lag es still, während die Schrotkörner durch das Schilf sausten und Schuß auf Schuß knallte.

Erst spät am Tage wurde es ruhig. Aber das arme Junge wagte noch nicht, sich zu erheben; es wartete noch mehrere Stunden, bevor es sich umsah, und dann eilte es fort aus dem Moor, so schnell es konnte. Es lief über Feld und Wiese: da tobte ein solcher Sturm, daß es ihm schwer wurde, von der Stelle zu kommen.

Gegen Abend erreichte es eine kleine armselige Bauernhütte; die war so baufällig, daß sie selbst nicht wußte, nach welcher Seite sie fallen sollte; und darum blieb sie stehen. Der Sturm brauste um das Entlein, so daß es sich niedersetzen mußte, um sich dagegen zu stemmen. Die Sache wurde schlimmer und schlimmer. Da bemerkte es, daß die Türe aus der einen Angel gesprungen war und so schief hing, daß es durch die Spalte in die Stube hineinschlüpfen konnte, und das tat es.

Hier wohnte eine Frau mit ihrem Kater und ihrer Henne. Und der Kater, welchen sie Söhnchen nannte, konnte einen Buckel machen und schnurren; er sprühte sogar Funken, aber dann mußte man ihn gegen das Haar streicheln. Die Henne hatte ganz kleine, niedrige Beine, und deshalb wurde sie Küchelchen Kurzbein genannt; sie legte gute Eier, und die Frau liebte sie wie ihr Kind.

Am Morgen bemerkte man sogleich das fremde Entlein; und der Kater begann zu schnurren und die Henne zu glucken.

»Was ist das?« sagte die Frau und sah sich ringsum; aber sie sah nicht gut, und so glaubte sie, daß das Entlein eine fette Ente sei, die sich verirrt habe. »Das ist ja ein seltener Fang!« sagte sie. »Nun kann ich Enteneier bekommen. Wenn es nur kein Enterich ist! Das müssen wir erproben.«

Und so wurde das Entlein für drei Wochen auf Probe angenommen; aber es kamen keine Eier. Und der Kater war Herr im Hause, und die Henne war die Dame, und immer sagte sie: »Wir und die Welt!« Denn sie glaubte, daß sie die Hälfte seien, und zwar die bei weitem bessere Hälfte. Das Entlein glaubte, daß man auch eine andere Meinung haben könne; aber das litt die Henne nicht.

»Kannst du Eier legen?« fragte sie.

»Nein!«

»Hättest du dann bitte die Güte zu schweigen!«

Und der Kater sagte: »Kannst du einen krummen Buckel machen, schnurren und Funken sprühen?«

»Nein!«

»So darfst du auch keine Meinung haben, wenn vernünftige Leute sprechen!«

Das Entlein saß im Winkel und war schlechter Laune; da fiel die frische Luft und der Sonnenschein herein; es bekam solche sonderbare Lust, auf dem Wasser zu schwimmen, daß es nicht unterlassen konnte, dies der Henne zu sagen.

»Was fällt dir ein?« sagte diese. »Du hast nichts zu tun, deshalb fängst du Grillen! Leg Eier oder schnurre, so gehen sie vorüber.«

»Aber es ist so schön, auf dem Wasser zu schwimmen!« sagte das Entlein. »So herrlich, es über dem Kopfe zusammenschlagen zu lassen und auf den Grund zu tauchen!«

»Ja, das ist ein großes Vergnügen!« sagte die Henne. »Du bist wohl verrückt geworden! Frag den Kater – er ist das klügste Geschöpf, das ich kenne –, ob er es liebt, auf dem Wasser zu schwimmen oder unterzutauchen? Ich will nicht von mir reden. – Aber frag unsere Herrschaft, die alte Frau; klüger als sie ist niemand auf der Welt! Glaubst du, daß *die* Lust hat, zu schwimmen und das Wasser über dem Kopfe zusammenschlagen zu lassen?«

»Ihr versteht mich nicht!« sagte das Entlein.

»Wir verstehen dich nicht? Du wirst doch wohl nicht klüger sein wollen als der Kater und die Frau – von mir will ich nicht reden! Bilde dir nichts ein, Kind, und danke deinem Schöpfer für all das Gute, das man dir erwiesen! Bist du nicht in eine warme Stube gekommen und hast du nicht eine Gesellschaft, von der du etwas profitieren kannst? Aber du bist ein Schwätzer, und es ist nicht erfreulich, mit dir zu tun zu haben! Mir kannst du glauben! Ich meine es gut mit dir. Ich sage dir auch Unangenehmes, und daran kann man seine wahren Freunde erkennen! Sieh nur zu, daß du Eier legen oder schnurren und Funken sprühen lernst!«

»Ich glaube, ich gehe hinaus in die weite Welt!« sagte das Entlein.

»Ja, tu das!« sagte die Henne.

Und das Entlein ging; es schwamm auf dem Wasser, es tauchte unter, aber von allen Tieren wurde es wegen seiner Häßlichkeit übersehen.

Nun kam der Herbst; die Blätter im Walde wurden gelb und braun; der Wind faßte sie, so daß sie umhertanzten; und oben in der Luft war es sehr kalt; die Wolken hingen schwer von Hagel und Schneeflocken; und auf dem Zaune stand der Rabe und schrie vor Kälte: »Au! Au!«; ja, es fror einen schon, wenn man nur daran dachte. Das arme Entlein hatte es wahrlich nicht gut!

Eines Abends – die Sonne ging so schön unter – kam ein Schwarm herrlicher, großer Vögel aus dem Gebüsch, das Entlein hatte nie so schöne gesehen; sie waren blendend weiß, mit langen, geschmeidigen Hälsen: es waren Schwäne. Sie stießen einen eigentümlichen Ton aus, breiteten ihre prächtigen langen Flügel aus und flogen aus der kalten Gegend fort nach wärmeren Ländern, nach offenen Seen! Sie stiegen so hoch, so hoch, und dem häßlichen jungen Entlein wurde gar sonderbar zumute. Es drehte sich im Wasser, wie ein Rad, rundherum, streckte den Hals hoch in die Luft nach ihnen und stieß einen so lauten und sonderbaren Schrei aus, daß es sich selbst davor fürchtete. Oh, es konnte die schönen, glücklichen Vögel nicht vergessen; und sobald es sie nicht mehr erblickte, tauchte es unter bis auf den Grund; und als es wieder heraufkam, war es wie außer sich. Es wußte nicht, wie die Vögel hießen, auch nicht, wohin sie flogen; aber es liebte sie, wie es noch nie jemanden geliebt hatte. Es beneidete sie durchaus nicht. Wie konnte es ihm einfallen, sich solche Schönheit zu wünschen? Es wäre schon froh gewesen, wenn die Enten es nur unter sich geduldet hätten – das arme häßliche Tier!

Der Winter wurde kalt, sehr kalt! Das Entlein mußte im Wasser umherschwimmen, um zu verhindern, daß es völlig zufror; aber in jeder Nacht wurde das Loch, in dem es schwamm, kleiner und kleiner. Es fror so, daß es in der Eisdecke knackte; das Entlein mußte fortwährend mit den Beinen strampeln, damit das Loch sich nicht schloß. Zuletzt wurde es matt, lag ganz stille und fror so im Eis fest.

Des Morgens früh kam ein Bauer; da er dies

sah, ging er hin, schlug mit seinem Holzschuh das Eis in Stücke und trug das Entlein heim zu seiner Frau. Da kam es wieder zu sich.

Die Kinder wollten mit ihm spielen; aber das Entlein glaubte, sie wollten ihm etwas zuleide tun und fuhr in der Angst gerade in die Milchschüssel hinein, so daß die Milch in die Stube spritzte. Die Frau schlug die Hände zusammen, worauf es in das Butterfaß, dann hinunter in die Mehltonne und wieder heraus flog. Wie sah es da aus! Die Frau schrie und schlug mit der Feuerzange nach ihm; die Kinder rannten einander über den Haufen, um das Entlein zu fangen; sie lachten und schrien! – Gut war es, daß die Tür aufstand und es zwischen die Reiser in den frischgefallenen Schnee schlüpfen konnte: da lag es ganz ermattet.

Aber all die Not und das Elend, welches das Entlein in dem harten Winter erdulden mußte, zu erzählen, würde zu betrübend sein. Es lag im Moor zwischen dem Schilfe, als die Sonne wieder warm zu scheinen begann. Die Lerchen sangen; es war ein herrlicher Frühling.

Da konnte auf einmal das Entlein seine Flügel schwingen; sie brausten stärker als früher und trugen es kräftig davon; und ehe es sich versah, befand es sich in einem Garten, wo der Flieder duftete und seine langen grünen Zweige bis zu den geschlängelten Kanälen hinunterneigte. Oh, hier war es schön und frühlingsfrisch! Und vorn aus dem Dickicht kamen drei prächtige weiße Schwäne; sie brausten mit den Federn und schwammen so leicht auf dem Wasser. Das Entlein kannte die prächtigen Tiere und wurde von einer wunderlichen Traurigkeit ergriffen.

»Ich will zu ihnen hinfliegen, zu den königlichen Vögeln! Und sie werden mich totschlagen, weil ich, der ich so häßlich bin, mich ihnen zu nähern wage. Aber das ist einerlei! Besser, von *ihnen* getötet, als von Enten gezwickt, von den Hühnern gepickt, von dem Mädchen, welches den Hühnerhof hütet, getreten zu werden!« Und es flog hinaus in das Wasser und schwamm den prächtigen Schwänen entgegen; diese erblickten es und schossen mit brausenden Federn heran. »Tötet mich nur!« sagte das arme Tier, neigte seinen Kopf der Wasserfläche zu und erwartete den Tod – aber was erblickte es in dem klaren Wasser? Es sah unter sich sein eigenes Bild, aber es war nicht länger ein plumper, schwarzgrauer Vogel, häßlich und garstig, es war selbst ein Schwan.

Es schadet nichts, in einem Entenhof geboren zu sein, wenn man nur in einem Schwanenei gelegen hat!

Es fühlte sich ganz froh über all die Not und

die Widerwärtigkeiten, welche es erduldet hatte. Nun schätzte es erst recht sein Glück und die Schönheit, die es begrüßte. – Und die großen Schwäne umschwammen es und streichelten es mit den Schnäbeln.

In den Garten kamen einige kleine Kinder, die warfen Brot und Korn in das Wasser und das kleinste rief: »Da ist ein Neuer!« Und die andern Kinder jubelten mit: »Ja, es ist ein Neuer angekommen!« Und sie klatschten in die Hände und tanzten umher, liefen zu dem Vater und der Mutter, und es wurde Brot und Kuchen in das Wasser geworfen, und sie sagten alle: »Der Neue ist der schönste! So jung und prächtig!« Und die alten Schwäne neigten sich vor ihm.

Da fühlte er sich ganz beschämt und steckte den Kopf unter seine Flügel; er wußte selbst nicht, was er tun sollte; er war allzu glücklich, aber gar nicht stolz! Er dachte daran, wie er verfolgt und verhöhnt worden war, und hörte nun alle sagen, daß er der schönste aller schönen Vögel sei. Selbst der Flieder bog sich mit den Zweigen zu ihm ins Wasser, und die Sonne schien warm und mild! Da brausten seine Federn; der schlanke Hals hob sich, und aus vollem Herzen jubelte er: »So viel Glück habe ich mir nicht träumen lassen, als ich noch das häßliche Entlein war!«

Der Schweinehirt

Es war einmal ein armer Prinz; er hatte nur ein ganz kleines Königreich; aber es war doch groß genug, um sich darauf zu verheiraten, und verheiraten wollte er sich.

Nun war es freilich etwas keck von ihm, daß er zur Tochter des Kaisers zu sagen wagte: »Willst du mich haben?« Aber er wagte es doch, denn sein Name war weit und breit berühmt; es gab hundert Prinzessinnen, die gerne ja gesagt hätten; aber ob sie es tat?

Nun, wir wollen hören.

Auf dem Grabe des Vaters des Prinzen wuchs ein Rosenstrauch, ein herrlicher Rosenstrauch; der blühte nur jedes fünfte Jahr und trug dann auch nur eine einzige Blume; aber das war eine Rose, die duftete so süß, daß man alle seine Sorgen und seinen Kummer vergaß, wenn man daran roch. Der Prinz hatte auch eine Nachtigall, die konnte singen, als ob alle schönen Melodien in ihrer Kehle säßen. Diese Rose und die Nachtigall sollte die Prinzessin haben, und deshalb wurden sie beide in große silberne Behälter gesetzt und ihr zugesandt.

Der Kaiser ließ sie vor sich her in den großen Saal tragen, wo die Prinzessin war und mit ihren Hofdamen »Es kommt Besuch« spielte. Als sie die großen Behälter mit den Geschenken darin erblickte, klatschte sie vor Freude in die Hände.

»Wenn es doch eine kleine Miezekatze wäre!« sagte sie, aber da kam die herrliche Rose hervor.

»Wie niedlich sie ist!« sagten alle Hofdamen.

»Sie ist mehr als niedlich«, sagte der Kaiser, »sie ist schön!«

Aber die Prinzessin befühlte sie, und da hätte sie beinahe geweint.

»Pfui, Papa!« sagte sie, »sie ist nicht künstlich, sie ist echt!«

»Pfui«, sagten alle Hofdamen, »sie ist echt!«

»Laßt uns nun erst sehen, was in dem andern Behälter ist, ehe wir böse werden!« meinte der Kaiser, und da kam die Nachtigall heraus, die so schön sang, daß man nicht gleich etwas Böses gegen sie vorbringen konnte.

»Superbe! Charmant!« sagten die Hofdamen; denn sie plauderten alle französisch, eine ärger als die andere.

»Wie der Vogel mich an die Spieldose der seligen Kaiserin erinnert!« sagte ein alter Kavalier; »ach ja, das ist derselbe Ton, derselbe Vortrag!«

»Ja!« sagte der Kaiser, und dann weinte er wie ein kleines Kind.

»Es wird doch hoffentlich kein echter sein?« sagte die Prinzessin.

»Doch, es ist ein echter Vogel!« sagten die Boten, die ihn gebracht hatten.

»So laßt den Vogel fliegen«, sagte die Prinzessin, und sie wollte nicht gestatten, daß der Prinz käme.

Aber dieser ließ sich nicht einschüchtern. Er bemalte sich das Antlitz mit Braun und Schwarz, drückte die Mütze tief über den Kopf und klopfte an.

»Guten Tag, Kaiser!« sagte er. »Könnte ich nicht hier auf dem Schlosse einen Dienst bekommen?«

»Jawohl!« sagte der Kaiser. »Ich brauche jemanden, der die Schweine hüten kann, denn deren haben wir viele.«

So wurde der Prinz angestellt als kaiserlicher Schweinehirt. Er bekam eine jämmerlich kleine Kammer unten bei den Schweinen, und da mußte er bleiben; aber den ganzen Tag saß er und arbeitete, und als es Abend war, hatte er einen reizenden kleinen Topf gemacht. Rings um ihn waren

Schellen, und sobald der Topf kochte, klingelten sie und spielten die schöne Melodie:

»Oh, du lieber Augustin,
Alles ist hin, hin, hin!«

Aber das Allerkunstvollste war, daß, wenn man den Finger in den Dampf des Topfes hielt, man sogleich riechen konnte, welche Speisen auf jedem Feuerherd in der Stadt zubereitet wurden. Das war wahrlich etwas ganz anderes als die Rose!

Nun kam die Prinzessin mit allen ihren Hofdamen daherspaziert, und als sie die Melodie hörte, blieb sie stehen und sah ganz erfreut aus, denn sie konnte auch »Oh, du lieber Augustin« spielen. Das war das einzige, was sie konnte, aber das spielte sie mit einem Finger.

»Das ist ja das, was ich kann!« sagte sie. »Dann muß es ein gebildeter Schweinehirt sein! Höre, gehe hinunter und frage ihn, was das Instrument kostet!«

Da mußte eine der Hofdamen hineingehen.

Aber sie zog Holzpantoffeln an.

»Was willst du für den Topf haben?« fragte die Hofdame.

»Zehn Küsse von der Prinzessin!« sagte der Schweinehirt.

»Gott bewahre!« sagte die Hofdame.

»Ja, anders tue ich es nicht!« antwortete der Schweinehirt.

»Er ist unartig!« sagte die Prinzessin, und dann ging sie; aber als sie ein kleines Stück gegangen war, erklangen die Schellen so lieblich:

»Oh, du lieber Augustin,
Alles ist hin, hin, hin!«

»Höre«, sagte die Prinzessin, »frage ihn, ob er zehn Küsse von meinen Hofdamen will!«

»Ich danke schön«, sagte der Schweinehirt; »zehn Küsse von der Prinzessin, oder ich behalte meinen Topf.«

»Was ist das doch für eine langweilige Geschichte!« sagte die Prinzessin. »Aber dann müßt ihr vor mir stehen, damit es niemand sieht!«

Die Hofdamen stellten sich davor und breiteten ihre Kleider aus, und da bekam der Schweinehirt zehn Küsse, und sie erhielt den Topf.

Nun, das war eine Freude! Den ganzen Abend und den ganzen Tag mußte der Topf kochen; es gab nicht einen Feuerherd in der ganzen Stadt, von dem sie nicht wußten, was darauf gekocht wurde, sowohl beim Kammerherrn wie beim Schuster. Die Hofdamen tanzten und klatschten in die Hände.

»Wir wissen, wer süße Suppe und Eierkuchen

essen wird, wir wissen, wer Grütze und Braten bekommt! Wie schön ist das doch!«

»Ja, aber haltet reinen Mund, denn ich bin des Kaisers Tochter!«

»Jawohl, jawohl!« sagten alle.

Der Schweinehirt, das heißt der Prinz – aber sie meinten ja wirklich, daß er ein Schweinehirt sei –, ließ die Tage nicht verstreichen, ohne etwas zu tun, und da machte er eine Knarre. Wenn man diese herumschwang, erklangen alle die Polkas und Hopser, die man von Erschaffung der Welt an kannte.

»Ach, das ist superbe«, sagte die Prinzessin, als sie vorbeiging. »Ich habe nie eine schönere Musik gehört! Höre, gehe hinein und frage ihn, was das Instrument kostet, aber ich küsse nicht wieder!«

»Er will hundert Küsse von der Prinzessin haben!« sagte die Hofdame, die hineingegangen war, um zu fragen.

»Ich glaube, der ist verrückt!« sagte die Prinzessin, und dann ging sie; aber als sie ein kleines Stück gegangen war, blieb sie stehen. »Man muß die Kunst fördern«, sagte sie; »ich bin des Kaisers Tochter! Sage ihm, er soll wie neulich zehn Küsse haben; den Rest kann er von meinen Hofdamen nehmen!«

»Ach, aber wir tun es ungern!« sagten die Hofdamen.

»Papperlapapp«, sagte die Prinzessin, »wenn ich ihn küssen kann, dann könnt ihr es auch; bedenkt, ich gebe euch Kost und Lohn!« Da mußten die Hofdamen wieder zu ihm hineingehen.

»Hundert Küsse von der Prinzessin«, sagte er, »oder jeder behält das Seine!«

»Stellt euch davor!« sagte sie dann, und da stellten sich alle Hofdamen davor, und nun küßte er.

»Was mag das wohl für ein Auflauf beim Schweinestall sein?« fragte der Kaiser, der auf den Balkon hinausgetreten war. Er rieb sich die Augen und setzte die Brille auf. »Das sind ja die Hofdamen, die da ihr Unwesen treiben; ich werde wohl zu ihnen hinuntergehen müssen!«

Potztausend, wie er sich sputete!

Sobald er in den Hof hinunterkam, ging er ganz leise, und die Hofdamen hatten so viel damit zu tun, die Küsse zu zählen, damit es ehrlich zugehen möge, daß sie den Kaiser gar nicht bemerkten. Er stellte sich auf Zehenspitzen.

»Was ist das?« sagte er, als er sah, daß sie sich küßten; und dann schlug er seine Tochter mit einem Pantoffel auf den Kopf, gerade als der Schweinehirt den sechsundachtzigsten Kuß erhielt.

»Fort mit euch!« sagte der Kaiser, denn er war böse, und sowohl die Prinzessin wie der Schweinehirt mußten sein Kaiserreich verlassen.

Da stand sie nun und weinte, der Schweinehirt schalt, und der Regen strömte hernieder.

»Ach, ich elendes Geschöpf«, sagte die Prinzessin, »hätte ich doch den schönen Prinzen genommen! Ach, wie unglücklich bin ich!«

Der Schweinehirt aber ging hinter einen Baum, wischte sich das Schwarze und Braune aus seinem Antlitz, warf die schlechten Kleider von sich und trat nun in seiner Prinzentracht hervor, so schön, daß die Prinzessin sich verneigen mußte.

»Ich bin dahin gekommen, dich zu verachten!« sagte er. »Du wolltest keinen ehrlichen Prinzen haben! Du verstandest dich nicht auf die Rose und die Nachtigall, aber den Schweinehirten konntest du für eine Spielerei küssen. Das hast du nun davon!«

Und dann ging er in sein Königreich hinein; da konnte sie draußen ihr Lied singen:

»Oh, du lieber Augustin,
Alles ist hin, hin, hin!«

Der standhafte Zinnsoldat

Es waren einmal fünfundzwanzig Zinnsoldaten, sie waren alle Brüder, denn sie waren von einem alten Zinnlöffel geboren worden. Das Gewehr hielten sie im Arm und das Gesicht schaute geradeaus; ihre Uniform war rot und blau. Das erste, was sie in dieser Welt hörten, als der Deckel von der Schachtel genommen wurde, in der sie lagen, war das Wort: »Zinnsoldaten!« Das rief ein kleiner Knabe und klatschte in die Hände; er hatte sie bekommen, denn es war sein Geburtstag, und stellte sie nun auf dem Tische auf. Der eine Soldat glich dem andern leibhaftig, nur ein einziger war ein wenig anders als die andern, er hatte nur ein Bein, denn er war zuletzt gegossen worden und da hatte das Zinn nicht ausgereicht; doch stand er ebenso fest auf dem einen Bein als die andern auf ihren zweien, und gerade er wurde etwas Besonderes.

Auf dem Tisch, auf welchem sie aufgestellt wurden, stand viel anderes Spielzeug; aber was am meisten ins Auge fiel, war ein schönes Schloß aus Papier. Durch die kleinen Fenster konnte man in die Säle hineinsehen. Vor dem Schlosse standen kleine Bäume rings um einen kleinen Spiegel, der wie ein klarer See aussah. Schwäne aus Wachs schwammen darauf und spiegelten sich. Das war alles reizend, aber das Reizendste war eine kleine Dame, die mitten in der offenen Schloßtüre stand; auch sie war aus Papier geschnitten, aber sie hatte einen Rock aus feinstem Linnen und ein kleines, schmales, blaues Band über die Schultern, ähnlich einem Gewand; mitten darin saß eine glänzende Flitterrose, so groß wie ihr ganzes Gesicht. Die kleine Dame streckte ihre beiden Arme aus, denn sie war eine Tänzerin; und dann hob sie das eine Bein so hoch empor, daß der Zinnsoldat es gar nicht sehen konnte und glaubte, sie habe nur ein Bein, so wie er.

›Das wäre eine Frau für mich!‹ dachte er; ›aber sie ist sehr vornehm; sie wohnt in einem Schloß; ich habe nur eine Schachtel, und da sind wir fünfundzwanzig drin; das ist kein Ort für sie! Doch ich muß mit ihr Bekanntschaft machen!‹ Dann legte er sich, so lang er war, hinter eine Schnupftabaksdose, welche auf dem Tische stand; da konnte er die kleine, feine Dame recht betrachten, die fortfuhr, auf einem Bein zu stehen, ohne aus dem Gleichgewicht zu kommen.

Als es Abend wurde, kamen alle andern Zinnsoldaten in ihre Schachtel, und die Leute im Hause gingen zu Bett. Nun fing das Spielzeug an zu spielen, sowohl »Es kommt Besuch« als auch »Krieg führen« und »Ball geben«. Die Zinnsoldaten rasselten in der Schachtel, denn sie wollten mit dabeisein, aber sie konnten den Deckel nicht abheben. Der Nußknacker machte Purzelbäume, und der Griffel belustigte sich auf der Tafel; es war ein Lärm, daß der Kanarienvogel davon erwachte und anfing mitzureden, und zwar in Versen. Die beiden einzigen, die sich nicht von der Stelle bewegten, waren der Zinnsoldat und die kleine Tänzerin; *sie* hielt sich ganz gerade auf der Zehenspitze und hatte beide Arme ausgestreckt; *er* war ebenso standhaft auf seinem Bein; seine Augen wandte er keinen Augenblick von ihr.

Jetzt schlug die Uhr zwölf, und klatsch! sprang der Deckel von der Schnupftabaksdose; aber es war kein Tabak drin, sondern ein kleiner schwarzer Troll; das war so ein Kunststück.

»Zinnsoldat!« sagte der Troll; »willst du wohl deine Augen im Zaum halten!«

Aber der Zinnsoldat tat, als ob er es nicht hörte.

»Warte nur bis morgen!« sagte der Troll.

Als es nun Morgen wurde und die Kinder aufstanden, wurde der Zinnsoldat in das Fenster gestellt, und, war es nun der Kobold oder der Zugwind, auf einmal flog das Fenster auf, und der Soldat fiel Hals über Kopf aus dem dritten Stockwerk hinunter. Das war eine schreckliche Fahrt! Er streckte das Bein in die Luft und blieb auf dem Tschako stehen, das Bajonett zwischen die Pflastersteine gerammt.

Das Dienstmädchen und der kleine Junge kamen sogleich herunter, ihn zu suchen; obgleich sie nun nahe daran waren, auf ihn zu treten, sahen sie ihn doch nicht. Hätte der Zinnsoldat gerufen: »Hier bin ich!«, so hätten sie ihn wohl gefunden; aber er fand es nicht für passend, laut zu rufen, weil er in Uniform war.

Nun fing es an zu regnen; bald fielen die Tropfen dichter; endlich wurde es ein Platzregen. Als dieser vorüber war, kamen zwei Gassenjungen.

»Guck mal!« sagte der eine. »Da liegt ein Zinnsoldat! Der muß hinaus und auf dem Schiffchen fahren!«

Da machten sie aus einer Zeitung ein Schiffchen, setzten den Soldaten hinein, und nun segelte er den Rinnstein hinunter; die beiden Knaben liefen nebenher und klatschten in die Hände.

Lieber Gott! Was für Wellen sich da überschlugen in dem Rinnstein, welch ein Strom sich da bildete; ja, der Regen hatte aber auch gegossen! Das Papierboot schaukelte auf und nieder, und mitunter drehte es sich so geschwind, daß der Zinnsoldat erbebte; aber er blieb standhaft, verzog keine Miene, sah geradeaus und hielt das Gewehr im Arm. Mit einemmal trieb das Schiffchen unter eine lange Rinnsteinbrücke, da wurde es so dunkel, als wäre er in seiner Schachtel.

›Wohin mag ich nun kommen?‹ dachte er. ›Ja, ja, daran ist der Troll schuld! Ach, säße doch die kleine Dame hier im Boot, dann dürfte es meinetwegen noch einmal so dunkel sein!‹

Da kam plötzlich eine große Wasserratte, welche unter der Rinnsteinbrücke wohnte.

»Hast du einen Paß?« fragte die Ratte. »Her mit dem Paß!«

Aber der Zinnsoldat schwieg und hielt das Gewehr noch fester.

Das Boot trieb dahin und die Ratte hinterher. Hu! Wie fletschte sie die Zähne und rief den Holzspänen und dem Stroh zu: »Haltet ihn! Er hat keinen Zoll bezahlt! Er hat den Paß nicht gezeigt!«

Aber die Strömung wurde stärker und stärker; der Zinnsoldat konnte schon da, wo die Brücke aufhörte, den hellen Tag erblicken; allein er hörte auch einen brausenden Ton, der selbst einen tapfern Mann erschrecken konnte. Man denke nur; der Rinnstein mündete da, wo die Brücke endete, in einen großen Kanal; das wäre für ihn ebenso gefährlich gewesen als für uns, einen großen Wasserfall hinunterzufahren.

Nur war er schon so nahe daran, daß er nicht mehr anhalten konnte. Das Schiffchen fuhr hinaus, der arme Zinnsoldat hielt sich so steif, wie er konnte. Niemand sollte ihm nachsagen, daß er mit den Augen gezwinkert habe. Das Boot schnurrte drei-, viermal herum und war bis zum Rande mit Wasser gefüllt; es mußte sinken! Der Zinnsoldat stand bis an den Hals im Wasser, und tiefer und tiefer sank das Boot, mehr und mehr löste das Papier sich auf; nun ging das Wasser über den Kopf des Soldaten hinweg – da dachte er an die reizende kleine Tänzerin, die er nie mehr zu Gesicht bekommen sollte; und es klang in seinen Ohren:

»Fahre hin, o tapferer Krieger!
Den Tod mußt du erleiden!«

Nun löste sich das Papier ganz auf, und der Zinnsoldat sank in die Tiefe – wurde aber im selben Augenblick von einem großen Fisch verschlungen.

Nein, wie dunkel war es im Bauch dieses Fisches! Da war es noch dunkler als unter der Rinnsteinbrücke; und dann war es da sehr eng. Aber der Zinnsoldat blieb standhaft und lag, so lang er war, mit dem Gewehr im Arm.

Der Fisch schwamm hin und her, er machte die schrecklichsten Bewegungen; endlich ward er ganz still; es durchfuhr ihn wie ein Blitzstrahl; das Licht schien klar, und eine Stimme rief laut: »Der Zinnsoldat!« Der Fisch war gefangen, auf den Markt gebracht, verkauft worden und in die Küche hinaufgekommen, wo die Köchin ihn mit einem großen Messer aufschnitt. Sie faßte mit ihren beiden Fingern den Soldaten mitten um den Leib und trug ihn in die Stube hinein, wo alle diesen merkwürdigen Mann sehen wollten, der im Bauch eines Fisches herumgereist war; aber der Zinnsoldat war nicht stolz. Sie stellten ihn auf den Tisch, und da – nein, wie sonderbar kann es doch in der Welt zugehen! Der Zinnsoldat war in derselben Stube, in der er früher gewesen war; er sah dieselben Kinder, und dasselbe Spielzeug stand auf dem Tisch: das herrliche Schloß mit der reizenden, kleinen Tänzerin. Sie hielt sich noch auf dem einen Bein und das andere hoch in der Luft: auch sie war standhaft gewesen. Das rührte den Zinnsoldaten; er war nahe daran, Zinn zu weinen, aber es schickte sich nicht. Er sah sie an, und sie sah ihn an, aber sie sagten nichts.

Da nahm der eine der kleinen Jungen den Soldaten, warf ihn in den Ofen und gab keinen Grund dafür an; sicherlich war der Troll in der Dose schuld daran.

Der Zinnsoldat stand hellbeleuchtet da und fühlte eine Hitze, die schrecklich war; aber ob sie von dem wirklichen Feuer oder von der Liebe herrührte, wußte er nicht. Die Farben waren von ihm abgegangen; ob das auf der Reise geschehen oder ob der Kummer daran schuld war, konnte niemand sagen. Er sah die kleine Dame an, sie blickte ihn an, und er fühlte, daß er schmolz; aber noch stand er standhaft mit dem Gewehr im Arm. Da ging plötzlich eine Tür auf, der Wind ergriff die Tänzerin, und sie flog, einer Sylphide gleich, in den Ofen zum Zinnsoldaten, loderte auf in Flammen, und fort war sie. Da schmolz der Zinnsoldat zu einem Klumpen, und als das Mädchen am folgenden Tag die Asche herausnahm, fand sie ihn als kleines Herz aus Zinn. Von der Tänzerin hingegen war nur die Flitterrose da, und die war kohlschwarz gebrannt.

Der Schmetterling

Der Schmetterling wollte eine Braut haben und sich unter den Blumen natürlich eine recht hübsche aussuchen. Er warf einen musternden Blick über den ganzen Blumenflor und fand, daß jede Blume recht still und ehrsam auf ihrem Stengel saß, gerade wie es einer Jungfrau geziemt, wenn sie noch nicht verlobt ist; allein es waren gar viele da, und die Wahl drohte mühsam zu werden. Diese Mühe gefiel dem Schmetterling nicht, deshalb flog er auf Besuch zu dem Gänseblümchen. Dieses Blümlein nennen die Franzosen »Margerite«; sie wissen auch, daß Margerite wahrsagen kann, und das tut sie, wenn die Verliebten, wie es oft geschieht, ein Blättchen nach dem andern von ihr zupfen, während sie an jedes eine Frage über den Geliebten stellen: »Von Herzen? – Mit Schmerzen? – Liebt mich sehr? – Ein klein wenig? – Ganz und gar nicht?« und dergleichen mehr. Jeder fragt in seiner Sprache. Der Schmetterling kam auch zur Margerite, um zu fragen; er zupfte ihr aber nicht die Blättchen aus, sondern er drückte jedem Blättchen einen Kuß auf, denn er meinte, mit Güte käme man weiter.

»Beste Margerite Gänseblümlein!« sprach er zu ihr. »Sie sind die klügste Frau unter den Blumen, Sie können wahrsagen – bitte, bitte, mir zu sagen, bekomme ich die oder die? Welche wird meine Braut sein? – Wenn ich das weiß, werde ich geraden Weges zu ihr hinfliegen und um sie anhalten.«

Allein die Margerite antwortete ihm nicht; sie ärgerte sich, daß er sie »Frau« nannte, wo sie doch noch eine Jungfrau war – das ist ein Unterschied! Er fragte zum zweiten- und drittenmal; als sie aber stumm blieb und ihm kein Wort entgegnete, mochte er zuletzt auch nicht länger fragen, sondern flog davon und zwar direkt auf Brautwerbung.

Es war in den ersten Tagen des Frühlings, ringsum blühten Schneeglöckchen und Krokus. ›Die sind sehr niedlich‹, dachte der Schmetterling, ›allerliebste kleine Konfirmandinnen, aber ein wenig zu sehr ›Backfisch‹!‹ – Er spähte, wie alle jungen Burschen, nach älteren Mädchen aus.

Darauf flog er zu den Anemonen; die waren ihm ein wenig zu bitter; die Veilchen ein wenig zu schwärmerisch; die Tulpen zu üppig; die Narzissen zu bürgerlich; die Lindenblüten zu klein und hatten eine zu große Verwandtschaft; die Apfelblüten – ja, die sahen zwar aus wie Rosen, aber sie blühten heute, um morgen schon abzufallen, je nachdem wie der Wind bläst; die Ehe würde doch von zu kurzer Dauer sein, meinte er. Die Erbsenblüte war die, welche ihm am besten gefiel, rot und weiß war sie, auch zart und fein und gehörte zu den häuslichen Mädchen, die gut aussehen und doch für die Küche taugen; er stand eben im Begriffe, seinen Heiratsantrag zu machen – da erblickte er dicht neben ihr eine Schote, an deren Spitze eine welke Blüte hing. »Wer ist die da?« fragte er. »Es ist meine Schwester«, antwortete die Erbsenblüte.

»Ah, so! Später werden auch Sie so aussehen?« fragte er und flog davon, denn er hatte sich darob entsetzt.

Das Geißblatt hing blühend über den Zaun hinaus, da gab's die Hülle und Fülle von diesen Fräuleins, lange Gesichter, gelber Teint, nein, die Art gefiel ihm nicht. Aber welche liebte er denn?

Der Frühling verstrich, der Sommer ging zu Ende; es war Herbst; er aber war noch immer unschlüssig.

Die Blumen erschienen nun in den prachtvollsten Gewändern – doch vergeblich! Es fehlte ihnen der frische, duftende Jugendsinn. Duft begehrt das Herz, wenn es selbst nicht mehr jung ist, und gerade hiervon ist bei den Georgien und Klatschrosen wenig zu finden. So ließ sich denn der Schmetterling zur Krauseminze herab.

»Diese hat nun keine Blüte, ist aber selbst ganz und gar Blüte, duftet von unten bis oben, hat Blumenduft in jedem Blatt. Die werde ich nehmen!« sagte der Schmetterling.

Und er hielt um sie an.

Aber die Krauseminze stand steif und still da und hörte ihn an; endlich sagte sie: »Freundschaft, ja! Aber weiter nichts! Ich bin alt und Sie sind alt; wir können zwar sehr wohl füreinander leben, aber heiraten – nein! Machen wir uns nicht zu Narren in unserm Alter!«

So kam es denn, daß der Schmetterling keine Frau bekam. Er hatte zu lange gewählt, und das soll man nicht! Der Schmetterling blieb ein Hagestolz, wie man das nennt.

Es war im Spätherbst, Regen und trübes Wetter. Der Wind blies kalt über den Rücken der alten Weidenbäume hin, so daß es in ihnen knackte. Es war kein Wetter, um im Sommeranzug umherzufliegen; aber der Schmetterling flog auch nicht draußen umher: er war zufällig unter Dach und Fach geraten, wo Feuer im Ofen und es so recht sommerwarm war; er konnte schon leben; doch – »Leben ist nicht genug!« sprach er. »Sonnenschein, Freiheit und ein kleines Blümchen muß man haben!«

Und er flog gegen die Fensterscheibe, wurde gesehen, bewundert, auf eine Nadel gesteckt und im Raritätenschränkchen ausgestellt; mehr konnte man nicht für ihn tun.

»Jetzt sitze ich auch auf einem Stengel wie die Blumen!« sagte der Schmetterling. »So recht angenehm ist das freilich nicht! So ungefähr wird es wohl sein, wenn man verheiratet ist, man sitzt fest!« – Damit tröstete er sich denn einigermaßen.

»Das ist ein schlechter Trost!« sagten die Topfpflanzen im Zimmer.

»Aber«, meinte der Schmetterling, »diesen Topfpflanzen ist nicht recht zu trauen, sie haben zu viel Umgang mit Menschen!«

Das Feuerzeug

Auf der Landstraße kam ein Soldat dahermarschiert: Eins, zwei! Eins, zwei! Er hatte seinen Tornister auf dem Rücken und einen Säbel an der Seite, denn er war im Krieg gewesen und wollte nun nach Hause.

Da begegnete er einer alten Hexe, die war sehr häßlich. Ihre Unterlippe hing ihr bis auf die Brust hinab. Sie sagte: »Guten Abend, Soldat! Was hast du doch für einen schönen Säbel und großen Tornister! Du bist ein richtiger Soldat! Nun sollst du soviel Geld haben, wie du besitzen magst!«

»Ich danke dir, du alte Hexe!« sagte der Soldat.
»Siehst du den großen Baum da?« sagte die Hexe und zeigte auf einen Baum, der neben ihnen stand. »Er ist inwendig hohl. Du mußt dessen Gipfel erklettern, dann erblickst du ein Loch, durch welches du dich hinablassen und tief in den Baum gelangen kannst! Ich werde dir einen Strick um den Leib binden, damit ich dich wieder heraufziehen kann, wenn du mich rufst.«

»Was soll ich denn da unten im Baum?« fragte der Soldat.

»Geld holen!« sagte die Hexe. »Wisse, wenn du auf dem Boden unter dem Baum ankommst, so bist du in einer großen Halle; da ist es hell, denn da brennen über dreihundert Lampen. Dann erblickst du drei Türen; du kannst sie öffnen, die Schlüssel stecken daran. Gehst du in die erste Kammer hinein, so siehst du mitten auf dem Fußboden eine große Kiste; auf derselben sitzt ein Hund; er hat Augen so groß wie ein Paar Teetassen. Doch daran brauchst du dich nicht zu kehren! Ich gebe dir eine blaukarierte Schürze, die kannst du auf dem Fußboden ausbreiten; geh dann rasch hin und nimm den Hund, setze ihn auf meine Schürze, öffne die Kiste, und nimm so viele Münzen, als du willst. Sie sind von Kupfer. Willst du lieber Silber haben, so mußt du in das nächste Zimmer hineingehen. Aber da sitzt ein Hund, der hat Augen so groß wie Mühlräder. Doch das laß dich nicht kümmern! Setze ihn auf meine Schürze und nimm von dem Geld! Willst du aber Gold haben, so kannst du es auch bekommen, und zwar soviel, als du tragen kannst, wenn du in die dritte Kammer hineingehst. Aber der Hund, welcher dort auf dem Goldkasten sitzt, hat zwei Augen, jedes so groß wie der

›Runde Turm‹. Glaube mir, es ist ein böser Hund! Aber fürchte dich nicht! Setze ihn nur auf meine Schürze, so tut er dir nichts, und nimm aus der Kiste soviel Gold als du willst!«

»Das ist so übel nicht!« sagte der Soldat. »Aber was soll ich dir geben, du alte Hexe, denn umsonst wirst du es wohl nicht tun?«

»Doch!« sagte die Hexe. »Nicht einen einzigen Pfennig will ich haben! Für mich sollst du nur ein altes Feuerzeug holen, welches meine Großmutter vergaß, als sie das letzte Mal unten war.«

»Gut, so binde mir den Strick um den Leib!« sagte der Soldat.

»Hier ist er«, sagte die Hexe, »und hier ist meine blaukarierte Schürze.«

Da kletterte der Soldat auf den Baum, ließ sich in das Loch hinuntergleiten und stand dann, wie die Hexe gesagt hatte, unten in der großen Halle, wo die vielen hundert Lampen brannten.

Nun öffnete er die erste Tür. Uh! Da saß der Hund mit den Augen so groß wie Teetassen und glotzte ihn an.

»Du bist ein netter Kerl!« sagte der Soldat, setzte ihn auf die Schürze der Hexe und nahm so viele Kupfermünzen als seine Taschen fassen konnten, schloß dann die Kiste, setzte den Hund wieder darauf und ging in das andere Zimmer.

Richtig! Da saß der Hund mit den Augen so groß wie Mühlräder.

»Du solltest mich lieber nicht so anstarren!« sagte der Soldat. »Deine Augen könnten dir übergehen!« Und dann setzte er den Hund auf die Schürze der Hexe. Aber als er all das Silbergeld in der Kiste erblickte, warf er all das Kupfergeld, das er hatte, fort und füllte sich die Taschen und den Tornister nur mit Silber. Dann ging er in die dritte Kammer. – Nein, das war zu häßlich! Der Hund darin hatte wirklich zwei Augen, jedes so groß wie der »Runde Turm«, sie drehten sich im Kopfe gerade wie Räder.

»Guten Abend!« sagte der Soldat und griff an die Mütze, denn einen solchen Hund hatte er noch nie gesehen. Als er ihn aber etwas genauer betrachtet hatte, dachte er, nun ist es genug, hob ihn auf die Diele herunter und machte die Kiste auf. Gott! Was war da für eine Menge Gold! Er konnte dafür die ganze Stadt und die Zuckerschweinchen der Marktweiber, alle Zinnsoldaten, Peitschen und Schaukelpferde der ganzen Welt kaufen. Ja, so viel Gold! Nun warf der Soldat alles Silbergeld, womit er Taschen und Tornister gefüllt hatte, fort und nahm dafür Gold; ja, alle Taschen, der Tornister, die Mütze und die Stiefel wurden gefüllt, so daß er kaum gehen konnte.

Nun hatte er Geld! Den Hund setzte er auf die Kiste, schlug die Tür zu und rief dann durch den Baum hinauf:

»Zieh mich jetzt in die Höhe, du alte Hexe!«

»Hast du auch das Feuerzeug?« fragte die Hexe.

»Donnerwetter!« sagte der Soldat, »das hätte ich ganz vergessen!« Und dann ging er und holte es. Die Hexe zog ihn herauf, und da stand er wieder auf der Landstraße mit Taschen, Stiefeln, Tornister und Mütze voll Gold.

»Was willst du mit dem Feuerzeug machen?« fragte der Soldat.

»Das geht dich nichts an!« sagte die Hexe. »Du hast ja Geld bekommen! Gib mir nur das Feuerzeug!«

»Ach was!« sagte der Soldat. »Willst du mir gleich sagen, was du damit machen willst, oder ich ziehe meinen Säbel und schlag dir den Kopf ab!«

»Nein!« sagte die Hexe.

Da schlug der Soldat ihr den Kopf ab. Da lag sie! Er aber band all sein Gold in ihre Schürze, nahm es wie ein Bündel auf seinen Rücken, steckte das Feuerzeug in die Tasche und ging geraden Wegs nach der Stadt.

Das war eine prächtige Stadt! Und in dem prachtvollsten Wirtshaus kehrte er ein, verlangte die allerbesten Zimmer und seine Lieblingsspeisen; denn nun war er ja reich, da er so viel Geld hatte.

Dem Diener, welcher seine Stiefel putzen sollte, kam es freilich vor, als wären es recht sonderbare alte Stiefel für einen so reichen Herrn. Aber er hatte sich noch keine neuen gekauft; am nächsten Tage bekam er anständige Stiefel und schöne Kleider. Nun war aus einem Soldaten ein vornehmer Herr geworden, und die Leute erzählten ihm von all den Herrlichkeiten in ihrer Stadt und von ihrem König, und was für eine niedliche Prinzessin seine Tochter sei.

»Wo kann man sie zu sehen bekommen?« fragte der Soldat.

»Sie ist gar nicht zu Gesicht zu bekommen!« sagten sie alle. »Sie wohnt in einem großen kupfernen Schlosse, von vielen Mauern und Türmen umgeben! Niemand außer dem König darf bei ihr ein und aus gehen, denn es ist prophezeit worden, daß sie an einen gemeinen Soldaten verheiratet wird, und das kann der König nicht zugeben!«

›Die möchte ich wohl sehen!‹ dachte der Soldat; aber dazu konnte er ja keine Erlaubnis erhalten.

Nun lebte er recht lustig, besuchte das Theater, fuhr in des Königs Garten und gab den Armen viel Geld; und das war schön von ihm; er wußte noch von früheren Zeiten her, wie schlimm es ist, nicht einen Pfennig zu besitzen! Er war nun reich, hatte schöne Kleider und bekam viele Freunde, die alle sagten, er sei ein vortrefflicher Mensch, ein wahrer Kavalier. Und das hatte der Soldat gern. Aber da er jeden Tag Geld ausgab und nie etwas einnahm, so blieben ihm zuletzt nicht mehr als zwei Pfennige übrig, und er mußte die schönen Zimmer verlassen, worin er gewohnt hatte, und oben in einer kleinen Kammer unter dem Dach wohnen, sich seine Stiefel selbst putzen und sie schließlich mit einer Stopfnadel zusammenflikken. Keiner seiner Freunde kam zu ihm, denn es waren zu viele Treppen hinaufzusteigen.

Es war ein dunkler Abend, und er konnte sich nicht einmal ein Licht kaufen. Aber es fiel ihm ein, daß ein kleines Endchen in dem Feuerzeug liege, welches er aus dem hohlen Baum geholt, in den die Hexe ihm hinuntergeholfen hatte. Er suchte das Feuerzeug mit dem Lichtendchen hervor; aber gerade als er Feuer machte und die Flamme aus dem Feuerzeug schlug, sprang die Tür auf, und der Hund, welcher Augen so groß wie ein Paar Teetassen hatte, stand vor ihm und fragte: »Was befiehlt mein Herr?«

»Was ist denn das?« fragte der Soldat. »Das ist

ja ein lustiges Feuerzeug, wenn ich so bekommen kann, was ich haben will! – Beschaffe mir etwas Geld!« sagte er zu dem Hund, und wipps! war der Hund fort, wipps! war er wieder da und hielt einen großen Beutel voller Münzen in seiner Schnauze.

Nun wußte der Soldat, was für ein prächtiges Feuerzeug das war! Strich er einmal daran, so kam der Hund, der auf der Kiste mit Kupfergeld saß; strich er zweimal, so kam der, welcher das Silbergeld hatte, und strich er dreimal, so kam der, welcher das Gold bewachte. Jetzt zog der Soldat wieder in die schönen Zimmer hinunter und erschien von neuem in schönen Kleidern. Da erkannten ihn gleich alle seine Freunde wieder und hielten sehr viel auf ihn.

Da dachte er: ›Es ist doch sonderbar, daß man die Prinzessin nicht zu sehen bekommen kann. Sie soll sehr schön sein, sagen alle; aber was hilft das, wenn sie immer in dem großen Kupferschlosse mit den vielen Türmen sitzen muß! Kann ich sie denn gar nicht zu sehen bekommen? – Wo ist nur mein Feuerzeug?‹ Er strich Feuer und wipps! kam der Hund mit den Augen so groß wie Teetassen.

»Es ist freilich mitten in der Nacht«, sagte der Soldat, »aber ich möchte gern die Prinzessin auf einen Augenblick sehen!«

Der Hund war gleich aus der Tür, und ehe der Soldat sich's versah, kam er mit der Prinzessin wieder. Sie saß und schlief auf dem Rücken des Hundes und war so lieblich, daß ein jeder sehen konnte, daß sie wirklich eine Prinzessin war. Der Soldat konnte es durchaus nicht unterlassen, sie zu küssen, denn er war ganz und gar Soldat.

Darauf lief der Hund mit der Prinzessin wieder zurück. Doch als es Morgen wurde und der König und die Königin Tee tranken, erzählte die Prinzessin, sie hätte in der vorigen Nacht einen sonderbaren Traum von einem Hund und einem Soldaten gehabt; sie wäre auf dem Hund geritten, und der Soldat hätte sie geküßt.

»Das wäre wahrlich eine schöne Geschichte!« sagte die Königin.

Nun sollte in der nächsten Nacht eine der alten Hofdamen am Bett der Prinzessin wachen, um zu sehen, ob es wirklich ein Traum war, oder was es sonst sein möchte.

Der Soldat hatte eine außerordentliche Sehnsucht, die Prinzessin wiederzusehen, und so kam denn der Hund in der Nacht, holte sie und lief so schnell wie er konnte. Aber die alte Hofdame zog Wasserstiefel an und lief ebensoschnell hinterher. Als sie nun sah, daß sie in einem großen Hause verschwanden, dachte sie: ›Nun weiß ich, wo es ist‹, und machte mit einem Stück Kreide ein großes Kreuz an die Türe. Dann ging sie nach Hause und legte sich nieder, und der Hund kam auch mit der Prinzessin wieder. Aber als er sah, daß ein Kreuz an die Türe des Hauses gemacht war, wo der Soldat wohnte, nahm auch er ein Stück Kreide und machte Kreuze an alle Haustüren der Stadt, und das war klug getan, denn nun konnte ja die Hofdame die richtige Türe nicht mehr finden, da an allen Türen Kreuze waren.

Frühmorgens kamen der König und die Königin, die alte Hofdame und alle Offiziere, um zu sehen, wo die Prinzessin gewesen war.

»Da ist es!« sagte der König, als er die erste Tür mit einem Kreuz daran erblickte.

»Nein, dort ist es, mein lieber Mann!« sagte die Königin, als sie die zweite Tür ebenfalls mit einem Kreuze sah.

»Aber da ist eins und dort ist eins!« sagten alle; wohin sie blickten, waren Kreuze an den Türen. Da begriffen sie denn wohl, daß ihnen das Suchen nichts helfen würde.

Doch die Königin war eine äußerst kluge Frau, die mehr konnte, als in einer Kutsche fahren. Sie nahm ihre große goldene Schere, schnitt ein Stück Seidenzeug in Stücke und nähte daraus einen kleinen niedlichen Beutel; den füllte sie mit feiner

Buchweizengrütze, band ihn der Prinzessin auf den Rücken, und als das getan war, schnitt sie ein kleines Loch in den Beutel, so daß die Grütze den ganzen Weg berieseln mußte, den die Prinzessin nahm.

In der Nacht kam nun der Hund wieder, nahm die Prinzessin auf den Rücken und lief mit ihr zum Soldaten hin, der sie sehr lieb hatte und gern ein Prinz hätte sein mögen, um sie zur Frau bekommen zu können.

Der Hund merkte durchaus nicht, wie die Grütze den Weg berieselte, vom Schloß bis zu dem Fenster des Soldaten,wo er mit der Prinzessin die Mauer hinauflief. Am Morgen sahen der König und die Königin nun wohl, wo ihre Tochter gewesen war; sie ließen den Soldaten ergreifen und ins Gefängnis werfen.

Da saß er nun. Hu, wie dunkel und langweilig war es da! Und man sagte ihm: »Morgen wirst du gehängt werden.« Das zu hören war nicht belustigend, und sein Feuerzeug hatte er im Gasthof gelassen. Am Morgen konnte er durch das Eisengitter vor dem kleinen Fenster sehen, wie sich das Volk beeilte, aus der Stadt zu kommen, um ihn hängen zu sehen. Er hörte die Trommeln und sah die Soldaten marschieren. Alle liefen hinaus; darunter war auch ein Schusterjunge mit Schurzfell und Pantoffeln; der lief so im Galopp, daß ihm ein Pantoffel vom Fuße ab- und gerade gegen die Mauer flog, hinter der der Soldat saß und durch das Eisengitter hinausguckte.

»Ei, du Schusterjunge! Du brauchst nicht solche Eile haben!« sagte der Soldat zu ihm. »Es geht doch nicht los, bevor ich da bin! Aber willst du hinlaufen, wo ich gewohnt habe und mir mein Feuerzeug holen, so will ich dir vier Pfennige geben. Aber du mußt die Beine in die Hand nehmen!« Der Schusterjunge wollte gern die vier Pfennige verdienen; er holte das Feuerzeug, gab es dem Soldaten und – ja, nun, wir werden hören!

Außerhalb der Stadt war ein großer Galgen errichtet worden, ringsherum standen die Soldaten und viele tausend Menschen. Der König und die Königin saßen auf einem prächtigen Thron, den Richtern und dem ganzen Rate gegenüber.

Der Soldat stand schon oben auf der Leiter; aber als sie ihm den Strick um den Hals legen wollten, sagte er, daß man ja einem armen Sünder immer, bevor er seine Strafe erleide, die Erfüllung eines unschuldigen Wunsches gewähre. Er möchte so gern eine Pfeife Tabak rauchen; es wäre ja seine letzte Pfeife auf dieser Welt.

Das wollte der König ihm denn auch nicht verwehren, und so nahm der Soldat sein Feuerzeug und schlug Feuer, eins, zwei, drei. Und siehe! Da standen plötzlich alle drei Hunde; der mit den Augen so groß wie Teetassen, der mit den Augen so groß wie Mühlräder und der, dessen Augen so groß waren wie der »Runde Turm«.

»Helft mir nun, daß ich nicht gehängt werde!« sagte der Soldat. Und da fielen die Hunde über den Richter und den ganzen Rat her, nahmen den einen bei den Beinen und den andern bei der Nase und warfen sie viele Klafter hoch in die Luft, so daß sie niederfielen und in lauter Stücke zersprangen.

»Ich will nicht!« sagte der König, aber der größte Hund nahm sowohl ihn wie die Königin und warf sie den anderen nach; da erschraken die Soldaten, und alles Volk rief: »Guter Soldat, du sollst unser König sein und die schöne Prinzessin haben!«

Dann setzten sie den Soldaten in des Königs Kutsche, und die drei Hunde tanzten voran und riefen: »Hurra!« Und Knaben pfiffen auf den Fingern, und die Soldaten präsentierten das Gewehr. Die Prinzessin kam aus dem kupfernen Schlosse und wurde Königin, und das gefiel ihr wohl! Die Hochzeit währte acht Tage, und die drei Hunde saßen mit bei Tische und machten große Augen.

Die Teekanne

Es war einmal eine stolze Teekanne, die stolz auf ihr Porzellan war, stolz auf ihre lange Tülle, stolz auf ihren breiten Henkel, sie hatte vorn was und hinten was, die Tülle vorn, den Henkel hinten, und davon sprach sie sehr gern; aber sie sprach nicht von ihrem Deckel, der war zerbrochen und gekittet, er hatte Mängel, und von seinen Mängeln spricht man nicht gerne, das tun schon andere. Die Tassen, das Sahnekännchen und die Zuckerdose, das ganze Teeservice würde schon mehr an den kaputten Deckel als an den guten Henkel und die ausgezeichnete Tülle denken und von ihnen reden, das wußte die Teekanne.

»Ich kenne sie!« sprach sie in sich hinein, »ich kenne auch meine Mängel und bekenne mich dazu, darin liegt meine Demut, meine Bescheidenheit, Mängel haben wir alle, aber man hat auch seine Vorzüge. Die Tassen bekamen einen Henkel, die Zuckerdose einen Deckel, ich bekam beides und noch etwas dazu, das die anderen nicht haben, ich bekam eine Tülle, und das macht mich zur Königin auf dem Teetisch. Der Zuckerdose und dem Sahnekännchen wurde es vergönnt, Dienerinnen des Wohlgeschmacks zu sein, aber ich bin die Gebende, die Gebietende, ich verbreite Segen unter die durstige Menschheit, in meinem Innern werden chinesische Blätter in geschmacklosem kochenden Wasser verarbeitet.«

So sprach die Teekanne in ihrer unbekümmerten Jugend. Sie stand auf dem gedeckten Tisch, sie wurde von der feinsten Hand angefaßt, aber die feinste Hand war linkisch, die Teekanne fiel zu Boden. Die Tülle brach ab, der Henkel brach ab, über den Deckel braucht man gar nicht erst zu reden, von dem ist genug gesprochen, die Teekanne lag ohnmächtig da, und das kochende Wasser strömte aus ihr heraus. Es war ein harter Schlag, und das traurigste war, daß die Leute lachten, sie lachten über die Teekanne und nicht über die linkische Hand.

»Das werde ich mein Leben lang nicht vergessen!« sagte die Teekanne, wenn sie später ihren Lebenslauf erzählte. »Man hieß mich Invalide, stellte mich in einen Winkel und schenkte mich tags darauf einer armen Frau, die um Bratenfett bettelte; ich geriet in die Gesellschaft der Armen, stand sprachlos da, aber wie ich dastand, begann mein besseres Leben, die ursprüngliche Bestimmung wird durch die Ereignisse oft in ganz andere Bahnen gelenkt. Es wurde Erde in mich hineingetan, das ist für eine Teekanne dasselbe, wie begraben zu werden, aber in die Erde wurde eine Blumenzwiebel gelegt, wer sie einpflanzte, das weiß ich nicht, eingepflanzt wurde sie, als Ersatz für die chinesischen Blätter und das kochende Wasser, als Ersatz für den abgebrochenen Henkel und die Tülle. Und die Zwiebel lag in der Erde, lag in mir, sie wurde mein Herz, mein lebendiges Herz, ein solches hatte ich vordem nie gehabt. Es war Leben in mir, Kraft und Willen, der Puls schlug, die Zwiebel keimte, sie war nahe daran, von Gedanken und Gefühlen gesprengt zu werden, diese brachen hervor in einer Blume, ich sah sie, ich trug sie, ich vergaß mich selbst in ihrer reizenden Schönheit, herrlich ist es, sich selbst in anderen zu vergessen! Die Blume aber bedankte sich nicht bei mir, sie nahm mich gar nicht wahr; sie wurde bewundert und gelobt. Ich freute mich sehr darüber, und wie erfreut mußte sie erst davon sein! Eines Tages hörte ich, wie man sagte, daß sie eine bessere Kanne verdiene. Man schlug mich entzwei, das tat fürchterlich weh; die Blume aber gelangte in eine bessere Kanne – und ich wurde in den Hofraum geworfen und liege noch immer dort wie eine alte Scherbe, aber ich habe die Erinnerung, die kann mir niemand nehmen.«

Der kleine Klaus
und der große Klaus

In einem Dorfe wohnten zwei Männer, die beide denselben Namen hatten. Beide hießen Klaus, aber der eine besaß vier Pferde und der andere nur ein einziges. Um sie nun voneinander unterscheiden zu können, nannte man den, der vier Pferde besaß, den großen Klaus, und den, der nur ein einziges hatte, den kleinen Klaus. Nun wollen wir hören, wie es den beiden erging; es ist nämlich eine wahre Geschichte.

Die ganze Woche hindurch mußte der kleine Klaus für den großen Klaus pflügen und ihm sein einziges Pferd leihen, dann half der große Klaus ihm wieder mit allen seinen vieren, aber nur einmal wöchentlich, und das war sonntags. Hussa, wie knallte der kleine Klaus mit seiner Peitsche über alle fünf Pferde! Denn sie waren ja an dem einen Tag so gut wie sein. Die Sonne schien herrlich, und alle Glocken läuteten zur Kirche, die Leute waren alle herausgeputzt und gingen mit dem Gesangbuche unter dem Arme, den Pfarrer predigen zu hören, und kamen auf ihrem Wege an dem kleinen Klaus vorbei, der mit fünf Pferden pflügte, und er war so vergnügt, daß er wieder mit der Peitsche knallte und rief: »Hü, alle meine Pferde!«

»Das darfst du nicht sagen«, sagte der große Klaus, »dir gehört ja nur das eine Pferd!«

Aber als wieder jemand vorbeiging, vergaß der kleine Klaus, daß er es nicht sagen sollte, und da rief er: »Hü, alle meine Pferde!«

»Nun muß ich mir das aber wirklich verbitten«, sagte der große Klaus; »sagst du es noch einmal, so schlage ich dein Pferd vor den Kopf, daß es auf der Stelle tot ist.«

»Ich will es gewiß nicht noch einmal sagen!« sagte der kleine Klaus. Aber als da Leute vorbeikamen und ihm guten Tag zunickten, wurde er sehr erfreut und dachte, es sehe doch recht gut aus, daß er fünf Pferde habe, sein Feld zu pflügen, und da knallte er mit der Peitsche und rief: »Hü, alle meine Pferde!«

»Ich will dir helfen, hü zu sagen!« sagte der große Klaus, nahm einen Hammer und schlug des kleinen Klaus einziges Pferd vor den Kopf, daß es umfiel und tot war.

»Ach, nun habe ich gar kein Pferd mehr!« sagte der kleine Klaus und fing an zu weinen. Später zog er dem Pferde die Haut ab und ließ sie gut im Winde trocknen, steckte sie dann in einen Sack, den er auf der Schulter trug, und machte sich auf den Weg in die Stadt, um seine Pferdehaut zu verkaufen.

Er hatte einen sehr weiten Weg zu gehen, mußte durch einen großen dunklen Wald, und nun zog auch noch ein fürchterliches Unwetter auf. Er verirrte sich gänzlich, und ehe er wieder auf den rechten Weg kam, war es Abend und allzuweit, um zur Stadt oder wieder nach Hause zu gelangen, bevor es Nacht wurde.

Dicht am Wege lag ein großer Bauernhof; die Fensterläden waren geschlossen, aber es schimmerte Licht durch. ›Hier darf ich gewiß übernachten‹, dachte der kleine Klaus und klopfte an.

Die Bauersfrau machte auf; als sie aber hörte, was er wollte, sagte sie, er solle weitergehen, ihr Mann sei nicht zu Hause, und sie lasse keine Fremden herein.

»Nun, so muß ich draußen liegenbleiben«, sagte der kleine Klaus, und die Bauersfrau schlug ihm die Tür vor der Nase zu.

Dicht daneben stand ein großer Heuschober, und zwischen diesem und dem Hause war ein kleiner Geräteschuppen mit einem flachen Strohdach.

»Da oben kann ich liegen«, sagte der kleine Klaus, als er das Dach erblickte; »das ist ja ein herrliches Bett. Der Storch fliegt wohl nicht herunter und beißt mich.« Denn ein Storch hatte sein Nest auf dem Dache.

Nun kroch der kleine Klaus auf den Schuppen hinauf, streckte sich aus und drehte sich, um recht gut zu liegen. Die hölzernen Läden vor den Fenstern schlossen oben nicht ganz dicht, und so konnte er gerade in die Stube hineinblicken.

Drinnen war ein großer Tisch gedeckt, mit Wein und Braten und einem herrlichen Fisch; die Bauersfrau und der Küster saßen bei Tische und sonst niemand anders, sie schenkte ihm ein, und er langte nach dem Fisch mit der Gabel, denn das war sein Leibgericht.

›Wenn ich doch etwas davon abbekommen könnte!‹ dachte der kleine Klaus und drückte den Kopf gegen das Fenster.

Einen herrlichen Kuchen sah er auch im Zimmer stehen! Ja, das war ein Fest!

Nun hörte er jemanden von der Landstraße her auf das Haus zureiten; das war der Mann der Bauersfrau, der nach Hause kam.

Das war ein ganz guter Mann, aber er hatte die wunderliche Eigenheit, daß er den Anblick eines Küsters nicht ertragen konnte; kam ihm ein Küster vor die Augen, so wurde er ganz rasend. Deshalb war auch der Küster zu seiner Frau hineingegangen, um ihr guten Tag zu sagen, weil er wußte, daß der Mann nicht zu Hause war, und die gute Frau setzte ihm dafür das herrlichste Essen vor. Als sie nun den Mann kommen hörten, erschraken sie sehr, und die Frau bat den Küster, in eine große leere Kiste hineinzukriechen, denn er wußte ja, daß der arme Mann den Anblick eines Küsters nicht ertragen konnte.

Die Frau versteckte geschwind all das herrliche Essen und den Wein in ihrem Backofen, denn hätte der Mann das zu sehen bekommen, so hätte er sicher gefragt, was es zu bedeuten habe.

»Ach ja!« seufzte der kleine Klaus oben auf seinem Schuppen, als er all das Essen verschwinden sah.

»Ist jemand dort oben?« fragte der Bauer und sah nach dem kleinen Klaus hinauf. »Warum liegst du dort? Komm lieber mit in die Stube.«

Nun erzählte der kleine Klaus, wie er sich verirrt habe, und bat, daß er die Nacht über bleiben dürfe.

»Ja freilich«, sagte der Bauer, »aber wir müssen zuerst etwas zu essen haben!«

Die Frau empfing beide sehr freundlich, deckte einen langen Tisch und gab ihnen eine große

Schüssel voll Grütze. Der Bauer war hungrig und aß mit rechtem Appetit, aber der kleine Klaus dachte unablässig an den herrlichen Braten, den Fisch und den Kuchen, die er im Ofen wußte.

Unter den Tisch zu seinen Füßen hatte er den Sack mit der Pferdehaut gelegt, die er in der Stadt hatte verkaufen wollen. Die Grütze wollte ihm nicht schmecken, da trat er auf seinen Sack, und die trockene Haut im Sacke knarrte laut.

»Pst!« sagte der kleine Klaus zu seinem Sacke, trat aber gleich wieder darauf; da knarrte es weit lauter als zuvor.

»Ei, was hast du denn in deinem Sack?« fragte der Bauer darauf.

»Oh, es ist ein Zauberer«, sagte der kleine Klaus. »Er sagt, wir sollen doch keine Grütze essen, er habe den ganzen Ofen voll Braten, Fisch und Kuchen gehext.«

»Ei der Tausend!« sagte der Bauer und machte schnell den Ofen auf, wo er all die prächtigen, leckeren Speisen erblickte, die nach seiner Meinung der Zauberer im Sack für sie gehext hatte. Die Frau durfte nichts sagen, sie setzte sogleich die Speisen auf den Tisch, und so aßen sie beide vom Fisch, vom Braten und von dem Kuchen. Nun trat der kleine Klaus wieder auf seinen Sack, daß die Haut knarrte.

»Was sagt er jetzt?« fragte der Bauer.

»Er sagt«, erwiderte der kleine Klaus, »daß er auch drei Flaschen Wein für uns gehext hat; sie stehen dort in der Ecke beim Ofen!« Nun mußte die Frau den Wein hervorholen, den sie verborgen hatte, und der Bauer trank und wurde lustig. Einen solchen Zauberer, wie der kleine Klaus im Sacke hatte, hätte er gar zu gern gehabt.

»Kann er auch den Teufel hervorhexen?« fragte der Bauer. »Jetzt wäre ich gerade dazu aufgelegt, ihn zu sehen.«

»Ja«, sagte der kleine Klaus, »mein Zauberer kann alles, was ich verlange. Nicht wahr, du?« fragte er und trat auf den Sack, daß es knarrte. »Hörst du? Er sagt ja! Aber der Teufel sieht häßlich aus, wir wollen ihn lieber nicht sehen!«

»Oh, mir ist gar nicht bange; wie mag er wohl aussehen?«

»Er wird sich ganz leibhaftig als ein Küster zeigen!«

»Hu!« sagte der Bauer, »das ist häßlich! Du mußt wissen, ich kann den Anblick eines Küsters nicht ertragen! Aber es macht nichts, ich weiß ja, daß es der Teufel ist, da kann ich es vielleicht besser ertragen! Nun habe ich Mut, aber er darf mir nicht zu nahe kommen.«

»Ich werde meinen Zauberer fragen«, sagte der

kleine Klaus, trat auf den Sack und hielt sein Ohr hin.

»Was sagt er?«

»Er sagt, du sollst hingehen und die Kiste aufmachen, die dort in der Ecke steht, so wirst du den Teufel sehen, wie er darin kauert; aber du mußt den Deckel festhalten, damit er nicht entwischt.«

»Willst du mir helfen, ihn festzuhalten?« bat der Bauer und ging zu der Kiste, wo die Frau den Küster verborgen hatte, der darin saß und sich sehr fürchtete.

Der Bauer öffnete den Deckel ein wenig und spähte durch den Spalt. »Hu!« rief er und sprang zurück. »Ja, ich habe ihn gesehen, er sah ganz aus wie unser Küster! War das schrecklich!«

Darauf mußte getrunken werden, und so tranken sie denn noch lange in die Nacht hinein.

»Den Zauberer mußt du mir verkaufen«, sagte der Bauer; »verlange dafür, was du willst! Ja, ich gebe dir gleich einen ganzen Scheffel Geld dafür!«

»Nein, das kann ich nicht!« sagte der kleine Klaus. »Bedenke doch, wieviel Nutzen ich von diesem Zauberer haben kann.«

»Ach, ich möchte ihn aber so gern haben«, sagte der Bauer und fuhr fort zu bitten.

»Also«, sagte der kleine Klaus zuletzt, »da du so gut gewesen bist, mir diese Nacht Obdach zu gewähren, so mag es sein. Du sollst den Zauberer für einen Scheffel Geld haben, aber ich will den Scheffel gehäuft voll haben.«

»Das sollst du bekommen«, sagte der Bauer, »aber die Kiste dort mußt du mit dir nehmen; ich will sie nicht eine Stunde länger im Hause behalten; man kann nie wissen, vielleicht sitzt er noch darin.«

Der kleine Klaus gab dem Bauer seinen Sack mit der trocknen Haut darin und bekam dafür einen ganzen Scheffel Geld, gehäuft gemessen. Der Bauer schenkte ihm sogar noch einen großen Karren, um das Geld und die Kiste fortzuschaffen.

»Lebe wohl«, sagte der kleine Klaus.

Dann fuhr er mit seinem Gelde und der großen Kiste, worin noch der Küster steckte, davon.

Auf der andern Seite des Waldes war ein großer tiefer Fluß; das Wasser floß so reißend darin, daß man kaum gegen den Strom anschwimmen konnte; man hatte eine große neue Brücke darüber geschlagen. Der kleine Klaus hielt mitten auf ihr an und sagte ganz laut, damit der Küster in der Kiste es hören könne:

»Was soll ich denn mit der dummen Kiste

machen? Sie ist so schwer, als ob Steine drin wären! Ich werde nur müde davon, sie weiterzufahren; ich will sie in den Fluß werfen; schwimmt sie zu mir nach Hause, so ist es gut, wenn nicht, so schadet es auch nichts.«

Darauf faßte er die Kiste mit der einen Hand an und hob sie ein wenig, gerade als ob er sie ins Wasser werfen wollte.

»Nein, tu das nicht!« rief der Küster von innen. »Laß mich erst heraus!«

»Hu!« sagte der kleine Klaus und tat, als fürchte er sich. »Er sitzt noch darin! Da muß ich ihn geschwind in den Fluß werfen, damit er ertrinkt!«

»O nein, o nein!« sagte der Küster; »ich will dir einen ganzen Scheffel Geld geben, wenn du mich gehen läßt!«

»Ja, das ist etwas anderes!« sagte der kleine Klaus und machte die Kiste auf.

Der Küster kroch schnell heraus, stieß die leere Kiste ins Wasser hinunter und ging nach Hause, wo der kleine Klaus einen ganzen Scheffel Geld bekam; einen hatte er ja schon von dem Bauer erhalten, nun hatte er also seinen ganzen Karren voll Geld.

»Sieh, das Pferd erhielt ich ganz gut bezahlt!« sagte er zu sich selbst, als er zu Hause in seiner eigenen Stube war, und schüttete alles Geld auf einen Haufen mitten in der Stube. »Das wird den großen Klaus ärgern, wenn er erfährt, wie reich ich durch ein einziges Pferd geworden bin; aber ich will es ihm doch nicht geradeheraus sagen!«

Nun sandte er einen Jungen zum großen Klaus hin, um sich ein Scheffelmaß zu leihen.

›Was mag er wohl damit machen wollen?‹ dachte der große Klaus und schmierte Teer auf den Boden, damit von dem, was gemessen wurde, etwas daran hängen bliebe. Und so kam es auch; denn als er das Scheffelmaß zurückerhielt, hingen drei Taler daran.

»Was ist das?« sagte der große Klaus und lief sogleich zu dem kleinen. »Wo hast du all das Geld her?«

»Oh, das ist für meine Pferdehaut! Ich verkaufte sie gestern abend.«

»Das war wahrlich gut bezahlt!« sagte der große Klaus, lief geschwind nach Hause, nahm eine Axt und schlug alle seine vier Pferde vor den Kopf, zog ihnen die Haut ab und fuhr mit diesen Häuten in die Stadt.

»Häute! Häute! Wer will Häute kaufen?« rief er durch die Straßen.

Alle Schuhmacher und Gerber kamen gelaufen und fragten, was er dafür haben wolle.

»Einen Scheffel Geld für jede«, sagte der große Klaus.

»Bist du verrückt?« riefen alle. »Glaubst du, wir haben das Geld scheffelweise?«

»Häute! Häute! Wer will Häute kaufen?« rief er wieder, aber allen denen, die ihn fragten, was die Häute kosten sollten, erwiderte er: »Einen Scheffel Geld.«

»Er will uns foppen«, sagten alle, und da nahmen die Schuhmacher ihre Spannriemen und die Gerber ihre Schurzfelle und fingen an, auf den großen Klaus einzudreschen.

»Häute! Häute!« riefen sie ihm nach; «ja, wir wollen dir die Haut gerben! Hinaus aus der Stadt mit ihm!« riefen sie, und der große Klaus mußte laufen, was er nur konnte.

So war er noch nie durchgeprügelt worden.

»Na«, sagte er, als er nach Hause kam, »dafür soll der kleine Klaus büßen! Ich schlage ihn tot!«

Zu Hause beim kleinen Klaus war die alte Großmutter gestorben; sie war freilich recht böse und schlimm gegen ihn gewesen, aber er war doch betrübt, nahm die tote Frau und legte sie in sein warmes Bett, um zu sehen, ob sie nicht zum Leben zurückkehren werde. Da sollte sie die ganze Nacht liegen, er selbst wollte im Winkel sitzen und auf einem Stuhle schlafen; das hatte er schon früher getan. Als er nun da in der Nacht saß, ging die Tür auf, und der große Klaus kam mit einer Axt herein; er wußte wohl, wo des kleinen Klaus Bett stand, ging gerade darauf los und schlug nun die alte Großmutter vor den Kopf, denn er glaubte, daß der kleine Klaus dort in seinem Bette liege.

»Sieh«, sagte er, »nun sollst du mich nicht mehr zum besten haben!« Und dann ging er wieder nach Hause.

»Das ist doch ein recht böser Mann!« sagte der kleine Klaus; »da wollte er mich totschlagen! Es war doch gut für die alte Mutter, daß sie schon tot war, sonst hätte er ihr das Leben genommen!«

Nun legte er der alten Großmutter Sonntagskleider an, lieh sich von dem Nachbarn ein Pferd, spannte es vor den Wagen und setzte die alte Großmutter auf den hintersten Sitz, so daß sie nicht hinausfallen konnte, wenn er fuhr, und so rollten sie von dannen durch den Wald. Als die Sonne aufging, waren sie vor einem großen Wirtshause, da hielt der kleine Klaus an und ging hinein, um etwas zu essen.

Der Wirt hatte sehr viel Geld, er war auch ein recht guter, aber hitziger Mann, als wären Pfeffer und Tabak in ihm.

»Guten Morgen!« sagte er zum kleinen Klaus. »Du bist heute früh aus den Federn!«

»Ja«, sagte der kleine Klaus, »ich will mit meiner Großmutter zur Stadt; sie sitzt draußen auf dem Wagen, ich kann sie nicht in die Stube hereinbringen. Willst du der Alten nicht ein Glas Met geben? Aber du mußt recht laut sprechen, denn sie hört nicht gut.«

»Ja, das will ich tun!« sagte der Wirt und schenkte ein großes Glas Met ein, mit dem er zur toten Großmutter hinausging, die in dem Wagen aufrecht gesetzt war.

»Hier ist ein Glas Met von Ihrem Sohne!« sagte der Wirt, aber die tote Frau erwiderte kein Wort, sondern saß ganz still und teilnahmslos da, als ob sie alles nichts anginge.

»Hört Ihr nicht?« rief der Wirt so laut er konnte. »Hier ist ein Glas Met von Ihrem Sohne!«

Noch einmal rief er und dann noch einmal, aber da sie sich durchaus nicht rührte, wurde er ärgerlich und warf ihr das Glas in das Gesicht, so daß ihr der Met gerade über die Nase lief und sie hintenüberfiel, denn sie war nur aufgesetzt und nicht festgebunden.

»Heda!« rief der kleine Klaus, sprang zur Tür heraus und packte den Wirt an der Brust, »du hast meine Großmutter erschlagen! Siehst du, da ist ein großes Loch in ihrer Stirn!«

»Oh, was für ein Unglück!« rief der Wirt und schlug die Hände über dem Kopf zusammen; »das kommt alles von meiner Heftigkeit! Lieber, kleiner Klaus, ich will dir einen Scheffel Geld geben und deine Großmutter begraben lassen, als wäre es meine eigene, aber schweig nur still, sonst wird mir der Kopf abgeschlagen, und das wäre mir unangenehm.«

So bekam der kleine Klaus einen ganzen Scheffel Geld, und der Wirt begrub die alte Großmutter so, als ob es seine eigene gewesen wäre.

Als nun der kleine Klaus wieder mit dem vielen Geld nach Hause kam, schickte er gleich seinen Jungen hinüber zum großen Klaus, um ihn bitten zu lassen, ihm ein Scheffelmaß zu leihen.

»Was ist das?« sagte der große Klaus. »Habe ich ihn nicht totgeschlagen? Da muß ich selbst nachsehen!« Und so ging er selbst mit dem Scheffelmaß zum kleinen Klaus.

»Woher hast du all das Geld?« fragte er und riß die Augen auf, als er sah, was noch hinzugekommen war.

»Du hast meine Großmutter, aber nicht mich erschlagen!« sagte der kleine Klaus. »Die habe ich nun verkauft und einen Scheffel Geld dafür bekommen!«

»Das ist wahrlich gut bezahlt!« sagte der große Klaus, eilte nach Hause, nahm eine Axt und schlug seine alte Großmutter tot, legte sie auf den Wagen, fuhr mit ihr zur Stadt, wo der Apotheker wohnte, und fragte, ob er einen toten Menschen kaufen wolle.

»Wer ist es, und woher habt Ihr ihn?« fragte der Apotheker.

»Es ist meine Großmutter!« sagte der große Klaus. »Ich habe sie totgeschlagen, um einen Scheffel Geld dafür zu bekommen!«

»Bewahr uns Gott!« sagte der Apotheker. »Ihr redet irre! Solche Reden können Euch den Kopf kosten!« Und nun hielt er ihm eine Standpauke und sagte ihm, was das für eine böse Tat sei, die er begangen habe, und was für ein schlechter Mensch er sei und daß er bestraft werden müsse. Da erschrak der große Klaus so sehr, daß er von der Apotheke gerade in den Wagen sprang und auf die Pferde schlug und nach Hause fuhr; aber der Apotheker und alle Leute glaubten, er sei verrückt, und deshalb ließen sie ihn fahren, wohin er wollte.

»Das sollst du mir bezahlen!« sagte der große Klaus, als er draußen auf der Landstraße war, »ja, ich will dich bestrafen, kleiner Klaus!« Kaum war er zu Hause, nahm er den größten Sack, den er finden konnte, ging hinüber zum kleinen Klaus und sagte: »Nun hast du mich wieder gefoppt; erst schlug ich meine Pferde tot, dann meine alte Großmutter; das ist alles deine Schuld; aber du sollst mich nie mehr foppen!« Da packte er den kleinen Klaus und steckte ihn in seinen Sack, nahm ihn so auf seinen Rücken und rief: »Nun gehe ich und ertränke dich!«

Es war ein weiter Weg, den er zu gehen hatte, bevor er zu dem Flusse kam, und der kleine Klaus war nicht leicht. Der Weg ging dicht bei der Kirche vorbei; die Orgel ertönte, und die Leute sangen schön darinnen. Da setzte der große Klaus seinen Sack mit dem kleinen Klaus bei der Kirchtür nieder und dachte, es könne wohl ganz gut sein, hineinzugehen und einen Psalm zu hören, ehe er weitergehe; der kleine Klaus konnte ihm ja nicht davonlaufen, und alle Leute waren in der Kirche. So ging er denn hinein.

»Ach Gott, ach Gott!« seufzte der kleine Klaus im Sack und drehte und wand sich, aber es war ihm nicht möglich, das Band aufzulösen. Da kam ein müder alter Viehtreiber daher, mit schneeweißem Haar und einem großen Stab in der Hand; er trieb eine ganze Herde Kühe und Stiere vor sich her, die liefen an den Sack, in dem der kleine Klaus saß, so daß er umgeworfen wurde.

»Ach Gott!« seufzte der kleine Klaus, »ich bin noch so jung und soll schon ins Himmelreich!«

»Und ich Armer«, sagte der Viehtreiber, »ich bin schon so alt und kann noch immer nicht hineinkommen!«

»Mach den Sack auf!« rief der kleine Klaus. »Krieche statt meiner hinein, so kommst du sogleich ins Himmelreich!«

»Ja, das will ich herzlich gern«, sagte der Viehtreiber und band den Sack auf, aus dem der kleine Klaus sogleich heraussprang.

»Gibst du nun auf das Vieh acht?« fragte der alte Mann. Dann kroch er in den Sack hinein, der kleine Klaus band den Sack wieder zu und zog dann mit allen Kühen und Stieren seines Weges.

Bald darauf kam der große Klaus aus der Kirche. Er nahm seinen Sack wieder auf den Rücken, obgleich es ihm schien, als sei er leichter geworden, denn der alte Viehtreiber war nur halb so schwer wie der kleine Klaus. »Wie leicht ist er doch zu tragen geworden! Ja, das kommt daher, daß ich einen Psalm gehört habe!« So ging er zum Flusse, der tief und groß war, warf den Sack mit dem alten Viehtreiber ins Wasser und rief hinterdrein, denn er glaubte ja, daß es der kleine Klaus sei: »Sieh, nun sollst du mich nicht mehr zum besten halten!«

Darauf ging er nach Hause; aber als er an die Stelle kam, wo die Wege sich kreuzten, begegnete er ganz unerwartet dem kleinen Klaus, der all sein Vieh dahertrieb.

»Was ist das?« fragte der große Klaus. »Habe ich dich nicht gerade erst ertränkt?«

»Doch«, sagte der kleine Klaus, »du warfst mich vor einer halben Stunde in den Fluß!«

»Aber woher hast du all das herrliche Vieh?« fragte der große Klaus.

»Das ist Meervieh!« sagte der kleine Klaus. »Ich will dir die Geschichte erzählen und dir Dank sagen, daß du mich ertränktest, denn nun bin ich reich! Mir war bange, als ich im Sacke steckte, und der Wind pfiff mir um die Ohren, als du mich von der Brücke hinunter in das kalte Wasser warfst. Ich sank sogleich zu Boden, aber ich stieß mich nicht, denn da unten wächst das schönste weichste Gras. Darauf fiel ich, und sogleich wurde der Sack geöffnet, und ein liebliches Mädchen, in schneeweißen Kleidern und mit einem grünen Kranz um das Haar, nahm mich bei der Hand und sagte: ›Bist du da, kleiner Klaus? Da hast du vorerst einige Kühe und Ochsen; eine Meile weiter oben auf der Straße steht noch eine ganze Herde, die ich dir schenken will!‹ Nun sah ich, daß der Fluß eine große Landstraße für das Wasservolk bildete. Unten auf dem Grunde gingen und fuhren sie gerade vom Meer her und ganz hinein in das Land; bis wo der Fluß endete. Da waren die schönsten Blumen und das frischeste Gras; die Fische schossen mir an den Ohren vorüber, geradeso wie hier die Vögel in der Luft. Was gab es da für hübsche Leute, und was war da für Vieh, das an den Gräben und Wällen weidete!«

»Aber warum bist du gleich wieder zu uns heraufgekommen?« fragte der große Klaus. »Das hätte ich nicht getan, wenn es so schön dort unten ist.«

»Ja«, sagte der kleine Klaus, »das ist gerade klug von mir. Du hast ja wohl gehört, was ich dir erzählte: Die Meerjungfrau sagte mir, eine Meile weiter auf der Straße – und mit der Straße meinte sie ja den Fluß, denn sie kann ja nicht aus dem Wasser steigen – stehe noch eine ganze Herde Vieh für mich. Aber ich weiß, was der Fluß für Krümmungen macht, bald hier, bald dort, das ist ein weiter Umweg. Nein, man kürzt bedeutend ab, wenn man hier an Land kommt und quer hinüber wieder zum Fluß gelangt; dabei spare ich eine halbe Meile und komme schneller zu meinem Vieh!«

»Oh, du bist ein glücklicher Mann!« sagte der große Klaus. »Glaubst du, daß ich auch Meervieh erhielte, wenn ich auf den Grund des Flusses käme?«

»Das denke ich wohl«, sagte der kleine Klaus, »aber ich kann dich nicht im Sack zum Flusse tragen, du bist mir zu schwer! Willst du selbst dahin gehen und in den Sack kriechen, so werde ich dich mit dem größten Vergnügen hineinwerfen.«

»Ich danke dir«, sagte der große Klaus. »Aber erhalte ich kein Meervieh, wenn ich hinunterkomme, so glaube mir, werde ich dich windelweich prügeln.«

»Nur keine Sorge!« Und da gingen sie zum Flusse hin. Als das Vieh das Wasser erblickte, lief es, so schnell es nur konnte, durstig hinunter zum Trinken.

»Sieh, wie es sich sputet!« sagte der kleine Klaus. »Es verlangt danach, wieder auf den Grund zu kommen!«

»Ja, hilf mir nur erst«, sagte der große Klaus, »sonst bekommst du Prügel!« Und so kroch er in den großen Sack, der quer über dem Rücken eines der Stiere gelegen hatte. »Leg einen Stein hinein, ich fürchte, daß ich sonst nicht untergehe«, sagte der große Klaus.

»Es klappt schon!« sagte der kleine Klaus,

legte aber doch einen großen Stein in den Sack, knüpfte das Band fest zu, und dann gab er ihm einen Stoß. Plumps! Da fiel der große Klaus in den Fluß und sank sogleich hinunter auf den Grund.

»Ich fürchte, er wird das Vieh nicht finden!« sagte der kleine Klaus und trieb seine Herde nach Hause.

Die Stopfnadel

Es war einmal eine Stopfnadel, die sich so fein dünkte, daß sie sich einbildete, eine Nähnadel zu sein.

»Paßt nur auf, wie ihr mich haltet!« sagte die Stopfnadel zu den Fingern, die sie hervornahmen. »Verliert mich nicht! Falle ich hinunter, so ist es sehr die Frage, ob ich wieder gefunden werde, so fein bin ich!«

»Das geht noch an!« sagten die Finger und faßten sie um den Leib.

»Seht ihr, ich komme mit Gefolge!« sagte die Stopfnadel, und dann zog sie einen langen Faden nach sich, der aber keinen Knoten hatte.

Die Finger richteten die Stopfnadel gerade gegen den Pantoffel der Köchin, an dem das Oberleder geplatzt war und jetzt wieder zusammengenäht werden sollte.

»Das ist eine gemeine Arbeit!« sagte die Stopfnadel, »ich komme nie hindurch, ich breche, ich breche!« – und da brach sie. »Habe ich es nicht gesagt?« seufzte die Stopfnadel; »ich bin zu fein!«

»Nun taugt sie nichts mehr«, meinten die Finger, aber sie mußten sie festhalten; die Köchin betröpfelte sie mit Siegellack und steckte sie dann vorn in ihr Tuch.

»Sieh, jetzt bin ich eine Busennadel!« sagte die Stopfnadel. »Ich wußte wohl, daß ich zu Ehren kommen werde; wenn man etwas wert ist, so wird man auch anerkannt.« Dann lachte sie innerlich, denn von außen kann man es einer Stopfnadel niemals ansehen, daß sie lacht; da saß sie nun so stolz, als ob sie in einer Kutsche führe, und sah sich nach allen Seiten um.

»Sind Sie von Gold?« fragte die Stecknadel, die ihre Nachbarin war. »Sie haben ein herrliches Äußeres und Ihren eigenen Kopf, aber klein ist er! Sie müssen danach trachten, daß er wächst!« Und darauf hob sich die Stopfnadel so stolz in die Höhe, daß sie aus dem Tuch in die Gosse fiel, gerade als die Köchin spülte.

»Nun gehen wir auf Reisen«, sagte die Stopfnadel; »wenn ich nur nicht dabei verlorengehe!« Aber sie ging verloren.

»Ich bin zu fein für diese Welt!« sagte sie, als sie im Rinnstein saß. »Ich habe ein gutes Selbstbewußtsein, und das ist immer ein kleines Vermögen!« Die Stopfnadel behielt Haltung und verlor ihre gute Laune nicht.

Es schwamm allerlei über sie hin, Späne, Stroh und Stücke von Zeitungen. »Sieh, wie sie segeln!« sagte die Stopfnadel. »Sie wissen nicht, was unter ihnen steckt. Ich stecke, ich sitze hier. Sieh, da geht nun ein Span, der denkt an nichts in der Welt, ausgenommen an einen ›Span‹, und das ist er selbst; da schwimmt ein Strohhalm, sieh, wie der sich schwenkt, wie der sich dreht! Denke nicht so viel an dich selbst, du könntest dich an einem Stein stoßen. Da schwimmt eine Zeitung! – Vergessen ist, was darin steht, und doch macht sie sich breit! Ich sitze hier geduldig und still; ich weiß, was ich bin, und das bleibe ich!« –

Eines Tages lag etwas dicht neben ihr, was herrlich glänzte, und da glaubte die Stopfnadel, daß es ein Diamant sei, aber es war ein Glasscherben, und weil er glänzte, so redete die Stopfnadel ihn an und gab sich als Busennadel zu erkennen. »Sie sind wohl ein Diamant?« – »Ja, ich bin etwas der Art!« Und so glaubte eins vom andern, daß sie recht kostbar seien, und dann sprachen sie darüber, wie hochmütig die Welt sei.

»Ja, ich habe in einer Schachtel bei einer Jungfrau gewohnt«, sagte die Stopfnadel, »und die Jungfrau war Köchin; sie hatte an jeder Hand fünf Finger, aber etwas so Eingebildetes wie diese fünf Finger habe ich noch nicht gekannt, und doch waren sie nur da, um mich zu halten, mich aus der Schachtel zu nehmen und mich in die Schachtel zu legen.«

»Glänzten sie denn?« fragte der Glasscherben.

»Glänzen!« sagte die Stopfnadel, »nein, aber hochmütig waren sie! Es waren fünf Brüder, alle geborene ›Finger‹, sie hielten sich stolz nebeneinander, obgleich sie von verschiedener Länge waren. Der äußerste, der Däumling, war kurz und dick, er ging außen vor der Hand her, und dann hatte er nur ein Gelenk im Rücken, er konnte nur eine Verbeugung machen, aber er sagte, daß, wenn er von einem Menschen abgehauen würde, der dann zum Kriegsdienste untauglich sei. Der Topflecker kam in Süßes und Saures, zeigte nach Sonne und Mond, und er verursachte den Druck, wenn sie schrieben; der Langemann sah den andern über den Kopf; der Goldrand ging mit einem Goldreif um den Leib, und der kleine Peter Spielmann tat gar nichts, und darauf war er stolz. Prahlerei war es, und Prahlerei blieb es! Und deshalb ging ich in die Gosse.«

»Nun sitzen wir hier und glänzen!« sagte der Glasscherben. Gleichzeitig kam mehr Wasser in den Rinnstein und riß den Glasscherben mit sich.

»Sieh, nun wurde er befördert!« sagte die Stopfnadel. »Ich bleibe sitzen, ich bin zu fein, aber das ist mein Stolz, und der ist bewundernswert!« So saß sie stolz da und hatte viele Gedanken.

»Ich möchte fast glauben, daß ich von einem Sonnenstrahl geboren bin, so fein bin ich! Kommt es mir doch auch vor, als ob die Sonne mich immer unter dem Wasser aufsuchte. Ach, ich bin so fein, daß meine Mutter mich nicht auffinden kann. Hätte ich mein altes Auge, das leider abbrach, so glaube ich, ich könnte weinen; – aber ich würde es nicht tun – es ist nicht fein, zu weinen!«

Eines Tages kamen einige Straßenjungen und wühlten im Rinnstein, wo sie alte Nägel, Pfennige und dergleichen fanden. Das war kein schönes Geschäft, und doch machte es ihnen Vergnügen.

»Au!« sagte der eine, er stach sich an der Stopfnadel. »Das ist vielleicht ein Kerl!«

»Ich bin kein Kerl, ich bin ein Fräulein!« sagte die Stopfnadel, aber niemand hörte es; der Siegellack war von ihr abgegangen, und sie war schwarz und dünn geworden, darum glaubte sie, daß sie noch feiner sei, als sie früher war.

»Da kommt eine Eierschale angesegelt!« sagten die Jungen und steckten die Stopfnadel in die Schale.

»Weiße Wände und selbst schwarz«, sagte die

Stopfnadel, »das kleidet gut! Nun kann man mich doch sehen! – Wenn ich nur nicht seekrank werde!« – Aber sie wurde nicht seekrank.

»Es ist gut gegen die Seekrankheit, einen Magen aus Stahl zu haben und immer daran zu denken, daß man etwas mehr als ein Mensch ist! Jetzt hat sich meine Seekrankheit gelegt. Je feiner man ist, desto mehr kann man aushalten.«

Krach! Da lag die Eierschale, und es ging ein Lastwagen über sie hin. »Au, wie das drückt!« sagte die Stopfnadel. »Jetzt werde ich doch seekrank!« Aber sie wurde es nicht, obgleich ein Lastwagen über sie wegfuhr, sie lag der Länge nach – und da mag sie liegenbleiben.

Die Störche

Auf dem letzten Hause in einem kleinen Dorfe stand ein Storchennest. Die Storchenmutter saß im Neste bei ihren vier kleinen Jungen, die den Kopf mit dem kleinen, schwarzen Schnabel hervorstreckten, der noch nicht rot geworden war. Ein kleines Stück davon entfernt stand auf dem Dachfirst ganz stramm und steif der Storchenvater; er hatte das eine Bein unter sich aufgezogen, um doch einige Mühe zu haben, während er Schildwache stand. Fast hätte man glauben mögen, er sei aus Holz geschnitzt, so still stand er. ›Es sieht gewiß recht vornehm aus, daß meine Frau eine Schildwache beim Neste hat!‹ dachte er. ›Sie können ja nicht wissen, daß ich ihr Mann bin, sie glauben sicher, daß mir befohlen worden ist, hier zu stehen. Das sieht recht vornehm aus!‹

Und er fuhr fort, auf einem Beine zu stehen.

Unten auf der Straße spielte eine Schar Kinder, und da sie die Störche bemerkten, sang einer der mutigsten Jungen und später alle zusammen den alten Vers von den Störchen:

»Storch, Storch, fliege heim,
Stehe nicht auf einem Bein,
Deine Frau im Neste liegt,
Wo sie ihre Jungen wiegt.
Das eine wird gehängt,
Das andre wird versengt,
Das dritte man erschießt,
Wenn man das vierte spießt!«

»Hört nur, was die Kinder singen!« sagten die kleinen Storchenjungen. »Sie singen, wir sollen gehängt und versengt werden!«

»Darum sollt ihr euch nicht kümmern!« sagte die Storchenmutter. »Hört nur nicht hin, so schadet es gar nichts!«

Aber die Kinder fuhren fort zu singen, und zeigten mit den Fingern auf sie; nur ein Junge, der Peter hieß, sagte, daß es unrecht sei, die Tiere zum besten zu haben, und wollte auch gar nicht mit dabeisein. Die Storchenmutter tröstete ihre Jungen. »Kümmert euch nicht darum«, sagte sie; »seht nur, wie ruhig euer Vater steht, und das auf einem Beine!«

»Wir fürchten uns sehr!« sagten die Jungen und zogen die Köpfe tief in das Nest zurück.

Am nächsten Tage, als die Kinder wieder zum

Spielen zusammenkamen und die Störche erblickten, sangen sie ihr Lied erneut:

»Das eine wird gehängt,
Das andre wird versengt –«

»Werden wir wohl gehängt und versengt werden?« fragten die jungen Störche.

»Nein, sicher nicht!« sagte die Mutter, »ihr sollt fliegen lernen, das werde ich euch schon beibringen; dann fliegen wir hinaus auf die Wiese und statten den Fröschen Besuch ab; die verneigen sich vor uns im Wasser und singen: ›Koax, koax‹, und dann fressen wir sie auf. Das wird ein rechtes Vergnügen geben!«

»Und was dann?« fragten die Storchjungen.

»Dann versammeln sich alle Störche des Landes, und die Herbstübung beginnt. Da muß man gut fliegen können, das ist von großer Wichtigkeit; denn wer dann nicht ordentlich fliegen kann, der wird vom Obersten mit dem Schnabel totgestochen. Deshalb gebt wohl acht, etwas zu lernen, wenn das Üben anfängt!«

»So werden wir ja doch gespießt, wie die Kinder sagten, und hört nur, jetzt singen sie es wieder!«

»Hört nur auf mich und nicht auf sie«, sagte die Storchenmutter. »Nach der großen Herbstübung fliegen wir in die warmen Länder, weit, weit fort von hier, über Berge und Wälder. Nach Ägypten fliegen wir, wo es dreieckige Steinhäuser gibt, die in eine Spitze auslaufen und bis über die Wolken ragen, sie werden Pyramiden genannt und sind älter, als ein Storch sich denken kann. Da ist auch ein Fluß, der aus seinem Bette tritt, dann wird das ganze Land zu Schlamm. Man geht im Schlamm und verspeist Frösche.«

»Oh!« sagten alle Jungen.

»Ja, da ist es herrlich! Man tut den ganzen Tag nichts anderes als fressen, und während wir es so gut haben, ist in diesem Lande nicht ein grünes Blatt auf den Bäumen. Hier ist es indessen so kalt, daß die Wolken in Stücke frieren und in kleinen weißen Lappen herunterfallen!« Sie meinte den Schnee, aber sie konnte es nicht deutlicher erklären.

»Frieren denn auch die unartigen Kinder in Stücke?« fragten die jungen Störche.

»Nein, in Stücke frieren sie nicht, aber beinahe und müssen in der dunklen Stube sitzen und sich ihre Zeit vertreiben. Ihr hingegen könnt in fremden Ländern umherfliegen, wo es Blumen und warmen Sonnenschein gibt!«

Nun war schon einige Zeit verstrichen, und die Jungen waren so groß geworden, daß sie im Neste aufrecht stehen und weit umhersehen konnten, und der Storchenvater kam jeden Tag mit schönen Fröschen, kleinen Schlangen und all den Storchenleckereien, die er finden konnte, geflogen. Oh, das sah lustig aus, wie er ihnen Kunststücke vormachte! Den Kopf legte er weit zurück auf den Rücken, mit dem Schnabel klapperte er, als wäre er eine kleine Rassel, und dann erzählte er ihnen Geschichten vom Sumpfe.

»Hört, nun müßt ihr fliegen lernen!« sagte eines Tages die Storchenmutter, und nun mußten alle vier Jungen hinaus auf den Dachrücken. Oh, wie sie schwankten, wie sie mit den Flügeln sich im Gleichgewicht hielten und doch nahe daran waren, hinunterzufallen!

»Seht nun auf mich!« sagte die Mutter. »So müßt ihr den Kopf halten, so müßt ihr die Füße stellen! Eins, zwei! Eins, zwei! Das ist es, was euch in der Welt forthelfen soll!«

Dann flog sie ein kleines Stück, und die Jungen machten einen kleinen, unbeholfenen Sprung.

Bums, da lagen sie, denn sie waren noch zu ungeschickt.

»Ich will nicht fliegen!« sagte das eine Junge und kroch wieder in das Nest hinauf. »Mir ist nichts daran gelegen, nach den warmen Ländern zu kommen!«

»Willst du denn hier erfrieren, wenn es Winter wird? Sollen die Dorfjungen kommen, dich zu hängen, zu sengen und zu braten? Nun, ich werde sie rufen!«

»O nein!« sagte der junge Storch und hüpfte wieder auf das Dach wie die anderen.

Am dritten Tag konnten sie schon ein bißchen fliegen, und da glaubten sie, daß sie auch schweben und in der Luft ruhen könnten; das wollten sie, aber – bums! – da purzelten sie hinunter, darum mußten sie schnell die Flügel wieder rühren. Nun kamen die Kinder unten auf die Straße und sangen ihr Lied:

»Storch, Storch, fliege heim!«

»Wollen wir nicht hinunterfliegen und sie vertreiben?« fragten die Storchenjungen.

»Nein, laßt das!« sagte die Mutter. »Hört nun auf mich, das ist weit wichtiger! Eins, zwei, drei! Nun fliegen wir rechts herum. Eins, zwei, drei! Nun links um den Schornstein! Seht, das war sehr gut; der letzte Schlag mit den Flügeln war so geschickt und richtig, daß ihr die Erlaubnis erhalten sollt, morgen mit mir in den Sumpf zu fliegen. Da werden mehrere hübsche Storchenfamilien mit ihren Kindern sein; zeigt mir nun, daß die meinen die klügsten sind und daß ihr recht einherstolziert; das sieht gut aus und verschafft Ansehen!«

»Aber sollen wir denn die unartigen Buben nicht strafen?« fragten die jungen Störche.

»Laßt sie schreien, soviel sie wollen! Ihr fliegt doch zu den Wolken auf und kommt nach dem Lande der Pyramiden, wenn sie frieren müssen und kein grünes Blatt und keinen süßen Apfel haben!«

»Wir wollen sie aber doch strafen!« zischelten sie einander zu, und dann wurde wieder geübt.

Von allen Jungen auf der Straße trieb es einer mit dem Spottlied am schlimmsten, und zwar ein ganz kleiner, er war wohl nicht mehr als sechs Jahre alt. Die jungen Störche glaubten freilich, daß er hundert Jahre zähle, denn er war ja größer als ihre Mutter und ihr Vater, und was wußten sie davon, wie alt Kinder und große Menschen sein können!

Ihre Strafe sollte diesen Knaben treffen, er hatte ja zuerst begonnen, und er blieb auch immer dabei. Die jungen Störche waren sehr aufgebracht, und wie sie größer wurden, wollten sie es noch weniger dulden. Die Mutter mußte ihnen zuletzt versprechen, daß er schon bestraft werden sollte, aber nicht eher als am letzten Tage, den sie hier im Lande seien.

»Wir müssen ja erst sehen, wie ihr euch bei der großen Übung benehmen werdet; besteht ihr schlecht, so daß der Oberste euch den Schnabel durch die Brust stößt, dann haben ja die Knaben recht, wenigstens in einer Hinsicht. Nun laßt uns sehen!«

»Ja, das sollst du!« sagten die Jungen, und so gaben sie sich alle Mühe; sie übten jeden Tag und flogen so ansehnlich und leicht, daß es eine Lust war, zuzusehen.

Nun kam der Herbst; alle Störche begannen sich zu sammeln, um fort nach den warmen Ländern zu ziehen, während wir Winter haben. Das war ein Leben! Über Wälder und Dörfer mußten sie, nur um zu sehen, ob sie gut fliegen konnten, denn es war ja eine große Reise, die ihnen bevorstand. Die jungen Störche machten ihre Sache so brav, daß sie ›Ausgezeichnet gut mit Frosch und Schlange‹ erhielten. Das war das allerbeste Zeugnis, das überhaupt ausgestellt werden konnte, und den Frosch und die Schlange durften sie fressen; das taten sie auch.

»Nun wollen wir ihn aber strafen!« sagten sie.

»Ja, gewiß«, sagte die Storchenmutter. »Was ich mir ausgedacht, ist gerade das richtige! Ich weiß, wo der Teich ist, in dem alle die kleinen Menschenkinder liegen, bis der Storch kommt und sie den Eltern bringt. Die hübschesten kleinen Kinder schlafen und träumen so lieblich, wie sie später nie mehr träumen. Alle Eltern wollen gern solch ein kleines Kind haben, und alle Kinder wollen eine Schwester oder einen Bruder haben. Nun wollen wir nach dem Teiche hinfliegen, eins für jedes der Kinder zu holen, das uns nicht geärgert und auch nicht das böse Lied gesungen und die Störche zum besten gehabt hat!«

»Aber der schlimme, häßliche Junge, der zu singen angefangen hat«, schrien die jungen Störche, »was machen wir mit ihm?«

»Für den holen wir weder Brüderchen noch Schwesterchen aus dem Teiche, und dann muß er weinen, weil er als einziger allein bleibt! Aber dem guten Jungen – ihn habt ihr doch nicht vergessen, ihn, der da sagte, es sei unrecht, die Tiere zum besten zu haben? – ihm wollen wir sowohl einen Bruder als eine Schwester bringen, und da der Junge Peter hieß, so sollt ihr allesamt Peter heißen!«

Und es geschah, wie sie sagte, und so hießen alle Störche Peter, und so werden sie heute noch genannt.

Der fliegende Koffer

Es war einmal ein Kaufmann, der war so reich, daß er die ganze Straße und fast noch eine kleine Gasse mit Silbergeld pflastern konnte; aber das tat er nicht, er wußte sein Geld anders anzuwenden, und gab er einen Groschen aus, so bekam er einen Taler wieder, ein so kluger Kaufmann war er – bis er starb.

Der Sohn bekam nun all dieses Geld, und er lebte lustig, ging jeden Tag einem anderen Vergnügen nach, machte Papierdrachen aus Talerscheinen und ließ statt flacher Steine Goldstücke übers Wasser hüpfen. So ging das Geld zur Neige. Zuletzt besaß er nicht mehr als vier Groschen und hatte keine anderen Kleider als ein Paar Schuhe und einen alten Schlafrock. Nun machten sich seine Freunde nichts mehr aus ihm, da sie ja nicht zusammen ausgehen konnten; aber einer von ihnen, der ein gutes Herz hatte, sandte ihm einen alten Koffer mit der Bemerkung: »Pack ein!« Ja, das war gut gemeint, aber er hatte nichts einzupacken, darum setzte er sich selbst in den Koffer. Es war ein merkwürdiger Koffer. Sobald man auf das Schloß drückte, konnte der Koffer fliegen. Das tat nun der Mann, und sogleich flog er mit dem Koffer durch den Schornstein hoch über die Wolken hinauf, weiter und weiter fort; sooft aber der Boden ein wenig krachte, war er sehr in Angst, daß der Koffer in Stücke gehe, denn dann wäre er in die Tiefe gestürzt.

So kam er ins Land der Türken. Den Koffer verbarg er im Walde unter verdorrten Blättern und ging dann in die Stadt hinein; das konnte er auch recht gut, denn bei den Türken gingen ja alle so wie er in Schlafrock und Pantoffeln. Da begegnete er einer Amme mit einem kleinen Kind. »Höre du, Türkenamme«, sagte er, »was ist das für ein großes Schloß hier in der Nähe der Stadt, wo die Fenster so hoch sitzen?«

»Da wohnt die Tochter des Königs!« erwiderte die Frau. »Es ist prophezeit, daß sie über einen Geliebten sehr unglücklich werden würde, und deshalb darf niemand zu ihr kommen, wenn nicht der König und die Königin dabei sind!«

»Ich danke!« sagte der Kaufmannssohn, ging hinaus in den Wald, setzte sich in seinen Koffer, flog auf das Dach des Schlosses und kroch durch das Fenster zur Prinzessin.

Sie lag auf dem Sofa und schlief; sie war so schön, daß der Kaufmannssohn sie küssen mußte; sie erwachte und erschrak gewaltig, aber er sagte, er sei der Gott der Türken, der durch die Luft zu ihr heruntergekommen sei, und das gefiel ihr.

So saßen sie beieinander, und er erzählte ihr Geschichten von ihren Augen; das seien die herrlichsten, dunklen Seen, auf denen die Gedanken gleich Wassernixen spielten; und er erzählte von ihrer Stirn, die sei so weiß wie der Schnee auf dem Gebirge; und er erzählte vom Storch, der die lieblichen, kleinen Kinder bringt.

Ja, das waren schöne Geschichten! Dann freite er um die Prinzessin, und sie sagte sogleich ja!

»Aber Sie müssen am Sonnabend herkommen«, sagte sie, »da sind der König und die Königin bei mir zum Tee! Sie werden sehr stolz darauf sein, daß ich den Gott der Türken zum Mann bekomme, aber sehen Sie zu, daß Sie ein recht hübsches Märchen zu erzählen wissen, denn das lieben meine Eltern ganz außerordentlich; meine Mutter liebt belehrende und tiefsinnige Geschichten, und mein Vater mag die lustigen, über die man lachen kann!«

»Ja, ich bringe keine andere Brautgabe als ein Märchen!« sagte er, und so schieden sie, doch zuvor gab ihm die Prinzessin noch einen Säbel, der war mit Goldstücken besetzt, und die konnte er gerade gebrauchen.

Nun flog er fort, kaufte sich einen neuen Schlafrock und saß dann draußen im Walde und dichtete ein Märchen; bis am Sonnabend mußte es fertig sein, und es ist nicht so leicht, sich ein Märchen auszudenken.

Es wurde fertig, und da war es Sonnabend.

Der König, die Königin und der ganze Hof warteten mit dem Tee bei der Prinzessin. Der Kaufmannssohn wurde freundlich empfangen.

»Wollen Sie uns nun ein Märchen erzählen«, sagte die Königin, »eins, das tiefsinnig und belehrend ist?«

»Aber worüber man, auch wenn es viel Weisheit enthält, doch auch lachen kann!« sagte der König.

»Jawohl!« erwiderte er und erzählte; da muß man nun gut aufpassen.

»Es war einmal ein Bund Streichhölzer, die waren außerordentlich stolz auf ihre hohe Herkunft; ihr Stammbaum, das heißt, die große Fichte, wovon sie jedes ein kleines Hölzchen waren, war ein großer alter Baum im Walde gewesen. Die Streichhölzer lagen nun in der Mitte zwischen einem alten Feuerzeuge und einem alten gußeisernen Topfe, und diesem erzählten sie von ihrer

Jugend. ›Ja, als wir noch im Baum waren‹, sagten sie, ›da waren wir wirklich auf einem grünen Zweig! Jeden Morgen und Abend gab es Diamanttee, das war der Tau. Den ganzen Tag hatten wir Sonnenschein, wenn die Sonne da war, und all die kleinen Vögel mußten uns Geschichten erzählen. Wir waren auch reich, denn die Laubbäume waren nur im Sommer bekleidet, aber unsere Familie hatte Mittel zu grünen Kleidern sowohl im Sommer als im Winter. Doch da kam der Holzfäller, und unsere Familie wurde zerschlagen; der Stammherr erhielt Platz als Hauptmast auf einem prächtigen Schiffe, das die Welt umsegeln konnte, wenn es wollte, die anderen Zweige kamen an andere Orte, und wir haben nun das Amt, der Menge das Licht anzuzünden; deshalb sind wir vornehmen Leute hier in die Küche gekommen.‹

›Mir ist es ganz anders ergangen!‹ sagte der Eisentopf, neben dem die Streichhölzer lagen. ›Seit ich in die Welt hinauskam, bin ich vielmal gescheuert und aufs Feuer gestellt worden; ich sorge für das Dauerhafte und bin der Erste hier im Haus. Meine größte Freude ist, nach Tische rein und sauber auf meinem Platze zu stehen und ein Gespräch mit den Kameraden zu führen. Den Wassereimer ausgenommen, der hin und wieder einmal zum Hof hinunterkommt, leben wir immer innerhalb dieser vier Wände. Der einzige, der uns Neuigkeiten bringt, ist der Marktkorb, aber der hält aufrührerische Reden über die Regierung und das Volk. Ja, neulich war da ein alter Topf, der vor Schreck darüber niederfiel und in Stücke ging; der war gut gesinnt, sage ich euch!‹

›Nun sprichst du zuviel!‹ fiel das Feuerzeug ein, und der Stahl schlug gegen den Feuerstein, daß es sprühte. ›Wollen wir uns nicht einen lustigen Abend machen?‹

›Ja, laßt uns davon sprechen, wer der vornehmste ist!‹ sagten die Streichhölzer.

›Nein, ich liebe es nicht, von mir selbst zu reden‹, wendete die Tonschüssel bescheiden ein. ›Laßt uns eine Abendunterhaltung veranstalten. Ich werde anfangen, ich werde etwas erzählen, was ein jeder erlebt hat; da kann man sich leicht hineinversetzen und es ist sehr unterhaltsam! An der Ostsee bei den Buchen –‹

›Das ist ein hübscher Anfang!‹ sagten die Teller. ›Das wird sicher eine Geschichte, die uns gefällt!‹

›Ja, da verlebte ich meine Jugend bei einer stillen Familie; die Möbel wurden geputzt, die Fußböden gescheuert, und alle vierzehn Tage wurden neue Vorhänge aufgehängt!‹

›Wie gut Sie erzählen!‹ sagte der Besen. ›Man hört doch gleich, daß ein weibliches Wesen spricht, es geht so reinlich zu und her.‹

›Ja, das fühlt man!‹ sagte der Wassereimer und machte vor Freude einen kleinen Sprung, so daß es nur so klatschte.

Der Topf fuhr zu erzählen fort, und das Ende war ebensogut wie der Anfang.

Alle Teller klapperten vor Freude, und der Besen zog grüne Petersilie aus dem Sandkistchen und bekränzte die Schüssel damit, denn er wußte, daß es die andern ärgern würde. ›Bekränze ich sie heute‹, dachte er, ›so bekränzt sie mich morgen.‹

›Nun will ich tanzen!‹ sagte die Feuerzange und tanzte. Ja, du meine Güte, wie konnte sie das Bein in die Höhe strecken! Der alte Stuhlbezug dort im Winkel platzte, als er es sah. ›Werde ich nun auch bekränzt?‹ fragte die Feuerzange, und das wurde sie.

›So ein Pöbel!‹ dachten die Streichhölzer.

Nun sollte die Teemaschine singen, aber sie sagte, sie sei erkältet, sie könne nicht, wenn sie nicht koche; doch das war bloße Vornehmtuerei; sie wollte nicht singen, wenn sie nicht drinnen bei der Herrschaft auf dem Tische stand.

Im Fenster saß eine alte Feder, womit das Mädchen zu schreiben pflegte; es war nichts Bemerkenswertes an ihr, außer daß sie gar zu tief in die Tinte getaucht worden war, aber darauf war sie nun stolz. ›Will die Teemaschine nicht singen‹, sagte sie, ›so kann sie es unterlassen; draußen hängt eine Nachtigall im Käfig, die kann singen; die hat zwar nichts gelernt, aber das wollen wir heute abend nicht so genau nehmen!‹

›Ich finde es höchst unpassend‹, sagte der Teekessel – er war Küchensänger und Halbbruder der Teemaschine –, ›daß ein fremder Vogel gehört werden soll! Ist das Vaterlandsliebe? Der Marktkorb mag darüber richten!‹

›Ich ärgere mich‹, sagte der Marktkorb, ›ich ärgere mich dermaßen, das kann man sich gar nicht vorstellen! Ist das eine passende Art, den Abend zuzubringen? Wäre es nicht vernünftiger, Ordnung herzustellen? Ein jeder müßte auf seinen Platz, und ich würde das ganze Spiel leiten. Das wäre doch etwas anderes!‹

›Laßt uns Lärm machen!‹ sagten alle. Da ging die Tür auf. Es war das Dienstmädchen, und da standen sie still. Keiner bewegte sich; aber da war nicht ein Topf, der nicht gewußt hätte, wozu er alles imstande war und wie vornehm er sei. ›Ja, wenn ich gewollt hätte‹, dachte jeder, ›so wäre es ein recht lustiger Abend geworden!‹

Das Dienstmädchen nahm die Streichhölzer

und zündete sich Feuer damit an. Wie sie sprühten und in Flammen gerieten!

›Nun kann doch ein jeder sehen‹, dachten sie, ›daß wir die Ersten sind. Welchen Glanz wir haben, welches Licht!‹ Damit waren sie ausgebrannt.«

»Das war ein herrliches Märchen!« sagte die Königin. »Ich fühle mich ganz in die Küche versetzt zu den Streichhölzern, ja, nun sollst du unsere Tochter haben.«

»Jawohl!« sagte der König, »du sollst unsere Tochter am Montag haben!« Denn nun sagten sie du zu ihm, da er ja fortan sowieso zur Familie gehören sollte.

Die Hochzeit wurde bestimmt, und am Abend vorher wurde die ganze Stadt beleuchtet, Zwieback und Brezeln wurden ausgeteilt, die Straßenbuben riefen hurra und pfiffen auf den Fingern, es war prachtvoll.

›Ja, ich sollte wohl auch etwas beitragen!‹ dachte der Kaufmannssohn und kaufte Raketen, Knallerbsen und alles Feuerwerk, was man erdenken konnte, legte es in seinen Koffer und flog damit in die Luft.

Schschsch! Wie die Raketen zischten, wie es puffte und knallte!

Alle Türken hüpften vor Vergnügen in die

Höhe, daß ihnen die Pantoffeln um die Ohren flogen; solche Lufterscheinungen hatten sie noch nie gesehen. Nun zweifelten sie nicht mehr daran, daß es der Gott der Türken selbst war, der die Prinzessin haben sollte.

Sobald der Kaufmannssohn wieder mit seinem Koffer im Wald gelandet war, dachte er: ›Ich will doch in die Stadt hineingehen, um zu erfahren, wie es sich ausgenommen hat‹; es war ganz natürlich, daß er Lust dazu hatte.

Was doch die Leute erzählten! Ein jeder, den er danach fragte, hatte es auf seine Weise gesehen, aber schön hatten es alle gefunden.

»Ich habe den Gott der Türken selbst gesehen«, sagte der eine, »er hatte Augen wie glänzende Sterne und einen Bart wie schäumendes Wasser!«

»Er flog in einem Feuermantel«, sagte ein anderer. »Die lieblichsten Engelskinder blickten aus den Falten hervor!«

Ja, das waren herrliche Sachen, die er hörte, und am folgenden Tage sollte er Hochzeit haben.

Nun kehrte er in den Wald zurück, um sich in seinen Koffer zu setzen – aber wo war der? Der Koffer war verbrannt. Ein Funken des Feuerwerks war zurückgeblieben, der Koffer hatte Feuer gefangen und war zu Asche verbrannt.

Nun konnte der Kaufmannssohn nicht mehr fliegen, nicht mehr zu seiner Braut gelangen.

Sie stand den ganzen Tag auf dem Dach und wartete; sie wartet noch immer, er aber durchwandert die Welt und erzählt Märchen, doch sind sie nicht mehr so lustig wie das Märchen von den Streichhölzern, das er als Gott der Türken erzählte.

Die Schneekönigin

Sieben Geschichten

Erste Geschichte, die von dem Spiegel und den Scherben handelt

Gebt acht, jetzt fängt die Geschichte an, und wenn sie zu Ende ist, wissen wir mehr als jetzt! Es war einmal ein böser Zauberer, einer der allerärgsten, ja, es war der Teufel! Eines Tages war er recht bei Laune, denn er hatte einen Spiegel gemacht, der die Eigenschaft besaß, daß alles Gute und Schöne, was sich darin spiegelte, fast zu nichts zusammenschrumpfte, aber das, was nichts taugte und häßlich war, das trat hervor und wurde noch ärger. Die herrlichsten Landschaften sahen wie gekochter Spinat darin aus, und die besten Menschen wurden darin widerlich oder standen auf dem Kopf ohne Rumpf, ihre Gesichter wurden so verdreht, daß sie nicht zu erkennen waren, und hatte man eine Sommersprosse, so konnte man sicher sein, daß sie sich über Mund und Nase ausbreitete. Das sei doch lustig, sagte der Teufel. Fuhr nun ein guter, frommer Gedanke durch einen Menschen, dann zeigte sich ein Grinsen im Spiegel, so daß der Zauberteufel über seine künstliche Erfindung lachen mußte. Alle, die seine Zauberschule besuchten, denn er hielt Zauberschule, erzählten ringsumher, daß ein Wunder geschehen sei; nun könnte man erst sehen, meinten sie, wie die Welt und die Menschen wirklich aussähen. Sie liefen mit dem Spiegel umher, und zuletzt gab es kein Land oder keinen Menschen, der nicht verdreht darin gewesen wäre. Nun wollten sie auch zum Himmel selbst auffliegen, um sich über die Engel und den lieben Gott lustig zu machen. Je höher sie mit dem Spiegel flogen, um so mehr grinste und zitterte er, sie konnten ihn kaum festhalten; sie flogen höher und höher, Gott und den Engeln näher; da erzitterte der Spiegel so fürchterlich in seinem Grinsen, daß er ihren Händen entflog und zur Erde stürzte, wo er in hundert Millionen Stücke zersprang. Damit verursachte er weit größeres Unglück als zuvor, denn einige Stücke waren kaum so groß wie ein Sandkorn, und die flogen in die weite Welt hinaus, und wo sie einem Menschen ins Auge kamen, da blieben sie sitzen, und da sahen dic Mcnschen alles verkehrt oder hatten nur Sinn für das Schlechte an den Dingen, denn jeder kleine Splitter hatte dieselben Kräfte behalten, die der ganze Spiegel besessen hatte. Einige Menschen bekamen sogar einen kleinen Splitter ins Herz, und dann war es ganz greulich: Das Herz wurde zu einem Klumpen Eis. Einige Scherben waren so groß, daß sie als Fensterscheiben gebraucht wurden, aber man betrachtete seine Freunde lieber nicht durch diese Scheiben. Andere Stücke kamen in Brillen, und dann ging es schlecht, wenn die Leute diese Brillen aufsetzten, um recht zu sehen und gerecht zu sein. Der Böse lachte, daß ihm beinahe der Bauch platzte, und das kitzelte ihn angenehm. Draußen flogen noch immer kleine Glassplitter in der Luft umher und von denen wollen wir hören.

Zweite Geschichte
Ein kleiner Junge und ein kleines Mädchen

In einer großen Stadt, wo so viele Menschen und Häuser sind und nicht genug Platz, daß alle Leute einen kleinen Garten besitzen können, und wo sich deshalb die meisten mit Blumen in Blumentöpfen begnügen müssen, da lebten zwei arme Kinder, die einen etwas größeren Garten als einen Blumentopf besaßen. Sie waren nicht Bruder und

Schwester, aber sie liebten einander, als ob sie Geschwister gewesen wären. Die Eltern wohnten nebeneinander in zwei Dachkammern, und da, wo das Dach des einen Nachbarhauses gegen das andere stieß und die Wasserrinne zwischen den Dächern entlanglief, hatten beide Häuser ein kleines Fenster; man brauchte nur über die Rinne zu schreiten, so konnte man von dem einen Fenster zum andern gelangen.

Beide Eltern hatten draußen einen großen Holzkasten, darin wuchsen die Küchenkräuter, die sie brauchten, und ein kleiner Rosenstock; einer in jedem Kasten, und sie wuchsen herrlich. Nun fiel es den Eltern ein, die Kästen quer über die Rinne zu stellen, so daß sie fast von dem einen bis zum andern Fenster reichten und zwei Blumenwällen ganz ähnlich sahen. Erbsenranken hingen über die Kästen hinunter, und die Rosenstöcke trieben lange Zweige, die sich um die Fenster rankten und sich einander entgegenbogen, es war fast einer Ehrenpforte von Blättern und Blumen gleich. Da die Kästen sehr hoch waren und die Kinder wußten, daß sie nicht hinaufklettern durften, so erhielten sie oft die Erlaubnis, zueinander aufs Dach hinauszusteigen, auf ihren kleinen Schemeln unter den Rosen zu sitzen, und da spielten sie dann wunderbar zusammen.

Im Winter hatte dies Vergnügen ein Ende. Die Fenster waren oft zugefroren. Aber dann wärmten die Kinder Kupfermünzen auf dem Ofen, drückten sie gegen die gefrorene Scheibe, so daß da ein rundes, schönes Guckloch entstand; dahinter blitzte ein liebes, freundliches Auge, eins von jedem Fenster; das waren der Junge und das Mädchen. Er hieß Kay, und sie hieß Gerda. Im Sommer konnten sie mit einem Sprunge zueinander gelangen, im Winter mußten sie erst viele Treppen hinunter- und wieder hinaufsteigen; draußen wirbelte der Schnee.

»Das sind die weißen Bienen, die schwärmen!« sagte die alte Großmutter.

»Haben sie auch eine Bienenkönigin?« fragte der kleine Junge; denn er wußte, daß die richtigen Bienen eine Königin haben.

»Die haben sie!« sagte die Großmutter. »Sie fliegt dort, wo sie am dichtesten schwärmen, sie ist die größte von allen, und bleibt nie still auf der Erde liegen, sie fliegt wieder in die schwarze Wolke hinauf. Manche Winternacht fliegt sie durch die Straßen der Stadt und blickt zu den Fenstern hinein, und dann gefrieren diese wunderbar, wie mit Blumen übersät.«

»Ja, das habe ich gesehen!« sagten beide Kinder, und nun wußten sie, daß es wahr war.

»Kann die Schneekönigin auch hier hereinkommen?« fragte das kleine Mädchen.

»Laß sie nur kommen«, sagte der Junge, »dann setze ich sie auf den warmen Ofen, und dann schmilzt sie.«

Aber die Großmutter strich ihm übers Haar und erzählte andere Geschichten.

Am Abend, als der kleine Kay zu Hause und halb entkleidet war, kletterte er auf den Stuhl am Fenster und guckte aus dem kleinen Loch. Ein paar Schneeflocken fielen draußen, und eine, die allergrößte, blieb auf dem Rande des einen Blumenkastens liegen; sie wuchs mehr und mehr und wurde zuletzt eine Frau, in den feinsten weißen Flor gekleidet, der wie von Millionen sternartiger Flocken zusammengesetzt war. Sie war schön und fein, aber von Eis, blendendem blinkenden Eis, und doch war sie lebendig; die Augen blitzten wie zwei klare Sterne, aber es war keine Ruhe noch Rast in ihnen. Sie nickte dem Fenster zu und winkte mit der Hand. Der kleine Junge erschrak und sprang vom Stuhl herunter, da war es, als ob draußen vor dem Fenster ein großer Vogel vorbeiflöge.

Am nächsten Tag wurde es klarer Frost – und dann kam das Frühjahr, die Sonne schien, das Grün keimte hervor, Schwalben bauten Nester, die Fenster wurden geöffnet, und die Kinder saßen wieder in ihrem kleinen Garten hoch oben in der Dachrinne über allen Stockwerken.

Die Rosen blühten diesmal prachtvoll. Das kleine Mädchen hatte in diesem Sommer ein Lied gelernt, in dem auch von Rosen die Rede war, und bei den Rosen dachte sie an ihre eigenen, und sie sang es dem kleinen Jungen vor, und er sang mit:

»Die Rosen, die blühn und verwehn,
Wir werden das Christkindlein sehn!«

Und die Kleinen hielten einander bei den Händen, küßten die Rosen und blickten in Gottes klaren Sonnenschein. Was waren das für herrliche Sommertage, wie schön war es draußen bei den frischen Rosenstöcken, die nicht aufhören wollten zu blühen.

Als Kay und Gerda eines Tages zusammen das Bilderbuch mit Tieren und Vögeln anschauten – die Uhr schlug gerade fünf auf dem großen Kirchturme –, da sagte Kay: »Au, es stach mir ins Herz! Und nun flog mir etwas ins Auge!«

Das kleine Mädchen erschrak und wollte ihm helfen; es faßte ihn um den Hals, er blinzelte ein wenig mit den Augen, aber es war gar nichts zu sehen.

»Ich glaube, es ist fort!« sagte er; aber weg war

es nicht. Es war einer der Glassplitter vom Zauberspiegel, der alles Große und Gute, was sich darin spiegelte, klein und häßlich machte, aber das Böse und Schlechte trat ordentlich hervor, und jeder Fehler an einer Sache war gleich zu bemerken. Der arme Kerl hatte auch ein Korn gerade in das Herz hineinbekommen, das nun bald wie ein Eisklumpen werden sollte. Weh tat ihm der Splitter nicht mehr, aber er war da.

»Weshalb weinst du?« fragte er. »So siehst du häßlich aus! Mir fehlt ja nichts! – Pfui!« rief er auf einmal, »die Rose dort hat einen Wurmstich! Und sieh, diese da ist ja ganz schief! Im Grunde sind es häßliche Rosen, sie gleichen dem Kasten, in dem sie stehen!« und dann stieß er mit dem Fuß gegen den Kasten und riß die beiden Rosen ab.

»Kay, was machst du?« rief das Mädchen; und als er ihren Schreck gewahr wurde, riß er noch eine Rose ab und stieg dann zu seinem Fenster hinein, von der lieben kleinen Gerda fort.

Wenn sie später mit dem Bilderbuche kam, dann sagte er, daß das für Säuglinge sei, und erzählte die Großmutter Geschichten, so kam er immer mit einem Aber. Ja, erwischte er die Brille der Großmutter, dann ging er hinter ihr her, setzte sie auf und sprach ebenso wie sie; das machte er ganz treffend, und dann lachten die

Leute über ihn. Bald konnte er allen Menschen in der ganzen Straße nachsprechen und nachgehen. Alles, was ihnen eigen und unschön war, das wußte Kay nachzumachen, und dann sagten die Leute: »Der Junge hat aber einen klugen Kopf!« Aber das war das Glas, was ihm ins Auge gekommen war, das Glas, das ihm im Herzen saß; daher kam es, daß er selbst die kleine Gerda neckte, die ihm von ganzem Herzen gut war.

Seine Spiele wurden nun ganz anders als früher, sie wurden ganz verständig! An einem Wintertage, als es schneite, kam er mit einem großen Brennglas, hielt seinen blauen Rockzipfel hinaus und ließ die Schneeflocken darauf fallen.

»Sieh nun in das Glas, Gerda!« sagte er, und jede Schneeflocke wurde viel größer und sah aus wie eine prächtige Blume oder ein sechseckiger Stern; es war schön anzusehen. »Siehst du, wie kunstvoll!« sagte Kay. »Das ist weit hübscher als die wirklichen Blumen, und es ist kein einziger Fehler daran, sie sind ganz regelmäßig, wenn sie nur nicht schmelzen würden!«

Bald darauf kam Kay mit großen Handschuhen und seinem Schlitten auf dem Rücken und rief Gerda ins Ohr: »Ich habe Erlaubnis erhalten, auf den großen Platz zu fahren, wo die andern Jungen spielen!« Und weg war er.

Dort auf dem Platze banden oft die kecksten Jungen ihre Schlitten an die Wagen der Landleute fest, und dann fuhren sie ein gutes Stück Weges mit. Das ging prächtig. Als sie gerade so schön am Spielen waren, da kam ein großer Schlitten, der war ganz weiß gestrichen, und darin saß jemand in einen dicken weißen Pelz gehüllt und mit einer dicken weißen Mütze. Der Schlitten fuhr zweimal um den Platz herum, und Kay band seinen kleinen Schlitten schnell daran fest, und nun fuhr er mit. Es ging rascher und rascher, gerade hinein in die nächste Straße. Die Person, die den Schlitten kutschierte, wendete das Haupt und nickte dem Jungen freundlich zu, es war gerade, als ob sie einander kannten, und jedesmal, wenn Kay seinen kleinen Schlitten ablösen wollte, nickte die Person wieder, und dann blieb Kay sitzen. Sie fuhren endlich zum Stadttor hinaus, da begann der Schnee so stark herniederzufallen, daß der kleine Junge keine Hand vor sich erblicken konnte. Da ließ er schnell die Schnur los, um von dem großen Schlitten freizukommen, aber das half nichts, sein kleines Fahrzeug hing fest, und es ging mit Windeseile. Da rief er ganz laut, aber niemand hörte ihn, der Schnee trieb, und der Schlitten flog dahin; mitunter gab es einen Sprung, es war, als führe er über Gräben und Hecken. Kay war ganz erschrocken, er wollte beten, aber er konnte sich nur des großen Einmaleins entsinnen.

Die Schneeflocken wurden größer und größer, zuletzt sahen sie aus wie große, weiße Hühner; auf einmal sprangen sie zur Seite, der große Schlitten hielt, und die Person, die ihn fuhr, erhob sich. Pelz und Mütze waren ganz und gar von Schnee, es war eine Dame, hoch und schlank, glänzend weiß: Es war die Schneekönigin.

»Wir sind gut gefahren!« sagte sie, »aber du frierst ja! Krieche in meinen Bärenpelz!« Sie setzte ihn neben sich in den Schlitten, schlug den Pelz um ihn, und es war, als versinke er in einem Schneetreiben.

»Friert dich noch?« fragte sie, und dann küßte sie ihn auf die Stirn. Oh, das war kälter als Eis, es ging ihm gerade hinein in sein Herz, das ja doch zur Hälfte ein Eisklumpen war. Es war, als sollte er sterben, aber nur einen Augenblick, dann tat es ihm gerade recht wohl; er spürte nichts mehr von der Kälte ringsumher.

»Mein Schlitten! Vergiß nicht meinen Schlitten!« Das war alles, was ihm in den Sinn kam. Der Schlitten wurde an eines der weißen Hühner festgebunden, und das flog hinterher. Die Schneekönigin küßte Kay nochmals, und dann hatte er die kleine Gerda, die Großmutter und alle daheim vergessen.

»Nun bekommst du keine Küsse mehr«, sagte sie, »denn sonst küsse ich dich tot!«

Kay sah sie an, sie war sehr schön, ein klügeres, schöneres Antlitz konnte er sich nicht denken. Sie erschien ihm nun nicht von Eis wie damals, als sie draußen vor dem Fenster saß und ihm winkte; in seinen Augen war sie vollkommen, er fühlte gar keine Furcht; er erzählte ihr, daß er im Kopfe rechnen könne, und zwar mit Brüchen, er wisse die Größe des Landes und die Einwohnerzahl, und sie lächelte immer. Das kam ihm vor, als wäre es noch nicht genug, was er wisse, und er blickte hinauf in den großen, hohen Luftraum, und sie flog mit ihm, flog hoch hinauf in die schwarze Wolke, und der Sturm sauste und brauste, es war, als sänge er alte Lieder. Sie flogen über Wälder und Seen, über Meere und Länder; unter ihnen sauste der kalte Wind, die Wölfe heulten, der Schnee funkelte, über ihnen flogen die schwarzen, schreienden Krähen dahin, aber hoch oben schien der Mond groß und klar, und den betrachtete Kay die lange, lange Winternacht; am Tage schlief er zu den Füßen der Schneekönigin.

Dritte Geschichte
Der Blumengarten der Frau, die zaubern konnte

Aber wie erging es der kleinen Gerda, als Kay nicht zurückkehrte? Wo war er nur geblieben? – Niemand wußte es, niemand konnte Bescheid geben. Die Jungen erzählten nur, daß sie ihn seinen Schlitten an einen prächtig großen Schlitten hatten binden sehen, der in die Straße hinein und aus dem Stadttor gefahren sei. Niemand wußte, wo er war, viele Tränen flossen, die kleine Gerda weinte viel und lange; dann sagten sie, er sei tot, er sei im Flusse ertrunken, der nahe bei der Stadt vorbeifloß. Oh, das waren recht lange, finstere Wintertage.

Nun kam der Frühling mit warmem Sonnenschein.

»Kay ist tot!« sagte die kleine Gerda.

»Das glaube ich nicht!« sagte der Sonnenschein.

»Er ist tot!« sagte sie zu den Schwalben.

»Das glauben wir nicht!« erwiderten die, und am Ende glaubte Gerda es auch nicht.

»Ich will meine neuen roten Schuhe anziehen«, sagte sie eines Morgens, »die Kay noch nie gesehen hat, und dann will ich zum Flusse hinuntergehen und den nach ihm fragen!«

Es war noch ganz früh, sie küßte die alte Großmutter, die noch schlief, zog die roten Schuhe an und ging ganz allein aus dem Stadttore zum Fluß.

»Ist es wahr, daß du meinen kleinen Spielkameraden genommen hast? Ich will dir meine roten Schuhe geben, wenn du ihn mir wiederbringst!«

Es kam ihr vor, als nickten die Wogen sonderbar; da nahm sie ihre roten Schuhe, das, was sie am liebsten hatte, und warf sie beide in den Fluß hinaus, aber sie fielen dicht an das Ufer, und die kleinen Wellen trugen sie ihr wieder ans Land. Es war, als wollte der Fluß das Liebste, was sie hatte, nicht nehmen, weil er den kleinen Kay ja nicht hatte. Gerda aber glaubte nun, daß sie die Schuhe nicht weit genug hinausgeworfen habe, und so kroch sie in ein Boot, das im Schilfe lag, ging ganz bis zum Bug und warf die Schuhe von da aus in das Wasser. Aber das Boot war nicht festgebunden, und bei der Bewegung, die sie machte, glitt es vom Lande ab. Sie bemerkte es und beeilte sich fortzukommen, aber ehe sie das andere Ende erreicht hatte, war das Boot weit vom Lande weg, und nun trieb es schneller dahin.

Da wurde die kleine Gerda ganz ängstlich und fing an zu weinen; aber niemand außer den Sperlingen hörte sie, und die konnten sie nicht ans Land tragen, aber sie flogen längs dem Ufer und zwitscherten, um sie zu trösten: »Hier sind wir, hier sind wir!« Das Boot trieb mit dem Strome; die kleine Gerda saß ganz still in bloßen Strümpfen; ihre kleinen roten Schuhe trieben hinterher, aber sie konnten das Boot nicht erreichen, das hatte stärkere Fahrt.

Hübsch war es an beiden Ufern, schöne Blumen, alte Bäume und Abhänge mit Schafen und Kühen, aber nicht ein Mensch war zu erblicken.

›Vielleicht trägt mich der Fluß zu dem kleinen Kay hin!‹ dachte Gerda, und da wurde sie heiter, erhob sich und betrachtete viele Stunden die schönen grünen Ufer; dann gelangte sie zu einem großen Kirschgarten, in dem ein kleines Haus mit sonderbar roten und blauen Fenstern war. Dazu hatte es ein Strohdach, und draußen standen zwei hölzerne Soldaten, die vor den Vorbeisegelnden das Gewehr schulterten.

Gerda rief nach ihnen; sie glaubte, daß sie lebend seien, aber sie antworteten natürlich nicht; sie kam ihnen ganz nahe, der Fluß trieb das Boot gerade auf das Land zu.

Gerda rief noch lauter, und da kam eine uralte Frau aus dem Hause, die sich auf einen Krückstock stützte; sie hatte einen großen Sonnenhut auf, und der war mit den schönsten Blumen bemalt.

»Du armes kleines Kind!« sagte die alte Frau. »Wie bist du doch auf den großen reißenden Strom gekommen und weit in die Welt hinausgetrieben?« Und dann ging die alte Frau ans Wasser, erfaßte mit ihrem Krückstock das Boot, zog es ans Land und half Gerda heraus.

Diese war froh, wieder ans Trockene zu gelangen, obgleich sie sich vor der alten Frau ein wenig fürchtete.

»Komm doch und erzähle mir, wer du bist und wie du hierherkommst!« sagte sie.

Gerda erzählte ihr alles; und die Alte schüttelte den Kopf und sagte: »Hm! hm!« und als ihr Gerda alles gesagt und gefragt hatte, ob sie nicht den kleinen Kay gesehen habe, sagte die Frau, daß er nicht vorbeigekommen sei, aber er komme wohl noch, sie solle nur nicht betrübt sein, sondern die Kirschen kosten, ihre Blumen betrachten, die seien schöner als irgendein Bilderbuch, eine jede könne eine Geschichte erzählen. Da nahm sie Gerda bei der Hand, sie gingen in das kleine Haus hinein, und die alte Frau schloß die Türe zu.

Die Fenster lagen sehr hoch, und die Scheiben waren rot, blau und gelb, und das Tageslicht schien ganz sonderbar herein; aber auf dem Tische standen die schönsten Kirschen, und Gerda aß davon, soviel sie wollte, denn das war ihr erlaubt. Während sie speiste, kämmte die alte Frau ihr Haar mit einem goldenen Kamme, und das Haar ringelte sich und glänzte herrlich golden rings um das runde, freundliche und rosige Gesichtchen.

»Nach einem so lieben kleinen Mädchen habe ich mich schon lange gesehnt!« sagte die Alte. »Nun wirst du sehen, wie gut wir miteinander leben werden!« Und so wie sie der kleinen Gerda das Haar kämmte, vergaß diese mehr und mehr ihren Kameraden Kay, denn die alte Frau konnte zaubern, aber eine böse Zauberin war sie nicht. Sie zauberte nur ein bißchen zu ihrem eigenen Vergnügen und wollte gern die kleine Gerda behalten. Deshalb ging sie hinaus in den Garten, streckte ihren Krückstock gegen alle Rosensträucher aus, und wie schön sie auch blühten, so sanken sie alle in die schwarze Erde hinunter, und man konnte nicht sehen, wo sie gestanden hatten. Die Alte fürchtete, daß Gerda, wenn sie die Rosen erblickte, an ihre eigenen denken, sich dann des kleinen Kay erinnern und davonlaufen würde.

Nun führte sie Gerda in den Blumengarten. Was war da für ein Duft und eine Herrlichkeit! Alle nur denkbaren Blumen, für jede Jahreszeit, standen hier in der prächtigsten Blüte; kein Bilderbuch konnte hübscher und bunter sein. Gerda hüpfte vor Freude und spielte, bis die Sonne hinter den hohen Kirschbäumen unterging, dann bekam sie ein schönes Bett mit roten Seidenkissen, die mit Veilchen gestopft waren, und sie schlief und träumte da so herrlich wie nur eine Königin an ihrem Hochzeitstage.

Am nächsten Morgen konnte sie wieder mit den Blumen im warmen Sonnenschein spielen. So verflossen viele Tage. Gerda kannte jede Blume, aber wie viele es auch waren, so war es ihr doch, als ob eine fehlte. Welche, das wußte sie nicht. Da saß sie eines Tages und betrachtete den Sonnenhut der alten Frau mit den gemalten Blumen, und gerade die schönste darunter war eine Rose. Die Alte hatte vergessen, sie vom Hut wegzuwischen, als sie die anderen Rosen in die Erde verbannte. Aber so ist es, wenn man die Gedanken nicht immer gesammelt hat! »Was!« sagte Gerda, »sind hier keine Rosen?« und sprang zwischen die Beete, suchte und suchte, aber da waren keine zu finden. Da setzte sie sich hin und weinte; aber ihre Tränen fielen gerade auf eine Stelle, wo ein Rosenstrauch versunken war, und als die warmen Tränen die Erde benetzten, schoß der Strauch auf einmal empor, so blühend er versunken war. Gerda umarmte ihn, küßte die Blüten und gedachte der herrlichen Rosen daheim und auch des kleinen Kay.

»Oh, wie bin ich aufgehalten worden!« sagte das kleine Mädchen. »Ich wollte ja den kleinen Kay suchen! – Wißt ihr nicht, wo er ist?« fragte sie die Rosen. »Glaubt ihr, er sei tot?«

»Tot ist er nicht«, sagten die Rosen. »Wir sind ja in der Erde gewesen, dort sind alle Toten, aber Kay war nicht da!«

»Ich danke euch!« sagte die kleine Gerda, und sie ging zu den andern Blumen hin, sah in deren Kelch hinein und fragte: »Wißt ihr nicht, wo der kleine Kay ist?«

Aber jede Blume stand in der Sonne und träumte ihr eigenes Märchen, und keine wußte etwas von Kay.

Was sagte die Feuerlilie?

»Hörst du die Trommel: bumm! bumm! Sie hat nur zwei Töne, immer geht es: bumm! bumm! Hörst du den Trauergesang der Klageweiber? Hörst du die Rufe der Priester? – In ihrem langen roten Gewand steht die Hindufrau auf dem Scheiterhaufen, und die Flammen lodern um sie und ihren toten Mann. Sie aber denkt nur an den Lebenden hier im Kreise, dessen Blicke heißer brennen als Feuerflammen, dessen Blicke ihr tiefer ins Herz dringen als die Flammen, die bald ihren Körper zu Asche verbrennen werden. Können die Flammen des Herzens sterben in den Flammen des Scheiterhaufens?«

»Das verstehe ich nicht«, sagte die kleine Gerda.

»Das ist mein Märchen«, erwiderte die Feuerlilie.

Was sagte die Winde?

»Hoch über dem steilen Felspfad hängt die alte Ritterburg. Dichter Efeu wächst an den alten roten Mauern empor; Blatt an Blatt rankt er sich um den Balkon, auf dem eine schöne Jungfrau steht. Sie beugt sich über das Geländer und schaut auf den Felsenpfad hinunter. Keine Rose hängt frischer an ihrem Zweige, keine Apfelblüte, die der Wind vom Baum entführt, schwebt leichter dahin als sie. Wie ihr kostbares Seidengewand knistert! Kommt er noch nicht?«

»Meinst du Kay?« fragte die kleine Gerda.

»Ich spreche nur von meinem Märchen, meinem Traume«, antwortete die Winde.

Was sagte das kleine Schneeglöckchen?

»An Seilen zwischen den Bäumen hängt ein Brett; es ist eine Schaukel. Zwei reizende kleine Mädchen in weißen Kleidern und mit flatternden grünen Seidenbändern auf den Hüten sitzen auf der Schaukel. Ihr Bruder, der größer ist als sie, steht hinter ihnen auf dem Schaukelbrett und hat die Arme um die Seile geschlungen, um sich zu halten, denn in der einen Hand hält er eine kleine Schale und in der andern eine Tonpfeife; er macht Seifenblasen. Die Schaukel geht hin und her, und die Seifenblasen fliegen dahin in herrlichen, immer wechselnden Farben. Die letzte hängt noch an der Pfeife und wiegt sich im Winde. Die Schaukel geht hin und her. Das kleine schwarze Hündchen, das fast so leicht ist wie die Seifenblasen, stellt sich auf die Hinterbeine und versucht, auf die Schaukel zu springen. Die Schaukel fliegt dahin, der Hund fällt zurück, bellt und wird böse. Die Kinder lachen ihn aus, die Seifenblasen zerspringen – ein Schaukelbrett, ein verwehendes Schaumgebilde, das ist mein Sang.«

»Es ist wohl möglich, daß das eine hübsche Geschichte ist, die du erzählst«, sagte die kleine Gerda. »Aber du erzählst sie mit so trauriger Stimme und sagst auch gar nichts von dem kleinen Kay.«

Was sagten die Hyazinthen?

»Es waren einmal drei schöne Schwestern, zart und fein. Das Gewand der einen war rot, das der zweiten war blau und das der dritten war weiß. Hand in Hand tanzten sie im hellen Mondenschein um den stillen See. Sie waren keine Elfen, sie waren Menschenkinder. Es duftete wunderbar süß, und die Mädchen verschwanden im Walde. – Der süße Blumenduft wurde immer stärker. – Drei Särge, in denen die schönen Mädchen lagen, glitten aus dem Dickicht des Waldes heraus und über den See hin. Schlafen die Mädchen, oder sind sie tot? – Der Blumenduft sagt, sie sind tot, und die Abendglocke schickt ihnen ihre frommen Klänge nach.«

»Ihr macht mich ganz traurig«, sagte die kleine Gerda. »Ihr duftet so stark, da muß ich an die toten Mädchen denken. Ach, ist denn der kleine Kay wirklich tot? Die Rosen sind unter der Erde gewesen, und sie sagen nein!«

»Ding, dang!« klangen die Glocken der Hyazinthen. »Wir läuten nicht den kleinen Kay zu Grabe, wir kennen ihn nicht. Wir singen nur unser Lied, das einzige, das wir kennen.«

Und Gerda ging hin zu der Blüte des Löwenzahns, die hell aus ihren glänzenden grünen Blättern hervorleuchtete.

»Du bist eine kleine strahlende Sonne«, redete Gerda sie an. »Sage mir, ob du weißt, wo ich meinen kleinen Spielgefährten finde?«

Und die Blume strahlte und blickte die kleine Gerda an. Was für ein Lied wußte die Blüte des Löwenzahns zu singen? Auch ihr Lied erzählte nichts von dem kleinen Kay.

»Warm schien die liebe Gottessonne am ersten Frühlingstag in einen kleinen Hof. Die Sonnenstrahlen glitten an der weißen Wand des Nachbarhauses herunter, neben der die ersten gelben Blümchen wuchsen, die leuchteten wie Gold im hellen Sonnenschein. Die alte Großmutter saß in ihrem Lehnstuhl draußen im Hof, und ihre Enkelin, das arme schöne Dienstmädchen, kam zu einem kurzen Besuch nach Haus und küßte die alte Großmutter. Gold war dieser Kuß, reines Gold des Herzens. Gold im Munde, Gold im Grunde, Gold in früher Morgenstunde! Sieh, das ist meine kleine Geschichte«, sagte die Blume.

»Ach, meine arme alte Großmutter!« seufzte die kleine Gerda. »Sie sehnt sich gewiß nach mir und ist betrübt um meinetwillen, wie sie wegen des kleinen Kay betrübt war. Aber ich komme ja bald wieder nach Haus und bringe den kleinen Kay mit. – Es hilft nichts, wenn ich die Blumen frage. Sie wissen alle nur ihr eigenes Lied und geben mir keine Auskunft.« Und Gerda zog ihr Röckchen hoch, damit sie rascher laufen konnte. Aber die Narzisse schlug sie ans Bein, als Gerda über sie wegsprang. Da blieb das Mädchen stehen, betrachtete die Blume lange Zeit und fragte endlich: »Vielleicht weißt du etwas?« und beugte sich zu ihr nieder.

Was sagte die Narzisse?

»Ich sehe mein Ebenbild! Ich sehe mein Ebenbild!« rief sie. »Oh, wie ich dufte! In dem Dachkämmerchen steht halb angekleidet die kleine Tänzerin, bald auf einem Bein, bald auf beiden. Aus dem Teekessel gießt sie Wasser auf ein Stück Zeug, das sie in der Hand hält – es ist ihr Schnürleibchen. – Reinlichkeit ist eine große Tugend! – Ihr weißes Kleid hängt am Nagel, das ist auch im Teekessel gewaschen und auf dem Dach getrocknet worden. Sie zieht es an und schlingt sich den safrangelben Schal um den Hals, dann sieht das Kleid frischer aus. Bein in die Höhe! Seht, wie sie sich auf ihrem Stengel wiegt! Ich sehe mein Ebenbild! Ich sehe mein Ebenbild!«

»Das ist mir vollkommen gleichgültig«, sagte die kleine Gerda. »Das ist keine Geschichte, die mich etwas angeht.« Und damit lief sie an den Gartenzaun.

Die Tür war verschlossen, aber sie drückte auf die verrostete Klinke, so daß diese losging – die Tür sprang auf, und da lief die kleine Gerda mit bloßen Füßen in die weite Welt hinaus. Sie blickte dreimal zurück, aber da war niemand, der sie verfolgte. Zuletzt konnte sie nicht mehr gehen und setzte sich auf einen großen Stein, und als sie ringsum sah, war der Sommer vorbei, es war Spätherbst, das hatte man in dem schönen Garten gar nicht bemerkt, wo immer Sonnenschein und Blumen aller Jahreszeiten gewesen waren.

»Gott, wie habe ich mich verspätet!« sagte die kleine Gerda. »Es ist ja Herbst geworden, da darf ich nicht ruhen!«, und sie erhob sich, um weiterzugehen.

Oh, wie waren die kleinen Füße wund und müde! Ringsumher sah es kalt und rauh aus; die langen Weidenblätter waren ganz gelb, und der Nebel rann in großen Tropfen daran herunter, ein Blatt fiel nach dem andern ab, nur der Schlehendorn trug noch Früchte, aber die waren herb, so daß es Gerda den Mund zusammenzog. Oh, wie war es grau und düster in der weiten Welt!

Vierte Geschichte
Prinz und Prinzessin

Gerda mußte wieder ausruhen. Da hüpfte dort auf dem Schnee, der Stelle, wo sie saß, gerade gegenüber, eine große Krähe, die hatte lange gesessen, sie betrachtet und mit dem Kopfe gewackelt; nun sagte sie: »Kra, kra! – Tag, Tag!« Besser konnte sie es nicht herausbringen, aber sie meinte es gut mit dem kleinen Mädchen und fragte, wohin es allein in die weite Welt hinausgehe. Das Wort ›allein‹ verstand Gerda sehr wohl und fühlte recht, wieviel darin lag, und dann erzählte sie der Krähe ihr ganzes Leben und Geschick und fragte, ob sie Kay nicht gesehen habe.

Die Krähe nickte ganz bedächtig und sagte: »Das könnte sein!«

»Wie? Glaubst du?« rief das kleine Mädchen, küßte die Krähe und hätte sie vor Freude fast totgedrückt.

»Immer mit der Ruhe!« sagte die Krähe. »Ich glaube, ich weiß – ich glaube, es kann der kleine Kay sein! Aber nun hat er dich sicher über der Prinzessin vergessen!«

»Wohnt er bei einer Prinzessin?« fragte Gerda.

»Ja, höre!« sagte die Krähe. »Aber es fällt mir schwer, deine Sprache zu reden. Verstehst du die Krähensprache, dann will ich besser erzählen?«

»Nein, die habe ich nicht gelernt!« sagte Gerda. »Meine Großmutter konnte sie und auch die B-Sprache. Hätte ich sie nur gelernt!«

»Macht nichts!« sagte die Krähe. »Ich werde erzählen, so gut ich kann, aber es wird mir schwerfallen!« Dann erzählte sie, was sie wußte.

»In diesem Königreich hier wohnt eine Prinzessin, die ist ganz außerordentlich klug, aber sie hat auch alle Zeitungen, die es in der Welt gibt, gelesen und wieder vergessen, so klug ist sie. Vor kurzem saß sie auf dem Throne, und das ist doch nicht unterhaltsam, sagt man, da fing sie an, ein Lied zu singen: ›Weshalb sollte ich mich nicht verheiraten?‹ ›Das wäre nicht so ohne‹, sagte sie, und so wollte sie sich verheiraten, aber sie wollte einen Mann haben, der zu antworten verstand, wenn man mit ihm sprach, einen, der nicht nur dastand und vornehm aussah, denn das ist zu langweilig. Nun ließ sie alle Hofdamen zusammentrommeln, und als diese hörten, was sie wollte, wurden sie sehr vergnügt. ›Das gefällt uns!‹ sagten sie, ›daran dachten wir neulich auch!‹ – Du kannst glauben, daß jedes Wort, was ich sage, wahr ist!« sagte die Krähe. »Ich habe eine zahme Geliebte, die geht frei im Schlosse umher, und die hat mir alles erzählt!«

Die Geliebte war natürlicherweise auch eine Krähe. Denn eine Krähe sucht die andere, und das bleibt immer eine Krähe.

»Die Zeitungen kamen sogleich mit einem Rande von Herzen und der Prinzessin Namenszug heraus. Man konnte darin lesen, daß es jedem jungen Mann, der gut aussah, freistehe, auf das Schloß zu kommen und mit der Prinzessin zu sprechen, und derjenige, der so rede, wie wenn er dort zu Hause sei, und der am besten spreche, den wolle die Prinzessin zum Mann nehmen! – Ja, ja!« sagte die Krähe, »du kannst es mir glauben, es ist so gewiß wahr, als ich hier sitze. Die Leute strömten herzu, da war ein Gedränge und ein Laufen, aber es glückte nicht, weder den ersten noch den zweiten Tag. Sie konnten alle gut sprechen, wenn sie draußen auf der Straße waren, aber wenn sie in das Schloßtor traten und sahen die Wachen in Silber und die Treppen hinauf die Diener in Gold und die großen, erleuchteten Säle, dann wurden sie verwirrt; und standen sie vor dem Throne, wo die Prinzessin saß, dann wußten sie nichts zu sagen als das letzte Wort, was sie gesprochen hatte, und das mochte sie nicht immer wieder hören. Es war gerade, als ob die Leute in den Schlaf gefallen wären, bis sie wieder auf die Straße kamen; dann konnten sie wieder sprechen. Da stand eine ganze Reihe vom Stadttor an bis zum Schloß. Ich war selbst drinnen, um es zu sehen!« sagte die Krähe. »Sie wurden sowohl hungrig wie durstig! Aber auf dem Schloß erhielten sie nicht einmal ein Glas Wasser. Zwar hatten einige der Klügsten Butterbrote mitgenommen, aber sie teilten nicht mit ihrem Nachbarn, sie dachten: ›Laß ihn nur hungrig aussehen, dann nimmt die Prinzessin ihn nicht!‹«

»Aber Kay, der kleine Kay?« fragte Gerda. »Wann kam der? War er unter der Menge?«

»Warte, warte, wir kommen gleich zu ihm! Es war am dritten Tag, da kam eine kleine Person, ohne Pferd und ohne Wagen, ganz fröhlich gerade auf das Schloß zumarschiert; seine Augen glänzten wie deine, er hatte schöne lange Haare, aber sonst ärmliche Kleider.«

»Das war Kay!« jubelte Gerda. »Oh, dann habe ich ihn gefunden!« Und sie klatschte in die Hände.

»Er hatte einen kleinen Ranzen auf dem Rükken!« sagte die Krähe.

»Nein, das war sicher sein Schlitten«, sagte Gerda, »denn mit dem Schlitten ging er fort!«

»Das kann wohl sein«, sagte die Krähe, »ich sah nicht so genau danach; aber das weiß ich von meiner zahmen Geliebten, daß, wie er in das Schloßtor kam und die Leibwache in Silber und die Treppe hinauf die Diener in Gold sah, er nicht im mindesten verlegen wurde, nickte und zu ihnen sagte: ›Das muß langweilig sein, auf der Treppe zu stehen, ich gehe lieber hinein!‹ Da glänzten die Säle von Lichtern; Geheimräte und Staatsräte gingen auf leisen Füßen und trugen Goldgefäße; man konnte wohl bedenklich werden; seine Stiefel knarrten gewaltig laut, aber ihm wurde doch nicht bange!«

»Das ist ganz gewiß Kay!« sagte Gerda. »Ich

weiß, er hatte neue Stiefel, ich habe sie in Großmutters Stube knarren hören!«

»Ja, sie knarrten«, sagte die Krähe, »und fröhlich ging er gerade zur Prinzessin hinein, die auf einer großen Perle saß, so groß wie ein Spinnrad. Alle Hofdamen mit ihren Jungfern und den Jungfern der Jungfern, und alle Ritter mit ihren Dienern und den Dienern der Diener, die wieder einen Burschen hielten, standen ringsherum aufgestellt; und je näher sie der Tür standen, desto stolzer sahen sie aus. Den Burschen von des Dieners Diener, der immer in Pantoffeln geht, darf man kaum anzusehen wagen, so stolz steht er in der Tür.«

»Das muß gräßlich sein!« sagte die kleine Gerda. »Und Kay hat doch die Prinzessin erhalten?«

»Wäre ich nicht Krähe gewesen, so hätte ich sie genommen, und das, obwohl ich verlobt bin. Er soll ebensogut gesprochen haben, wie ich spreche, wenn ich die Krähensprache rede, das habe ich von meiner zahmen Geliebten gehört. Er war unbefangen und reizend; er war gar nicht gekommen zum Freien, sondern nur, um der Prinzessin Klugheit zu hören, und die fand er gut, und sie fand ihn wieder gut.«

»Ja, sicher, das war Kay!« sagte Gerda. »Er war

so klug, er konnte Kopfrechnen mit Brüchen! – Oh, willst du mich nicht auf dem Schlosse einführen?«

»Ja, das ist leicht gesagt!« sagte die Krähe. »Aber wie machen wir das? Ich werde darüber mit meiner zahmen Geliebten sprechen; sie kann uns wohl Rat erteilen; denn das muß ich dir sagen, so ein kleines Mädchen wie du wird nicht einfach ins Schloß eingelassen!«

»Man wird mich einlassen!« sagte Gerda. »Wenn Kay hört, daß ich da bin, kommt er sogleich heraus und holt mich!«

»Erwarte mich dort am Gitter!« sagte die Krähe, wackelte mit dem Kopf und flog davon.

Erst als es spät am Abend war, kehrte die Krähe zurück. »Rar, rar!« sagte sie. »Ich soll dich vielmal von ihr grüßen, und hier ist ein kleines Brot für dich, das nahm sie aus der Küche, da ist Brot genug, und du bist sicher hungrig! – Es ist nicht möglich, daß du in das Schloß hineinkommst. Du hast ja bloße Füße. Die Wachen in Silber und die Diener in Gold würden es nicht erlauben. Aber weine nicht, du sollst schon hinaufkommen. Meine Geliebte kennt eine kleine Hintertreppe, die zum Schlafgemach führt, und sie weiß, wo sie den Schlüssel erhalten kann.«

Sie gingen in den Garten hinein, in die große

Allee, wo ein Blatt nach dem andern abfiel, und als auf dem Schlosse die Lichter ausgelöscht wurden, eines nach dem andern, führte die Krähe die kleine Gerda zu einer Hintertür, die angelehnt stand.

Oh, wie Gerdas Herz vor Angst und Sehnsucht pochte! Es war ihr, als ob sie etwas Böses tun wollte, und sie wollte ja doch nur wissen, ob der kleine Kay da sei. Ja, er mußte hier sein; sie gedachte ganz deutlich seiner klaren Augen, seines langen Haares; sie konnte ihn lächeln sehen wie damals, als sie daheim unter den Rosen saßen. Er würde sicher froh sein, sie zu erblicken, zu hören, welch langen Weg sie um seinetwillen zurückgelegt, zu wissen, wie betrübt sie alle daheim gewesen, als er nicht wiedergekommen. Oh, das war eine Furcht und eine Freude!

Nun waren sie auf der Treppe. Da brannte eine kleine Lampe auf einem Schranke, und mitten auf dem Fußboden stand die zahme Krähe und wendete den Kopf nach allen Seiten und betrachtete Gerda, die sich verneigte, wie die Großmutter sie gelehrt hatte.

»Mein Verlobter hat mir sehr viel Gutes von Ihnen gesagt, mein kleines Fräulein«, sagte die zahme Krähe, »Ihr Lebenslauf ist auch sehr rührend! – Wollen Sie die Lampe nehmen, dann werde ich vorangehen. Wir gehen hier den geraden Weg, denn da begegnen wir niemandem!«

»Es ist mir, als käme gerade jemand hinter uns her!« sagte Gerda, und es sauste an ihr vorbei; es war wie Schatten an der Wand entlang, Pferde mit fliegenden Mähnen und dünnen Beinen, Jägerburschen, Herren und Damen zu Pferde.

»Das sind nur Träume!« sagte die Krähe, »die kommen und holen der hohen Herrschaft Gedanken zur Jagd ab. Das ist recht gut, dann können Sie sie besser im Bette betrachten. Aber ich hoffe, wenn Sie zu Ehren und Würden gelangen, daß Sie dann ein dankbares Herz zeigen werden.«

»Darüber bedarf es keiner Worte!« sagte die Krähe vom Wald.

Nun kamen sie in den ersten Saal, der war von rosenrotem Atlas, mit künstlichen Blumen an den Wänden. Hier kamen die Träume schon wieder zurück und sausten an ihnen vorüber, aber sie fuhren so schnell, daß Gerda die hohen Herrschaften nicht zu sehen bekam. Ein Saal war prächtiger als der andere, ja, man konnte wohl betäubt werden, und nun waren sie im Schlafgemach. Die Decke hier glich einer großen Palme mit Blättern von kostbarem Glas, und mitten im Zimmer hingen an einem dicken Stengel von Gold zwei Betten, von denen jedes wie eine Lilie aussah. Das eine Bett war weiß, in diesem lag die Prinzessin; das andere war rot, und in diesem sollte Gerda den kleinen Kay suchen. Sie bog eines der roten Blätter zur Seite, und da sah sie einen braunen Nacken. – Oh, das war Kay! – Sie rief ganz laut seinen Namen, hielt die Lampe über ihn – die Träume sausten zu Pferde wieder in die Stube herein – er erwachte, wendete das Haupt und – es war nicht der kleine Kay.

Der Prinz glich ihm nur im Nacken, aber jung und hübsch war er. Und aus dem weißen Lilienblatt blinzelte die Prinzessin hervor und fragte, was das sei. Da weinte die kleine Gerda und erzählte ihre ganze Geschichte und alles, was die Krähen für sie getan hatten.

»Du armes Kind!« sagten der Prinz und die Prinzessin, belobten die Krähen und sagten, daß sie gar nicht böse auf sie seien, aber sie sollten es doch nicht wieder tun. Übrigens sollten sie eine Belohnung erhalten.

»Wollt ihr frei fliegen?« fragte die Prinzessin. »Oder wollt ihr feste Anstellung als Hofkrähen haben mit allem, was da in der Küche abfällt?«

Beide Krähen verneigten sich und baten um feste Anstellung, denn sie gedachten des Alters und sagten, es sei schön, etwas für das Alter zu haben.

Der Prinz stand aus seinem Bette auf und ließ Gerda darin schlafen, mehr konnte er wirklich nicht tun. Sie faltete ihre kleinen Hände und dachte: ›Wie gut sind die Menschen und die Tiere!‹ und dann schloß sie ihre Augen und schlief sanft. Alle Träume kamen wieder hereingeflogen, und da sahen sie wie Gottes Engel aus, und sie zogen einen kleinen Schlitten, auf dem Kay saß und nickte. Aber das Ganze war nur Traum, und deshalb war es auch wieder fort, als sie erwachte.

Am nächsten Tage wurde sie von Kopf bis Fuß in Samt und Seide gekleidet; es wurde ihr angeboten, auf dem Schloß zu bleiben und gute Tage zu genießen, aber sie bat nur um einen kleinen Wagen mit einem Pferd davor und um ein Paar Schuhe, dann wollte sie wieder in die weite Welt hinausfahren und Kay suchen.

Sie erhielt sowohl Schuhe wie auch einen Muff, sie wurde niedlich gekleidet, und als sie fortwollte, hielt vor der Tür eine neue Kutsche von reinem Gold; des Prinzen und der Prinzessin Wappen glänzte an ihr wie ein Stern. Kutscher, Diener und Vorreiter, denn da waren auch Vorreiter, saßen mit Goldkronen auf dem Kopfe. Der Prinz und die Prinzessin halfen ihr selbst in den Wagen und wünschten ihr alles Glück. Die Waldkrähe, die nun verheiratet war, begleitete sie die ersten drei Meilen; sie saß ihr zur Seite, denn sie konnte nicht ertragen, rückwärts zu fahren. Die andere Krähe stand in der Tür und schlug mit den Flügeln, sie kam nicht mit, denn sie litt an Kopfschmerzen, seitdem sie feste Anstellung und zuviel zu essen erhalten hatte. Inwendig war die Kutsche mit Zuckerbrezen gefüttert, und im Sitze waren Früchte und Pfeffernüsse.

»Lebe wohl! Lebe wohl!« riefen der Prinz und die Prinzessin, die kleine Gerda weinte, und die Krähe weinte auch. – So ging es die ersten Meilen, da sagte auch die Krähe Lebewohl, und das war der schwerste Abschied. Sie flog auf einen Baum und schlug mit ihren schwarzen Flügeln, solange sie den Wagen, der wie der klare Sonnenschein glänzte, erblicken konnte.

Fünfte Geschichte
Das kleine Räubermädchen

Sie fuhren durch den dunklen Wald, aber die Kutsche leuchtete gleich einer Fackel. Das stach den Räubern in die Augen, das konnten sie nicht ertragen.

»Das ist Gold, das ist Gold!« riefen sie, stürzten hervor, ergriffen die Pferde, schlugen die kleinen Vorreiter, den Kutscher und die Diener tot und zogen nun die kleine Gerda aus dem Wagen.

»Sie ist fett, sie ist niedlich, sie ist mit Nußkernen gefüttert!« sagte das alte Räuberweib, die einen struppigen Bart und Augenbrauen hatte, die ihr über die Augen herabhingen. »Das ist so gut wie ein kleines, fettes Lamm! Die soll uns schmecken!« Und dann zog sie ihr blankes Messer heraus, und das glänzte, daß es greulich war.

»Au!« sagte das Räuberweib im selben Augenblick, denn sie wurde von ihrer eigenen Tochter, die ihr am Rücken hing, so wild und unartig, daß es eine Lust war, ins Ohr gebissen. »Du häßlicher Balg!« sagte die Mutter und kam nicht dazu, Gerda zu schlachten.

»Sie soll mit mir spielen!« sagte das kleine Räubermädchen.

»Sie soll mir ihren Muff, ihr hübsches Kleid geben, bei mir in meinem Bett schlafen!« und dabei biß sie wieder, daß das Räuberweib in die Höhe sprang und sich herumdrehte, und alle Räuber lachten und sagten: »Sieh, wie sie mit ihrem Jungen tanzt!«

»Ich will in den Wagen hinein!« Und sie mußte und wollte ihren Willen haben, denn sie war verzogen und hartnäckig. Sie und Gerda saßen darinnen, und so fuhren sie über Stock und Stein tiefer in den Wald hinein. Das kleine Räubermädchen war so groß wie Gerda, aber stärker, breitschultriger und von dunkler Haut. Die Augen waren ganz schwarz, sie sahen fast traurig aus. Sie nahm die kleine Gerda um den Leib und sagte: »Sie sollen dich nicht schlachten, solange ich dir nicht böse werde! Du bist wohl eine Prinzessin?«

»Nein!« sagte Gerda und erzählte ihr alles, was sie erlebt hatte und wie lieb ihr der kleine Kay war.

Das Räubermädchen betrachtete sie ganz ernsthaft, nickte ein wenig mit dem Kopfe und sagte: »Sie sollen dich nicht schlachten, selbst wenn ich dir böse werde, dann werde ich es schon selbst tun!« Und dann trocknete sie Gerdas Augen und steckte ihre beiden Hände in den schönen Muff, der weich und warm war.

Nun hielt die Kutsche still; sie waren mitten auf dem Hofe eines Räuberschlosses, das von oben bis unten auseinandergeborsten war. Raben und Krähen flogen aus den offenen Löchern, und die großen Bullenbeißer, von denen ein jeder aussah, als könne er einen Menschen verschlingen, sprangen hoch empor, aber sie bellten nicht, denn das war verboten.

In dem großen, alten, verräucherten Saale brannte mitten auf dem steinernen Fußboden ein großes Feuer; der Rauch zog unter der Decke hin und mußte sich selbst den Ausweg suchen; ein großer Braukessel mit Suppe kochte, und Hasen und Kaninchen wurden an Spießen gebraten.

»Du sollst diese Nacht mit mir bei allen meinen kleinen Tieren schlafen!« sagte das Räubermädchen. Sie bekamen zu essen und zu trinken und gingen dann in eine Ecke, wo Stroh und Teppiche lagen. Oben darüber saßen auf Latten und Stangen mehr als hundert Tauben, die alle zu schlafen schienen, sich aber doch ein wenig regten, als die beiden kleinen Mädchen kamen.

»Die gehören alle mir!« sagte das kleine Räubermädchen und ergriff die erstbeste, hielt sie bei den Füßen und schüttelte sie, daß sie mit den Flügeln schlug. »Küsse sie!« rief sie und schlug sie Gerda ins Gesicht. »Da sitzt das Waldgesindel!« fuhr sie fort und zeigte hinter eine Anzahl Stäbe, die vor einem Loche oben in die Mauer eingeschlagen waren. »Das sind Waldtauben, die beiden, die fliegen gleich fort, wenn man sie nicht ordentlich eingeschlossen hält; und hier steht mein alter, liebster Bä!« und damit zog sie ein Rentier am Horn, das einen kupfernen Ring um den Hals trug und angebunden war. »Den müssen wir auch einsperren, sonst springt er uns fort. An jedem Abend kitzele ich ihn mit meinem scharfen

Messer, davor fürchtet er sich!« Und das kleine Mädchen zog ein langes Messer aus einer Spalte in der Mauer und ließ es über des Rentiers Hals hingleiten. Das arme Tier schlug mit den Beinen aus, aber das kleine Räubermädchen lachte und zog dann Gerda mit in sein Bett hinein.

»Willst du das Messer behalten, wenn du schläfst?« fragte Gerda und blickte etwas furchtsam danach.

»Ich schlafe immer mit dem Messer!« sagte das kleine Räubermädchen. »Man weiß nie, was vorfallen kann. Aber erzähle mir nun noch mal von dem kleinen Kay und weshalb du in die weite Welt hinausgegangen bist.« Gerda erzählte wieder alles von vorn, und die Waldtauben gurrten oben im Käfig, und die anderen Tauben schliefen. Das kleine Räubermädchen legte ihren Arm um Gerdas Hals, hielt das Messer in der andern Hand und schlief, daß man es hören konnte, aber Gerda konnte kein Auge zutun, sie wußte nicht, ob sie leben oder sterben würde. Die Räuber saßen rings um das Feuer, sangen und tranken, und das Räuberweib schlug Purzelbäume. Oh, es war für das kleine Mädchen ganz fürchterlich anzusehen.

Da sagten die Waldtauben: »Kurre, kurre! Wir haben den kleinen Kay gesehen. Ein weißes

Huhn trug seinen Schlitten, er saß im Wagen der Schneekönigin, die dicht über dem Wald hinfuhr, als wir im Neste lagen; sie blies auf uns Junge, und außer uns beiden starben alle; kurre, kurre!«

»Was sagt ihr dort oben?« rief Gerda. »Wohin reiste die Schneekönigin? Wißt ihr etwas davon?«

»Sie reiste wahrscheinlich nach Lappland, denn dort ist immer Schnee und Eis! Frage das Rentier, das am Strick angebunden steht.«

»Dort ist Eis und Schnee, dort ist es herrlich und gut!« sagte das Rentier. »Dort springt man frei umher in den weiten glänzenden Tälern; dort hat die Schneekönigin ihr Sommerzelt, aber ihr festes Schloß hat sie droben gegen den Nordpol, auf der Insel, die Spitzbergen genannt wird!«

»O Kay, kleiner Kay!« seufzte Gerda.

»Nun mußt du stilliegen«, sagte das Räubermädchen, »sonst stoße ich dir das Messer in den Leib!«

Am andern Morgen erzählte Gerda ihr alles, was die Waldtauben gesagt hatten.

Das Räubermädchen sah ganz ernsthaft drein, nickte aber mit dem Kopf und sagte: »Das ist einerlei, das ist einerlei! – Weißt du, wo Lappland ist?« fragte sie das Rentier.

»Wer könnte es wohl besser wissen als ich!« sagte das Tier, und die Augen funkelten ihm im

Kopfe. »Dort bin ich geboren und aufgewachsen, dort bin ich auf den Schneefeldern herumgesprungen.«

»Höre!« sagte das Räubermädchen zu Gerda, »du siehst, alle unsere Männer sind fort, jedoch die Mutter ist noch hier, und sie bleibt zu Hause. Gegen Mittag aber trinkt sie aus der großen Flasche und schlummert dann ein wenig darauf – dann werde ich etwas für dich tun!« Nun sprang sie aus dem Bett, sprang der Mutter an den Hals, zog sie am Knebelbart und sagte: »Mein einzig lieber Ziegenbock, guten Morgen!« Die Mutter gab ihr Nasenstüber, daß die Nase rot und blau wurde, aber alles aus lauter Liebe.

Als die Mutter aus der Flasche getrunken hatte und darauf einschlief, ging das Räubermädchen zum Rentier hin und sagte: »Es würde mir zwar großen Spaß machen, dich noch manchesmal mit dem scharfen Messer zu kitzeln, denn dann bist du so possierlich; aber das ist einerlei, ich will deine Schnur lösen und dir hinaushelfen, damit du nach Lappland laufen kannst. Du mußt aber tüchtig springen und dieses kleine Mädchen zum Schloß der Schneekönigin bringen, wo ihr Spielkamerad ist. Du hast wohl gehört, was sie erzählte, denn sie sprach laut genug, und du lauschtest.«

Das Rentier machte große Sprünge vor Vergnügen. Das Räubermädchen half der kleinen Gerda hinauf und hatte die Vorsicht, sie festzubinden, ja ihr sogar ein kleines Kissen zum Sitzen zu geben. »Das ist einerlei«, sagte sie, »da hast du deine Pelzschuhe, denn es wird kalt, aber den Muff behalte ich, der ist gar zu niedlich! Darum sollst du doch nicht frieren. Hier hast du meiner Mutter große Fausthandschuhe, die reichen dir gerade bis zum Ellenbogen hinauf; ziehe sie an! – Nun siehst du an den Händen gerade wie meine Mutter aus!«

Gerda weinte vor Freude.

»Ich kann nicht leiden, daß du weinst!« sagte das kleine Räubermädchen. »Nun mußt du gerade recht froh aussehen; und da hast du zwei Brote und einen Schinken, dann wirst du nicht hungern.« Beides wurde hinten auf das Rentier gebunden; das kleine Räubermädchen öffnete die Tür, lockte alle großen Hunde herein, durchschnitt dann den Strick mit seinem scharfen Messer und sagte zum Rentier: »Lauf, aber gib recht auf das kleine Mädchen acht!«

Gerda streckte die beiden Hände mit den großen Fausthandschuhen gegen das Räubermädchen aus und sagte Lebewohl, und dann flog das Rentier über Stock und Stein davon, durch den großen Wald, über Sümpfe und Steppen, so schnell es nur konnte.

Die Wölfe heulten, und die Raben schrien. Es war gerade, als sprühte der Himmel Feuer.

»Das sind meine alten Nordlichter!« sagte das Rentier, »sieh, wie sie leuchten!«

Und dann lief es noch schneller davon, Nacht und Tag. Die Brote wurden alle verzehrt und der Schinken auch, und dann waren sie in Lappland.

Sechste Geschichte
Die Lappin und die Finnin

Vor einem kleinen Hause hielten sie an, es war sehr ärmlich; das Dach ging bis zur Erde hinunter, und die Tür war so niedrig, daß die Familie auf dem Bauch kriechen mußte, wenn sie heraus- oder hineinwollte. Hier war außer einer alten Lappin, die bei einer Tranlampe Fische kochte, niemand zu Hause. Das Rentier erzählte Gerdas ganze Geschichte, aber zuerst seine eigene, denn diese erschien ihm weit wichtiger, und Gerda war von der Kälte so mitgenommen, daß sie nicht sprechen konnte.

»Ach, ihr Armen«, sagte die Lappin, »da habt ihr noch weit zu laufen! Ihr müßt über hundert

Meilen weit nach Finnmarken hinein, denn dort wohnt die Schneekönigin auf dem Lande und brennt jeden Abend bengalisches Feuer ab. Ich werde ein paar Worte auf einen trockenen Stockfisch schreiben, Papier habe ich nicht, den Fisch werde ich euch für die Finnin dort oben mitgeben; die kann euch besser Bescheid erteilen als ich.«

Und als Gerda nun erwärmt worden war und zu essen und zu trinken erhalten hatte, schrieb die Lappin ein paar Worte auf einen trockenen Stockfisch, bat Gerda, wohl darauf zu achten, band sie wieder auf dem Rentier fest, und dieses sprang davon. Die ganze Nacht brannten die schönsten blauen Nordlichter – und dann kamen sie nach Finnland und klopften an den Schornstein der Finnin, denn sie hatte nicht einmal eine Tür.

Da war eine Hitze drinnen, so daß die Finnin selbst fast ganz nackt ging; sie war klein und dabei ganz schmutzig. Sie löste gleich die Kleider der kleinen Gerda, zog ihr die Fausthandschuhe und Stiefel aus, denn sonst wäre es ihr zu heiß geworden, legte dem Rentier ein Stück Eis auf den Kopf und las dann, was auf dem Stockfisch geschrieben stand. Sie las es dreimal, und dann wußte sie es auswendig und steckte den Fisch in den Suppenkessel, denn er konnte ja gut gegessen werden, und sie verschwendete nie etwas.

Nun erzählte das Rentier zuerst seine Geschichte, dann die der kleinen Gerda, und die Finnin blinzelte mit ihren klugen Augen, sagte aber gar nichts.

»Du bist klug!« sagte das Rentier. »Ich weiß, du kannst alle Winde der Welt in einen Zwirnsfaden zusammenbinden; wenn der Schiffer den einen Knoten löst, so erhält er guten Wind, löst er den andern, dann weht es scharf, und löst er den dritten und vierten, dann stürmt es, daß die Wälder umfallen. Willst du nicht dem kleinen Mädchen einen Trank geben, daß sie Zwölfmännerkraft erhält und die Schneekönigin überwindet?«

»Zwölfmännerkraft«, sagte die Finnin, »was würde die helfen!« Und dann ging sie zu einem Brette, nahm ein großes, zusammengerolltes Fell hervor und rollte es auf. Da waren wundersame Buchstaben darauf geschrieben, und die Finnin las, daß ihr das Wasser von der Stirn herunterlief.

Aber das Rentier bat so sehr für die kleine Gerda, und Gerda blickte die Finnin mit so bittenden Augen voller Tränen an, daß diese wieder mit den ihrigen zu blinzeln anfing und das Rentier in einen Winkel zog, wo sie ihm zuflüsterte, während es wieder frisches Eis auf den Kopf bekam:

»Der kleine Kay ist noch bei der Schneekönigin und findet dort alles nach seinem Geschmack und Gefallen, er glaubt, es sei der beste Ort in der Welt. Das kommt aber davon, weil er einen Glassplitter ins Herz und ein kleines Glaskörnchen ins Auge bekommen hat; die müssen zuerst heraus, sonst wird er nie ein guter Mensch, und die Schneekönigin wird die Gewalt über ihn behalten!«

»Aber kannst du nicht der kleinen Gerda etwas eingeben, so daß sie Gewalt über das Ganze erhält?«

»Ich kann ihr keine größere Gewalt geben, als sie schon besitzt! Siehst du nicht, wie groß sie ist? Siehst du nicht, wie Menschen und Tiere ihr dienen müssen, wie sie auf bloßen Füßen so gut in der Welt fortgekommen ist? Sie kann ihre Macht nicht von uns erhalten, sie sitzt in ihrem Herzen und besteht darin, daß sie ein liebes, unschuldiges Kind ist. Kann sie nicht selbst zur Schneekönigin hineingelangen und das Glas aus dem kleinen Kay bringen, dann können wir nicht helfen! Zwei Meilen von hier beginnt der Garten der Schneekönigin, dahin kannst du das kleine Mädchen tragen. Setze sie beim großen Busche ab, der mit roten Beeren im Schnee steht, verliere aber nicht viele Worte und spute dich, hierher zurückzukommen.« Damit hob die Finnin die kleine Gerda auf das Rentier, und das lief, was es konnte.

»Oh, ich habe meine Stiefel nicht! Ich habe meine Fausthandschuhe nicht!« rief die kleine Gerda in der schneidenden Kälte, aber das Rentier wagte nicht anzuhalten, es lief, bis es zu dem Busche mit den roten Beeren gelangte. Da setzte es Gerda ab, küßte sie auf den Mund, und es liefen einige große Tränen über des Tieres Backen, und dann lief es, was es nur konnte, wieder zurück. Da stand die arme Gerda ohne Stiefel, ohne Handschuhe, mitten in dem fürchterlich eiskalten Finnmarken.

Sie lief vorwärts, so schnell sie konnte; da kam ein ganzes Heer Schneeflocken, aber sie fielen nicht vom Himmel herunter; der war ganz klar und Nordlichter flammten an ihm auf. Die Schneeflocken trieben am Boden auf sie zu, und je näher sie kamen, desto größer wurden sie. Gerda erinnerte sich noch, wie groß und kunstvoll sie damals ausgesehen hatten, als sie die Schneeflocken durch ein Brennglas betrachtet hatte, aber hier waren sie wahrlich noch viel größer und fürchterlicher, sie waren lebendig, sie waren der Schneekönigin Vorposten. Sie hatten die sonderbarsten

Gestalten; einige sahen aus wie häßliche große Stachelschweine, andere wie ganze Knoten, gebildet von Schlangen, die nach allen Seiten ihre Köpfe hervorstreckten, und andere wie kleine, dicke Bären, auf denen die Haare sich sträubten, alle schimmerten weiß, alle waren lebendige Schneeflocken.

Da betete die kleine Gerda, und die Kälte war so groß, daß sie ihren eigenen Atem sehen konnte; der wurde immer dichter und dichter und gestaltete sich zu kleinen, klaren Engeln, die mehr und mehr wuchsen, wenn sie die Erde berührten, und alle Helme auf dem Kopf und Spieß und Schild in den Händen hatten. Ihre Anzahl wurde größer und größer, und als Gerda ihr Gebet geendet hatte, da war ein ganzes Heer um sie; sie stachen mit ihren Spießen gegen die greulichen Schneeflocken, so daß diese in hundert Stücke zersprangen, und die kleine Gerda ging ganz sicher und froh vorwärts. Die Engel liebkosten ihre Hände und Füße, da fühlte sie weniger, wie kalt es war, und ging rasch weiter auf der Schneekönigin Schloß zu.

Aber nun wollen wir erst sehen, wie es Kay geht. Er dachte freilich nicht an die kleine Gerda und ahnte nicht, daß sie draußen vor dem Schloß stand.

Siebente Geschichte
Von dem Schlosse der Schneekönigin und was sich später darin zutrug

Des Schlosses Wände waren gebildet von dem treibenden Schnee und Fenster und Türen von den schneidenden Winden, da waren über hundert Säle, alle wie der Schnee sie zusammentrieb, der größte erstreckte sich über mehrere Meilen, alle waren leer und weit und eisig kalt und glitzerten im Glanz des starken Nordlichts. Nie wurde hier ein Fest gefeiert, nicht einmal ein kleiner Bärenball, wozu der Sturm aufspielen und die Eisbären auf den Hinterfüßen gehen und dabei ihre Gebärden hätten zeigen können; nie ein klein bißchen Kaffeeklatsch der weißen Fuchsfräulein; leer, groß und kalt war es in den Sälen der Schneekönigin. Die Nordlichter flammten so regelmäßig auf, daß man zählen konnte, wann sie am höchsten und wann sie am niedrigsten standen. Mitten in diesem leeren, unendlichen Schneesaale war ein zugefrorener See, der war in tausend Stücke gesprungen, aber jedes Stück war dem andern so gleich, daß es ein wahres Kunstwerk war. Mitten auf diesem saß die Schneekönigin, wenn sie zu Hause war, und dann sagte sie, daß sie im Spiegel des Verstandes sitze und daß dieser der einzige und der beste der Welt sei.

Der kleine Kay war ganz blau vor Kälte, ja fast schwarz, aber er merkte es nicht, denn sie hatte ihm das Kältegefühl abgeküßt, und sein Herz glich einem Eisklumpen. Er schleppte einige scharfe, flache Eisstücke zusammen und legte sie auf alle möglichen Arten aneinander. Kay legte die allerschönsten Figuren, das war das Eisspiel des Verstandes. In seinen Augen waren die Figuren ganz ausgezeichnet und von höchster Wichtigkeit. Das machte das Glaskörnchen, das ihm im Auge saß! Er legte Figuren, die ein geschriebenes Wort bildeten wie in dem chinesischen Spiel, bei dem man mit Holztafeln Figuren formt, aber es gelang ihm nicht, das Wort zu legen, das er haben wollte, das Wort ›Ewigkeit‹. Die Schneekönigin hatte gesagt: »Kannst du die Figur ausfindig machen, dann sollst du dein eigener Herr sein, und ich schenke dir die ganze Welt und ein Paar neue Schlittschuhe.« Aber es gelang ihm nicht.

»Nun sause ich fort nach den warmen Ländern!« sagte die Schneekönigin. »Ich will hinfahren und in die schwarzen Töpfe hineinsehen!« – Das waren die feuerspeienden Berge Ätna und Vesuv. »Ich werde sie ein wenig weiß machen, das gehört dazu, das tut den Zitronen und Weintrauben gut!« Damit flog die Schneekönigin davon, und Kay saß ganz allein in dem viele Meilen weiten, großen, leeren Eissaal, betrachtete die Eisstücke und dachte und dachte, so daß es in ihm knackte. Ganz still und steif saß er da, man hätte glauben können, er sei erfroren.

Da war es, daß die kleine Gerda durch das Tor in das Schloß trat. Hier herrschten schneidende Winde; aber sie betete ein Abendgebet, und da legten sich die Winde, als ob sie schlafen wollten, und sie trat in die großen, leeren, kalten Säle hinein – da erblickte sie Kay, sie erkannte ihn, sie flog ihm um den Hals, hielt ihn dann fest und rief: »Kay! Lieber kleiner Kay! Da habe ich dich endlich gefunden!«

Aber er blieb ganz still, steif und kalt sitzen; da weinte die kleine Gerda heiße Tränen, die fielen auf seine Brust, sie drangen in sein Herz, sie tauten den Eisklumpen auf und verzehrten das kleine Spiegelstück darin; er betrachtete sie, und sie sang:

»Rosen, die blühn und verwehn,
Wir werden das Christkindlein sehn!«

Da brach Kay in Tränen aus; er weinte, daß es das Spiegelkörnchen aus dem Auge schwemmte, er erkannte sie und jubelte: »Gerda! Liebe kleine Gerda! – Wo bist du so lange gewesen? Und wo bin ich gewesen?« Und er blickte rings um sich her. »Wie kalt es hier ist! Wie weit und leer es hier ist!« Und er klammerte sich an Gerda, und sie lachte und weinte vor Freude. Das war so herrlich, daß selbst die Eisstücke vor Freude ringsumher tanzten, und als sie müde waren, legten sie sich zusammen gerade zu den Buchstaben, von denen die Schneekönigin gesagt hatte, daß Kay sie ausfindig machen sollte, dann sei er sein eigener Herr und sie wollte ihm die ganze Welt und ein Paar neue Schlittschuhe geben.

Gerda küßte seine Wangen, und sie wurden blühend; sie küßte seine Augen, und sie leuchteten gleich den ihren; sie küßte seine Hände und Füße, und er war gesund und munter. Die Schneekönigin mochte nun nach Hause kommen, sein Freibrief stand da mit glänzenden Eisstücken geschrieben.

Sie faßten einander an den Händen und wanderten aus dem großen Schloß hinaus; sie sprachen von der Großmutter und von den Rosen auf dem Dache; und wo sie gingen, ruhten die Winde, und die Sonne brach hervor. Als sie den Busch mit den roten Beeren erreichten, stand das Rentier da und wartete; es hatte ein anderes junges

Rentier mit sich, dessen Euter voll war, und dieses gab den Kleinen seine warme Milch und küßte sie auf den Mund. Dann trugen sie Kay und Gerda erst zur Finnin, wo sie sich in der heißen Stube aufwärmten und über die Heimreise Bescheid erhielten, dann zur Lappin, die ihnen neue Kleider genäht und ihren Schlitten instand gesetzt hatte.

Das Rentier und das Junge sprangen neben dem Schlitten her bis zur Grenze des Landes; dort sproßte das erste Grün hervor, da nahmen sie Abschied von den Rentieren und von der Lappin. »Lebt wohl!« sagten alle. Und die ersten kleinen Vögel begannen zu zwitschern, der Wald hatte grüne Knospen, und aus ihm kam auf einem prächtigen Pferde, das Gerda kannte – es war vor die goldene Kutsche gespannt gewesen –, ein junges Mädchen geritten, mit einer glänzenden roten Mütze auf dem Kopf und Pistolen im Halfter. Das war das kleine Räubermädchen, das es satt hatte, zu Hause zu sein, und nun erst gegen Norden und später, wenn ihr dies zusagte, nach einer anderen Weltgegend hinwollte. Sie erkannte Gerda sogleich, und Gerda erkannte sie, das war eine Freude.

»Du bist ein rechter Vagabund!« sagte sie zum kleinen Kay. »Ich möchte wissen, ob du verdienst, daß man deinetwegen bis ans Ende der Welt läuft!«

Aber Gerda streichelte ihr die Wangen und fragte nach dem Prinzen und der Prinzessin.

»Die sind nach fremden Ländern gereist!« sagte das Räubermädchen.

»Aber die Krähe?« fragte Gerda.

»Ja, die Krähe ist tot!« erwiderte sie. »Die zahme Geliebte ist Witwe geworden, geht mit einem Stückchen schwarzem Garn um das Bein und klagt ganz jämmerlich. Aber erzähle mir nun, wie es dir ergangen ist und wie du ihn erwischt hast.« Gerda und Kay erzählten.

Das Räubermädchen nahm beide bei den Händen und versprach, daß es, wenn es je durch ihre Stadt kommen sollte, hinaufkommen wolle, sie zu besuchen, und dann ritt es in die weite Welt hinaus. Aber Kay und Gerda gingen Hand in Hand, und wie sie gingen, war es herrlicher Frühling mit Blumen und mit Grün; sie erkannten die hohen Türme, die große Stadt, es war die, in der sie wohnten, und sie gingen hinein und hin zu der Tür der Großmutter, die Treppe hinauf, in die Stube, wo alles wie früher an derselben Stelle stand. Die Uhr sagte: »Tick! tack!« und die Zeiger drehten sich; aber als sie durch die Tür gingen, bemerkten sie, daß sie erwachsene Menschen geworden waren. Die Rosen aus der Dachrinne blühten zum offenen Fenster herein, und da standen noch die kleinen Kinderstühle. Kay und Gerda setzten sich ein jeder auf den seinigen und hielten einander bei den Händen; die kalte, leere Herrlichkeit bei der Schneekönigin hatten sie gleich einem schweren Traum vergessen. Die Großmutter saß in Gottes hellem Sonnenschein und las aus der Bibel: »Werdet ihr nicht wie die Kinder, so werdet ihr das Reich Gottes nicht erben!«

Kay und Gerda sahen einander in die Augen, und sie verstanden auf einmal den alten Gesang:

»Rosen, die blühn und verwehn,
Wir werden das Christkindlein sehn!«

Da saßen sie beide, erwachsen und doch Kinder, Kinder im Herzen; und es war Sommer, warmer, wohltuender Sommer.

Hofhahn und Wetterhahn

Es waren einmal zwei Hähne, einer auf dem Misthaufen, einer auf dem Dach; stolz waren sie beide, doch wer von den beiden richtete am meisten aus?

Der Hühnerhof war durch einen Bretterzaun von einem anderen Hof getrennt, in dem ein Misthaufen lag, und auf dem Misthaufen wuchs eine große Gurke, die sich bewußt war, ein Mistbeetgewächs zu sein.

»Dazu wird man geboren«, sprach es im Innern der Gurke, »nicht alle können als Gurken geboren werden, es muß auch andere Arten geben! Die Hühner, die Enten und der ganze Viehstand des Nachbarhofes sind auch Geschöpfe. Zu dem Hofhahn auf dem Bretterzaun sehe ich nun empor, er ist freilich von ganz anderer Bedeutung als der Wetterhahn, der so weit oben ist und nicht einmal knarren, geschweige krähen kann; er hat weder Hühner noch Küken, er denkt nur an sich und schwitzt Grünspan! Nein, der Hofhahn ist ein Hahn! Sein Auftreten ist Tanz! Sein Krähen ist Musik, da erkennt man, was ein Trompeter ist! Wenn er nur hier hereinkäme! Und wenn er mich auch mit Stumpf und Stiel auffräße, ich auch in seinem Körper aufgehen müßte – es wäre ein seliger Tod!« sprach die Gurke.

Nachts gab es ein entsetzliches Unwetter; Hühner, Küken und selbst der Hahn suchten Schutz; der Bretterzaun zwischen den beiden Höfen wurde vom Wind niedergerissen, daß es krachte; die Dachsteine fielen herunter, aber der Wetterhahn saß fest; der drehte sich nicht einmal, er konnte sich nicht drehen, und doch war er jung, frisch gegossen, aber besonnen und gesetzt; er war alt geboren, ähnelte in keiner Weise den fliegenden Vögeln in der Luft, den Sperlingen, den Schwalben, nein, die verachtete er, sie seien Piepvögel von geringer Größe, ordinäre Piepvögel! Die Tauben, meinte er, seien zwar groß und blank und schimmernd wie Perlmutter, sie sähen aus wie eine Art Wetterhähne, allein sie seien dick und dumm, ihr ganzes Sinnen und Trachten ginge darauf aus, sich den Wanst zu füllen, auch seien sie langweilig im Umgang.

Auch die Zugvögel hatten dem Wetterhahn ihre Visite gemacht, ihm von fremden Ländern, von Luftkarawanen und haarsträubenden Räubergeschichten mit Raubvögeln erzählt, das war neu und interessant, aber nur das erste Mal, später, das wußte der Wetterhahn, wiederholten sie sich, erzählten stets dieselben Geschichten, und das ist langweilig, mit niemandem könne man Umgang pflegen, alle seien fade und borniert.

»Die Welt taugt nichts«, sprach er. »Das Ganze ist Unsinn!«

Der Wetterhahn war aufgeblasen, und diese Eigenschaft hätte ihn gewiß bei der Gurke interessant gemacht, wenn sie es gewußt hätte, aber sie hatte nur Augen für den Hofhahn, und der war jetzt im Hofe bei ihr.

Der Bretterzaun war vom Wind umgeblasen worden, aber das Unwetter war vorüber.

»Was sagt ihr zu dem Hahnengeschrei?« sprach der Hofhahn zu den Hühnern und Küken. »Das war ein wenig roh, die Eleganz fehlte.«

Und Hühner und Küken traten auf den Misthaufen und der Hahn betrat ihn auch mit Reiterschritten.

»Gartengewächs!« sprach er zu der Gurke, und in diesem einen Worte erkannte sie seine tiefe Bildung, und sie verzieh es ihm, daß er in sie hackte und sie auffraß.

»Ein seliger Tod!«

Die Hühner und die Küken kamen, und wenn

das eine läuft, so laufen die anderen auch; sie glucksten und piepten, und sie sahen den Hahn an und waren stolz darauf, daß er von ihrer Art war.

»Kükürükü«, krähte er, »die Küken werden sofort zu großen Hühnern, wenn ich es ausschreie in den Hühnerhof der Welt!«

Und Hühner und Küken glucksten und piepten, und der Hahn verkündete eine große Neuigkeit.

»Ein Hahn kann ein Ei legen! Und wißt ihr, was in dem Ei liegt? – In dem Ei liegt ein Basilisk. Den Anblick eines solchen vermag niemand auszuhalten; das wissen die Menschen, und jetzt wißt ihr es auch, wißt, was in mir wohnt, was ich für ein Allerhühnerhofskerl bin!«

Darauf schlug der Hofhahn mit den Flügeln, ließ den Hahnenkamm schwellen und krähte wieder; und es schauderte sie alle, die Hühner und die Küken, aber sie waren gar stolz, daß einer von ihren Leuten so ein Allerhühnerhofskerl war; sie glucksten und piepten, daß der Wetterhahn es hören mußte; er hörte es, aber er rührte sich nicht dabei.

»Das Ganze ist Unsinn!« sprach es im Innern des Wetterhahns. »Der Hofhahn legt keine Eier, und ich bin zu faul dazu; wenn ich wollte, ich könnte schon ein Windei legen, aber die Welt ist kein Windei wert. Das Ganze ist Unsinn! – Jetzt mag ich nicht einmal länger hier sitzen.«

Damit brach der Wetterhahn ab, aber er schlug den Hofhahn nicht tot, obgleich er es darauf abgesehen hatte, wie die Hühner sagten, und was sagt die Moral: »Es ist doch besser zu krähen, als aufgeblasen zu sein und vom Dach zu fallen!«

Der Gärtner und die Herrschaft

Eine Meile von der Hauptstadt entfernt lag ein altes Herrenhaus mit dicken Mauern, Türmen und Treppengiebeln. Hier wohnte während der Sommerzeit eine reiche, hochadlige Herrschaft. Das Gut war das beste und schönste von allen Gütern, die sie besaß; das Herrenhaus war renoviert worden und stand da wie neugeboren, und innen herrschten Gemütlichkeit und Bequemlichkeit. Das Wappen der Familie war über dem Portal in Stein gehauen, prächtige Rosen rankten sich um Wappen und Erker, und ein ganzer Rasenteppich breitete sich vor dem Haus aus; hier standen Rotdorn und Weißdorn und seltene Blumen, sogar außerhalb des Treibhauses.

Die Herrschaft hatte auch einen tüchtigen Gärtner, und es war eine Freude, den Blumengarten, den Obst- und Gemüsegarten zu sehen. An letzteren stieß noch ein Überrest des ursprünglichen alten Gartens, einige Buchsbaumhecken, so be schnitten, daß sie Kronen und Pyramiden bildeten. Dahinter standen zwei gewaltige alte Bäume, sie waren fast immer kahl, und es sah aus, als hätte irgendein Sturmwind oder eine Windhose sie mit großen Klumpen von Schmutz oder Mist beworfen, aber jeder Klumpen war ein Vogelnest.

Hier nistete seit undenklichen Zeiten ein Gewimmel von Krähen und Raben, ein ganzes Vogeldorf, und die Vögel waren die Besitzer, das älteste Geschlecht und die eigentliche Herrschaft; von den Menschen dort unten ging sie niemand etwas an, aber sie duldeten diese niedriggehenden Geschöpfe, obwohl diese dann und wann mit der Büchse knallten, daß es ihnen im Rückgrat kribbelte und jeder Vogel vor Schreck aufflog und schrie: »Rack! Rack!«

Der Gärtner sprach oft mit seiner Herrschaft über die alten Bäume, daß sie nicht gut aussähen, daß man sie eigentlich umhauen müsse und daß man so wahrscheinlich auch die schreienden Vögel los wäre, die sich dann woanders niederlassen müßten. Aber die Herrschaft wollte sowenig die Bäume wie die schreienden Vögel missen, beides dürfe nicht fehlen, es sei ein Überbleibsel aus der alten Zeit, und die solle man nicht so ganz mit Stumpf und Stiel auslöschen.

»Die Bäume sind nun einmal das Erbe der Vögel, sie sollen es behalten, lieber Larsen!«

Der Gärtner hieß Larsen, wenn es hier auch weiter nichts zur Sache tut.

»Haben Sie denn nicht Platz genug für Ihre Tätigkeit, guter Larsen? Haben Sie doch den ganzen Blumengarten, die Treibhäuser, den Obst- und Gemüsegarten!«

Ja, die hatte er, und er hegte und pflegte sie mit Eifer und Tüchtigkeit, was die Herrschaft auch anerkannte, wenn sie ihm andererseits auch nicht verheimlichte, daß sie bei anderen Herrschaften oft Obst gegessen und Blumen gesehen hatte, die alles übertrafen, was in ihrem Garten wuchs. Das betrübte den Gärtner, denn er wollte das Beste und tat sein Bestes. Er war ein herzensguter und auch fleißiger Mensch.

Eines Tages ließ ihn die Herrschaft zu sich rufen und sagte ihm in aller Freundlichkeit und Herrschaftlichkeit, daß sie tags zuvor bei vornehmen Freunden Äpfel und Birnen gegessen hätte, die so saftig und wohlschmeckend waren, daß alle Gäste mit Bewunderung darüber gesprochen hätten. Das Obst sei freilich kein inländisches gewesen, aber es müsse eingeführt, müsse im Lande heimisch werden, wenn das Klima es erlaube. Man wußte, daß jene Äpfel und Birnen in der Stadt beim Obsthändler gekauft worden waren, der Gärtner solle zur Stadt reiten und sich erkundigen, woher dieses Obst kam, und dann Propfreiser bestellen.

Der Gärtner kannte den Obsthändler sehr gut, es war gerade der, an den er das überflüssige Obst aus dem Garten des Herrenhauses verkaufte. Er ritt zur Stadt und fragte den Obsthändler, woher er seine gepriesenen Äpfel und Birnen habe. »Die sind aus Ihrem eigenen Garten!« antwortete der Obsthändler und zeigte ihm die Äpfel und Birnen, die der Gärtner sofort wiedererkannte.

Das war eine Überraschung! Er beeilte sich, nach Hause zurückzukehren, stellte sich bei der Herrschaft ein und erzählte, daß die Äpfel wie die Birnen aus ihrem eigenen Garten seien.

Das wollte die Herrschaft nun gar nicht glauben. »Das ist nicht möglich, Larsen! Können Sie uns eine schriftliche Bestätigung des Obsthändlers beschaffen?«

Das konnte er, er beschaffte eine schriftliche Bestätigung.

»Nein, das ist merkwürdig!« sagte die Herrschaft.

Von nun an gelangten täglich große Schalen mit diesen prächtigen Äpfeln und Birnen aus ihrem eigenen Garten auf die herrschaftliche Tafel; es wurde von diesem Obst scheffelweise an Freunde in der Stadt und außerhalb der Stadt, ja selbst ins

Ausland versandt. Das war eine wahre Freude! Aber sie fügten doch hinzu, daß es freilich zwei außerordentlich gute Sommer für Baumobst hintereinander gewesen seien, und daß dieses Obst überall im Lande gut gediehen war.

Es verging einige Zeit. Die Herrschaft speiste eines Mittags bei Hofe. Tags darauf wurde der Gärtner zur Herrschaft gerufen. Sie hätte bei der Tafel ganz besonders saftige und schmackhafte Melonen aus dem königlichen Treibhaus vorgesetzt bekommen.

»Sie müssen zu dem Hofgärtner gehen, lieber Larsen, und uns einige Saatkerne von diesen köstlichen Melonen verschaffen!«

»Der Hofgärtner hat die Kerne von uns bekommen«, sagte der Gärtner ganz erfreut.

»Dann hat der Mann es verstanden, die Frucht zu einem erhöhten Grade von Entwicklung zu bringen!« antwortete die Herrschaft. »Jede Melone schmeckte ausgezeichnet!«

»Dann kann ich stolz sein!« sagte der Gärtner. »Ich muß nämlich der gnädigen Herrschaft sagen, daß der Hofgärtner dieses Jahr kein Glück mit seinen Melonen gehabt hat, und als er sah, wie prächtig die unseren aussahen, und sie kostete, da bat er mich, ich möchte ihm drei Stück davon aufs Schloß schicken.«

»Aber Larsen, Sie glauben doch nicht etwa, daß es die Melonen aus unserem Garten gewesen sind.«

»Das glaube ich ganz bestimmt!« sagte der Gärtner, begab sich zum Hofgärtner und erhielt von ihm eine schriftliche Bestätigung darüber, daß die Melonen auf der königlichen Tafel aus dem Garten des Herrenhauses gewesen seien.

Das war nun wirklich eine Überraschung für die Herrschaft, und sie verschwieg auch diesen Fall nicht, sondern zeigte vielmehr die Bescheinigung überall vor, ja, es wurden Melonenkerne weit und breit versandt wie früher Äpfel, Birnen und Pfropfreiser.

Über die Pfropfreiser bekam man zu hören, daß sie anschlugen, Früchte ansetzten, ganz hervorragende Früchte, und daß man der Sorte den Namen des Herrenhauses gegeben habe, so daß dieser Name nun dadurch in Englisch, Deutsch und Französisch zu lesen war.

Das hätte man nie erwartet.

»Wenn sich der Gärtner bloß nichts darauf einbildet«, sagte die Herrschaft.

Der Gärtner nahm das nun anders, er wollte sich nun erst recht bemühen, und damit sein Name als der eines der besten Gärtner des Landes genannt würde, wollte er jedes Jahr versuchen, etwas ganz Besonderes im Garten zu ziehen, und tat es auch, aber er mußte doch oft hören, daß die allerersten Früchte, die er gebracht hätte, die Äpfel und Birnen, eigentlich die besten gewesen seien, daß alle späteren Arten weit darunterständen. Die Melonen seien zwar wirklich sehr gut gewesen, aber das war ja auch eine ganz besondere Art. Die Erdbeeren könne man vortrefflich nennen, aber sie seien nicht besser als die anderer Herrschaften, und als die Radieschen eines Jahres mißlangen, da sprach man nur von den schlechten Radieschen und nicht von den guten Früchten und dem guten Gemüse.

Es schien fast, als sei die Herrschaft erleichtert, wenn sie sagen konnte: »Dieses Jahr, lieber Larsen, wollte es nicht recht gehen!« Sie waren ganz erfreut, sagen zu können: »Dieses Jahr war nicht sonderlich gut!«

Ein paarmal in der Woche brachte der Gärtner frische Blumen in den Salon der Herrschaft hinauf; sie waren stets geschmackvoll angeordnet, wodurch die Farben in ein besseres Licht kamen. »Sie haben Geschmack, Larsen!« sagte die Herrschaft. »Das ist eine Gabe, die Sie dem lieben Gott zu verdanken haben, nicht sich selbst.«

Eines Tages trat der Gärtner in den Salon mit einer großen Glasschale, in der ein Seerosenblatt auf dem Wasser lag. Auf diesem Blatt lag wiederum, mit ihrem langen dicken Stengel ins Wasser hängend, eine strahlendblaue Blume, so groß wie eine Sonnenblume.

»Der indische Lotos!« rief die Herrschaft.

Eine solche Blume hatten sie noch nicht gesehen, und sie wurde am Tage in den Sonnenschein, abends unter den Kronleuchter gestellt. Jeder, der sie sah, fand sie wunderschön und selten, ja das sagte selbst die vornehmste der jungen Damen des Landes, eine Prinzessin, die auch klug und herzensgut war.

Die Herrschaft sah es als eine Ehre an, ihr die Blume zu überreichen, und so gelangte sie mit der Prinzessin ins Schloß.

Nun begab sich die Herrschaft in den Garten, um selbst eine Blume dieser Art zu pflücken, wenn es noch eine solche gäbe. Aber sie war nicht aufzufinden. Sie rief den Gärtner und fragte, woher er die blaue Lotosblüte habe.

»Wir haben vergeblich gesucht!« sagte sie. »Wir sind in den Treibhäusern und überall im Blumengarten gewesen.«

»Nein, dort ist sie freilich nicht!« sagte der Gärtner. »Sie ist nur eine geringe Blume aus dem Gemüsegarten! Aber nicht wahr, sie ist sehr schön! Sieht sie doch aus, als sei sie ein blauer

Kaktus, und ist doch nur die Blüte der Artischocke!«

»Aber das hätten Sie uns gleich sagen müssen!« sagte die Herrschaft. »Wir dachten, es sei eine fremde, seltene Blume. Wir haben uns der jungen Prinzessin gegenüber blamiert! Sie sah die Blume bei uns, fand sie sehr schön, kannte sie nicht, obgleich sie in der Botanik sehr bewandert ist, aber die Wissenschaft hat nichts mit Gemüsepflanzen zu tun. Wie konnte es Ihnen in den Sinn kommen, lieber Larsen, uns eine solche Blume in den Salon zu bringen? Das hat uns überall lächerlich gemacht!«

Und von der schönen blauen Prachtblume, die aus dem Gemüsegarten geholt worden war, gelangte vorerst kein zweites Exemplar in den herrschaftlichen Salon; denn da gehörte sie nicht hin, sagte die Herrschaft; ja, sie entschuldigte sich bei der Prinzessin und erzählte, daß die Blume nur ein Gemüsekraut sei, daß der Gärtner den Einfall gehabt habe, es als etwas Besonderes zur Schau zu stellen, daß er dafür aber zurechtgewiesen worden sei.

»Aber das ist doch nicht recht!« sagte die Prinzessin. »Hat er doch unseren Blick auf eine Prachtblume gelenkt, die wir gar nicht zu würdigen wußten, und die Schönheit dort gezeigt, wo wir sie nicht gesucht hätten! Der Schloßgärtner soll jeden Tag, solange die Artischocken blühen, mir eine davon in mein Zimmer bringen!«

Und so geschah es.

Die Herrschaft ließ dem Gärtner nun sagen, daß er wieder eine frische Artischockenblüte bringen könne.

»Sie ist eigentlich doch sehr schön«, sagte sie, »höchst bemerkenswert!« Und der Gärtner wurde gelobt.

»Ja, das liebt der Larsen sehr!« sagte die Herrschaft. »Er ist wie ein verhätscheltes Kind!«

An einem Herbsttage erhob sich ein schrecklicher Sturm; er steigerte sich noch zur Nachtzeit und wurde so gewaltig, daß am Waldrand viele große Bäume mit den Wurzeln aus dem Boden gerissen wurden, und zum großen Kummer der Herrschaft, aber zur Freude des Gärtners, stürzten auch die beiden großen Bäume mit den Vogelnestern um. Durch den Sturm hörte man das Geschrei und Gekreische der Krähen und Raben.

»Das freut Sie nun gewiß, Larsen!« sagte die Herrschaft. »Der Sturm hat die Bäume gefällt, und die Vögel sind in den Wald geflogen. Hier ist nun nichts mehr von der alten Zeit zu sehen, jedes Zeichen, jede Spur ist fort! Uns betrübt das sehr!«

Der Gärtner sagte nichts, aber er überlegte sich, wie er den schönen sonnigen Platz, den er früher nicht zur Verfügung gehabt hatte, ausnutzen könnte; er sollte dem Garten zum Schmuck und der Herrschaft zur Freude werden.

Die großen umgestürzten Bäume hatten die uralten Buchsbaumhecken mit ihren Kronen und Pyramiden gänzlich zerstört. Er setzte an deren Stelle ein Gebüsch von einheimischen Pflanzen und Sträuchern.

Was keinem anderen Gärtner eingefallen war, in Fülle in den herrschaftlichen Garten einzupflanzen, setzte er hier in den fruchtbaren Boden, in Sonnenschein und in Schatten, wie es jede Art verlangte, und er pflegte es mit Liebe, so daß es prächtig wuchs.

Der Wacholder aus der jütländischen Heide, der in Form und Farbe der Zypresse Italiens gleicht, der blanke Christdorn, der immer grün bleibt bei Winterkälte und Sommersonne, standen da, prächtig anzuschauen. Davor wuchs der Farn, viele verschiedene Arten, einige sahen aus, als seien sie die Kinder der Palme, und andere, als wären sie die Eltern der zarten, schönen Pflanze, die wir Venushaar nennen. Hier stand die geringgeschätzte Distel, die in ihrer Frische so schön ist. Sie stand auf trockenem Boden; in dem feuchten Boden wuchs der Ampfer, ebenfalls eine geringgeschätzte Pflanze – und doch durch ihre Größe und ihr mächtiges Blatt so malerisch schön. Klafterhoch, Blume an Blume gereiht, wie ein großer vielarmiger Kandelaber, erhob sich die Königskerze, vom Feld hier eingepflanzt. Hier standen Waldmeister, Schlüsselblumen, der wilde Schlangenwurz und der dreiblättrige, feine Sauerklee. Es war ein prächtiger Anblick.

Vor diesem Gebüsch, gestützt auf Stahldraht, wuchsen in Reihen niedrige Birnbäume aus Frankreich; sie hatten Sonne und gute Pflege und trugen bald große saftige Früchte wie in dem Land, aus dem sie stammten.

Und an der Stelle der beiden alten, kahlen Bäume war eine hohe Flaggenstange aufgerichtet, wo die dänische Fahne wehte, und dicht dabei noch eine Stange, um die sich zur Sommerzeit und im Herbst die Hopfenranke mit ihren duftenden Blütenbüscheln wand, wo aber im Winter nach alter Sitte eine Hafergarbe befestigt wurde, damit die Vögel während der fröhlichen Weihnachtszeit eine Mahlzeit hatten.

»Der gute Larsen wird sentimental auf seine alten Tage!« sagte die Herrschaft. »Aber er ist uns treu und ergeben.«

Um die Neujahrszeit erschien in einem der illustrierten Blätter der Hauptstadt ein Bild von dem alten Herrenhaus; man sah die Flaggenstange und auch die andere Stange mit der Hafergarbe für die Vögel zur fröhlichen Weihnachtszeit; und in der Bildlegende stand, daß hier eine alte Sitte zu Ehren gelangt sei.

»Für alles, was dieser Larsen tut, rührt man die Trommel«, sagte die Herrschaft. »Er kann sich glücklich schätzen! Wir müssen ja fast stolz darauf sein, daß wir ihn haben!«

Aber sie waren überhaupt nicht stolz darauf! Es war ihnen bewußt, daß sie die Herrschaft waren, sie konnten ja Larsen seine Stelle kündigen, aber sie taten es nicht, sie waren gute Menschen, und von ihrer Art gibt es viele gute Menschen, und das ist für jeden Larsen erfreulich.

Ja, das ist die Geschichte vom Gärtner und der Herrschaft.

Nun kannst du darüber nachdenken.

Das Sparschwein

Es gab so viel Spielzeug im Kinderzimmer; zuoberst auf dem Schrank stand die Sparbüchse; sie war aus Ton und hatte die Gestalt eines Schweines; natürlich hatte sie einen Spalt im Rücken, und der Spalt war mit einem Messer größer gemacht worden, damit auch Silbertaler hineingehen konnten, und zwei waren schon hineingegangen, außer vielen Pfennigen. Das Sparschwein war so vollgestopft, daß es nicht mehr rasseln konnte, und das ist das Höchste, wozu ein Sparschwein es bringen kann. Da stand es nun zuoberst auf dem Schrank und sah herab auf alles in der Stube. Es wußte wohl, daß es mit dem, was es im Bauch hatte, das alles kaufen könnte, und das verleiht ein gutes Bewußtsein.

Daran dachten auch die andern, wenn sie es auch nicht sagten; es gab ja anderes zu reden. Die Kommodenschublade war halb herausgezogen, und darin zeigte sich eine große Puppe. Etwas alt war sie und am Hals geflickt; sie schaute hinaus und sagte: »Wollen wir jetzt ›Mensch‹ spielen? Da läuft doch immer etwas!« Und dann gab es eine Aufregung, selbst die Bilder an den Wänden drehten sich um; sie wußten, daß sie auch eine Kehrseite hatten, und dagegen ließ sich nichts sagen.

Es war mitten in der Nacht, der Mond schien zum Fenster herein und gewährte freie Beleuchtung. Nun sollte das Spiel beginnen, und alles war eingeladen, selbst der Kinderwagen, der doch zum gröberen Spielzeug gehörte. »Jeder hat sein Gutes!« sagte er, »es können nicht alle von Adel sein! Einer muß die Arbeit machen, wie man so sagt!«

Nur das Sparschwein bekam die Einladung schriftlich; es stand zu hoch, als daß sie glauben konnten, es würde eine mündliche Einladung hören, und es gab auch keine Antwort, ob es komme, und es kam nicht; wollte es dabeisein, so mußte es das Spiel von da oben aus genießen, danach konnten sie sich richten, und das taten sie.

Das kleine Puppentheater wurde gleich so aufgestellt, daß man alles gut sehen konnte; sie wollten mit einer Komödie anfangen, und dann sollte es Tee und Denkspiele geben.

Das Schaukelpferd sprach vom Trainieren und von Vollblut, der Kinderwagen von Eisenbahnen und Dampfkraft – das alles schlug ja in ihr Fach und davon konnten sie sprechen. Die Stubenuhr sprach von Politik – tik – tik! Sie wußte, was die Glocke geschlagen hatte; aber man sagte, sie ginge nicht richtig. Der Rohrstock stand da und war stolz auf seine Spitze und seinen Silberknauf, er war ja beschlagen unten und oben. Auf dem Sofa lagen zwei bestickte Kissen, sie waren reizend, aber etwas dumm – und dann konnte die Komödie beginnen.

Alle saßen da und schauten zu, und es wurde darum gebeten, man möge knallen, klatschen, lärmen und strampeln, wenn es einem gefiele. Aber die Reitpeitsche sagte, sie knalle nie für die Alten, sondern nur für die Unverlobten. »Ich knalle für alle!« sagte die Knallerbse. »Alt oder jung, geknallt wird immer!« meinte der Spucknapf; und das waren nun so die Gedanken, die sich das Publikum während der Vorstellung machte. Das Stück taugte nichts, aber es wurde gut gespielt; die Schauspieler kehrten die bemalte Seite dem Publikum zu; sie waren nur von der rechten Seite anzusehen und nicht von der Kehrseite; und alle spielten ausgezeichnet, ganz vorne an der Rampe, der Faden, an dem sie hingen, war zu lang, aber dadurch wurde ihr Spiel nur lebendiger. Die geflickte Puppe war so gerührt, daß ihre

Naht platzte, und das Sparschwein war auf seine Art so ergriffen, daß es beschloß, für einen der Künstler etwas zu tun und ihn in sein Testament aufzunehmen; er würde, wenn die Zeit käme, in seinem Familiengrab einen Platz bekommen.

Es war ein so hoher Genuß, daß man auf den Tee verzichtete und gleich zu den Denkspielen überging, die man »Mensch spielen« nannte, und darin war keine Bosheit, denn man spielte ja nur – und jeder dachte an sich und daran, was das Sparschwein denke, und das Sparschwein dachte am weitesten, es dachte ja an Testament und Begräbnis – und wann trifft solches ein? Immer ehe man es erwartet. – Knax! da fiel das Sparschwein vom Schrank, lag auf dem Boden in tausend Stücken, während die Pfennige lustig herumtanzten; der eine Silbertaler rollte davon, er wollte ordentlich hinaus in die Welt. Und das kam er auch, und das kamen sie alle; und die Scherben des Sparschweins kamen auf den Müll; aber schon am nächsten Tag stand auf dem Schrank ein neues Sparschwein aus Ton, es war noch kein einziger Pfennig darin, deshalb konnte es auch nicht rasseln, darin glich es dem alten, das war immerhin ein Anfang – und damit wollen wir enden.

Die wilden Schwäne

Weit von hier, da, wohin die Schwalben fliegen, wenn wir Winter haben, wohnte ein König, der elf Söhne und eine Tochter, Elisa, hatte. Die elf Brüder waren Prinzen, sie gingen mit dem Stern auf der Brust und dem Säbel an der Seite in die Schule; sie schrieben mit Diamantgriffeln auf Goldtafeln und lernten ebensogut auswendig, wie sie lasen; man konnte sogleich hören, daß sie Prinzen waren. Die Schwester Elisa saß auf einem kleinen Schemel von Spiegelglas und hatte ein Bilderbuch, das ein halbes Königreich gekostet hatte.

Oh, die Kinder hatten es gut, aber es sollte nicht immer so bleiben!

Ihr Vater, welcher König über das ganze Land war, verheiratete sich mit einer bösen Königin, die die armen Kinder gar nicht liebte. Schon am ersten Tage konnten sie es merken; in dem ganzen Schlosse war große Pracht, und da spielten die Kinder »Es kommt Besuch«; aber statt daß sie wie sonst all den Kuchen und die gebratenen Äpfel erhielten, die nur zu haben waren, gab die neue Königin ihnen nur Sand in eine Teetasse und sagte, sie könnten tun, als ob es etwas wäre.

Die Woche darauf brachte sie die kleine Elisa auf das Land zu einem Bauernpaar, und es währte nicht lange, da log sie dem König so viel von den Prinzen vor, daß ihm schließlich gar nichts mehr an ihnen lag.

»Fliegt hinaus in die Welt und helft euch selbst!« sagte die böse Königin. »Fliegt als große Vögel ohne Stimme!« Aber sie konnte es doch nicht so schlimm machen, wie sie gern wollte; sie wurden elf herrliche wilde Schwäne. Mit einem sonderbaren Schrei flogen sie aus den Schloßfenstern hinaus über den Park und den Wald dahin.

Es war noch ganz früh am Morgen, als sie da vorbeikamen, wo die Schwester Elisa in der Stube des Bauern lag und schlief; hier hielten sie inne über dem Dache, reckten ihre langen Hälse und schlugen mit den Flügeln, aber niemand hörte oder sah es. Sie mußten wieder weiter, hoch gegen die Wolken empor, hinaus in die weite Welt; da flogen sie bis zu einem großen dunklen Wald, der sich gerade bis an den Strand des Meeres erstreckte.

Die kleine Elisa stand in der Stube des Bauern

und spielte mit einem grünen Blatt, anderes Spielzeug hatte sie nicht; sie stach ein Loch in das grüne Blatt, sah da hindurch gegen die Sonne empor, und da war es gerade, als sähe sie ihrer Brüder klare Augen, und jedesmal, wenn die warmen Sonnenstrahlen auf ihre Wangen schienen, gedachte sie aller ihrer Küsse.

Der eine Tag verging ebenso wie der andere. Strich der Wind durch die großen Rosenhecken draußen vor dem Hause, so flüsterte er den Rosen zu: »Wer kann schöner sein als ihr?« Aber die Rosen schüttelten das Haupt und sagten: »Elisa ist es!« Wenn die alte Frau am Sonntag an der Tür saß und in ihrem Gesangbuch las, so wendete der Wind die Blätter um und sagte zum Buch: »Wer kann frömmer sein als du?« – »Elisa ist es!« sagte das Gesangbuch, und es war die reine Wahrheit, was die Rosen und das Gesangbuch sagten.

Als sie fünfzehn Jahre alt war, sollte sie nach Hause kommen; da aber die Königin sah, wie schön sie war, wurde sie ihr gram. Gern hätte sie auch Elisa in einen wilden Schwan verwandelt wie die Brüder, aber das wagte sie nicht sogleich, weil ja der König seine Tochter sehen wollte.

Früh des Morgens ging die Königin in das Bad, das von Marmor erbaut und mit weichen Kissen und den prächtigsten Decken geschmückt war, nahm drei Kröten, küßte sie und sagte zu der einen: »Setze dich auf Elisas Kopf, wenn sie in das Bad kommt, damit sie dumm wird wie du! – Setze dich auf ihre Stirn«, sagte sie zur andern, »damit sie häßlich wird wie du, so daß ihr Vater sie nicht kennt! – Ruhe an ihrem Herzen«, flüsterte sie der dritten zu, »laß sie einen bösen Sinn haben, damit sie Schmerzen davon hat!« Dann setzte sie die Kröten in das klare Wasser, das sogleich eine grüne Farbe erhielt, rief Elisa, zog sie aus und ließ sie in das Wasser hinabsteigen. Als sie untertauchte, setzte sich eine Kröte ihr in das Haar, die andere auf die Stirn und die dritte auf die Brust; aber Elisa schien es gar nicht zu merken; als sie sich wieder aufrichtete, da schwammen drei rote Mohnblumen auf dem Wasser. Wären die Tiere nicht giftig gewesen und von der Hexe geküßt worden, so wären sie in rote Rosen verwandelt worden, aber Blumen wurden sie doch, weil sie auf ihrem Haupte und an ihrem Herzen geruht hatten; sie war zu fromm und unschuldig, als daß Zauberei Macht über sie haben konnte.

Als die böse Königin das sah, rieb sie das Mädchen mit Walnußsaft ein, so daß sie ganz schwarzbraun wurde, bestrich das hübsche Antlitz mit einer stinkenden Salbe und ließ das herrliche Haar sich verwirren; es war unmöglich, die schöne Elisa wiederzuerkennen.

Daher erschrak ihr Vater sehr, als er sie erblickte, und er sagte, es sei nicht seine Tochter; niemand wollte sie wiedererkennen außer dem Kettenhund und den Schwalben, aber das waren arme Tiere, die nichts zu sagen hatten.

Da weinte die arme Elisa und dachte an ihre elf Brüder, die alle fort waren. Betrübt verließ sie das Schloß und ging den ganzen Tag über Feld und Moor bis in den großen Wald hinein. Sie wußte gar nicht, wohin sie wollte, sie fühlte sich sehr betrübt und sehnte sich nach ihren Brüdern, die sicher auch gleich ihr in die Welt hinausgejagt worden waren, diese wollte sie suchen und finden.

Nur kurze Zeit war sie im Walde gewesen, als die Nacht einbrach; sie war ganz von Weg und Steg abgekommen. Da legte sie sich auf das weiche Moos nieder, betete ihr Abendgebet und lehnte ihr Haupt an einen Baumstumpf. Es war ganz still, die Luft war mild, und ringsumher im Grase und im Moose leuchteten, einem grünen Feuer gleich, viele hundert Johanniswürmchen; als sie einen der Zweige mit der Hand berührte, fielen die leuchtenden Insekten wie Sternschnuppen zu ihr nieder.

Die ganze Nacht träumte sie von ihren Brüdern; sie spielten wieder als Kinder, schrieben mit dem Diamantgriffel auf die Goldtafeln und betrachteten das herrliche Bilderbuch, das ein halbes Königreich gekostet hatte, aber auf die Tafel schrieben sie nicht wie früher Nullen und Striche, sondern die mutigen Taten, die sie vollbracht, alles, was sie erlebt und gesehen hatten; und im Bilderbuch war alles lebendig, die Vögel sangen, und die Menschen traten aus dem Buch heraus und sprachen mit Elisa und ihren Brüdern, aber wenn sie das Blatt umwandte, sprangen sie sogleich wieder hinein, damit keine Unordnung entstehe.

Als sie erwachte, stand die Sonne schon hoch; Elisa konnte sie freilich nicht sehen, die hohen Bäume breiteten ihre Zweige dicht und fest aus, aber die Strahlen spielten dort oben gerade wie ein Gewebe aus Goldflor. Da war ein Duft von dem Grünen, und die Vögel setzten sich ihr fast auf die Schultern. Sie hörte das Wasser plätschern, das waren Quellen, die alle in einen See mündeten, in dem der herrlichste Sandboden war; freilich wuchsen hier dichte Büsche ringsherum, aber an einer Stelle hatten die Hirsche eine große Öffnung gemacht, und hier ging Elisa zum Wasser hin. Das war so klar, daß man – hätte der Wind nicht die Zweige und die Büsche berührt, so daß sie sich bewegten – hätte glauben müssen, sie seien auf den Boden gemalt, so deutlich spiegelte sich jedes Blatt, sowohl das von der Sonne beschienene als das im Schatten.

Sobald sie ihr eigenes Antlitz erblickte, erschrak sie gewaltig, so braun und häßlich war es. Doch als sie ihre kleine Hand benetzte und Augen und Stirn rieb, kam die weiße Haut wieder hervor; da entkleidete sie sich und ging in das frische Wasser hinein; ein schöneres Königskind als sie gab es nicht in dieser Welt.

Als sie wieder angekleidet war und ihr langes Haar geflochten hatte, ging sie zur sprudelnden Quelle, trank aus der hohlen Hand und wanderte tiefer in den Wald hinein, ohne selbst zu wissen, wohin. Sie dachte an ihre Brüder, dachte an den lieben Gott, der sie sicher nicht verlassen werde; er ließ ja die wilden Waldäpfel wachsen, um den Hungrigen zu sättigen; und er zeigte ihr einen solchen Baum, dessen Zweige sich unter der Last der Früchte beugten. Hier hielt sie ihre Mittagsmahlzeit, setzte Stützen unter die Zweige und ging dann in den dunkelsten Teil des Waldes hinein. Da war es so still, daß sie ihre eigenen Fußtritte hörte sowie jedes kleine vertrocknete Blatt, das unter ihrem Fuße raschelte. Nicht ein Vogel war da zu sehen, nicht ein Sonnenstrahl konnte durch die großen, dichten Baumzweige dringen; die hohen Stämme standen so nahe beisammen, daß, wenn sie geradeaus sah, ein Balkengitter sie zu umschließen schien. Oh, hier war eine Einsamkeit, die sie früher noch nie gekannt hatte!

Die Nacht wurde sehr dunkel, nicht ein einziger kleiner Johanniswurm leuchtete aus dem Moose. Betrübt legte sie sich nieder, um zu schlafen. Da schien es ihr, als ob sich die Baumzweige über ihr zur Seite neigten und der liebe Gott mit milden Augen auf sie niederblickte, und kleine Engel sahen über seinen Kopf und unter seinen Armen hervor.

Als sie am Morgen erwachte, wußte sie nicht, ob sie geträumt habe oder ob es wirklich so gewesen sei.

Sie ging einige Schritte weiter, da begegnete sie einer alten Frau mit Beeren in einem Korb. Die Alte gab ihr einige davon. Elisa fragte, ob sie nicht elf Prinzen durch den Wald habe reiten sehen.

»Nein«, sagte die Alte, »aber ich sah gestern elf Schwäne mit goldenen Kronen auf den Häuptern in der Nähe schwimmen.«

Sie führte Elisa ein Stück weiter vor zu einem Abhang, an dessen Fuß sich ein kleiner Fluß schlängelte; die Bäume an seinen Ufern streckten ihre langen, blattreichen Zweige einander entgegen, und wo sie ihrem natürlichen Wuchse nach nicht zusammenreichen konnten, da waren die Wurzeln aus der Erde losgerissen und hingen, mit den Zweigen ineinandergeschlungen, über das Wasser hinaus.

Elisa sagte der Alten Lebewohl und ging lange den Fluß entlang, bis dieser in den großen, offenen Strand mündete.

Das ganze herrliche Meer lag vor dem jungen Mädchen; aber nicht ein Segel zeigte sich darauf, nicht ein Boot war da zu sehen. Wie sollte sie nun weiter fortkommen? Sie betrachtete die unzähligen, kleinen Steine am Ufer; das Wasser hatte sie alle rundgeschliffen. Glas, Eisen, Steine, alles, was da zusammengespült lag, hatte seine Form durch das Wasser bekommen, das doch viel weicher war als ihre feine Hand. »Das rollt unermüdlich fort, und so glättet sich das Harte. Ich will ebenso unermüdlich sein; Dank für eure Lehre, ihr kleinen, rollenden Wogen; einst, das sagt mir mein Herz, werdet ihr mich zu meinen lieben Brüdern tragen!«

Auf dem angespülten Seegrase lagen elf weiße Schwanenfedern; die sammelte sie. Es lagen Wassertropfen darauf: ob es Tau oder Tränen waren, konnte man nicht erkennen. Einsam war es dort am Strande, aber sie fühlte es nicht; denn das Meer bot ewige Abwechslung, ja, es wandelte sich in wenigen Stunden mehr als die süßen Landseen in einem ganzen Jahr. Kam da eine große schwarze Wolke, so war es, als ob die See sagen wollte: Ich kann auch finster aussehen. Und dann blies der Wind, und die Wogen kehrten das Weiße nach außen; schienen aber die Wolken rot und schliefen die Winde, so war das Meer einem Rosenblatte gleich; bald wurde es grün, bald weiß; aber wie still es auch ruhte, am Ufer war doch stets eine leise Bewegung; das Wasser hob und senkte sich schwach wie die Brust eines schlafenden Kindes.

Als die Sonne im Begriff war unterzugehen, sah Elisa elf wilde Schwäne mit Goldkronen auf den Häuptern dem Lande zufliegen, sie segelten, der eine hinter dem andern, durch die Lüfte; es sah aus wie ein langes, weißes Band. Da stieg Elisa den Abhang hinauf und verbarg sich hinter einem Busche; die Schwäne ließen sich nahe bei ihr nieder und schlugen mit ihren großen, weißen Schwingen.

Sowie die Sonne unter dem Wasser war, fielen plötzlich die Schwanenfedern ab, und elf schöne Prinzen, Elisas Brüder, standen da. Sie stieß einen lauten Schrei aus; denn obwohl die Brüder sich sehr verändert hatten, so wußte Elisa doch, daß sie es waren, fühlte, daß sie es sein mußten; sie sprang in ihre Arme, nannte sie beim Namen, und die Brüder waren ganz glücklich, als sie ihre Schwester sahen und erkannten, die nun groß und schön war. Sie lachten und weinten, und bald hatten sie einander erzählt, wie grausam ihre Stiefmutter gegen sie alle gewesen war.

»Wir Brüder«, sagte der Älteste, »fliegen als wilde Schwäne, solange die Sonne am Himmel steht; sobald sie untergegangen ist, erhalten wir unsere menschliche Gestalt wieder. Deshalb müssen wir immer dafür sorgen, daß wir bei Sonnenuntergang eine Ruhestätte für die Füße haben, denn flögen wir dann zu den Wolken empor, so müßten wir als Menschen in die Tiefe hinunterstürzen. Wir wohnen nicht hier; es liegt ein ebenso schönes Land wie dieses jenseits der See, aber der Weg dahin ist weit. Wir müssen über das große Meer, und es findet sich keine Insel auf unserm Wege, wo wir übernachten können. Nur eine einsame kleine Klippe ragt in der Mitte daraus hervor, sie ist gerade groß genug, daß wir Seite an Seite darauf Platz haben; ist die See stark bewegt, so spritzt das Wasser hoch über uns, aber doch danken wir Gott für die Ruhestelle. Da übernachten wir in unsrer Menschengestalt; ohne diese Klippe könnten wir nie unser liebes Vaterland besuchen, denn zwei der längsten Tage des Jahres brauchen wir zu unserm Fluge. Nur einmal im Jahre ist es uns vergönnt, unsere Heimat zu besuchen, elf Tage können wir hierbleiben, über den großen Wald hinfliegen, von wo wir das Schloß erblicken, wo wir geboren wurden und wo unser Vater wohnt, den hohen Kirchturm sehen, wo die Mutter begraben ist. – Hier kommt es uns vor, als wären Bäume und Büsche mit uns verwandt, hier laufen die wilden Pferde über die Steppen hin, wie wir es in unserer Kindheit gesehen haben, hier singt der alte Kohlenbrenner die alten Lieder, nach denen wir als Kinder tanzten, hier ist unser Vaterland, hierher zieht es uns, und hier haben wir dich, du liebe Schwester, gefunden! Zwei Tage können wir noch hierbleiben, dann müssen wir fort über das Meer nach einem herrlichen Lande, das aber nicht unsere Heimat ist. Wie nehmen wir dich mit? Wir haben weder Schiff noch Boot!«

»Auf welche Art kann ich euch erlösen?« fragte die Schwester.

Sie unterhielten sich fast die ganze Nacht und schlummerten nur einige Stunden.

Elisa erwachte durch das Rauschen der Schwanenflügel über ihr. Die Brüder waren wieder verwandelt und flogen in großen Kreisen und zuletzt weit weg – aber der eine von ihnen, der jüngste, blieb zurück, er legte seinen Kopf in ihren Schoß, und sie streichelte seine Flügel; den ganzen Tag waren sie beisammen. Gegen Abend kamen die anderen zurück, und als die Sonne untergegangen war, standen sie in ihrer menschlichen Gestalt da.

»Morgen fliegen wir von hier weg und können nicht vor Ablauf eines Jahres zurückkehren, aber dich können wir nicht so verlassen! Hast du Mut, mitzukommen? Mein Arm ist stark genug, dich durch den Wald zu tragen, sollten wir da nicht alle so starke Flügel haben, um mit dir über das Meer zu fliegen?«

»Ja, nehmt mich mit!« sagte Elisa.

Die ganze Nacht brachten sie damit zu, ein großes und starkes Netz aus geschmeidiger Weidenrinde und zähem Schilf zu flechten. Auf dieses legte sich Elisa, und als die Sonne aufging und die Brüder in wilde Schwäne verwandelt wurden, packten sie das Netz mit ihren Schnäbeln und flogen mit ihrer lieben Schwester, die noch schlief, hoch zu den Wolken. Die Sonnenstrahlen fielen ihr gerade auf das Antlitz, deswegen flog einer der Schwäne über ihrem Haupt, damit seine breiten Schwingen sie beschatten möchten.

Sie waren weit vom Lande entfernt, als Elisa erwachte; sie glaubte noch zu träumen, so sonderbar kam es ihr vor, hoch durch die Lüfte über das Meer getragen zu werden. An ihrer Seite lag ein Zweig mit herrlichen, reifen Beeren und ein Bund wohlschmeckender Wurzeln. Die hatte der jüngste der Brüder gesammelt und ihr hingelegt; sie lächelte ihn dankbar an, denn sie erkannte ihn, er war es, der über ihrem Haupte flog und sie mit den Schwingen beschattete.

Sie waren so hoch, daß das größte Schiff unter ihnen eine weiße Möwe zu sein schien, die auf dem Wasser lag. Eine große Wolke stand hinter ihnen, das war ein Berg, und auf ihm sah Elisa ihren eigenen Schatten und den der elf Schwäne, riesengroß schienen sie da. Das war ein Gemälde, prächtiger als sie früher je eins gesehen; doch als die Sonne höher stieg und die Wolke weiter zurückblieb, verschwand das Schattenbild.

Den ganzen Tag flogen sie gleich einem sausenden Pfeil durch die Luft, aber es ging doch langsamer als sonst, sie hatten ja die Schwester zu tragen. Es zog ein böses Unwetter auf, der Abend brach herein. Ängstlich sah Elisa die Sonne sinken, und noch war die einsame Klippe im Meer nicht zu erblicken; es kam ihr vor, als machten die Schwäne stärkere Schläge mit den Flügeln. Ach, sie war schuld daran, daß sie nicht rasch genug fortkamen;

wenn die Sonne untergegangen war, so wurden sie Menschen, mußten in das Meer stürzen und ertrinken. Da betete sie aus tiefstem Herzen zu Gott, aber noch erblickte sie keine Klippe; eine schwarze Wolkenwand kam immer näher, starke Windstöße verkündeten einen Sturm; wie eine einzige große, drohende Welle kamen die bleiernen Wolken auf sie zugeschossen, Blitz leuchtete auf Blitz.

Jetzt war die Sonne gerade am Horizont. Elisas Herz bebte; da schossen die Schwäne hinab, so schnell, daß sie zu fallen glaubte; aber nun segelten sie wieder. Die Sonne war halb untergegangen, da erblickte sie erst die kleine Klippe unter sich. Sie sah nicht größer aus als ein Seehund, der den Kopf aus dem Wasser streckte. Die Sonne sank schnell; jetzt erschien sie nur noch wie ein Stern, da berührte ihr Fuß den festen Grund – die Sonne erlosch gleich dem letzten Funken im brennenden Papier. Arm in Arm sah sie die Brüder um sich stehen, aber mehr Platz als gerade für sie alle war auch nicht da. Die See schlug gegen die Klippe und ging wie ein Staubregen über sie hin; der Himmel leuchtete in fortwährendem Feuer, und Schlag auf Schlag rollte der Donner, aber Schwester und Brüder hielten einander an den Händen, woraus sie Trost und Mut schöpften.

In der Morgendämmerung war die Luft rein

und still; sobald die Sonne emporstieg, flogen die Schwäne mit Elisa von der Insel fort. Das Meer ging noch hoch – als sie hoch in der Luft waren, sah es aus, als ob der weiße Schaum auf der schwarzgrünen See Millionen Schwäne wären, die auf dem Wasser schwammen.

Als die Sonne höherstieg, sah Elisa vor sich, halb in der Luft schwebend, ein Bergland mit glänzenden Eismassen über den Felsen, und mitten darauf erstreckte sich ein wohl meilenlanges Schloß mit einem kühnen Säulengange über dem andern; unten wogten Palmenwälder und Prachtblumen, so groß wie Mühlräder. Sie fragte, ob dies das Land sei, wohin sie wollten, aber die Schwäne schüttelten den Kopf, denn das, was sie sah, war der Fata Morgana herrliches, sich allzeit veränderndes Wolkenschloß; da durften sie keinen Menschen hinbringen. Elisa starrte es an, da stürzten Berge, Wälder und Schloß zusammen, und zwanzig stolze Kirchen, alle einander gleich, mit hohen Türmen und spitzen Fenstern, standen da. Sie glaubte die Orgel ertönen zu hören, aber es war das Meer, das sie hörte. Nun waren sie den Kirchen ganz nahe; da wurden diese zu einer ganzen Flotte, die unter ihr dahinsegelte; sie sah nieder, und es waren nur Nebelschwaden, die über dem Wasser hinglitten. Ja, eine ewige Abwechslung hatten sie vor Augen, und nun sahen sie das wirkliche Land, nach dem sie hinwollten. Da erhoben sich herrliche, blaue Berge mit Zedernwäldern, Städten und Schlössern. Lange bevor die Sonne unterging, kamen sie zu einem Felsen vor einer großen Höhle, die mit feinen grünen Schlingpflanzen bewachsen war; es sah aus, als wären es gestickte Teppiche.

»Nun wollen wir sehen, was du diese Nacht hier träumst!« sagte der jüngere Bruder und zeigte ihr die Schlafkammer.

»Gebe der Himmel, daß ich träumen möge, wie ich euch erretten kann!« sagte sie, und dieser Gedanke beschäftigte sie dann lebhaft. Sie betete inbrünstig zu Gott um seine Hilfe, ja selbst im Schlaf betete sie fort. Da kam es ihr vor, als ob sie hoch in die Luft fliege, zum Wolkenschloß der Fata Morgana. Eine Fee kam ihr entgegen, schön und glänzend, und doch glich sie ganz der alten Frau, die ihr Beeren im Walde gegeben und ihr von den Schwänen mit den Goldkronen auf den Häuptern erzählt hatte.

»Deine Brüder können erlöst werden!« sagte sie. »Aber hast du Mut und Ausdauer? Wohl ist das Wasser weicher als deine feinen Hände und formt doch die Steine, aber es fühlt nicht die Schmerzen, die deine Finger fühlen, es hat kein

Herz, leidet nicht die Angst und Qual, die du aushalten mußt. Siehst du die Brennessel, die ich in meiner Hand halte? Von dieser Art wachsen viele rings um die Höhle, in der du schläfst, nur die dort und die, welche auf des Kirchhofs Gräbern wachsen, sind tauglich, merke dir das. Die mußt du pflücken, obgleich sie deine Haut voll Blasen brennen werden. Brich die Nesseln mit deinen Füßen, so erhältst du Flachs, aus diesem mußt du elf Panzerhemden mit langen Ärmeln flechten und binden, wirf diese über die elf Schwäne, so ist der Zauber gelöst. Aber bedenke wohl, daß du von dem Augenblick an, wo du diese Arbeit beginnst, bis sie vollendet ist, wenn auch Jahre darüber vergehen, nicht sprechen darfst. Das erste Wort, das du sprichst, fährt wie ein tötender Dolch in deiner Brüder Herz; an deiner Zunge hängt ihr Leben. Merke dir das alles!«

Die Fee berührte zugleich ihre Hand mit der Nessel; es war einem brennenden Feuer gleich, Elisa erwachte dadurch. Es war heller Tag, und dicht neben ihr lag eine Nessel wie die aus dem Traume. Da fiel sie auf ihre Knie, dankte dem lieben Gott und ging aus der Höhle hinaus, um ihre Arbeit zu beginnen.

Mit ihren feinen Händen griff sie in die häßlichen Nesseln, sie waren wie Feuer; große Blasen brannten sie in ihre Hände und Arme, aber gern wollte sie es leiden, wenn sie die lieben Brüder befreien konnte. Sie brach jede Nessel mit ihren bloßen Füßen und flocht den grünen Flachs.

Als die Sonne untergegangen war, kamen die Brüder, und sie erschraken, Elisa stumm zu finden; sie glaubten, es sei ein neuer Zauber der bösen Stiefmutter; aber als sie ihre Hände erblickten, begriffen sie, daß ihre Schwester das für sie tat, und der jüngste Bruder weinte, und wohin seine Tränen fielen, da fühlte sie keine Schmerzen, da verschwanden die brennenden Blasen.

Die Nacht brachte sie bei ihrer Arbeit zu, denn sie hatte keine Ruhe, bevor sie nicht die lieben Brüder erlöst hatte. Den ganzen folgenden Tag, während die Schwäne fort waren, saß sie in ihrer Einsamkeit, aber nie war die Zeit so eilig entflohen. Ein Panzerhemd war schon fertig, nun fing sie das zweite an.

Da ertönte ein Jagdhorn zwischen den Bergen; sie wurde von Furcht ergriffen, der Ton kam immer näher, sie hörte Hunde bellen, erschrocken floh sie in die Höhle, band die Nesseln, die sie gesammelt und gehechelt hatte, in einem Bund zusammen und setzte sich darauf.

Zugleich kam ein großer Hund aus der Schlucht hervorgesprungen, und gleich darauf wieder einer und noch einer; sie bellten laut, liefen zurück und kamen abermals wieder. Es währte nicht lange, so standen alle Jäger vor der Höhle, und der schönste unter ihnen war der König des Landes; dieser trat auf Elisa zu, nie hatte er ein schöneres Mädchen gesehen.

»Wie bist du hierhergekommen, du herrliches Kind?« fragte er. Elisa schüttelte das Haupt, sie durfte ja nicht sprechen, es galt ihrer Brüder Erlösung und Leben; und sie verbarg ihre Hände unter der Schürze, damit der König nicht sehe, was sie leiden mußte.

»Komm mit mir!« sagte er. »Hier darfst du nicht bleiben! Bist du so gut, wie du schön bist, so will ich dich in Samt und Seide kleiden, die Goldkrone dir aufs Haupt setzen, und du sollst in meinem schönsten Schlosse wohnen!« – Und dann hob er sie auf sein Pferd. Sie weinte, rang ihre Hände, aber der König sagte: »Ich will nur dein Glück! Einst wirst du mir dafür danken.« Dann jagte er fort durch die Berge und hielt sie vorn auf dem Pferde, und die Jäger jagten hinterher.

Als die Sonne unterging, lag die schöne Königsstadt mit ihren Kirchen und Kuppeln vor ihnen. Der König führte sie in das Schloß, wo große Springbrunnen in den hohen Marmorsälen plätscherten, wo Wände und Decken von Gemälden prangten, aber Elisa hatte keine Augen dafür, sie weinte und trauerte. Willig ließ sie sich von den Frauen königliche Kleider anlegen, Perlen in ihre Haare flechten und feine Handschuhe über die verbrannten Finger ziehen.

Als sie in all ihrer Pracht dastand, war sie so blendend schön, daß der Hof sich noch tiefer vor ihr verneigte, und der König erkor sie zu seiner Braut, obgleich der Erzbischof den Kopf schüttelte und flüsterte, daß das schöne Waldmädchen sicher eine Hexe sei; sie blende die Augen und betöre das Herz des Königs.

Aber der König hörte nicht darauf, ließ die Musik ertönen, die köstlichsten Gerichte auftragen und die lieblichsten Mädchen um sie tanzen. Sie wurde durch duftende Gärten in prächtige Säle geführt; aber nicht ein Lächeln kam auf ihre Lippen oder aus ihren Augen. Dann öffnete der König eine kleine Kammer, dicht daneben, wo sie schlafen sollte; sie war mit köstlichen, grünen Teppichen geschmückt und glich ganz der Höhle, in der sie gewesen war. Auf dem Fußboden lag das Bund Flachs, das sie aus den Nesseln gesponnen hatte, und unter der Decke hing das Panzerhemd, das fertig gestrickt war; alles das hatte einer der Jäger als Kuriosität mitgenommen.

»Hier kannst du dich in deine frühere Heimat

zurückträumen!« sagte der König. »Hier ist die Arbeit, die dich dort beschäftigte; nun, mitten in all deiner Pracht, wird es dich erheitern, an jene Zeit zurückzudenken.«

Als Elisa das sah, was ihr am Herzen lag, spielte ein Lächeln um ihren Mund, und das Blut kehrte in ihre Wangen zurück. Sie dachte an die Erlösung ihrer Brüder, küßte des Königs Hand, er drückte sie an sein Herz und ließ durch alle Kirchenglocken das Hochzeitsfest verkünden. Das schöne, stumme Mädchen aus dem Walde ward des Landes Königin.

Da flüsterte der Erzbischof böse Worte in des Königs Ohr, aber sie drangen nicht bis zu seinem Herzen. Die Hochzeit sollte sein, der Erzbischof selbst mußte ihr die Krone auf das Haupt setzen, und er drückte in seinem Unwillen den engen Ring so fest auf ihre Stirn nieder, daß es weh tat. Doch es lag ein schwererer Ring um ihr Herz, die Trauer um ihre Brüder; sie fühlte nicht die körperlichen Leiden. Ihr Mund war stumm, ein einziges Wort würde ja ihren Brüdern das Leben kosten, aber aus ihren Augen sprach innige Liebe zu dem guten, schönen Könige, der alles tat, um sie zu erfreuen. Sie gewann ihn von Tag zu Tag lieber und wünschte sich von Herzen, daß sie sich ihm anvertrauen, ihm ihre Leiden klagen dürfte! Aber stumm mußte sie sein, stumm mußte sie ihr Werk vollbringen. Deshalb schlich sie nachts von seiner Seite, ging in die kleine Kammer und strickte ein Panzerhemd nach dem andern fertig; aber als sie das siebente begann, hatte sie keinen Flachs mehr.

Auf dem Kirchhof, das wußte sie, wuchsen die Nesseln, die sie brauchen konnte, aber selbst mußte sie diese pflücken; wie sollte sie das tun, wie sollte sie dahinaus gelangen?

›Oh, was ist der Schmerz in meinen Fingern gegen die Qual, die mein Herz erduldet!‹ dachte sie. ›Ich muß es wagen! Der Herr wird seine Hand nicht von mir zurückziehen!‹ Mit einer Herzensangst, als sei es eine böse Tat, die sie vorhabe, schlich sie sich in der mondhellen Nacht in den Garten hinunter, ging durch die Alleen und durch die einsamen Straßen nach dem Kirchhof hinaus. Da sah sie auf einem der breitesten Grabsteine einen Kreis Hexen sitzen. Diese zogen ihre Lumpen aus, als ob sie sich baden wollten, und dann gruben sie mit ihren langen, mageren Fingern die frischen Gräber auf und holten gierig die Leichen heraus und aßen deren Fleisch! Elisa mußte nahe an ihnen vorbei, und sie hefteten ihren bösen Blick auf sie. Elisa aber betete still, sammelte die brennenden Nesseln und trug sie heim zum Schloß.

Nur ein einziger Mensch hatte sie gesehen: der

Erzbischof. Er war wach, wenn andere schliefen. Nun hatte er doch recht gehabt, wie er meinte, daß es mit der Königin nicht sei, wie es sein sollte. Sie war eine Hexe, deshalb hatte sie den König und das ganze Volk betört.

Er erzählte dem König, was er gesehen und was er fürchtete, und bei den harten Worten, die dem Erzbischof über die Lippen kamen, rollten zwei schwere Tränen über des Königs Wangen herab. Er ging nach Hause mit Zweifel in seinem Herzen. In der Nacht stellte er sich, als ob er schlafe, aber es kam kein ruhiger Schlaf in seine Augen, er merkte, wie Elisa aufstand. Jede Nacht wiederholte sich das, und jedesmal folgte er ihr sachte und sah, wie sie in ihre Kammer verschwand.

Tag für Tag wurde seine Miene finsterer. Elisa sah es, begriff aber nicht, warum; es ängstigte sie, und was litt sie nicht schon in ihrem Herzen für ihre Brüder! Auf den königlichen Samt und Purpur flossen ihre heißen Tränen. Sie war nun bald mit ihrer Arbeit fertig, nur ein Panzerhemd fehlte noch; aber Flachs hatte sie keinen mehr und nicht eine einzige Nessel. Einmal noch, nur dieses letzte Mal, mußte sie deswegen zum Kirchhof und einige Hände voll pflücken. Sie dachte mit Angst an diese einsame Wanderung, aber ihr Wille stand fest wie ihr Vertrauen auf den Herrn.

Sie ging, aber der König und der Erzbischof folgten nach; sie sahen Elisa bei der Gitterpforte zum Kirchhofe hineinverschwinden, und als sie sich näherten, saßen die Hexen wieder auf dem Grabsteine, und der König wendete sich ab; denn er dachte, daß die, deren Haupt noch diesen Abend an seiner Brust geruht hatte, zu ihnen gehöre.

»Das Volk muß sie verurteilen!« sagte er, und das Volk urteilte, sie solle verbrannt werden.

Aus den prächtigen Königssälen wurde sie in ein dunkles, feuchtes Loch geführt, wo der Wind durch das Gitter hineinpfiff; anstatt Samt und Seide gab man ihr das Bund Nesseln, das sie gesammelt hatte, darauf konnte sie ihr Haupt legen. Die harten, brennenden Panzerhemden, die sie gestrickt hatte, sollten ihre Decke sein, aber nichts Lieberes konnten sie ihr geben, sie nahm wieder ihre Arbeit auf und betete zu Gott. Draußen sangen die Straßenbuben Spottlieder auf sie, keine Seele tröstete sie mit einem freundlichen Wort.

Da schlug gegen Abend vor dem Gitter ein Schwanenflügel; es war der jüngste der Brüder, der die Schwester gefunden hatte. Sie schluchzte laut auf vor Freude, obgleich sie dachte, daß die Nacht, die da kam, wahrscheinlich die letzte sein werde, die sie zu leben habe; aber nun war ja auch die Arbeit fast beendet, und ihre Brüder waren hier.

Der Erzbischof kam nun, um die letzte Stunde bei ihr zu sein, das hatte er dem König versprochen; aber sie schüttelte den Kopf, bat mit Blick und Mienen, er möge gehen. In dieser Nacht mußte sie ja ihre Arbeit vollenden, sonst war alles umsonst, alles: Schmerz, Tränen und die schlaflosen Nächte. Der Erzbischof entfernte sich mit bösen Worten gegen sie, aber die arme Elisa wußte, daß sie unschuldig war, und fuhr in ihrer Arbeit fort.

Die kleinen Mäuse huschten über den Fußboden, sie schleppten Nesseln zu ihren Füßen hin, um doch etwas zu helfen. Ein Vogel setzte sich an das Gitter des Fensters und sang die ganze Nacht, so munter er konnte, damit Elisa den Mut nicht verliere.

Der Morgen dämmerte noch nicht, erst in einer Stunde würde die Sonne aufgehen, da standen die elf Brüder an der Pforte des Schlosses und verlangten, vor den König geführt zu werden. Das könne nicht geschehen, wurde geantwortet, es sei ja noch Nacht, der König schlafe und dürfe nicht geweckt werden. Sie baten, sie drohten, die Wache kam, ja selbst der König trat heraus und fragte, was das zu bedeuten habe; da ging die Sonne auf, und es waren keine Brüder mehr zu sehen, aber über das Schloß flogen elf wilde Schwäne hin.

Aus dem Stadttor strömte das Volk, es wollte die Hexe verbrennen sehen. Ein alter Gaul zog den Karren, auf dem sie saß; man hatte ihr einen Kittel von grobem Sackleinen übergeworfen, ihr herrliches Haar hing lose um das schöne Haupt, ihre Wangen waren totenbleich, ihre Lippen bewegten sich leise, während die Finger den grünen Flachs flochten. Selbst auf dem Weg zu ihrem Tod unterbrach sie die angefangene Arbeit nicht, die zehn Panzerhemden lagen zu ihren Füßen, an dem elften strickte sie. Der Pöbel verhöhnte sie.

»Sieh die Hexe, wie sie murmelt! Kein Gesangbuch hat sie in der Hand, nein, mit ihrer häßlichen Gaukelei sitzt sie da. Reißt sie ihr in tausend Stücke!«

Man drängte auf sie ein und wollte die Panzerhemden zerreißen; da kamen elf weiße Schwäne geflogen, die setzten sich rings um sie auf den Karren und schlugen mit ihren großen Schwingen. Da wich der Haufen erschrocken zur Seite.

»Das ist ein Zeichen des Himmels! Sie ist sicher unschuldig!« flüsterten viele, aber sie wagten nicht, es laut zu sagen.

Nun ergriff sie der Henker bei der Hand, da

warf sie hastig die elf Panzerhemden über die Schwäne, und alsbald standen elf schöne Prinzen da; aber der jüngste hatte einen Schwanenflügel anstatt des einen Armes, denn es fehlte ein Ärmel in seinem Panzerhemd, den hatte sie nicht fertig bekommen.

»Nun darf ich sprechen!« sagte sie, »ich bin unschuldig!«

Als das Volk sah, was geschehen war, verneigte es sich vor ihr; sie aber sank leblos in der Brüder Arme, so hatten die Spannung, die Angst und der Schmerz auf sie gewirkt.

»Ja, unschuldig ist sie!« sagte der älteste Bruder, und nun erzählte er alles, was geschehen war. Während er sprach, verbreitete sich ein Duft wie von Millionen Rosen, denn jedes Stück Brennholz im Scheiterhaufen hatte Wurzeln geschlagen und trieb Zweige. Da stand eine duftende Hecke, hoch und groß mit roten Rosen; ganz oben saß eine Blume, weiß und strahlend, sie leuchtete wie ein Stern. Die brach der König und steckte sie an Elisas Brust. Da erwachte sie mit Frieden und Glückseligkeit im Herzen.

Alle Kirchenglocken läuteten von selbst, und die Vögel kamen in großen Zügen; es wurde ein Hochzeitszug zurück zum Schlosse, wie ihn noch kein König gesehen hatte.

Der Mistkäfer

Das Leibroß des Kaisers bekam goldene Hufeisen, ein goldenes Hufeisen an jeden Fuß. Aber weshalb das?

Es war ein herrliches Tier, hatte feine Beine, kluge und helle Augen und eine Mähne, die ihm wie ein Schleier über den Hals fiel. Es hatte seinen Herrn durch Pulverdampf und Kugelregen getragen, hatte die Kugeln singen und pfeifen gehört, hatte gebissen, ausgeschlagen und gekämpft, als die Feinde eindrangen, war mit seinem Kaiser in einem Sprung über das gestürzte Pferd des Feindes gesetzt, hatte die Krone aus rotem Gold, das Leben seines Kaisers gerettet – und das war mehr wert als das rote Gold. Deshalb bekam des Kaisers Leibroß goldene Hufeisen.

Da kroch der Mistkäfer hervor. »Erst die Großen, dann die Kleinen«, sagte er, »aber die Größe allein macht es nicht.« Und dabei streckte er seine dünnen Beine aus.

»Was willst du denn?« fragte der Schmied.

»Goldene Beschläge«, antwortete der Mistkäfer.

»Ei, du bist wohl nicht gescheit!« rief der Schmied. »Du willst auch goldene Beschläge haben?«

»Goldene Beschläge, jawohl!« sagte der Mistkäfer. »Bin ich denn nicht ebenso gut wie das große Tier da, das gepflegt und gestriegelt wird und dem man Essen und Trinken vorsetzt! Gehöre ich nicht auch in den kaiserlichen Stall?«

»Weshalb wohl bekommt nur das Roß goldene Beschläge?« fragte der Schmied. »Begreifst du das nicht?«

»Begreifen? – Ich begreife, daß es eine Geringschätzung meiner Person ist«, sagte der Mistkäfer. »Es geschieht, um mich zu kränken – und deshalb gehe ich jetzt auch in die weite Welt hinaus!«

»Nur zu!« sagte der Schmied.

»Grober Kerl!« sagte der Mistkäfer, und dann ging er aus dem Stall hinaus, flog eine kleine Strecke und befand sich bald darauf in einem schönen Blumengarten, wo es von Rosen und Lavendel duftete.

»Ist es hier nicht wunderschön?« fragte eins der kleinen Marienkäferchen, die mit ihren roten, schildstarken, mit schwarzen Pünktchen übersäten Flügeln darin umherflogen. »Wie süß es hier riecht, wie schön es hier ist!«

»Ich bin es besser gewöhnt«, sagte der Mistkäfer. »Ihr nennt das hier schön? Nicht einmal ein Misthaufen ist hier!«

Darauf ging er weiter, unter den Schatten einer großen Levkoje; da kroch eine Kohlraupe herum.

»Wie ist doch die Welt schön!« sprach die Kohlraupe. »Die Sonne ist so warm, alles so vergnügt! Und wenn ich einmal einschlafe und sterbe, wie sie es nennen, so erwache ich als ein Schmetterling.«

»Was du dir einbildest!« sagte der Mistkäfer. »Als Schmetterling umherfliegen. Ich komme aus dem Stall des Kaisers, aber niemand dort, selbst nicht des Kaisers Leibroß, das doch meine abgelegten goldenen Hufeisen trägt, bildet sich so etwas ein: Flügel kriegen! Fliegen! Ja, jetzt aber fliegen wir!« Und nun flog der Mistkäfer davon. »Ich will mich nicht ärgern, aber ich ärgere mich doch!« sprach er im Davonfliegen.

Bald darauf plumpste er auf einen großen Rasen; hier lag er eine Weile und dachte nach, endlich schlief er ein.

Ein Platzregen stürzte plötzlich aus den Wolken! Der Mistkäfer erwachte bei dem Lärm und wollte sich in die Erde verkriechen, aber es gelang ihm nicht; er wurde um und um gewälzt; bald schwamm er auf dem Bauch, bald auf dem Rükken, an Fliegen war nicht zu denken; er dachte, er werde nie lebendig von diesem Ort fortkommen. Er lag, wo er lag, und blieb liegen.

Als das Unwetter ein wenig nachgelassen und der Mistkäfer das Wasser aus seinen Augen weggeblinzelt hatte, sah er etwas Weißes schimmern, es war Leinwand, die auf der Bleiche lag; er gelangte dorthin und kroch in eine Falte der nassen Leinwand. Da lag es sich freilich anders als in dem warmen Haufen im Stall; aber etwas Besseres war hier einmal nicht vorhanden, und deshalb blieb er, wo er war, blieb einen ganzen Tag, eine ganze Nacht, und auch der Regen blieb. Gegen Morgen kroch er hervor; er ärgerte sich sehr über das Klima.

Auf der Leinwand saßen zwei Frösche; ihre hellen Augen strahlten vor Vergnügen. »Das ist ein herrliches Wetter!« sagte der eine, »wie erfrischend! Und die Leinwand hält das Wasser so schön beisammen; es kribbelt mir in den Hinterfüßen, als wenn ich schwimmen sollte.«

»Ich möchte wissen«, sagte der andere, »ob die Schwalbe, die so weit umherfliegt, auf ihren vielen Reisen im Ausland ein besseres Klima als das unsrige gefunden hat; eine solche Nässe! Es ist wahrhaftig, als läge man in einem nassen Graben! Wer sich dessen nicht freut, liebt in der Tat sein Vaterland nicht!«

»Ihr seid wohl noch nie im Stall des Kaisers gewesen?« fragte der Mistkäfer. »Dort ist das Nasse warm und würzig, das ist mein Klima; aber das kann man nicht mit auf Reisen nehmen. Gibt's hier im Garten kein Mistbeet, wo Standespersonen wie ich sich heimisch fühlen und logieren können?«

Die Frösche verstanden ihn nicht oder wollten ihn nicht verstehen.

»Ich frage nie zweimal!« sagte der Mistkäfer, nachdem er bereits dreimal gefragt und keine Antwort erhalten hatte.

Darauf ging er eine Strecke weiter und stieß auf einen Tonscherben, der freilich nicht hätte da liegen sollen, aber so wie er lag, gab er guten Schutz gegen Wind und Wetter. Hier wohnten mehrere Ohrwurmfamilien; diese beanspruchen nicht viel – bloß Geselligkeit. Die weiblichen Individuen sind voll der zärtlichsten Mutterliebe, und deshalb lobte auch jede Mutter ihr Kind als das schönste und klügste.

»Unser Söhnchen hat sich verlobt!« sagte eine Mutter. »Die süße Unschuld! Sein ganzes Streben geht dahin, einmal in das Ohr eines Geistlichen zu kommen. Er ist so rührend kindlich; die Verlobung bewahrt ihn vor Ausschweifungen! Welche Freude für eine Mutter!«

»Unser Sohn«, sprach eine andere Mutter, »kaum aus dem Ei gekrochen, war gleich auf Fahrt; er ist ganz Leben und Feuer! Er stößt sich die Hörner ab! Welch eine Freude für eine Mutter! Nicht wahr, Herr Mistkäfer?« Sie erkannten den Fremden an seinem Umriß.

»Sie haben beide recht!« sagte der Mistkäfer, und nun bat man ihn, in die Stube einzutreten; so weit er unter den Tonscherben kommen konnte.

»Jetzt sehen Sie auch mein kleines Ohrwürmchen«, riefen eine dritte und vierte Mutter. »Sie sind gar liebe Kinder und machen uns viel Freude. Sie sind nie unartig, wenn sie nicht zufällig Bauchgrimmen haben; leider kriegt man das aber gar zu leicht in ihrem Alter.«

In dieser Weise sprach jede Mutter von ihrem Püppchen, und die Püppchen sprachen mit und gebrauchten ihre kleinen Scheren, die sie am Schwanze haben, um den Mistkäfer an seinem Bart zu zupfen.

»Ja, die kommen auf die verrücktesten Ideen, die kleinen Schelme!« sagten die Mütter und dampften vor Mutterliebe; aber das langweilte den Mistkäfer; er fragte deshalb, ob es noch weit bis zum Mistbeet sei.

»Das ist ja draußen in der weiten Welt, jenseits des Grabens!« antwortete ein Ohrwurm. »So weit wird hoffentlich keines meiner Kinder gehen, das würde mich umbringen!«

»So weit will ich doch zu gelangen versuchen«, sagte der Mistkäfer und entfernte sich, ohne Abschied zu nehmen; denn so ist es ja am feinsten.

Am Graben traf er mehrere von seinesgleichen – alles Mistkäfer.

»Hier wohnen wir!« sagten sie. »Wir haben es ganz gemütlich! Dürfen wir Sie wohl bitten, in den fetten Schlamm hinabzusteigen? Die Reise war für Sie gewiß ermüdend!«

»Allerdings!« sprach der Mistkäfer. »Ich war dem Regen ausgesetzt und habe auf Leinwand liegen müssen, und Reinlichkeit nimmt mich immer sehr mit. Auch habe ich die Gicht an einem Flügel, weil ich unter einem Tonscherben im Zug gestanden habe. Es ist in der Tat ein wahres Labsal, wieder einmal unter seinesgleichen zu sein.«

»Kommen Sie vielleicht aus dem Mistbeet?« fragte der Älteste.

»Oho! Von höherem Ort!« rief der Mistkäfer. »Ich komme aus dem Stall des Kaisers, wo ich mit goldenen Schuhen an den Füßen geboren wurde; ich reise in einem geheimen Auftrag. Sie dürfen mich darüber aber nicht ausfragen, denn ich verrate nichts.«

Darauf stieg der Mistkäfer in den fetten Schlamm hinab. Dort saßen drei junge Mistkäferfräulein; sie kicherten, weil sie nicht wußten, was sie sagen sollten.

»Sie sind alle drei noch nicht verlobt«, sagte die Mutter; und die jungen Mistkäferfräulein kicherten aufs neue, diesmal aus Verlegenheit.

»Ich habe sie nicht schöner in den kaiserlichen Ställen gesehen«, sagte der ausruhende Mistkäfer.

»Verderben Sie mir meine Mädchen nicht; sprechen Sie nicht mit ihnen, es sei denn, Sie hätten reelle Absichten! Doch wenn sie die haben, gebe ich meinen Segen dazu!«

»Hurra!« riefen alle die anderen Mistkäfer, und unser Mistkäfer war nun verlobt. Der Verlobung folgte sogleich die Hochzeit, denn es war kein Grund zum Aufschub vorhanden.

Der folgende Tag verging sehr angenehm; der nächstfolgende noch einigermaßen so; aber den dritten Tag mußte man schon auf Nahrung für die Frau, vielleicht sogar für die Kinder bedacht sein.

›Ich habe mich übertölpeln lassen!‹ dachte der Mistkäfer. ›Es bleibt mir daher nichts anderes übrig, als auch sie zu übertölpeln!‹

Gedacht, getan! Weg war er, den ganzen Tag

und die ganze Nacht blieb er aus – und die Frau saß da als Witwe. »Oh«, sagten die anderen Mistkäfer, »wir hatten einen richtigen Landstreicher in unsere Familie aufgenommen; er ging davon und ließ die Frau uns zur Last sitzen!«

»Ei, dann mag sie wieder als Jungfrau gelten«, sprach die Mutter, »und als mein Kind mir bleiben. Pfui, welch ein Schuft, der sie verließ.«

Der Mistkäfer war unterdessen immer weiter gereist, auf einem Kohlblatt über den Wassergraben gesegelt. In der Morgenstunde kamen zwei Personen an den Graben; als sie ihn erblickten, hoben sie ihn auf, drehten ihn um und um, taten beide sehr gelehrt, namentlich der eine von ihnen – ein Junge. »Allah sieht den schwarzen Mistkäfer in dem schwarzen Gestein, in dem schwarzen Felsen! Nicht wahr, so steht es im Koran geschrieben?« Dann übersetzte er den Namen des Mistkäfers ins Lateinische und verbreitete sich über dessen Geschlecht und Natur. Die zweite Person, ein älterer Gelehrter, stimmte dafür, ihn mit nach Hause zu nehmen; sie hätten, sagte er, dort ebenso gute Exemplare, und das, so schien es unserem Mistkäfer, war nicht höflich gesprochen – und deshalb flog er ihm auch plötzlich aus der Hand. Da er jetzt trockene Flügel hatte, flog er eine ziemlich große Strecke fort und erreichte das Mistbeet, wo er, da hier ein Fenster angelehnt war, bequem hineinschlüpfen und sich im frischen Mist vergraben konnte.

»Welche Wonne!« sagte er.

Bald darauf schlief er ein, und es träumte ihm, daß des Kaisers Leibroß gestürzt sei und ihm seine goldenen Hufeisen und das Versprechen gegeben habe, ihm noch zwei anlegen zu lassen.

Das war sehr angenehm. Als der Mistkäfer erwachte, kroch er hervor und sah sich um. Welche Pracht war in dem Mistbeet! Im Hintergrund große Palmen, hoch emporragend; die Sonne schien hindurch, und unter ihnen welche Fülle von Grün und strahlenden Blumen, rot wie Feuer, gelb wie Bernstein, weiß wie frischer Schnee!

»Das ist eine unvergleichliche Pflanzenpracht, die wird schmecken, wenn sie fault!« sagte der Mistkäfer. »Das ist eine gute Speisekammer! Hier wohnen gewiß Verwandte! Ich will doch nachforschen, ob ich jemanden finde, mit dem ich Umgang pflegen kann. Stolz bin ich; das ist mein Stolz!« Und nun lungerte er im Mistbeet umher und gedachte seines schönen Traumes von dem toten Pferd und den ererbten goldenen Hufeisen.

Da ergriff plötzlich eine Hand den Mistkäfer, drückte ihn und wendete ihn um und um.

Der Sohn des Gärtners und dessen Kamerad

waren an das Mistbeet herangetreten, hatten den Mistkäfer gesehen und wollten nun ihren Spaß mit ihm treiben. Zuerst wurde er in ein Weinblatt gewickelt und dann in eine warme Hosentasche gesteckt; er kribbelte und krabbelte dort nach Kräften; dafür bekam er aber einen Druck von der Hand des Knaben und wurde so zur Ruhe gewiesen. Der Knabe ging darauf rasch zu dem großen See, der am Ende des Gartens lag. Hier wurde der Mistkäfer in einem alten, halbzerbrochenen Holzschuh ausgesetzt, auf diesen ein Stäbchen als Mast gesteckt, und an diesen Mast band man den Mistkäfer mit einem wollenen Faden fest. Jetzt war er Schiffer und mußte segeln.

Der See war sehr groß, dem Mistkäfer schien er ein Weltmeer, und er erstaunte darüber dermaßen, daß er auf den Rücken fiel und mit den Füßen zappelte.

Das Schiffchen segelte los; die Strömung des Wassers ergriff es; fuhr es aber zu weit vom Land ab, krempelte sofort einer der Knaben seine Hosen hoch, trat ins Wasser und holte es wieder an Land zurück. Endlich aber, gerade als es wieder in bester Fahrt seewärts ging, wurden die Knaben gerufen, dringlich gerufen; sie beeilten sich, liefen vom Wasser fort und ließen das Schifflein Schifflein sein. Dieses trieb nun immer mehr vom Ufer ab, immer mehr in den offenen See hinaus; es war entsetzlich für den Mistkäfer, er konnte ja nicht fliegen, weil er an den Mast gebunden war.

Da bekam er Besuch von einer Fliege. »Was für schönes Wetter!« sagte die Fliege. »Hier will ich ausruhen und mich sonnen; Sie haben es sehr angenehm hier.«

»Was reden Sie so dumm daher! Sehen Sie denn nicht, daß ich gefesselt bin?«

»Ich bin nicht gefesselt«, sagte die Fliege und flog davon.

»Na, jetzt kenne ich die Welt!« sprach der Mistkäfer. »Es ist eine niederträchtige Welt! Ich bin der einzig Ehrenhafte auf der Welt! Erst verweigert man mir goldene Schuhe, dann muß ich auf nasser Leinwand liegen, in Zugluft stehen und zuletzt drängen sie mir noch eine Frau auf. Tu ich dann einen entschlossenen Schritt in die Welt hinaus und erfahre, wie man es dort haben kann und wie ich es haben sollte, so kommt ein Menschenjunge, fesselt mich und überläßt mich den wilden Wogen, während das Leibroß des Kaisers in goldenen Schuhen einherstolziert! Das ärgert mich am meisten. Aber auf Teilnahme darf man in dieser Welt nicht rechnen! Mein Lebenslauf ist sehr interessant; doch was nützt es, wenn ihn niemand kennt! Die Welt verdient es nicht, ihn kennenzulernen; sie hätte mir sonst auch goldene Schuhe im Stall des Kaisers gegeben, damals, als das Leibroß des Kaisers beschlagen wurde und ich deshalb meine Beine ausstreckte. Hätte ich goldene Schuhe bekommen, wäre ich eine Zierde des Stalles geworden; jetzt hat mich der Stall verloren – die Welt verloren: Alles ist aus!«

Aber es war noch nicht alles aus. Ein Boot, in dem sich einige junge Mädchen befanden, kam herangerudert.

»Sieh, da segelt ein alter Holzschuh«, sagte eines der Mädchen.

»Ein kleines Tier ist darin angebunden!« rief ein anderes.

Das Boot kam ganz in die Nähe des Schiffleins unseres Mistkäfers; die jungen Mädchen fischten es aus dem Wasser; eins von ihnen zog eine kleine Schere aus der Tasche, durchschnitt den wollenen Faden, ohne dem Mistkäfer ein Leid zuzufügen, und als es an das Land stieg, setzte es ihn ins Gras.

»Kriech, kriech! Flieg, flieg! Wenn du kannst«, sprach es. »Freiheit ist ein herrlich Ding.«

Der Mistkäfer flog auf und durch ein offenes Fenster eines großen Gebäudes; dort sank er matt und müde herab auf die feine, weiche, lange Mähne des kaiserlichen Leibrosses, das im Stall stand, wo es selbst und auch der Mistkäfer zu Hause waren. Der Mistkäfer klammerte sich an der Mähne fest, saß eine kurze Zeit ganz still und erholte sich.

»Hier sitze ich auf dem Leibroß des Kaisers, sitze als Kaiser auf ihm! Doch, was wollte ich sagen? Ja, jetzt fällt mir's wieder ein! Das ist ein guter Gedanke, und der hat seine Richtigkeit. ›Weshalb bekommt das Pferd die goldenen Hufbeschläge?‹ so fragte mich doch der Schmied. Jetzt erst wird mir klar, was er meinte. Meinetwegen bekam das Roß die goldenen Hufbeschläge!«

Und jetzt war der Mistkäfer guter Laune. »Man kriegt einen klaren Kopf auf Reisen!« sagte er.

Die Sonne warf ihre Strahlen in den Stall und auf ihn.

»Die Welt ist, genau besehen, doch nicht so arg«, sagte der Mistkäfer, »man muß sie nur zu nehmen wissen!«

Ja, die Welt war schön, weil des Kaisers Leibroß nur deshalb goldene Hufbeschläge bekommen hatte, damit der Mistkäfer sein Reiter sein konnte.

»Jetzt will ich zu den anderen Käfern hinabsteigen und ihnen erzählen, wieviel man für mich getan hat; ich will ihnen alle Annehmlichkeiten erzählen, die ich auf meiner Reise ins Ausland genossen habe, und ihnen sagen, daß ich nur so lange zu Hause bleiben werde, bis das Roß seine goldenen Hufbeschläge abgenutzt hat.«

Däumelinchen

Es war einmal eine Frau, die sehnte sich sehr nach einem kleinen Kinde, aber sie wußte nicht, woher sie es nehmen sollte. Da ging sie zu einer alten Hexe und sagte zu ihr: »Ich möchte herzlich gern ein kleines Kind haben, willst du mir nicht sagen, woher ich das bekommen kann?«

»Ja, damit wollen wir schon fertig werden!« sagte die Hexe. »Da hast du ein Gerstenkorn; das ist gar nicht von der Art, wie sie auf dem Felde des Landmanns wachsen oder wie sie die Hühner zu fressen bekommen; lege das in einen Blumentopf, so wirst du etwas zu sehen bekommen!«

»Ich danke dir!« sagte die Frau und gab der Hexe fünf Groschen, ging dann nach Hause, pflanzte das Gerstenkorn, und sogleich wuchs da eine herrliche, große Blume; sie sah aus wie eine Tulpe, aber die Blätter schlossen sich fest zusammen, gerade als ob sie noch in der Knospe wären.

»Das ist eine reizende Blume!« sagte die Frau und küßte sie auf die roten und gelben Blätter, aber gerade wie sie sie küßte, öffnete sich die Blume mit einem Knall. Es war wirklich eine Tulpe, wie man nun sehen konnte, aber mitten in der Blume saß auf dem grünen Stempel ein ganz kleines Mädchen, fein und niedlich, sie war nicht größer als ein Daumen, deswegen wurde sie Däumelinchen genannt.

Eine hübsche, lackierte Walnußschale bekam sie zur Wiege, blaue Veilchenblätter waren ihre Matratze und ein Rosenblatt ihr Deckbett. Da schlief sie bei Nacht, aber am Tage spielte sie auf dem Tisch, wo die Frau einen Teller hingestellt, um den sie einen ganzen Kranz von Blumen gelegt hatte, deren Stengel im Wasser standen. Hier schwamm ein großes Tulpenblatt, und auf diesem konnte Däumelinchen sitzen und von der einen Seite des Tellers nach der andern fahren; sie hatte zwei weiße Pferdehaare zum Rudern. Das sah ganz allerliebst aus. Sie konnte auch singen, so fein und zart, wie man es nie gehört hatte.

Einmal nachts, als sie in ihrem schönen Bette lag, kam eine Kröte durch eine zerbrochene Scheibe des Fensters hereingehüpft. Die Kröte war häßlich, groß und naß, sie hüpfte gerade auf den Tisch herunter, auf dem Däumelinchen lag und unter dem roten Rosenblatt schlief.

»Das wäre eine schöne Frau für meinen Sohn!«

sagte die Kröte, und da nahm sie die Walnußschale, worin Däumelinchen schlief, und hüpfte mit ihr durch die zerbrochene Scheibe fort, in den Garten hinunter.

Da floß ein großer, breiter Bach; an seinem Ufer war es sumpfig und morastig; hier wohnte die Kröte mit ihrem Sohn. Hu, der war häßlich und garstig und glich ganz seiner Mutter. »Koax, koax, brekkerekekex!« Das war alles, was er dazu sagte, als er das niedliche kleine Mädchen in der Walnußschale erblickte.

»Sprich nicht so laut, sonst erwacht sie!« sagte die alte Kröte. »Sie könnte uns noch davonlaufen, denn sie ist so leicht wie ein Schwanenflaum! Wir wollen sie auf eins der breiten Seerosenblätter in den Bach hinaussetzen, das ist für sie, die so leicht und klein ist, gerade wie eine Insel; da kann sie nicht davonlaufen, während wir die Staatsstube unten im Morast, wo ihr wohnen und hausen sollt, instand setzen.«

Draußen in dem Bache wuchsen viele Seerosen und ihre breiten grünen Blätter sahen aus, als schwämmen sie oben auf dem Wasser. Das Blatt, das am weitesten draußen lag, war auch das allergrößte; dahin schwamm die alte Kröte und setzte die Walnußschale mit Däumelinchen darauf.

Das kleine Wesen erwachte frühmorgens, und

da sie sah, wo sie war, fing sie recht bitterlich an zu weinen; denn zu allen Seiten des großen grünen Blattes war Wasser, und es konnte gar nicht an Land kommen.

Die alte Kröte saß unten im Morast und putzte ihre Stube mit Schilf und gelben Blumen aus – es sollte da recht hübsch für die neue Schwiegertochter werden. Dann schwamm sie mit dem häßlichen Sohne zu dem Blatte, wo Däumelinchen stand. Sie wollten ihr hübsches Bett holen, das sollte in das Brautgemach gestellt werden, bevor sie es selbst betrat. Die alte Kröte verneigte sich tief im Wasser vor ihr und sagte: »Hier siehst du meinen Sohn; er wird dein Mann sein, und ihr werdet recht prächtig unten im Morast wohnen!«

»Koax, koax, brekkerekekex!« war alles, was der Sohn dazu sagte.

Dann nahmen sie das niedliche kleine Bett und schwammen damit fort; aber Däumelinchen saß ganz allein und weinte auf dem grünen Blatte, denn sie mochte nicht bei der garstigen Kröte wohnen oder ihren häßlichen Sohn zum Manne haben. Die kleinen Fische, die unten im Wasser schwammen, hatten die Kröte wohl gesehen, und sie hatten auch gehört, was sie gesagt hatte; deshalb streckten sie die Köpfe hervor, sie wollten doch das kleine Mädchen sehen. Sie fanden es sehr niedlich und bedauerten, daß es zur häßlichen Kröte hinuntersollte. Nein, das durfte nie geschehen! Sie versammelten sich unten im Wasser rings um den grünen Stengel, der das Blatt hielt, nagten mit den Zähnen den Stiel ab, und da schwamm das Blatt mit Däumelinchen den Bach hinab davon, weit weg, wo die Kröte sie nicht erreichen konnte.

Däumelinchen segelte an vielen Städten vorbei, und die kleinen Vögel saßen in den Büschen, sahen sie und sangen: »Welch liebliches, kleines Mädchen!« Das Blatt schwamm mit ihr immer weiter und weiter fort; so reiste Däumelinchen außer Landes.

Ein niedlicher weißer Schmetterling umflatterte sie stets und ließ sich zuletzt auf das Blatt nieder, denn Däumelinchen gefiel ihm. Sie war sehr erfreut; denn nun konnte die Kröte sie nicht erreichen, und es war so schön, wo sie fuhr; die Sonne schien aufs Wasser, das wie lauteres Gold glänzte. Sie nahm ihren Gürtel, band das eine Ende um den Schmetterling, das andere Ende des Bandes befestigte sie am Blatte; das glitt nun viel schneller davon und sie mit, denn sie stand ja darauf.

Da kam ein großer Maikäfer angeflogen, der erblickte sie, schlug augenblicklich seine Klauen um ihren schlanken Leib und flog mit ihr auf einen Baum. Das grüne Blatt schwamm den Fluß hinab und der Schmetterling mit, denn er war an das Blatt gebunden und konnte nicht loskommen.

Wie war das arme Däumelinchen erschrokken, als der Maikäfer mit ihr auf den Baum flog! Aber hauptsächlich war sie des schönen, weißen Schmetterlings wegen betrübt, den sie an das Blatt festgebunden hatte. Wenn er sich nicht befreien konnte, mußte er ja verhungern! Darum kümmerte sich der Maikäfer nicht. Er setzte sich mit ihr auf das größte grüne Blatt des Baumes, gab ihr den Nektar der Blumen zu essen und sagte, daß sie niedlich sei, obgleich sie einem Maikäfer durchaus nicht gleiche. Später kamen alle die andern Maikäfer, die im Baume wohnten, und besuchten sie; sie betrachteten Däumelinchen, und die Maikäferfräulein rümpften die Fühlhörner und sagten: »Sie hat noch nicht mal mehr als zwei Beine; das sieht erbärmlich aus.« – »Sie hat keine Fühlhörner!« sagte eine andere. »Sie ist so schlank in der Mitte; pfui, sie sieht wie ein Mensch aus! Wie häßlich sie ist!« sagten alle Maikäferinnen, und doch war Däumelinchen so niedlich. Das erkannte auch der Maikäfer, der sie geraubt hatte, aber als alle anderen sagten, sie sei häßlich, so glaubte er es zuletzt auch und wollte sie gar nicht haben; sie könne gehen, wohin sie wolle. Sie flogen mit ihr vom Baum hinunter und setzten sie auf ein Gänseblümchen; da weinte sie, weil sie so häßlich sei, daß die Maikäfer sie nicht haben wollten, und doch war sie das Lieblichste, das man sich denken konnte, so fein und zart wie das schönste Rosenblatt.

Den ganzen Sommer über lebte das arme Däumelinchen ganz allein in dem großen Walde. Sie flocht sich ein Bett aus Grashalmen und hing es unter einem Klettenblatte auf, so war sie vor dem Regen geschützt, sie aß vom Nektar der Blumen und trank vom Tau, der jeden Morgen auf den Blättern lag. So vergingen Sommer und Herbst. Aber nun kam der Winter, der kalte, lange Winter. Alle Vögel, die so schön vor ihr gesungen hatten, flogen davon, Bäume und Blumen verdorrten; das große Klettenblatt, unter dem sie gewohnt hatte, schrumpfte zusammen, und es blieb nichts als ein gelber, verwelkter Stengel zurück. Däumelinchen fror schrecklich, denn ihre Kleider waren entzwei, und sie war selbst so fein und klein, sie mußte erfrieren. Es fing an zu schneien, und jede Schneeflocke, die auf sie fiel, war, als wenn man auf uns eine ganze Schaufel voll wirft, denn wir sind groß, und sie war nur einen halben Finger lang. Da hüllte sie sich in ein verdorrtes Blatt ein, aber das wollte nicht wärmen; sie zitterte vor Kälte.

Dicht vor dem Walde, wohin sie nun gekommen war, lag ein großes Kornfeld. Das Korn war schon lange abgeschnitten, nur die nackten, trockenen Stoppeln standen aus der gefrorenen Erde hervor. Sie waren gerade wie ein ganzer Wald für sie zu durchwandern, und sie zitterte vor Kälte. Da gelangte sie vor die Tür der Feldmaus, die ein kleines Loch unter den Kornstoppeln hatte. Da wohnte die Feldmaus warm und gut, hatte die ganze Stube voll Korn, eine herrliche Küche und Speisekammer. Das arme Däumelinchen stellte sich in die Tür, gerade wie jedes andere arme Bettelmädchen, und bat um ein kleines Stück von einem Gerstenkorn, denn sie hatte seit zwei Tagen nicht das mindeste zu essen gehabt.

»Du kleines Wesen!« sagte die Feldmaus, denn im Grunde war es eine gute alte Feldmaus, »komm herein in meine warme Stube und iß mit mir!«

Da ihr nun Däumelinchen gefiel, sagte sie: »Du kannst den Winter über bei mir bleiben, aber du mußt meine Stube sauber und rein halten und mir Geschichten erzählen, denn das mag ich fürs Leben gern.« Däumelinchen tat, was die gute alte Feldmaus verlangte, und hatte es über die lange Winterzeit hinweg außerordentlich gut.

»Nun werden wir bald Besuch erhalten!« sagte die Feldmaus. »Mein Nachbar pflegt mich wöchentlich einmal zu besuchen. Er ist viel reicher als ich, hat große Säle und trägt einen schönen, schwarzen Samtpelz! Wenn du den zum Manne bekommen könntest, so wärest du gut versorgt; aber er kann nicht sehen. Du mußt ihm die schönsten Geschichten erzählen, die du kennst!«

Aber darum kümmerte sich Däumelinchen nicht, sie mochte den Nachbar gar nicht haben, denn er war ein Maulwurf.

Er kam und stattete den Besuch in seinem schwarzen Samtpelz ab. Er sei reich und gelehrt, sagte die Feldmaus; seine Wohnung war auch zwanzigmal größer als die der Feldmaus. Gelehrsamkeit besaß er, aber die Sonne und die schönen Blumen mochte er gar nicht leiden, von beiden sprach er schlecht, denn er hatte sie noch nie gesehen.

Däumelinchen mußte singen, und sie sang: »Maikäfer flieg!« und: »Der Mönch geht auf den Anger«.

Da verliebte sich der Maulwurf der schönen Stimme wegen in sie, aber er sagte nichts, er war ein besonnener Mann.

Er hatte sich vor kurzem einen langen Gang durch die Erde von seinem bis zu ihrem Hause gegraben; in diesem erhielten die Feldmaus und Däumelinchen die Erlaubnis, zu spazieren, soviel sie wollten. Aber er bat sie, sich nicht vor dem toten Vogel zu fürchten, der in dem Gange liege. Es war ein ganzer Vogel mit Federn und Schnabel, der erst kürzlich gestorben und nun begraben war, gerade da, wo der Maulwurf seinen Gang gemacht hatte.

Der Maulwurf nahm nun ein Stück morsches Holz ins Maul, denn das schimmert ja wie Feuer im Dunkeln, ging voran und leuchtete ihnen in dem langen, dunklen Gange. Als sie dahin kamen, wo der tote Vogel lag, stemmte der Maulwurf seine breite Nase gegen die Decke und stieß die Erde auf, so daß es ein großes Loch gab und das Licht hindurchscheinen konnte. Mitten auf dem Fußboden lag eine tote Schwalbe, die schönen Flügel fest an die Seite gedrückt, die Füße und den Kopf unter die Federn gezogen; der arme Vogel war sicher vor Kälte gestorben. Das tat Däumelinchen leid, sie mochte alle kleinen Vögel, sie hatten ja den ganzen Sommer so schön vor ihr gesungen und gezwitschert. Aber der Maulwurf stieß ihn mit seinen kurzen Beinen und sagte: »Nun pfeift er nicht mehr! Es muß doch erbärmlich sein, als kleiner Vogel geboren zu werden! Gott sei Dank, daß keins von meinen Kindern das wird; ein solcher Vogel hat ja außer seinem Quivit nichts und muß im Winter verhungern!«

»Ja, das mögt Ihr als vernünftiger Mann wohl sagen«, erwiderte die Feldmaus. »Was hat der Vogel für all sein Quivit, wenn der Winter kommt? Er muß hungern und frieren; doch das soll wohl ganz besonders vornehm sein!«

Däumelinchen sagte gar nichts; aber als die beiden andern dem Vogel den Rücken zuwandten, neigte sie sich über ihn, schob die Federn beiseite, die den Kopf bedeckten, und küßte ihn auf die geschlossenen Augen.

›Vielleicht war er es, der so hübsch vor mir im Sommer sang‹, dachte sie. ›Wieviel Freude hat er mir doch gemacht, der liebe, schöne Vogel!‹

Der Maulwurf stopfte nun das Loch zu, durch das der Tag hereinschien, und begleitete dann die Damen nach Hause. Aber nachts konnte Däumelinchen gar nicht schlafen. Da stand sie von ihrem Bette auf und flocht von Heu einen großen, schönen Teppich. Den trug sie zu dem Vogel, breitete ihn über ihn und legte weiche Baumwolle, die sie in der Stube der Feldmaus gefunden hatte, an seine Seiten, damit er in der kalten Erde warm liegen möge.

»Lebe wohl, du schöner kleiner Vogel!« sagte sie. »Lebe wohl und habe Dank für deinen herrlichen Gesang im Sommer, als alle Bäume grün waren und die Sonne warm auf uns herabschien!« Dann legte sie ihr Haupt an des Vogels Brust, erschrak aber zugleich, denn es war gerade, als ob drinnen etwas klopfte. Das war des Vogels Herz. Der Vogel war nicht tot, er lag nur betäubt da, war nun erwärmt und wieder zum Leben erweckt worden.

Im Herbst fliegen alle Schwalben nach den warmen Ländern fort; aber ist da eine, die sich verspätet, so friert sie so, daß sie wie tot niederfällt und liegenbleibt, wo sie hinfällt. Und der kalte Schnee bedeckt sie.

Däumelinchen zitterte heftig, so war sie erschrocken, denn der Vogel war ja groß, sehr groß gegen sie; aber sie faßte doch Mut, legte die Baumwolle dichter um die arme Schwalbe und holte ein Krauseminzeblatt, das sie selbst zur Decke gehabt hatte, und legte es ganz behutsam über den Kopf des Vogels.

In der nächsten Nacht schlich sie sich wieder zu ihm, und da war er nun lebendig, aber ganz matt. Er konnte nur einen Augenblick seine Augen öffnen und Däumelinchen ansehen, die mit einem Stück morschen Holzes in der Hand, denn eine andere Laterne hatte sie nicht, vor ihm stand.

»Ich danke dir, du liebes kleines Kind!« sagte die kranke Schwalbe zu ihr. »Ich bin herrlich erwärmt worden; bald erhalte ich meine Kräfte zurück und kann dann wieder draußen in dem warmen Sonnenschein herumfliegen!«

»Oh«, sagte Däumelinchen, »draußen ist es kalt, es schneit und friert! Bleib in deinem warmen Bette, ich werde dich schon pflegen!«

Dann brachte sie der Schwalbe Wasser in einem Blumenblatt, und diese trank und erzählte ihr, wie sie ihren einen Flügel an einem Dornbusch gerissen und deshalb nicht so schnell habe fliegen können wie die andern Schwalben, die fortgeflogen seien, weit fort nach den warmen Ländern. So sei sie zuletzt zu Boden gefallen. Mehr wußte sie nicht, und auch nicht, wie sie hierhergekommen war.

Den ganzen Winter blieb sie nun da unten, Däumelinchen pflegte sie und hatte sie lieb, weder der Maulwurf noch die Feldmaus erfuhren etwas davon, denn sie mochten die arme Schwalbe nicht leiden.

Sobald das Frühjahr kam und die Sonne die Erde erwärmte, sagte die Schwalbe Däumelinchen, die das Loch öffnete, das der Maulwurf oben gemacht hatte, Lebewohl. Die Sonne schien herrlich zu ihnen herein, und die Schwalbe fragte, ob sie mitkommen wolle, sie könne auf ihrem Rükken sitzen und weit in den grünen Wald hineinfliegen. Aber Däumelinchen wußte, daß es die alte Feldmaus betrüben würde, wenn sie sie verließe.

»Nein, ich kann nicht!« sagte Däumelinchen.

»Lebe wohl, lebe wohl, du gutes, liebes Mädchen!« sagte die Schwalbe und flog hinaus in den Sonnenschein. Däumelinchen sah ihr nach, und Tränen traten ihr in die Augen, denn sie war der armen Schwalbe von Herzen gut.

»Quivit, quivit!« sang der Vogel und flog in den grünen Wald. Däumelinchen war recht betrübt. Sie erhielt gar keine Erlaubnis, in den warmen Sonnenschein hinauszugehen. Das Korn, das auf dem Felde, über dem Hause der Feldmaus gesät war, wuchs auch hoch in die Luft empor; das war ein ganz dichter Wald für das arme kleine Mädchen.

»Nun sollst du im Sommer deine Aussteuer nähen!« sagte die Feldmaus zu ihr; denn der Nachbar, der langweilige Maulwurf in dem schwarzen Samtpelze, hatte um sie gefreit. »Du mußt sowohl Woll- wie Leinenzeug haben, denn es darf dir an nichts fehlen, wenn du des Maulwurfs Frau wirst!«

Däumelinchen mußte auf der Spindel spinnen, und die Feldmaus mietete vier Spinnen, die Tag und Nacht für sie webten. Jeden Abend besuchte sie der Maulwurf und sprach dann immer davon, daß, wenn der Sommer zu Ende gehe, die Sonne lange nicht so warm scheinen werde, sie brenne ja nun die Erde fest wie einen Stein; ja, wenn der Sommer vorbei sei, dann wolle er mit Däumelinchen Hochzeit halten. Aber sie war gar nicht erfreut darüber, denn sie mochte den langweiligen Maulwurf nicht leiden. Jeden Morgen, wenn die Sonne aufging, und jeden Abend, wenn sie unterging, stahl sie sich zur Tür hinaus, und wenn dann der Wind die Kornähren trennte, so daß sie den blauen Himmel erblicken konnte, dachte sie, wie hell und schön es hier draußen sei, und wünschte sehnlichst, die liebe Schwalbe wiederzusehen.

Aber die kam nicht wieder; sie war gewiß weit weg in den schönen grünen Wald gezogen.

Als es nun Herbst wurde, hatte Däumelinchen ihre ganze Aussteuer fertig.

»In vier Wochen sollst du Hochzeit halten!« sagte die Feldmaus. Aber Däumelinchen weinte und sagte, sie wolle den langweiligen Maulwurf nicht haben.

»Schnickschnack!« sagte die Feldmaus. »Werde nicht widerspenstig, denn sonst werde ich dich mit meinen weißen Zähnen beißen! Es ist ja ein schöner Mann, den du bekommst, und das darfst du nicht vergessen. Die Königin selbst hat keinen solchen schwarzen Samtpelz! Er hat Küche und Keller voll. Danke Gott dafür!«

Nun sollten sie Hochzeit haben. Der Maulwurf war schon gekommen, Däumelinchen zu holen; sie sollte bei ihm wohnen, tief unter der Erde, nie an die warme Sonne gehen, denn die mochte er nicht leiden. Das arme Kind war sehr betrübt; sie sollte nun der schönen Sonne Lebewohl sagen, die sie doch bei der Feldmaus hatte von der Türe aus sehen dürfen.

»Lebe wohl, du strahlende Sonne!« sagte sie, streckte die Arme hoch empor und ging auch ein paar Schritte von der Tür weg; denn nun war das Korn geschnitten, und es standen nur die trockenen Stoppeln auf dem Feld. »Lebe wohl, lebe wohl!« sagte sie und schlang ihre Arme um eine kleine rote Blume, die da stand. »Grüße die kleine Schwalbe von mir, wenn du sie zu sehen bekommst!«

»Quivit, quivit!« ertönte es plötzlich über ihrem Kopfe; sie sah empor, es war die kleine Schwalbe, die gerade vorbeikam. Als sie Däumelinchen erblickte, freute sie sich sehr; diese erzählte ihr, wie ungern sie den häßlichen Maulwurf zum Manne haben wolle und daß sie dann tief unter der Erde wohnen solle, wo nie die Sonne scheine. Dabei konnte sie die Tränen nicht unterdrücken.

»Nun kommt der kalte Winter«, sagte die kleine Schwalbe; »ich fliege weit fort nach den warmen Ländern, willst du mit mir kommen? Du kannst auf meinem Rücken sitzen! Binde dich nur mit deinem Gürtel fest, dann fliegen wir von dem häßlichen Maulwurf und seiner dunklen Stube fort, weit über die Berge, nach den warmen Ländern, wo die Sonne schöner scheint als hier, wo es immer Sommer ist und herrliche Blumen gibt. Fliege nur mit, du liebes, kleines Däumelinchen, die mein Leben gerettet hat, als ich wie tot in dem dunklen Erdkeller lag!«

»Ja, ich komme mit dir!« sagte Däumelinchen und setzte sich auf des Vogels Rücken, mit den Füßen auf seinen entfalteten Schwingen. Sie band ihren Gürtel an einer der stärksten Federn fest, und da flog die Schwalbe hoch in die Luft hinauf, über Wälder und Seen, hoch über die großen Berge, wo immer Schnee liegt. Däumelinchen fror in der kalten Luft, aber dann verkroch sie sich unter des Vogels warme Federn und streckte nur den kleinen Kopf hervor, um all die Schönheiten unter sich zu bewundern.

Da kamen sie denn in die warmen Länder. Dort schien die Sonne weit heller als hier, der Himmel war zweimal so hoch, und an Gräben und Hecken wuchsen die schönsten grünen und blauen Weintrauben. In den Wäldern hingen Zitronen und Apfelsinen, hier duftete es von Myrten und Krauseminze, auf den Landstraßen liefen die niedlichsten Kinder und spielten mit großen bunten Schmetterlingen. Aber die Schwalbe flog noch weiter fort, und es wurde schöner und schöner. Unter den herrlichsten grünen Bäumen an einem blauen See stand ein blendend weißes Marmorschloß aus alten Zeiten. Weinreben rankten sich die hohen Säulen empor; ganz oben waren viele Schwalbennester, und in einem wohnte die Schwalbe, die Däumelinchen trug.

»Hier ist mein Haus!« sagte die Schwalbe. »Aber willst du dir nun eine der prächtigsten Blumen, die da unten wachsen, aussuchen, dann will ich dich hineinsetzen, und du sollst es so gut und schön haben, wie du es nur wünschest!«

»Das ist herrlich!« sagte Däumelinchen und klatschte erfreut in die kleinen Hände.

Da lag eine große weiße Marmorsäule, die zu Boden gefallen und in drei Stücke gesprungen war, aber zwischen diesen wuchsen die schönsten großen weißen Blumen. Die Schwalbe flog mit

Däumelinchen hinunter und setzte sie auf eins der breiten Blätter. Aber wie staunte Däumelinchen da! Da saß ein kleiner Mann mitten in der Blume, so weiß und durchsichtig, als wäre er von Glas; die hübscheste Goldkrone trug er auf dem Kopfe und die herrlichsten klaren Flügel an den Schultern, er selbst war nicht größer als Däumelinchen. Es war der Blumenelf. In jeder Blume wohnte so ein kleiner Mann oder eine Frau, aber dieser war der König – über alle.

»Wie schön er ist!« flüsterte Däumelinchen der Schwalbe zu. Der kleine Prinz erschrak sehr über die Schwalbe, denn sie war gegen ihn, der so klein und fein war, ein Riesenvogel; aber als er Däumelinchen erblickte, war er hocherfreut; sie war das schönste Mädchen, das er je gesehen hatte. Deswegen nahm er seine Goldkrone vom Haupte und setzte sie ihr auf, fragte, wie sie heiße und ob sie seine Frau werden wolle, dann solle sie Königin über alle Blumen werden! Ja, das war wahrlich ein anderer Mann als der Sohn der Kröte und der Maulwurf mit dem schwarzen Samtpelz. Sie gab deshalb dem herrlichen Prinzen das Jawort, und von jeder Blume kam eine Dame oder ein Herr, so niedlich, daß es eine Lust war; jeder brachte Däumelinchen ein Geschenk, aber das beste von allen war ein Paar schöne Flügel von einer großen, weißen Fliege; sie wurden Däumelinchen am Rücken befestigt, und nun konnte auch sie von Blume zu Blume fliegen. Das war eine rechte Freude, und die Schwalbe saß oben in ihrem Neste und sang ihnen vor, so gut sie konnte; aber im Herzen war sie doch betrübt, denn sie war Däumelinchen gut und hätte sich nie von ihr trennen mögen.

»Du sollst nicht Däumelinchen heißen!« sagte der Blumenelf zu ihr. »Das ist ein häßlicher Name, und du bist schön. Wir wollen dich von nun an Maja nennen.«

»Lebe wohl, lebe wohl!« sagte die kleine Schwalbe und flog wieder fort von den warmen Ländern, weit weg, nach Dänemark zurück; dort hatte sie ein kleines Nest über dem Fenster, wo der Mann wohnt, der Märchen zu erzählen weiß, vor ihm sang sie »Quivit, quivit!« Daher kennen wir die ganze Geschichte.

Im Entenhof

Es kam eine Ente aus Portugal an, einige sagten aus Spanien, doch das bleibt sich gleich; sie wurde die Portugiesische genannt, legte Eier, wurde geschlachtet und angerichtet – das war ihr Lebenslauf. Alle, die aus ihren Eiern krochen, wurden später auch die Portugiesischen genannt, und das wollte schon etwas heißen. Jetzt war von der ganzen Familie nur noch eine im Entenhof übrig, einem Hof, zu dem auch die Hühner Zutritt hatten und wo der Hahn mit unendlichem Hochmut auftrat.

»Sein lautes Krähen stört mich«, sagte die Portugiesische. »Aber hübsch ist er, das ist nicht zu leugnen, wenn er auch kein Enterich ist. Er sollte sich aber mäßigen, denn das ist eine Kunst, die von höherer Bildung zeugt, diese beherrschen die kleinen Singvögel drüben im Nachbargarten in den Linden. Wie lieblich sie singen! Es liegt etwas so Rührendes in ihrem Gesang, ich nenne es Portugal! Hätte ich nur solch einen kleinen Singvogel, ich würde ihm eine Mutter sein, lieb und gut, das liegt mir im Blut, in meinem portugiesischen Blut!«

Und während sie noch so sprach, kam ein kleiner Singvogel kopfüber vom Dach herab in den Hof. Die Katze war hinter ihm her, aber der Vogel kam mit einem gebrochenen Flügel davon – deshalb fiel er auch in den Entenhof.

»Das sieht der Katze ähnlich, sie ist ein Bösewicht!« sagte die Portugiesische. »Ich kenne sie noch von der Zeit her, wo ich selbst Kinder hatte. Daß so ein Wesen leben und auf den Dächern umhergehen darf! Ich glaube nicht, daß dies in Portugal der Fall ist!«

Sie bemitleidete den kleinen Singvogel, und die anderen Enten, die nicht portugiesischer Abkunft waren, bemitleideten ihn auch.

»Das arme Tierchen!« sagten sie, während eine nach der anderen herankam. »Wir können zwar nicht singen«, sagten sie, »aber wir haben die Veranlagung dazu in uns, das fühlen wir schon, wenn wir auch nicht davon sprechen!«

»Ich aber werde davon sprechen!« sagte die Portugiesische, »und ich will etwas für den Kleinen tun, das ist unsere Pflicht!« Sie trat in den Wassertrog und schlug mit den Flügeln so in das Wasser, daß der kleine Singvogel fast ertrunken wäre, aber es war gut gemeint. »Das ist eine gute Tat!« sagte sie, »die anderen können sich daran ein Beispiel nehmen!«

»Piep!« sagte der kleine Vogel, dem ein Flügel gebrochen war und dem es schwerfiel, sich zu schütteln, aber er begriff sehr gut das wohlgemeinte Bad. »Sie haben ein gutes Herz, Madame!« sagte er, aber es verlangte ihn nicht nach einem zweiten Bad.

»Ich habe nie über mein Herz nachgedacht«, fuhr die Portugiesische fort, »aber das weiß ich: daß ich alle meine Mitgeschöpfe liebe; außer der Katze, das kann aber auch niemand von mir verlangen. Sie hat zwei der Meinigen gefressen. Doch tun Sie, als wären Sie zu Hause – das kann man schon. Ich selbst bin auch aus einer fremden Gegend, wie Sie schon aus meiner Haltung und aus meinem Federkleid ersehen; mein Enterich dagegen ist ein Eingeborener, hat nichts von meinem Blut, aber ich bin nicht hochmütig! Wenn Sie jemand hier im Hof versteht, so darf ich wohl sagen, daß ich es bin!«

»Sie hat Portulak im Kopf!« sagte ein kleines, gewöhnliches Entlein das witzig war, und die anderen gewöhnlichen Enten fanden das Wort »Portulak« ausgezeichnet: Es klang wie »Portugal«, und sie stießen sich an und sagten: »Rapp!«

Es war zu witzig! Und alle anderen Enten gaben sich nun mit dem kleinen Singvogel ab.

»Die Portugiesische hat freilich die Sprache mehr in ihrer Gewalt«, äußerten sie. »Was uns anbelangt, wir führen nicht so große Worte im Schnabel, doch unsere Teilnahme ist ebensogroß. Wenn wir auch nichts für Sie tun, so geschieht das im stillen; und das finden wir am schönsten!«

»Sie haben eine liebliche Stimme!« sagte eine der Ältesten. »Es muß ein schönes Gefühl sein, so vielen Freude bereiten zu können, wie Sie es tun. Ich verstehe mich freilich nicht auf Ihren Gesang, deshalb halte ich auch den Schnabel, und das ist immer besser, als etwas Dummes zu sagen, wie es so viele andere tun!«

»Quält ihn nicht so«, sagte die Portugiesische, »er bedarf der Ruhe und Pflege. Mein kleiner Singvogel, wünschen Sie, daß ich Ihnen wieder ein Bad bereite?«

»Ach nein! Lassen Sie mich trocken bleiben«, bat er.

»Die Wasserkur ist die einzige, die mir hilft, wenn mir etwas fehlt«, antwortete die Portugiesische. »Zerstreuung ist auch etwas Gutes! Jetzt werden bald die Nachbarhühner herkommen und uns einen Besuch abstatten. Unter ihnen befinden sich auch zwei Chinesinnen, die haben

Höschen an, sind sehr gebildet und importiert. Deshalb stehen sie in meiner Achtung höher als die anderen.«

Die Hühner kamen, und der Hahn kam; er war heute richtig höflich, gar nicht grob.

»Sie sind ein echter Singvogel«, sagte er, »und Sie machen aus Ihrer kleinen Stimme alles, was aus so einer kleinen Stimme zu machen ist. Aber etwas mehr Lokomotivkraft muß man haben, damit jeder hört, daß man männlichen Geschlechts ist.«

Die zwei Chinesinnen standen ganz entzückt da beim Anblick des Singvogels; er sah recht struppig aus von dem Bad, das er bekommen, daß es ihnen schien, er sähe fast wie ein chinesisches Küken aus. »Er ist reizend!« sagten sie, ließen sich mit ihm in ein Gespräch ein und sprachen nur flüsternd und mit P-Lauten, also vornehm chinesisch mit ihm.

»Wir sind von Ihrer Art«, fuhren sie fort. »Die Enten, selbst die Portugiesische, das sind Schwimmvögel, wie Sie wohl bemerkt haben. Uns kennen Sie noch nicht; nur wenige kennen uns oder geben sich die Mühe, uns kennenzulernen. Selbst die Hühner nicht, obwohl wir dazu geboren sind, auf einer höheren Sprosse zu sitzen als die Mehrzahl der anderen. Das kümmert uns aber nicht, und wir gehen ruhig unseres Weges inmitten der anderen, deren Grundsätze zwar nicht die unseren sind; aber wir beachten nur die guten Seiten und sprechen nur von dem Guten, obwohl es schwierig ist, da etwas zu finden, wo nichts ist. Außer uns beiden und dem Hahn gibt es im ganzen Hühnerhof niemanden, der so talentiert und zugleich anständig ist! Das kann nicht einmal von den Bewohnern des Entenhofs gesagt werden. Wir warnen Sie, kleiner Singvogel! Trauen Sie nicht der mit den kurzen Schwanzfedern, sie ist hinterlistig! Die Bunte da mit der schiefen Zeichnung auf den Flügeln ist streitsüchtig und hat immer das letzte Wort, und dabei hat sie stets unrecht. Die fette Ente dort spricht Böses von allen, und das ist unserer Natur zuwider; kann man nichts Gutes sprechen, so muß man den Schnabel halten. Die Portugiesische ist die einzige, die ein wenig Bildung hat und mit der man Umgang pflegen kann; aber sie ist leidenschaftlich und spricht zuviel von Portugal!«

»Was die beiden Chinesinnen immer zu flüstern haben!« flüsterte sich ein Entenpaar zu, »uns langweilen sie; wir haben nie mit ihnen gesprochen!«

Jetzt kam der Enterich herbei. Er glaubte, der

Singvogel sei ein Spatz. »Ich kenne den Unterschied nicht«, sagte er, »und das ist auch einerlei! Er gehört zu den Spielsachen, und hat man sie, so hat man sie!«

»Scheren Sie sich nicht darum, was er sagt«, flüsterte die Portugiesische, »er ist in Geschäften sehr korrekt, und Geschäfte gehen ihm über alles. Aber jetzt lege ich mich zur Ruhe! Das ist man sich selber schuldig, damit man hübsch fett sein kann, wenn man mit Äpfeln und Pflaumen gefüllt werden soll.«

Sie legte sich nun in die Sonne und blinzelte mit dem einen Auge; sie lag recht gut, war auch sehr gut, und schlief deswegen auch sehr gut.

Der kleine Singvogel machte sich jetzt an seinem gebrochenen Flügel zu schaffen; dann legte er sich auch hin und drückte sich eng an seine Beschützerin; die Sonne schien warm und herrlich, hier gefiel es ihm sehr gut.

Die Nachbarhühner dagegen waren wach, sie gingen umher und scharrten; im Grunde genommen hatten sie den Besuch einzig und allein wegen des Futters gemacht. Die Chinesinnen waren die ersten, die den Entenhof verließen, die anderen Hühner folgten ihnen bald darauf. Das witzige Entlein sagte von der Portugiesischen: Die Alte werde nun bald »entenkindisch«. Die anderen Enten lachten darüber, daß es schnatterte. »Entenkindisch!« flüsterten sie, »das ist zu witzig!« Sie wiederholten nun auch den ersten Witz: »Portulak!« Es sei zu amüsant, meinten sie, und dann legten sie sich nieder.

Als sie eine Weile gelegen hatten, wurde plötzlich Futter in den Entenhof geworfen; es klatschte so, daß die ganze Besatzung aus dem Schlaf hochstob und mit den Flügeln schlug; auch die Portugiesische erwachte, wälzte sich auf die andere Seite und drückte den kleinen Singvogel sehr unsanft.

»Piep!« sagte er, »Sie haben mir weh getan, Madame!«

»Ja, warum liegen Sie mir im Wege!« rief sie. »Sie dürfen nicht so empfindlich sein! Ich habe auch Nerven, aber niemals ›Piep‹ gesagt!«

»Seien Sie nicht böse!« sagte der kleine Vogel, »das ›Piep‹ fuhr mir unwillkürlich aus dem Schnabel.«

Die Portugiesische hörte nicht auf ihn, sondern stürzte sich auf das Fressen und hielt eine gute Mahlzeit. Als sie gesättigt war und sie sich wieder hinlegte, nahte sich ihr der kleine Singvogel und wollte liebenswürdig sein.

»Tilleleleit!
Vom Herzen dein
Will ich singen fein,
Fliegen so weit, weit, weit!«

»Jetzt, nach dem Essen, will ich ruhen!« sprach die Portugiesische. »Sie müssen hier auf die Sitten des Hauses achten. Jetzt will ich schlafen!«

Der kleine Singvogel war ganz verdutzt, denn er hatte es gut gemeint. Als Madame später erwachte, stand er wiederum vor ihr mit einem Körnchen, das er gefunden hatte; er legte es ihr zu Füßen; da sie aber nicht gut geschlafen hatte, war sie natürlich sehr schlechter Laune.

»Geben Sie das einem Küken!« sagte sie. »Und stehen Sie mir nicht immer im Wege herum!«

»Warum zürnen Sie mir?« antwortete das Vögelein. »Was habe ich getan?«

»Getan?« fragte die Portugiesische wiederum, »dieser Ausdruck ist eben nicht fein, das lassen Sie sich gesagt sein!«

»Gestern war hier Sonnenschein«, sagte der kleine Vogel, »heute ist es hier grau und trübe!«

»Sie wissen wohl wenig Bescheid in der Zeitrechnung«, entgegnete die Portugiesische. »Der Tag ist noch nicht zu Ende; stehen Sie nicht so dumm herum!«

»Aber Sie sehen mich gerade so an, wie mich

die bösen Augen ansahen, als ich hier in den Hof herabfiel.«

»Unverschämter!« sagte die Portugiesische, »vergleichen Sie mich mit der Katze, dem Raubtier! Kein böser Blutstropfen ist in mir! Ich habe mich Ihrer angenommen und werde Ihnen gute Manieren beibringen!«

Und dann biß sie dem Singvogel den Kopf ab; tot lag er da.

»Was ist nun das wieder?« sagte sie, »konnte er das nicht vertragen? Ja, dann war er freilich auch nicht für diese Welt geschaffen. Ich bin ihm wie eine Mutter gewesen, das weiß ich, denn ich habe ein Herz.«

Da steckte des Nachbars Hahn seinen Kopf in den Hof hinein und krähte mit Lokomotivkraft.

»Sie bringen mich um mit Ihrem Krähen!« rief sie. »Sie haben schuld an allem; er verlor den Kopf, und ich bin nahe daran, ihn auch zu verlieren.«

»Wo der hinfällt, liegt nicht viel!« sagte der Hahn.

»Sprechen Sie mit Achtung von ihm!« erwiderte die Portugiesische. »Er hatte Ton, Gesang und hohe Bildung. Liebevoll war er und weich, und das schickt sich für die Tiere wie für die sogenannten Menschen.«

Und alle Enten drängten sich um den kleinen toten Singvogel. Die Enten sind leidenschaftlich, mögen sie nun Neid oder Mitleid fühlen, und da hier nun nichts zu beneiden war, so kam das Mitleid zum Vorschein, selbst bei den beiden Chinesinnen.

»Einen solchen Singvogel bekommen wir niemals wieder! Er war fast ein Chinese«, flüsterten sie, und dabei weinten sie, daß es gluckste, und alle Hühner gluckste, aber die Enten gingen mit den rötesten Augen umher.

»Herz haben wir!« sagten sie, »das kann uns niemand absprechen.«

»Laßt uns lieber daran denken, etwas in den Magen zu bekommen!« sagte der Enterich, »das ist wichtiger! Wenn auch eins von den Spielzeugen entzweigeht, haben wir trotzdem noch genug!«

Das kleine Mädchen mit den Schwefelhölzchen

Es war so schrecklich kalt; es schneite, und der Abend dunkelte bereits; es war der letzte Abend im Jahre, Silvesterabend. In dieser Kälte und in dieser Finsternis ging auf der Straße ein kleines armes Mädchen mit bloßem Kopf und nackten Füßen. Es hatte freilich Pantoffeln angehabt, als es von zu Hause fortging, aber was konnte das helfen! Es waren sehr große Pantoffeln, sie waren früher von ihrer Mutter gebraucht worden, so groß waren sie, und diese hatte die Kleine verloren, als sie über die Straße eilte, während zwei Wagen in rasender Eile vorüberjagten; der eine Pantoffel war nicht wieder aufzufinden, und mit dem anderen machte sich ein Junge aus dem Staube, welcher versprach, ihn als Wiege zu benützen, wenn er einmal Kinder bekäme. Da ging das kleine Mädchen auf den nackten zierlichen Füßchen, die vor Kälte ganz rot und blau waren. In ihrer alten Schürze trug sie eine Menge Schwefelhölzchen, und ein Schächtelchen hielt sie in der Hand. Während des ganzen Tages hatte ihr niemand etwas abgekauft, niemand ein Almosen gegeben. Hungrig und verfroren schleppte sich die arme Kleine weiter und sah schon ganz verzagt und eingeschüchtert aus. Die Schneeflocken fielen auf ihr langes blondes Haar, das schön gelockt über ihren Nacken hinabfloß, aber bei dieser Pracht weilten ihre Gedanken wahrlich nicht. Aus allen Fenstern strahlte heller Lichterglanz, und über alle Straßen verbreitete sich der Geruch von köstlichem Gänsebraten. Es war ja Silvesterabend, und daran dachte das kleine Mädchen. In einem Winkel zwischen zwei Häusern, von denen das eine etwas weiter in die Straße vorsprang als das andere, kauerte es sich nieder. Seine kleinen Beinchen hatte es unter sich gezogen, aber es fror nur noch mehr, und es wagte nicht, nach Hause zu gehen, da es noch kein einziges Schächtelchen mit Streichhölzern verkauft, noch keinen Pfennig erhalten hatte. Es hätte gewiß vom Vater Schläge bekommen, und kalt war es zu Hause ja auch; sie hatten gerade das bloße Dach über dem Kopf, und der Wind pfiff schneidend hinein, obgleich Stroh und Lumpen in die größten Ritzen gestopft waren. Ach, wie gut mußte ein Schwefelhölzchen tun! Wenn es nur wagen dürfte, eines aus dem Schächtelchen herauszunehmen, es an der Wand anzustreichen und die Finger daran zu wärmen! Es zog eines heraus. »Ritsch!« Wie es sprühte, wie es brannte! Es war eine warme, helle Flamme, wie ein kleines Licht, als es das Händchen darüber hielt. Es war ein merkwürdiges Licht; es kam dem kleinen Mädchen vor, als säße es vor einem großen eisernen Ofen mit Messingbeschlägen und Messingverzierungen; das Feuer brannte so schön und wärmte so wohltuend! Nein, was war das? Die Kleine streckte schon die Füße aus, um auch diese zu wärmen – da erlosch die Flamme. Der Ofen verschwand – sie saß mit einem abgebrannten Schwefelholz in der Hand da. Ein zweites wurde angestrichen, es brannte, es leuchtete, und wo der Schein auf die Mauer fiel, wurde diese durchsichtig wie ein Schleier. Die Kleine sah gerade in die Stube hinein, wo der Tisch mit einem blendendweißen Tischtuch und feinem Porzellan gedeckt stand, und köstlich dampfte die mit Pflaumen und Äpfeln gefüllte gebratene Gans darauf. Und was noch herrlicher war, die Gans sprang aus der Schüssel und watschelte mit Gabel und Messer im Rücken über den Fußboden; gerade die Richtung auf das arme Mädchen schlug sie ein. Da erlosch das Schwefelholz, und nur die dicke, kalte Mauer war zu sehen. Sie zündete ein neues an. Da saß die Kleine unter dem schönsten Weihnachtsbaum; er war noch größer und reicher geschmückt als der, den sie am Heiligen Abend bei dem reichen Kaufmann durch die Glastür gesehen hatte. Tausend Kerzen brannten auf den grünen Zweigen, und bunte Bilder, wie die, welche in den Schaufenstern ausgestellt werden, schauten auf sie herab, die Kleine streckte beide Hände nach ihnen – da erlosch das Schwefelholz. Die vielen Weihnachtslichter stiegen höher und höher, und sie sah jetzt erst, daß es die hellen Sterne waren. Einer von ihnen fiel herab und zog einen langen Feuerstreifen über den Himmel. »Jetzt stirbt jemand!« sagte die Kleine, denn die alte Großmutter, die einzige, die sie freundlich behandelt hatte, jetzt aber längst tot war, hatte gesagt: »Wenn ein Stern vom Himmel fällt, fliegt eine Seele zu Gott empor!« Sie strich wieder ein Hölzchen an der Mauer an; es warf einen weiten Lichtschein rings umher, und im Glanze desselben stand die alte Großmutter hell beleuchtet mild und freundlich da. »Großmutter!« rief die Kleine. »O nimm mich mit! Ich weiß, daß du verschwindest, sobald das Schwefelholz ausgeht, verschwindest wie der warme Ofen, der köstliche Gänsebraten und der große flimmernde Weihnachtsbaum!« Und schnell strich sie den ganzen Rest der Schwefelhölzer an, welche noch im Schächtelchen waren, sie wollte die Großmutter festhalten; und die Schwefelhölzer verbreiteten einen solchen Glanz, daß es heller war als am hellen Tag. So schön, so groß war die Großmutter nie gewesen; sie nahm das kleine Mädchen auf ihren Arm, und hoch schwebten sie empor in Glanz und Freude; Kälte, Hunger und Angst wichen von ihm – sie waren bei Gott. Aber im Winkel am Hause saß in der kalten Morgenstunde das kleine Mädchen mit roten Wangen und mit einem Lächeln um den Mund – tot, erfroren am letzten Abend des alten Jahres. Der Morgen des neuen Jahres ging über der kleinen Leiche auf; sie saß da mit den Schwefelhölzern, wovon fast ein Schächtelchen verbrannt war. »Sie hat sich wärmen wollen!« sagte man. Niemand wußte, was sie Schönes gesehen hatte, in welchem Glanze sie mit der alten Großmutter zur Neujahrsfreude eingegangen war.

Tölpelhans

Draußen auf dem Lande lag ein alter Herrenhof; dort war ein Gutsherr, der zwei Söhne hatte, die sich so witzig und schlau dünkten, daß die Hälfte genügt hätte. Sie wollten sich nun um die Königstochter bewerben, denn die hatte öffentlich anzeigen lassen, sie wolle den zum Ehegemahl wählen, der seine Worte am besten zu wählen wisse.

Die beiden bereiteten sich nun volle acht Tage auf die Bewerbung vor, die längste, aber allerdings auch genügende Zeit, die ihnen vergönnt war, denn sie hatten Vorkenntnisse, und wie nützlich die sind, weiß jedermann. Der eine wußte das ganze lateinische Wörterbuch und nebenbei auch drei Jahrgänge vom Tageblatte des Städtchens auswendig, und zwar so, daß er alles von vorne und hinten, je nach Belieben, hersagen konnte. Der andere hatte sich in die Innungsgesetze hineingearbeitet und wußte auswendig, was jeder Innungsvorstand wissen muß, weshalb er auch meinte, er könne bei Staatsangelegenheiten mitreden und seinen Senf dazugeben; ferner verstand er noch eins: Er konnte Hosenträger mit Rosen und anderen Blümchen und Schnörkeleien besticken, denn er war auch fein und fingerfertig.

»Ich bekomme die Königstochter!« riefen sie alle beide, und so schenkte der alte Papa einem jeden von ihnen ein prächtiges Pferd. Derjenige, welcher das Wörterbuch und das Tageblatt auswendig wußte, bekam einen Rappen, der Innungskluge erhielt einen Schimmel, und dann schmierten sie sich die Mundwinkel mit Fischtran ein, damit sie recht geschmeidig würden. Das ganze Gesinde stand unten im Hof und war Zeuge, wie sie die Pferde bestiegen, und wie von ungefähr kam auch der dritte Bruder hinzu, denn der alte Gutsherr hatte drei Söhne, aber niemand zählte diesen dritten mit zu den anderen Brüdern, weil er nicht so gelehrt wie diese war, und man nannte ihn auch gemeinhin Tölpelhans.

»Ei!« sagte Tölpelhans, »wo wollt ihr hin? Ihr habt euch ja in den Sonntagsstaat geworfen!«

»Zum Hofe des Königs, uns die Königstochter zu erschwatzen! Weißt du denn nicht, was dem ganzen Lande bekanntgemacht ist?« Und nun erzählten sie ihm den Zusammenhang.

»Ei der Tausend! Da bin ich auch dabei!« rief

Tölpelhans, und die Brüder lachten ihn aus und ritten davon.

»Vater!« schrie Tölpelhans, »ich muß auch ein Pferd haben. Was ich für eine Lust zum Heiraten kriege! Nimmt sie mich, so nimmt sie mich, und nimmt sie mich nicht, so nehm' ich sie – kriegen tu' ich sie!«

»Laß das Gewäsch!« sagte der Alte, »dir gebe ich kein Pferd. Du kannst ja nicht reden, du weißt ja deine Worte nicht zu wählen; nein, deine Brüder, ah, das sind ganz andere Kerle.«

»Nun«, sagte Tölpelhans, »wenn ich kein Pferd haben kann, so nehme ich den Ziegenbock, der gehört mir sowieso, und tragen kann er mich auch!« – Und gesagt, getan. Er setzte sich rittlings auf den Ziegenbock, preßte die Hacken in dessen Weichen und sprengte davon, die große Hauptstraße wie ein Sturmwind dahin. Huh! Das war eine Fahrt! »Hier komm' ich!« schrie Tölpelhans und sang, daß es schallte.

Aber die Brüder ritten ihm langsam voraus; sie sprachen kein Wort, sie mußten sich alle die guten Einfälle überlegen, die sie an den Tag bringen wollten, denn das sollte alles recht fein ausspekuliert sein!

»Holla!« schrie Tölpelhans, »hier bin ich! Seht mal, was ich auf der Landstraße fand!« – Und er zeigte ihnen eine tote Krähe, die er gefunden hatte.

»Tölpel!« sprachen die Brüder, »was willst du mit der machen?«

»Mit der Krähe? – Die will ich der Königstochter schenken!«

»Ja, das tu nur!« sagten sie, lachten und ritten weiter.

»Holla, he! Hier bin ich! Seht, was ich jetzt habe, das findet man nicht alle Tage auf der Landstraße!«

Und die Brüder drehten sich um, damit sie sähen, was er wohl noch hatte. »Tölpel!« sagten sie, »das ist ja ein alter Holzschuh, dem noch dazu das Oberteil fehlt; wirst du auch den der Königstochter schenken?«

»Jawohl!« erwiderte Tölpelhans, und die Brüder lachten und ritten davon; sie gewannen einen großen Vorsprung.

»Hei hoppsassa! Hier bin ich!« rief Tölpelhans; »nein, es wird immer besser! Heissa! Nein! Es ist ganz famos!«

»Was hast du denn jetzt?« fragten die Brüder.

»Oh«, sagte Tölpelhans, »das ist gar nicht zu sagen! Wie wird sie erfreut sein, die Königstochter.«

»Pfui!« sagten die Brüder, »das ist ja Schlamm aus dem Straßengraben.«

»Ja, freilich ist es das!« sprach Tölpelhans, »und zwar von der feinsten Sorte, seht, er läuft einem gar durch die Finger durch!« und dabei füllte er seine Tasche mit dem Schlamm.

Allein die Brüder sprengten dahin, daß Kies und Funken stoben, deshalb gelangten sie auch eine ganze Stunde früher als Tölpelhans an das Stadttor. An diesem bekamen alle Freier sofort nach ihrer Ankunft Nummern und wurden in Reih und Glied geordnet, sechs in jede Reihe, und so eng zusammengedrängt, daß sie die Arme nicht bewegen konnten; das war sehr weise so eingerichtet, denn sie hätten einander wohl sonst in dem Gedränge das Fell über die Ohren gezogen.

Die ganze Volksmenge des Landes stand rings um das königliche Schloß in dichten Massen zusammengedrängt, bis an die Fenster hinauf, um die Königstochter die Freier empfangen zu sehen; sobald einer von diesen in den Saal trat, ging ihm die Rede aus wie ein Licht.

»Der taugt nichts!« sprach die Königstochter. »Fort, hinaus mit ihm!«

Endlich kam die Reihe an denjenigen der Brüder, der das Wörterbuch auswendig wußte, aber er wußte es nicht mehr; er hatte es ganz vergessen in Reih und Glied; und die Fußdielen knarrten, und die Zimmerdecke war von lauter Spiegelglas, daß er sich selber auf dem Kopfe stehen sah, und an jedem Fenster standen drei Schreiber und ein Oberschreiber, und jeder schrieb alles nieder, was gesprochen wurde, damit es sofort in die Zeitung käme und für einen Silbergroschen an der Straßenecke verkauft werde. Es war entsetzlich, und dazu hatten sie dermaßen den Ofen eingeheizt, daß er glühte.

»Hier ist eine entsetzliche Hitze, hier!« sprach der Freier.

»Jawohl! Mein Vater brät heute aber auch junge Hähne!« sagte die Königstochter.

Bäh, da stand er. Auf solche Rede war er nicht gefaßt gewesen; kein Wort wußte er zu sagen, obgleich er etwas Witziges hatte sagen wollen. – Bäh!

»Taugt nichts!« sprach die Königstochter. »Fort, hinaus mit ihm!« Und hinaus mußte er.

Nun trat der andere Bruder ein.

»Hier ist eine entsetzliche Hitze!« sagte er.

»Jawohl, wir braten heute junge Hähne!« bemerkte die Königstochter.

»Wie be – wie?« sagte er, und die Schreiber schrieben: ›Wie be – wie?‹

»Taugt nichts!« sagte die Königstochter. »Fort, hinaus mit ihm!«

Nun kam Tölpelhans dran; er ritt auf dem Ziegenbocke geradewegs in den Saal hinein. »Na, das ist doch eine Mordshitze hier!« sagte er.

»Jawohl, ich brate aber auch junge Hähne!« sagte die Königstochter.

»Ei, das ist schön!« erwiderte Tölpelhans, »dann kann ich wohl eine Krähe mitbraten?«

»Mit dem größten Vergnügen!« sprach die Königstochter; »aber haben Sie etwas, worin Sie sie braten können? Denn ich habe weder Topf noch Tiegel.«

»Oh, das hab' ich!« sagte Tölpelhans. »Hier ist Kochgeschirr mit zinnernem Bügel«, und er zog den alten Holzschuh hervor und legte die Krähe hinein.

»Das ist ja eine ganze Mahlzeit«, sagte die Königstochter, »aber wo nehmen wir die Brühe her?«

»Die habe ich in der Tasche!« sprach Tölpelhans. »Ich habe so viel, daß ich sogar etwas davon wegwerfen kann!« Und nun goß er etwas Schlamm aus der Tasche heraus.

»Das gefällt mir!« sagte die Königstochter, »du kannst antworten, und du kannst reden, und ich will dich zum Manne haben! – Aber weißt du auch, daß jedes Wort, das wir sprechen und gesprochen haben, niedergeschrieben wird und morgen in die Zeitung kommt? An jedem Fenster, siehst du, stehen drei Schreiber und ein alter Oberschreiber, und dieser alte Oberschreiber ist der schlimmste, denn er kann nichts begreifen!« Und das sagte sie nur, um Tölpelhans zu ängstigen. Und die Schreiber wieherten und spritzten dabei jeder einen Tintenklecks auf den Fußboden.

»Ah, das ist also die Herrschaft!« sagte Tölpelhans; »nun, so werde ich dem Oberschreiber das Beste geben!« Und damit kehrte er seine Taschen um und warf ihm den Schlamm gerade ins Gesicht.

»Das war fein gemacht!« sagte die Königstochter, »das hätte ich nicht tun können, aber ich werde es schon lernen!« –

Tölpelhans wurde König, bekam eine Frau und eine Krone und saß auf einem Throne, und das haben wir ganz naß aus der Zeitung des Oberschreibers und Schreiberinnungsmeisters – und auf die ist kein Verlaß.

Die roten Schuhe

Es war einmal ein kleines Mädchen, zart und hübsch, aber im Sommer mußte es immer barfuß gehen, denn es war arm, und im Winter mit großen Holzschuhen, so daß die kleinen Füße ganz rot wurden, und das sah schlimm aus.

Mitten im Dorf wohnte die alte Schusterfrau. Die saß und nähte, so gut sie konnte, aus alten roten Tuchstreifen ein Paar kleine Schuhe. Sie waren ganz plump, aber es war gut gemeint, und die sollte das kleine Mädchen namens Karen haben.

Genau an dem Tag, als ihre Mutter beerdigt wurde, bekam sie die roten Schuhe und hatte sie zum ersten Mal an. Das waren nun keine Begräbnisschuhe, aber sie hatte keine anderen, daher ging sie mit diesen hinter dem ärmlichen Sarg her.

Da kam auf einmal ein großer alter Wagen, und darin saß eine vornehme Dame; sie betrachtete das kleine Mädchen und fühlte Mitleid mit ihr, und da sagte sie zum Pfarrer: »Hört, gebt mir das kleine Mädchen, ich werde mich seiner annehmen!«

Karen glaubte, das geschehe alles nur der roten Schuhe wegen, aber die alte Dame meinte, die seien entsetzlich, und sie wurden verbrannt. Karen selbst aber wurde sauber und ordentlich angezogen; sie mußte lesen und nähen lernen, und die Leute sagten, sie sei hübsch; aber der Spiegel sagte: »Du bist weit mehr als hübsch, du bist schön!«

Da reiste die Königin eines Tages durch das Land und hatte ihre kleine Tochter bei sich, eine Prinzessin, und das Volk strömte zum Schloß, unter ihnen Karen, und die kleine Prinzessin stand in ihren weißen Kleidern am Fenster und ließ sich bewundern. Sie hatte weder Schleppe noch Goldkrone, aber herrliche rote Saffianschuhe, die wahrlich weit schöner waren als die, welche die Schusterfrau der kleinen Karen genäht hatte. Nichts in der Welt ließ sich mit roten Schuhen vergleichen!

Nun war Karen so alt, daß sie konfirmiert werden sollte. Sie bekam neue Kleider, und neue Schuhe sollte sie auch haben. Der reiche Schuhmacher in der Stadt nahm Maß von ihrem kleinen Fuß, das geschah zu Hause in seinem eigenen Zimmer, und da standen große Glasschränke mit entzückenden Schuhen und glänzenden Stiefeln. Das sah allerliebst aus, aber die alte Dame konnte nicht gut sehen und hatte deshalb auch kein Vergnügen daran. Mitten unter den Schuhen stand nun ein rotes Paar, wie sie die Prinzessin getragen hatte. Wie hübsch die waren! Der Schuhmacher sagte, sie seien für ein Grafenkind genäht worden, aber sie hätten dann doch nicht gepaßt.

»Das ist wohl Glanzleder?« fragte die alte Dame. »Die glänzen so!«

»Ja, sie glänzen!« sagte Karen, und sie paßten und wurden gekauft, aber die alte Dame wußte nicht, daß sie rot waren, denn sie hätte Karen nie erlaubt, in roten Schuhen zur Konfirmation zu gehen, aber das tat sie nun.

Alle Menschen schauten auf ihre Füße, und als sie durch die Kirche zum Chor schritt, kam es ihr vor, als wenn selbst die alten Bilder der Verstorbenen, der Pfarrer und Pfarrfrauen mit steifen Kragen und langen schwarzen Kleidern die Augen auf ihre roten Schuhe hefteten. Und nur an diese dachte sie, als der Pfarrer seine Hand auf ihren Kopf legte und von der heiligen Taufe sprach, vom Bunde mit Gott und daß sie nun eine erwachsene Christin sein solle. Die Orgel spielte feierlich, die hübschen Kinderstimmen fielen ein, und der alte Kantor sang. Aber Karen dachte nur an die roten Schuhe.

Am Nachmittag hatte dann die alte Dame von

allen Leuten erfahren, daß es rote Schuhe waren, und sie sagte, es zieme sich nicht. Karen solle künftig beim Kirchgang immer in schwarzen Schuhen gehen, selbst wenn diese alt seien.

Am nächsten Sonntag war Abendmahl, und Karen betrachtete die schwarzen Schuhe, dann die roten – und zog die roten an.

Es war herrlicher Sonnenschein; Karen und die alte Dame gingen den Pfad entlang durch das Korn, und es staubte ein wenig.

An der Kirchentür stand ein alter Soldat mit einem Krückstock und mit einem wunderbar langen Bart, der war mehr rot als weiß, und er verneigte sich bis zur Erde und fragte die alte Dame, ob er ihre Schuhe abwischen dürfe. Karen streckte auch ihren kleinen Fuß aus. »Sieh, was für schöne Tanzschuhe!« sagte der Soldat. »Sitzt fest, wenn ihr tanzt!« Und dann schlug er mit der Hand gegen die Sohlen.

Die alte Dame gab dem Soldaten einen Groschen, und dann ging sie mit Karen in die Kirche hinein.

Alle Menschen drinnen schauten auf Karens rote Schuhe, und alle Bilder schauten darauf, und als Karen vor dem Altar kniete und den goldenen Kelch an ihren Mund setzte, dachte sie nur an die roten Schuhe, und es war ihr, als ob sie im Kelch herumschwämmen; und sie vergaß ihr Lied zu singen, sie vergaß, ihr Vaterunser zu beten.

Jetzt verließen alle Leute die Kirche, und die alte Dame stieg in ihren Wagen. Karen erhob den Fuß, um ihr nachzusteigen, da sagte der alte Soldat: »Sieh, was für schöne Tanzschuhe!« Und Karen konnte nicht umhin, sie mußte einige Tanzschritte machen. Und als sie begann, tanzten die Füße weiter, und es war gerade, als hätten die Schuhe Macht über sie gewonnen. Sie tanzte um die Ecke der Kirche, sie konnte es nicht lassen. Der Kutscher mußte ihr hinterherlaufen und sie packen, und er hob sie in den Wagen, aber die Füße fuhren fort zu tanzen, so daß sie die gute alte Dame heftig trat. Endlich zogen sie ihr die Schuhe aus, und ihre Beine bekamen Ruhe.

Daheim wurden die Schuhe in einen Schrank gestellt, aber Karen konnte es nicht unterlassen, sie zu betrachten.

Bald lag die Dame krank im Bett, und es hieß, sie werde nicht wieder gesund. Gepflegt und betreut mußte sie werden, und niemand war dazu mehr verpflichtet als Karen. Aber in der Stadt war ein großer Ball, und Karen war dazu eingeladen. – Sie betrachtete die alte Dame, die doch nicht mehr genesen konnte, und sie sah auf die roten Schuhe und meinte, es sei kein Unrecht dabei. – Sie zog die roten Schuhe an, dann ging sie zum Ball und fing an zu tanzen.

Als sie aber nach rechts wollte, tanzten die Schuhe nach links, und als sie in den Saal hineinwollte, tanzten die Schuhe hinaus, die Treppe hinunter, durch die Straßen aus dem Stadttor hinaus. Sie tanzte und mußte tanzen, gerade hinaus in den dunklen Wald.

Da leuchtete es zwischen den Bäumen, und sie glaubte, es sei der Mond, denn es war ein Gesicht. Es war aber der alte Soldat mit dem roten Bart. Er saß da und nickte ihr zu und sagte: »Sieh, was für schöne Tanzschuhe!«

Da erschrak Karen und wollte die roten Schuhe abwerfen. Die aber saßen fest. Sie riß ihre Strümpfe ab, aber die Schuhe waren an den Füßen festgewachsen, und sie tanzte und mußte über Feld und Wiese, bei Regen und Sonnenschein, bei Nacht und bei Tage tanzen; aber in der Nacht war es am allerschrecklichsten.

Sie tanzte in den offenen Kirchhof hinein, aber die Toten dort tanzten nicht, die hatten Besseres zu tun als zu tanzen. Sie wollte sich auf das Grab der Armen setzen, wo das bittere Farnkraut wächst, aber für sie gab es weder Rast noch Ruhe. Und als sie gegen die offene Kirchentür hintanzte, sah sie dort einen Engel in weißen Kleidern und mit Flügeln, die von den Schultern bis zur Erde herabreichten. Sein Antlitz war streng und ernst, und in der Hand hielt er ein breites, glänzendes Schwert.

»Tanzen sollst du«, sagte er, »tanzen auf deinen roten Schuhen, bis du bleich und kalt wirst und deine Haut zusammenschrumpft wie die eines Toten! Tanzen sollst du von Tür zu Tür; und wo stolze, hochmütige Kinder wohnen, sollst du anklopfen, so daß sie dich hören und fürchten! Tanzen sollst du, tanzen!«

»Gnade!« rief Karen. Aber sie hörte nicht, was der Engel antwortete; denn die Schuhe trugen sie durch die Eingangspforte auf das Feld, über Weg und Steg, und immer mußte sie tanzen.

Eines Morgens tanzte sie an einer Tür vorbei, die sie gut kannte. Drinnen ertönte frommer Gesang, dann wurde ein Sarg herausgetragen, der mit Blumen geschmückt war. Da wußte sie, daß die alte Dame gestorben war, und nun fühlte sie, daß sie von allen verlassen und von Gottes Engel verflucht war.

Sie tanzte und mußte tanzen, tanzen durch die finsterne Nacht. Ihre Schuhe trugen sie über Stock und Stein, und sie riß sich ganz blutig; sie tanzte über die Heide zu einem kleinen, einsamen Haus. Hier, wußte sie, wohnte der Scharfrichter, und sie klopfte mit den Fingern an die Scheibe und sagte:

»Komm heraus! – Komm heraus! – Ich kann nicht hineinkommen, denn ich muß tanzen!«

Und der Scharfrichter sagte: »Du weißt wohl nicht, wer ich bin? Ich schlage den Menschen die Köpfe ab, und ich merke, meine Axt zittert!«

»Schlage mir nicht den Kopf ab!« sagte Karen. »Dann kann ich meine Sünde nicht mehr bereuen! Schlage mir lieber meine Füße mit den roten Schuhen ab!«

Sie beichtete ihre Sünde, und der Scharfrichter hieb ihr die Füße mit den roten Schuhen ab. Aber die Schuhe tanzten mit den kleinen Füßen über das Feld in den tiefen Wald hinein.

Der Scharfrichter schnitzte ihr Holzfüße und Krücken, lehrte sie ein Kirchenlied, das die Sünder zu singen pflegen, und sie küßte die Hand, die die Axt geführt hatte, und ging über die Heide fort.

»Nun habe ich genug für die roten Schuhe gelitten!« sagte sie. »Jetzt will ich in die Kirche gehen, damit sie mich sehen können!« Und sie ging rasch auf die Kirchentür zu. Aber als sie hinkam, tanzten die roten Schuhe vor ihr her, und sie erschrak und kehrte um.

Die ganze Woche hindurch war sie betrübt und

weinte bittere Tränen, aber als es Sonntag wurde, sagte sie: »Nun habe ich genug gelitten und gestritten! Ich glaube wohl, daß ich ebensogut bin wie viele von denen, die in der Kirche sitzen und sich brüsten!« Und dann ging sie mutig hin. Aber sie kam nicht weiter als bis zur Kirchentür, da sah sie die roten Schuhe vor sich tanzen, und sie erschrak, kehrte um und bereute ihre Sünde von ganzem Herzen.

Sie ging zum Pfarrhof und bat, daß man sie dort in Dienst nehmen möge, fleißig wollte sie sein und alles tun, was sie könne. An Lohn denke sie nicht, nur daß sie ein Dach über dem Kopf habe und bei guten Menschen sei. Die Pfarrersfrau hatte Mitleid mit ihr und nahm sie in ihren Dienst. Karen war fleißig und nachdenklich. Still saß sie da und horchte auf, wenn der Pfarrer am Abend laut aus der Bibel vorlas. Alle Kinder hatten sie gern; wenn sie aber von Putz und Pracht und von Schönheit sprachen, schüttelte Karen den Kopf.

Am nächsten Sonntag gingen alle in die Kirche, und sie fragten sie, ob sie nicht mitgehen wolle. Aber sie blickte traurig mit Tränen in den Augen auf ihre Krücken, und dann gingen die anderen hin, um Gottes Wort zu hören; sie aber ging allein in ihre kleine Kammer, die nicht größer war, als daß das Bett und ein Stuhl darin Platz fanden. Hier setzte sie sich mit ihrem Gesangbuch hin, und als sie mit frommem Sinn darin las, trug der Wind die Orgeltöne von der Kirche zu ihr herüber, und sie erhob ihr Gesicht unter Tränen und sagte: »Ach, Gott, hilf mir!«

Da schien die Sonne ganz hell, und gerade vor ihr stand Gottes weiß gekleideter Engel, den sie in jener Nacht an der Kirchentür erblickt hatte. Aber er trug nicht mehr das scharfe Schwert, sondern einen herrlichen grünen Zweig, der mit Rosen besetzt war. Er berührte damit die Decke, und sie wurde höher; und wo er sie berührt hatte, erstrahlte ein goldener Stern. Und er berührte die Wände, die sich erweiterten, und sie sah die Orgel, die spielte; und sie sah die alten Bilder mit Pfarrern und Pfarrfrauen! Die Gemeinde saß in geschmückten Stühlen und sang aus ihren Gesangbüchern. – Denn die Kirche war selbst zu dem armen Mädchen in der engen Stube gekommen, oder aber sie war in die Kirche versetzt worden. Sie saß im Stuhl bei den übrigen Leuten des Pfarrers, und als sie fertiggesungen hatten und aufblickten, nickten sie und sagten: »Das war recht, daß du kamst, Karen!«

»Das war Gnade!« sagte sie.

Und die Orgel brauste, und die Kinderstimmen im Chor klangen sanft und lieblich! Der helle Sonnenschein strömte warm durch das Fenster auf den Kirchstuhl, worin Karen saß. Ihr Herz wurde so erfüllt von Sonnenschein, Frieden und Freude, daß es brach. – Und ihre Seele flog mit dem Sonnenschein hin zu Gott; und dort war niemand, der nach den roten Schuhen fragte.

Der Silberschilling

Es war einmal ein Schilling, blank kam er aus der Münze hervor, sprang und klang: »Hurra! Jetzt geht's in die weite Welt hinaus!«

Und er kam in die weite Welt hinaus.

Das Kind hielt ihn mit warmen, der Geizige mit kalten, feuchten Händen fest. Der Ältere drehte und wendete ihn viele Male, während die Jugend ihn gleich wieder rollen ließ. Der Schilling war aus Silber, hatte sehr wenig Kupfer in sich und war bereits ein ganzes Jahr in der Welt, das heißt in dem Lande, in dem er gemünzt worden war. Eines Tages aber ging er auf Reisen ins Ausland. Er war die letzte Landesmünze in dem Geldbeutel, den sein reisender Herr bei sich führte, der Herr wußte selbst nicht, daß er den Schilling noch hatte, bis er ihm zwischen die Finger geriet.

»Hier habe ich ja noch einen Schilling aus der Heimat!« sagte er, »nun kann er die Reise mitmachen!« Und der Schilling klang und sprang vor Freude, als er ihn wieder in den Beutel steckte.

Hier lag er nun bei fremden, kommenden und gehenden Kameraden, einer machte dem anderen Platz, aber der Schilling aus der Heimat blieb im Beutel zurück: Das war eine Auszeichnung.

Mehrere Wochen waren schon vergangen, und der Schilling war weit in die Welt hinausgekommen, ohne daß er doch wußte, wo er sich befand. Er erfuhr zwar von den anderen Münzen, daß sie französisch und italienisch seien. Eine sagte, sie seien jetzt in dieser Stadt, eine andere, sie seien in jener, aber der Schilling konnte sich keine Vorstellung davon machen. Man sieht nichts von der Welt, wenn man immer im Beutel steckt, und das war ja sein Los. Doch eines Tages, als er so dalag, bemerkte er, daß der Geldbeutel nicht geschlossen war, und da kroch er bis an die Öffnung, um ein wenig hinauszugucken. Das hätte er nun nicht tun sollen, aber er war neugierig, und das rächt sich; er glitt hinaus in die Hosentasche, und als abends der Geldbeutel herausgenommen wurde, lag der Schilling noch da, wo er hingerutscht war, und kam mit den Kleidern auf den Flur hinaus; dort fiel er gleich auf den Fußboden; niemand hörte es, niemand sah es.

Am anderen Morgen wurden die Kleider wieder in das Zimmer gebracht, der Herr zog sie an, reiste fort, und der Schilling blieb zurück. Er wurde gefunden, sollte wieder Dienste tun und ging mit drei anderen Münzen aus.

›Es ist doch angenehm, sich in der Welt umzusehen‹, dachte der Schilling, ›andere Menschen, andere Sitten kennenzulernen.‹

»Was ist das für ein Schilling!« hieß es im selben Augenblick. »Das ist keine Landesmünze! Der ist falsch! Der taugt nichts!«

Ja, nun beginnt die Geschichte des Schillings, wie er sie später selbst erzählte.

»Falsch! Taugt nichts! – Das war ein harter Schlag«, erzählte der Schilling. »Ich wußte, daß ich einen guten Klang und eine echte Prägung hatte. Die Leute mußten sich irren, mich konnten sie nicht meinen, aber sie meinten mich doch! Sie nannten mich falsch, ich taugte nichts! – ›Den muß ich im Dunkeln ausgeben!‹ sagte der Mann, der mich gefunden hatte, und ich wurde im Dunkeln ausgegeben und am hellen Tage wieder ausgeschimpft – ›falsch, taugt nichts! Wir müssen machen, daß wir ihn loswerden!‹«

Der Schilling zitterte jedesmal zwischen den Fingern der Leute, wenn er heimlich fortgeschafft werden und als Landesmünze gelten sollte.

»Ich elender Schilling! Was hilft mir mein Silber, mein Wert, meine Prägung, wenn das alles nichts gilt. In den Augen der Welt ist man eben das, was die Welt von einem glaubt! Es muß entsetzlich sein, ein schlechtes Gewissen zu haben, sich auf krummen Wegen umherzuschleichen, wenn mir, der ich doch ganz unschuldig bin, schon so zumute sein kann, weil ich bloß das Aussehen habe! Jedesmal, wenn man mich hervorholte, graute es mir vor den Augen, die mich ansehen würden. Wußte ich doch, daß ich zurückgestoßen und auf den Tisch geworfen werden würde, als sei ich Lug und Trug.

Einmal kam ich zu einer alten, armen Frau, sie erhielt mich als Tagelohn für harte Arbeit, aber sie konnte mich nun gar nicht wieder loswerden; niemand wollte mich annehmen, ich war ein wahres Unglück für die Frau. ›Ich bin wahrhaft gezwungen, jemand mit dem Schilling zu betrügen‹, sagte sie, ›ich kann beim besten Willen keinen falschen Schilling aufbewahren; der reiche Bäcker soll ihn haben, er kann es am besten verschmerzen, aber richtig ist es doch nicht, wenn ich's tue!‹«

»Das Gewissen der Frau muß ich auch noch belasten!« seufzte es in dem Schilling. »Bin ich denn auf meine alten Tage wirklich so verändert?«

»Die Frau ging zu dem reichen Bäcker, aber der kannte die gängigen Schillinge zu gut, als daß er mich hätte behalten wollen, er warf mich der Frau gerade ins Gesicht; Brot bekam sie für mich nicht, und ich fühlte mich so recht von Herzen betrübt, daß ich dieser Art so ausgemünzt war, ich, der ich in meinen jungen Tagen freudig und sicher mir meines Wertes und meiner Prägung bewußt gewesen war! So recht traurig wurde ich, wie es ein armer Schilling werden kann, wenn niemand ihn haben will. Die Frau nahm mich wieder mit nach Hause, betrachtete mich mit einem herzlichen, freundlichen Blick und sagte: ›Nein, ich will niemanden mit dir betrügen! Ich will ein Loch durch dich schlagen, damit jedermann sehen kann, daß du ein falsches Ding bist – und doch – da kommt mir eine Idee – du bist vielleicht gar ein Glücksschilling – kommt mir doch der Gedanke so ganz von selbst, daß ich daran glauben muß! Ich werde ein Loch durch den Schilling schlagen und eine Schnur durch das Loch ziehen und dich dem Kleinen der Nachbarsfrau als Glücksschilling um den Hals hängen.‹

Und sie schlug ein Loch durch mich; angenehm ist es freilich nicht, aber wenn es in guter Absicht geschieht, läßt sich vieles ertragen! Eine Schnur wurde auch durchgezogen, dann wurde ich eine Art Medaillon zum Tragen. Man hängte mich um den Hals des kleinen Kindes, und das

Kind lächelte mich an, küßte mich, und ich ruhte eine ganze Nacht an der warmen, unschuldigen Brust des Kindes.

Als es Morgen wurde, nahm die Mutter mich zwischen ihre Finger, sah mich an und hatte so ihre eigenen Gedanken dabei, das fühlte ich bald heraus. Sie suchte eine Schere hervor und schnitt die Schnur durch.

›Glücksschilling!‹ sagte sie. ›Ja, das werden wir jetzt erfahren!‹ Und sie legte mich in Essig, daß ich ganz grün wurde. Dann kittete sie das Loch zu, rieb mich ein wenig und ging in der Dämmerstunde zum Lotterieeinnehmer, um sich ein Los zu kaufen, das Glück bringen sollte.

Wie war mir übel zumute! Es zwickte in mir, als müßte ich zerknicken, ich wußte, daß ich falsch genannt und hingeworfen werden würde, und zwar gerade vor der Menge von Schillingen und Münzen, die mit Inschrift und Gesicht dalagen, auf die sie stolz sein konnten. Aber ich entging der Schande, denn beim Einnehmer waren viele Menschen, er hatte viel zu tun, und ich fiel klingend in die Kasse unter die anderen Münzen; ob später das Los gewann, weiß ich nicht, das aber weiß ich, daß ich schon am anderen Morgen als falscher Schilling erkannt, beiseite gelegt und ausgesandt wurde, um zu betrügen und immer zu betrügen. Es ist nicht auszuhalten, wenn man einen ehrlichen Charakter hat, und den kann ich mir selbst nicht absprechen.

Jahr und Tag ging ich so von Hand zu Hand, von Haus zu Haus, immer ausgeschimpft, immer ungern gesehen. Niemand traute mir! Da kam eines Tages ein Reisender an, bei dem wurde ich angebracht, und er war treuherzig genug, mich für eine gangbare Münze anzunehmen; aber nun wollte er mich wieder ausgeben, und ich vernahm wieder die Ausrufe: ›Taugt nichts! Falsch!‹

›Ich habe ihn für gut erhalten‹, sagte der Mann, und betrachtete mich dabei recht genau. Plötzlich lächelte sein ganzes Gesicht, das tat sonst kein Gesicht, das mich besah. ›Nein, was ist doch das!‹ sagte er. ›Das ist ja eine unserer eigenen Landesmünzen, ein guter, ehrlicher Schilling aus der Heimat, durch den man ein Loch geschlagen hat, und den man nun falsch nennt. Das ist ja lustig! Dich werde ich aufheben und mit nach Hause nehmen!‹

Freude durchzuckte mich, man hieß mich einen guten, ehrlichen Schilling, und in die Heimat sollte ich zurückkehren, wo alle und jeder mich kennen und wissen würden, daß ich aus gutem Silber sei und von echter Prägung war. Ich hätte vor Freude Funken sprühen können, aber das

Funkensprühen liegt nun einmal nicht in meiner Natur.

Ich wurde in feines weißes Papier eingewickelt, damit ich nicht mit den anderen Münzen verwechselt würde und abhanden käme, und bei festlichen Gelegenheiten, wenn Landsleute sich begegneten, wurde ich vorgezeigt, und es wurde sehr gut von mir gesprochen; sie sagten, ich sei interessant. Es ist freilich merkwürdig, daß man interessant sein kann, ohne ein einziges Wort zu sagen.

Endlich kam ich in der Heimat an! Alle meine Not hatte ein Ende, die Freude kehrte wieder bei mir ein, ich war doch aus gutem Silber, ich hatte die echte Prägung. Und keine Benachteiligungen hatte ich mehr auszustehen, obwohl man das Loch durch mich geschlagen hatte. Man muß ausharren, alles kommt mit der Zeit zu seinem Recht! Das ist mein Glaube«, sagte der Schilling.

Die kleine Meerjungfrau

Weit draußen im Meer ist das Wasser so blau wie die Blüten der schönsten Kornblume und so klar wie das reinste Glas; aber es ist sehr tief, tiefer als irgendein Ankertau reicht; viele Kirchtürme müßten aufeinandergestellt werden, um vom Grunde bis über das Wasser zu reichen.

Nun muß man aber nicht glauben, daß da nur der nackte, weiße Sandboden sei; nein, da wachsen die wunderbarsten Bäume und Pflanzen, mit so geschmeidigen Stielen und Blättern, daß sie sich bei der geringsten Bewegung des Wassers rühren, gerade als ob sie lebten. Alle Fische, kleine und große, schlüpfen zwischen den Zweigen hindurch, genauso wie hier oben die Vögel in der Luft. An der allertiefsten Stelle liegt des Meerkönigs Schloß; die Mauern sind von Korallen und die langen spitzen Fenster vom allerklarsten Bernstein; aber das Dach bilden Muscheln, die sich öffnen und schließen, je nachdem wie das Wasser strömt. Das sieht herrlich aus, denn in jeder liegen strahlende Perlen; eine einzige würde der Krone einer Königin zur Zierde gereichen.

Der Meerkönig war seit vielen Jahren Witwer, und seine alte Mutter wirtschaftete bei ihm. Sie war eine kluge Frau, aber stolz auf ihren Adel; deshalb trug sie zwölf Austern auf dem Schwanze, die anderen Vornehmen durften nur sechs tragen.

Sonst verdiente sie großes Lob, besonders weil sie sich so sehr um die kleinen Meerprinzessinnen kümmerte. Es waren sechs schöne Kinder, aber die jüngste war die schönste von allen, ihre Haut war so fein wie ein Rosenblatt, ihre Augen so blau wie die tiefste See, aber wie all die anderen hatte sie keine Füße, ihr Körper endete in einem Fischschwanz.

Den lieben langen Tag konnten sie unten im Schlosse in den großen Sälen spielen, wo aus den Wänden lebendige Blumen wuchsen. Die großen Bernsteinfenster wurden aufgemacht, und die Fische schwammen zu ihnen herein, wie bei uns die Schwalben hereinfliegen, wenn wir die Fenster öffnen. Die Fische schwammen gerade zu den Prinzessinnen, fraßen ihnen aus der Hand und ließen sich streicheln.

Draußen vor dem Schloß war ein großer Garten mit feuerroten und dunkelblauen Bäumen;

die Früchte strahlten wie Gold und die Blumen wie brennendes Feuer. Die Erde selbst war der feinste Sand. Über dem Ganzen lag ein eigentümlich blauer Schein; man hätte eher glauben mögen, man stehe hoch in der Luft und habe nur den Himmel über und unter sich. Bei Windstille konnte man die Sonne sehen; sie erschien wie eine Purpurblume, aus deren Kelch alles Licht ausströmte.

Eine jede der kleinen Prinzessinnen hatte ihren kleinen Fleck im Garten, wo sie graben und pflanzen konnte, wie es ihr gefiel. Die eine gab ihrem Blumenfleck die Gestalt eines Wales; einer anderen gefiel es besser, daß der ihrige einem kleinen Meerweib glich; aber die jüngste machte den ihrigen ganz rund, der Sonne gleich, und hatte nur Blumen, rot wie diese. Sie war ein besonderes Kind, still und nachdenklich, und während die anderen Schwestern mit den seltsamen Sachen, die sie in gestrandeten Schiffen gefunden hatten, Staat machten, wollte sie außer den roten Blumen, die der Sonne glichen, nur eine hübsche kleine Statue haben; es war ein schöner Knabe, aus weißem Marmor gehauen, durch die Brandung auf den Meeresgrund gespült. Sie pflanzte bei der Statue eine rosenrote Trauerweide, die wuchs herrlich, und ihre frischen Zweige hingen darüber, zum blauen Sandboden hinunter, wo der Schatten violett und gleich den Zweigen in Bewegung war; es sah aus, als ob die Zweige und die Wurzeln miteinander spielten und sich küßten.

Es gab für sie keine größere Freude, als von den Menschen dort oben zu hören; die alte Großmutter mußte alles erzählen, was sie von Schiffen und Städten, Menschen und Tieren wußte. Besonders schön erschien es ihr, daß oben auf der Erde die Blumen dufteten; das taten sie auf dem Grund des Meeres nicht, und daß die Wälder grün wären und daß die Fische dort auf den Bäumen so laut und herrlich singen könnten; die kleinen Vögel nannte die Großmutter Fische, denn sonst konnten die Kinder sie nicht verstehen, da sie noch keinen Vogel gesehen hatten.

»Wenn ihr euer fünfzehntes Jahr erreicht habt«, sagte die Großmutter, »dann sollt ihr die Erlaubnis erhalten, aus dem Wasser emporzutauchen, im Mondenschein auf den Klippen zu sitzen und die großen Schiffe, die vorbeisegeln, zu sehen und Wälder und Städte!« Im kommenden Jahr wurde die eine der Schwestern fünfzehn Jahre alt. Da war eine immer ein Jahr jünger als die andere; die jüngste von ihnen hatte also noch volle fünf Jahre zu warten, bevor sie aus dem Grund des Meeres hinaufkommen und sehen konnte, wie es bei uns aussieht. Aber die eine versprach der anderen zu erzählen, was sie gesehen, was sie am ersten Tag am schönsten gefunden habe; denn ihre Großmutter erzählte ihnen nicht genug, da war noch so vieles, worüber sie Auskunft haben wollten.

Keine aber war so voller Sehnsucht wie die Jüngste, gerade sie, die noch die längste Zeit zu warten hatte, und die so still und gedankenvoll war. Manche Nacht stand sie am offenen Fenster und sah durch das dunkelblaue Wasser empor, wie die Fische ihre Flossen und Schwänze bewegten. Mond und Sterne konnte sie sehen, freilich schienen sie ganz bleich, aber durch das Wasser sahen sie weit größer aus als vor unseren Augen. Zog dann etwas einer schwarzen Wolke gleich vorbei, so wußte sie, daß es ein Wal war, der über ihr schwamm, oder auch ein Schiff mit vielen Menschen; die dachten sicher nicht daran, daß eine liebliche, kleine Meerjungfrau ihre weißen Hände zum Kiel emporstreckte.

Nun war also die älteste Prinzessin fünfzehn Jahre alt und durfte an die Meeresfläche hinaufsteigen.

Als sie zurückkehrte, hatte sie hunderterlei Dinge zu erzählen, aber das schönste, sagte sie, sei, im Mondschein auf einer Sandbank in der ruhigen See zu liegen und die Küste mit der großen Stadt zu betrachten, wo die Lichter gleich hundert Sternen blinkten, die Musik und den Lärm und das Geräusch von Wagen und Menschen zu hören; die vielen Kirchtürme und anderen Turmspitzen zu sehen und das Läuten der Glocken zu hören. Gerade weil sie nicht da hinaufgelangen konnte, sehnte die Jüngste sich am allermeisten nach alledem.

Oh, wie horchte die jüngste Schwester auf, und wenn sie abends am offenen Fenster stand und durch das dunkelblaue Wasser emporblickte, gedachte sie der großen Stadt mit all den Geräuschen, und dann glaubte sie die Kirchenglocken bis zu sich herunter läuten zu hören.

Im folgenden Jahr erhielt die zweite Schwester Erlaubnis, durch das Wasser emporzusteigen und zu schwimmen, wohin sie wollte. Sie tauchte auf, eben als die Sonne unterging, und dieser Anblick, fand sie, war das schönste. Der ganze Himmel habe wie Gold ausgesehen, sagte sie, und die Wolken, ja, deren Schönheit konnte sie nicht genug beschreiben; rot und violett waren sie über ihr dahingesegelt, aber weit schneller als diese flog, einem langen weißen Schleier gleich, ein Schwarm wilder Schwäne über das Wasser hin, wo die Sonne stand. Sie schwamm ihr entgegen, aber die Sonne sank, und der Rosenschein erlosch auf der Meeresfläche und den Wolken.

Das Jahr darauf kam die dritte Schwester hinauf; sie war die mutigste von allen; deshalb schwamm sie einen breiten Fluß aufwärts, der in das Meer mündete. Lieblich grüne Hügel mit Weinranken erblickte sie, Schlösser und Gehöfte schimmerten durch prächtige Wälder; sie hörte, wie die Vögel sangen, und die Sonne schien so warm, daß sie oft unter das Wasser tauchen mußte, um ihr brennendes Antlitz abzukühlen. In einer kleinen Bucht traf sie eine Schar kleiner Menschenkinder, ganz nackt liefen sie herum und plätscherten im Wasser; sie wollte mit ihnen spielen, aber sie liefen erschrocken davon, und es kam ein kleines schwarzes Tier – das war ein Hund, aber sie hatte noch nie einen Hund gesehen –, der bellte sie so erschrecklich an, daß ihr bange wurde und sie die offene See zu erreichen suchte. Aber nie konnte sie die prächtigen Wälder, die grünen Hügel und die niedlichen Kinder vergessen, die im Wasser schwimmen konnten, obgleich sie keine Flossen hatten.

Die vierte Schwester war nicht so kühn; sie blieb draußen mitten im wilden Meer und erzählte, daß es gerade dort am schönsten sei; man sehe ringsumher viele Meilen weit, und der Himmel stehe wie eine Glasglocke darüber. Schiffe hatte sie gesehen, aber nur in weiter Ferne; sie sahen wie Strandmöwen aus, und die possierlichen Delphine hatten Purzelbäume geschlagen und die großen Wale aus ihren Nasenlöchern Wasser emporgespritzt, so daß es ausgesehen hatte wie Hunderte von Springbrunnen.

Nun kam die Reihe an die fünfte Schwester; ihr Geburtstag fiel gerade in den Winter, und deshalb sah sie, was die anderen das erste Mal nicht gesehen hatten. Die See nahm sich ganz grün aus, und ringsumher schwammen große Eisberge, ein jeder sähe wie eine Perle aus, sagte sie, und wäre doch weit größer als die Kirchtürme, die die Menschen bauen. Sie zeigten sich in den sonderbarsten Gestalten und glänzten wie Diamanten. Sie hatte sich auf einen der allergrößten gesetzt und alle Segler kreisten erschrocken draußen herum, wo sie saß und den Wind mit ihrem langen Haar spielen ließ; aber gegen Abend hatte sich der Himmel mit Wolken überzogen, es blitzte und donnerte, während die schwarze See die großen Eisblöcke hoch emporhob und sie beim roten Blitz erglänzen ließ. Auf allen Schiffen nahm man die Segel ein, da war eine Angst und ein Grauen; aber sie saß ruhig auf ihrem schwimmenden Eisberg und sah die blauen Blitzstrahlen im Zickzack in die schimmernde See fahren.

Das erste Mal, wenn eine der Schwestern über das Wasser emporkam, war eine jede entzückt über das Neue und Schöne, was sie erblickte; aber da sie nun als erwachsene Mädchen Erlaubnis hatten, hinaufzusteigen wann sie wollten, wurde es ihnen gleichgültig. Sie sehnten sich wieder nach Hause, und nach Verlauf eines Monats sagten sie, daß es da unten bei ihnen am allerschönsten sei, und da sei man so hübsch zu Hause.

In mancher Abendstunde nahmen die fünf Schwestern einander an den Armen und tummelten sich in einer Reihe über dem Wasser; herrliche Stimmen hatten sie, schöner als irgendein Mensch, und wenn dann ein Sturm im Anzug war, so daß sie vermuten konnten, daß ein Schiff untergehen würde, schwammen sie vor den Schiffen her und sangen so lieblich, wie schön es auf dem Grunde des Meeres sei, und baten die Seeleute, sich nicht zu fürchten, da hinunterzukommen; aber die konnten die Worte nicht verstehen und glaubten, es sei der Sturm, und sie bekamen auch die Herrlichkeiten dort unten nicht zu sehen; denn wenn das Schiff sank, ertranken die Menschen und kamen nur als Tote zu des Meerkönigs Schloß.

Wenn die Schwestern so des Abends, Arm in Arm, durch das Wasser hinaufstiegen, dann stand die kleine Schwester ganz allein und sah ihnen nach, und es war ihr, als ob sie weinen müßte; aber eine Meerjungfrau hat keine Tränen, und darum leidet sie weit mehr.

»Ach, wäre ich doch fünfzehn Jahre alt!« sagte sie. »Ich weiß, daß ich die Welt dort oben und die Menschen, die dort wohnen und bauen, recht lieb haben werde.«

Endlich war sie nun fünfzehn Jahre alt.

»Sieh, nun bist du erwachsen!« sagte die Großmutter, die alte Königinwitwe. »Komm, nun laß mich dich schmücken, gleich deinen anderen Schwestern!« und sie setzte ihr einen Kranz weißer Lilien auf das Haar; aber jedes Blatt in der Blüte war eine halbe Perle; und die Alte ließ acht große Austern sich im Schwanze der Prinzessin festklemmen, um ihren hohen Rang zu zeigen.

»Das tut weh!« sagte die kleine Meerjungfrau.

»Ja, man muß leiden, wenn man schön sein will!« sagte die Alte.

Oh, sie hätte gern all diese Pracht abschütteln und den schweren Kranz ablegen mögen, ihre roten Blumen im Garten kleideten sie besser, aber sie wagte es nun nicht zu ändern. »Lebt wohl!«

sprach sie und stieg leicht und klar wie eine Blase durch das Wasser empor.

Die Sonne war eben untergegangen, als sie den Kopf über das Wasser erhob; aber alle Wolken glänzten noch wie Rosen und Gold, und inmitten der blaßroten Luft strahlte der Abendstern so hell und schön, die Luft war mild und frisch und das Meer ganz still. Da lag ein großes Schiff mit drei Masten; ein einziges Segel war nur aufgezogen, denn es rührte sich kein Lüftchen, und ringsumher im Tauwerk und auf den Stangen saßen Matrosen. Da war Musik und Gesang, und wie der Abend dunkler ward, wurden Hunderte von bunten Laternen angezündet; sie sahen aus, als ob die Flaggen aller Völker in der Luft wehten. Die kleine Meerjungfrau schwamm gerade bis zum Kajütenfenster hin, und jedesmal, wenn das Wasser sie emporhob, konnte sie durch die spiegelklaren Fensterscheiben blicken, wo viele geputzte Menschen standen; aber der schönste war doch der junge Prinz mit den großen, schwarzen Augen. Er war sicher nicht mehr als sechzehn Jahre alt; heute war sein Geburtstag, und deshalb gab es all die Pracht. Die Matrosen tanzten auf dem Verdeck, und als der junge Prinz hinaustrat, stiegen über hundert Raketen in die Luft, die leuchteten wie der helle Tag, so daß die kleine Meerjungfrau erschrak und unter das Wasser tauchte, aber sie steckte bald den Kopf wieder hervor, und da war es gerade, als ob alle Sterne des Himmels zu ihr herunterfielen. Nie hatte sie ein Feuerwerk gesehen. Große Sonnen surrten, prächtige Feuerfische schwangen sich in die blaue Luft, und alles glänzte in der klaren stillen See wider. Auf dem Schiffe selbst war es so hell, daß man jedes kleine Tau und um wieviel mehr die Menschen sehen konnte. Oh, wie war doch der junge Prinz hübsch, und er drückte den Leuten die Hände und lächelte, während in der herrlichen Nacht die Musik erklang!

Es wurde spät, aber die kleine Seejungfrau konnte ihre Augen nicht von dem Schiff und dem schönen Prinzen wenden. Die bunten Laternen wurden ausgelöscht, aber tief unten im Meer summte und brummte es. Inzwischen saß sie auf dem Wasser und schaukelte auf und nieder, so daß sie in die Kajüte hineinblicken konnte; aber das Schiff bekam mehr Fahrt, ein Segel nach dem andern breitete sich aus, nun gingen die Wogen stärker, große Wolken zogen auf, es blitzte in der Ferne. Oh, es würde ein schreckliches Unwetter werden; deshalb nahmen die Matrosen die Segel ein. Das große Schiff schaukelte in fliegender Fahrt auf der wilden See, das Wasser erhob sich gleich großen, schwarzen Bergen, die sich über die Masten zu wälzen drohten; aber das Schiff tauchte einem Schwan gleich zwischen den hohen Wogen nieder und ließ sich wieder auf die aufgetürmten Wasser heben. Der kleinen Meerjungfrau schien es gerade eine recht lustige Fahrt zu sein; aber die Seeleute dachten anders. Das Schiff knackte und krachte, die dicken Planken bogen sich bei den starken Stößen, die die See dem Schiff versetzte; der Mast brach mitten durch, als ob er ein Rohr wäre, und das Schiff schwankte von einer Seite zur andern, während das Wasser in den Raum eindrang. Nun sah die kleine Meerjungfrau, daß sie in Gefahr waren; sie mußte sich selbst vor Balken und Schiffstrümmern, die auf dem Wasser trieben, in acht nehmen. Einen Augenblick war es so stockdunkel, daß sie nicht das mindeste wahrnehmen konnte; aber wenn es dann blitzte, wurde es wieder so hell, daß sie alle auf dem Schiff erkennen konnte. Besonders suchte sie den jungen Prinzen, und sie sah ihn, als das Schiff auseinanderbrach, in das tiefe Meer versinken. Zuerst wurde sie ganz vergnügt, denn nun kam er zu ihr herunter; aber da gedachte sie, daß die Menschen nicht im Wasser leben können, und daß er nicht anders als tot zum Schlosse ihres Vaters hinuntergelangen konnte. Nein, sterben, das durfte er nicht; deshalb schwamm sie hin zwischen Balken und Planken, die auf der See trieben, und vergaß völlig, daß diese sie hätten zerquetschen können; sie tauchte tief unter das Wasser und stieg wieder hoch zwischen den Wogen empor und gelangte am Ende hin zu dem jungen Prinzen, der in der stürmischen See kaum mehr schwimmen konnte; seine Arme und Beine begannen zu ermatten, die schönen Augen schlossen sich, er hätte sterben müssen, wäre nicht die kleine Meerjungfrau hinzugekommen. Sie hielt seinen Kopf über dem Wasser empor und ließ sich dann mit ihm von den Wogen treiben, wohin sie wollten.

Am Morgen war das böse Wetter vorüber, von dem Schiffe war kein Span mehr zu erblicken; die Sonne stieg rot und glänzend aus dem Wasser, es war, als ob dadurch des Prinzen Wangen Leben erhielten, aber seine Augen blieben geschlossen. Die Meerjungfrau küßte seine hohe, schöne Stirn und strich sein nasses Haar zurück; es kam ihr vor, als gleiche er der Marmorstatue unten in ihrem kleinen Garten; sie küßte ihn wieder und wünschte, daß er doch leben möchte.

Nun erblickte sie vor sich das feste Land; hohe, blaue Berge, auf deren Gipfeln der weiße Schnee erglänzte, als wären es Schwäne, die dort lägen;

unten an der Küste waren herrliche, grüne Wälder, und vorn lag eine Kirche oder ein Kloster, das wußte sie nicht recht, aber ein Gebäude war es. Zitronen- und Orangenbäume wuchsen im Garten, und vor dem Tor standen hohe Palmen. Die See bildete hier eine kleine Bucht, die war windstill, aber sehr tief, bis zur Klippe, wo der weiße, feine Sand angespült war; dorthin schwamm sie mit dem schönen Prinzen, legte ihn in den Sand und sorgte besonders dafür, daß der Kopf hoch lag im warmen Sonnenschein.

Nun läuteten die Glocken in dem großen weißen Gebäude, und es kamen viele junge Mädchen durch den Garten. Da schwamm die kleine Meerjungfrau weiter hinaus, hinter einige hohe Steine, die aus dem Wasser ragten, legte Meerschaum auf ihr Haupt und ihre Brust, so daß niemand ihr kleines Antlitz sehen konnte, und dann paßte sie auf, wer zu dem armen Prinzen kommen würde.

Es ging nicht lange, bis ein junges Mädchen kam; sie schien sehr zu erschrecken, aber nur einen Augenblick; dann holte sie mehrere Menschen, und die Meerjungfrau sah, daß der Prinz zum Leben zurückkehrte, und daß er ringsum alle anlächelte, aber zu ihr hinaus lächelte er nicht; er wußte ja auch nicht, daß sie ihn gerettet hatte. Sie fühlte sich sehr betrübt; und als er in das große Gebäude hineingeführt wurde, tauchte sie traurig unter das Wasser und kehrte heim zum Schlosse ihres Vaters.

Immer war sie still und nachdenklich gewesen, aber nun wurde sie es noch mehr. Die Schwestern fragten sie, was sie das erste Mal dort oben gesehen habe, aber sie erzählte nichts.

Manchen Abend und manchen Morgen stieg sie da hinauf, wo sie den Prinzen verlassen hatte. Sie sah, wie die Früchte des Gartens reiften und abgepflückt wurden; sie sah, wie der Schnee auf den hohen Bergen schmolz, aber den Prinzen erblickte sie nicht. Da war es ihr einziger Trost, in ihrem kleinen Garten zu sitzen und ihre Arme um die schöne Marmorstatue zu schlingen, die dem Prinzen glich; aber ihre Blumen pflegte sie nicht, die wuchsen, wie in einer Wildnis, über die Gänge hinaus und flochten ihre langen Stiele und Blätter in die Zweige der Bäume hinein, so daß es dort ganz dunkel war.

Zuletzt konnte sie es nicht länger aushalten, sondern sagte es einer ihrer Schwestern, und da bekamen es gleich alle anderen zu wissen; aber auch niemand sonst als diese und ein paar andere Meerjungfrauen, die es nicht weitersagten, außer ihren nächsten Freundinnen. Eine von ihnen wußte Bescheid, wer der Prinz war; sie hatte auch das Fest auf dem Schiffe gesehen und wußte auch, woher er war und wo sein Königsschloß lag.

»Komm, kleine Schwester«, sagten die anderen Prinzessinnen; und einander die Arme um die Schultern legend, stiegen sie in einer langen Reihe aus dem Meer empor, gerade da, wo, wie sie wußten, das Schloß des Prinzen lag.

Das war aus hellgelben, glänzenden Steinen gebaut, mit großen Marmortreppen, deren eine gerade an das Meer herunterreichte. Prächtige vergoldete Kuppeln erhoben sich über dem Dach; und zwischen den Säulen, die um das Gebäude herumliefen, standen Marmorstatuen, die sahen aus, als lebten sie. Durch das klare Glas in den hohen Fenstern blickte man in die prächtigsten Säle hinein, wo köstliche seidene Vorhänge und Teppiche aufgehängt und alle Wände mit großen Gemälden geziert waren; es war ein wahres Vergnügen, sie zu betrachten. Mitten in dem größten Saal plätscherte ein großer Springbrunnen; seine Strahlen stiegen hoch hinauf gegen die Glaskuppel in der Decke, durch die die Sonne auf das Wasser und die schönen Pflanzen schien, die in dem großen Becken wuchsen.

Nun wußte sie, wo er wohnte, und dort war sie manchen Abend und manche Nacht auf dem Wasser; sie schwamm dem Lande weit näher, als eine der anderen es gewagt hatte, ja sie ging den schmalen Kanal ganz hinauf, unter den prächtigen Marmoraltan, welcher einen langen Schatten über das Wasser hinwarf. Hier saß sie und betrachtete den jungen Prinzen, der glaubte, er sei ganz allein in dem hellen Mondschein.

Sie sah ihn manchen Abend mit Musik in seinem prächtigen Boote segeln, worauf die Flaggen wehten; sie lauschte in dem grünen Schilf; der Wind ergriff ihren langen, silberweißen Schleier, und wenn jemand ihn sah, so glaubte er, es sei ein Schwan, der die Flügel ausbreite.

Sie hörte in mancher Nacht, wenn die Fischer mit Fackeln auf der See waren, daß sie viel Gutes von dem jungen Prinzen erzählten, und es freute sie, daß sie sein Leben gerettet hatte, als er halbtot auf den Wogen trieb; und sie dachte daran, wie fest sein Haupt an ihrem Busen geruht und wie herzlich sie ihn da geküßt hatte; aber er wußte nichts davon, konnte nicht einmal von ihr träumen.

Mehr und mehr fing sie an, die Menschen gern zu haben, mehr und mehr wünschte sie, zu ihnen hinaufsteigen zu können, deren Welt ihr weit größer zu sein schien als die ihrige; sie konnten ja auf Schiffen über das Meer fliegen, auf die hohen Berge hoch über den Wolken steigen, und die Länder, die sie besaßen, erstreckten sich mit Wäldern und Feldern weiter, als ihre Blicke reichten. Da war so vieles, was sie zu wissen wünschte, aber die Schwestern wußten ihr nicht alles zu beantworten; deshalb fragte sie die alte Großmutter, und diese kannte die Welt da oben recht gut, die sie sehr richtig die Länder über dem Meer nannte.

»Wenn die Menschen nicht ertrinken«, fragte die kleine Meerjungfrau, »können sie dann ewig leben, sterben sie nicht wie wir unten im Wasser?«

»Ja«, sagte die Alte, »sie müssen auch sterben, und ihre Lebenszeit ist sogar noch kürzer als die unsere. Wir können dreihundert Jahre alt werden, aber wenn wir dann aufhören zu sein, so werden wir nur zu Schaum auf dem Wasser, haben nicht einmal ein Grab hier unten bei unseren Lieben. Wir haben keine unsterbliche Seele, wir erhalten nie wieder Leben, wir sind gleich dem grünen Schilf; ist das einmal geschnitten, so kann es nicht wieder grünen. Die Menschen dagegen haben eine Seele, die ewig lebt, lebt, nachdem der Körper zu Erde geworden ist; sie steigt durch die klare Luft empor, hinauf zu den glänzenden Sternen! So wie wir aus dem Wasser auftauchen und die Länder der Menschen erblicken, so fliegen sie zu unbekannten, herrlichen Orten, die wir nie zu sehen bekommen.«

»Warum bekamen wir keine unsterbliche Seele?« fragte die kleine Meerjungfrau betrübt. »Ich möchte meine Hunderte von Jahren, die ich zu leben habe, dafür geben, um nur einen Tag ein Mensch zu sein und später teilzuhaben an der himmlischen Welt.«

»Daran mußt du nicht denken!« sagte die Alte. »Wir fühlen uns weit glücklicher und besser als die Menschen dort oben!«

»Ich werde also sterben und als Schaum auf dem Meer treiben, nicht die Musik der Wogen hören, die schönen Blumen und die rote Sonne sehen? Kann ich denn gar nichts tun, um eine unsterbliche Seele zu gewinnen?«

»Nein«, sagte die Alte, »nur wenn ein Mensch dich so lieben würde, daß du ihm mehr als Vater und Mutter wärest; wenn er mit all seinem Denken und all seiner Liebe an dir hinge und von dem Prediger seine rechte Hand in die deinige legen ließe mit dem Versprechen der Treue hier und in alle Ewigkeit; dann flösse seine Seele in deinen Körper über, und auch du erhieltest Anteil an der Glückseligkeit der Menschen. Er gäbe dir Seele und behielte doch seine eigene. Aber das kann nie geschehen! Was hier im Meere gerade schön ist, dein Fischschwanz, finden sie dort oben auf der Erde häßlich; sie verstehen es nun nicht besser, man muß dort zwei plumpe Stützen haben, die sie Beine nennen, um schön zu sein!«

Da seufzte die kleine Meerjungfrau und sah betrübt auf ihren Fischschwanz.

»Laß uns froh sein!« sagte die Alte. »Hüpfen und springen wollen wir in den dreihundert Jahren, die wir zu leben haben. Das ist wahrlich eine lange Zeit, später kann man um so besser ausruhen. Heute abend werden wir Hofball haben!«

Das war auch eine Pracht, wie man sie nie auf Erden erblickt. Die Wände und die Decke des großen Tanzsaales waren von dickem, aber klarem Glase. Mehrere hundert ungeheure Muscheln, rosenrote und grasgrüne, standen zu jeder Seite in Reihen mit einem blau brennenden Feuer, welches den ganzen Saal beleuchtete und durch die Wände hinausschien, so daß die See draußen ganz beleuchtet war; man konnte alle die unzähligen Fische sehen, große und kleine, die gegen die Glasmauern hinschwammen; auf einigen glänzten die Schuppen purpurrot, auf anderen erschienen sie wie Silber und Gold. Mitten durch den Saal floß ein breiter Strom, und auf diesem tanzten die Meermänner und Meerweibchen zu ihrem eigenen lieblichen Gesang. So schöne Stimmen haben die Menschen auf der Erde nicht. Die kleine Meerjungfrau sang am schönsten von ihnen allen, man klatschte ihr Beifall, und einen Augenblick fühlte sie eine Freude in ihrem Herzen; denn sie wußte, daß sie die schönste Stimme von allen auf der Erde und im Meer hatte. Aber bald gedachte sie wieder der Welt oben über sich; sie konnte den hübschen Prinzen und ihren Kummer, daß sie keine unsterbliche Seele wie er besaß, nicht vergessen. Deshalb schlich sie sich aus ihres Vaters Schloß hinaus, und während alles drinnen Gesang und Frohsinn war, saß sie betrübt in ihrem kleinen Garten. Da hörte sie ein Waldhorn durch das Wasser ertönen, und sie dachte: ›Nun segelt er sicher dort oben, er, den ich mehr liebe als Vater und Mutter, er, an dem all mein Denken hängt und in dessen Hand ich meines Lebens Glück legen möchte. Alles will ich wagen, um ihn und eine unsterbliche Seele zu gewinnen! Während meine Schwestern dort in meines Vaters Schloß tanzen, will ich zur Meerhexe gehen, vor der ich mich immer gefürchtet habe, aber sie kann mir vielleicht raten und helfen!‹

Nun ging die kleine Meerjungfrau aus ihrem Garten nach dem brausenden Mahlstrom hinaus, hinter dem die Hexe wohnte. Den Weg hatte sie früher nie zurückgelegt; da wuchsen keine Blumen, kein Seegras; nur der nackte, graue Sandboden erstreckte sich zum Mahlstrom hin, wo das

Wasser gleich brausenden Mühlrädern herumwirbelte und alles, was es erfaßte, mit sich in die Tiefe riß. Zwischen diesen zermalmenden Wirbeln mußte sie hindurch, um in das Reich der Meerhexe zu gelangen; und hier war ein langes Stück kein anderer Weg als über warmen, sprudelnden Schlamm, den die Hexe ihr Torfmoor nannte. Dahinter lag ihr Haus mitten in einem seltsamen Walde. Alle Bäume und Büsche waren Polypen, halb Tier, halb Pflanze; sie sahen aus wie hundertköpfige Schlangen, die aus der Erde wuchsen; alle Zweige waren lange, schleimige Arme mit Fingern wie Würmer, und Glied um Glied bewegten sie sich, von der Wurzel bis zur äußersten Spitze. Alles, was sie im Meer erfassen konnten, umschlangen sie fest und ließen es nie wieder los. Die kleine Meerjungfrau blieb ganz erschrocken stehen; ihr Herz pochte vor Furcht, fast wäre sie umgekehrt, aber da dachte sie an den Prinzen und an die Seele und bekam neuen Mut. Ihr langes, fliegendes Haar band sie fest um den Kopf, damit die Polypen sie nicht daran ergreifen konnten, beide Hände legte sie über ihre Brust zusammen und schoß so davon, wie der Fisch durch das Wasser schießen kann, zwischen den häßlichen Polypen hindurch, die ihre geschmeidigen Arme und Finger hinter ihr herstreckten.

Sie sah, wie jeder von ihnen etwas ergriffen hatte und es festhielt wie mit Hunderten von kleinen Armen, gleich starken Eisenbanden. Menschen, die auf der See umgekommen und tief hinuntergesunken waren, lugten als weiße Gerippe aus den Armen der Polypen hervor. Schiffsruder und Kisten hielten sie fest, Knochen von Landtieren und ein kleines Meerweib, welches sie gefangen und erwürgt hatten, das war ihr fast das schrecklichste.

Nun kam sie zu einem großen, sumpfigen Platz im Walde, wo große, fette Wasserschlangen sich wälzten und ihren häßlichen weißgelben Bauch zeigten. Mitten auf dem Platz war ein Haus von weißen Knochen gestrandeter Menschen errichtet, da saß die Meerhexe und ließ eine Kröte aus ihrem Munde fressen, gerade wie die Menschen einem kleinen Kanarienvogel Zucker zu essen geben. Die häßlichen, fetten Wasserschlangen nannte sie ihre Küchlein und ließ sie sich auf ihrer großen, schwammigen Brust wälzen.

»Ich weiß schon, was du willst!« sagte die Meerhexe. »Es ist zwar dumm von dir, doch sollst du deinen Willen haben, denn er wird dich ins Unglück stürzen, meine schöne Prinzessin. Du willst gern deinen Fischschwanz los sein und statt dessen zwei Stummel, gleich wie die Menschen, zum Gehen haben, damit der junge Prinz verliebt in dich wird, und du ihn und eine unsterbliche Seele erhalten kannst!« Dabei lachte die Hexe so laut und so widerlich, daß die Kröten und die Nattern auf die Erde fielen, wo sie sich wälzten. »Du kommst gerade zur rechten Zeit«, sagte die Hexe, »morgen, wenn die Sonne aufgeht, hätte ich dir erst wieder nach Ablauf eines Jahres helfen können. Ich werde dir einen Trank bereiten, mit dem mußt du, bevor die Sonne aufgeht, nach dem Lande schwimmen, dich dort an das Ufer setzen und ihn trinken, dann schwindet dein Schweif und schrumpft zu dem, was die Menschen niedliche Beine nennen; aber das tut weh, es ist, als ob ein scharfes Schwert dich durchdränge. Alle, die dich sehen, werden sagen, du seiest das schönste Menschenkind, das sie je gesehen haben! Du behältst deinen schwebenden Gang, keine Tänzerin kann schweben wie du, aber bei jedem Schritt, den du machst, ist dir, als ob du auf ein scharfes Messer trätest, als ob dein Blut fließen müßte. Willst du dies alles erleiden, so helfe ich dir!«

»Ja!« sagte die kleine Meerjungfrau mit bebender Stimme und gedachte des Prinzen und der unsterblichen Seele.

»Aber bedenke«, sagte die Hexe, »hast du erst einmal menschliche Gestalt bekommen, so kannst du nie wieder eine Meerjungfrau werden! Du kannst nie wieder durch das Wasser zu deinen Schwestern und zum Schlosse deines Vaters hinuntersteigen, und gewinnst du des Prinzen Liebe nicht, so daß er für dich Vater und Mutter vergißt, an dir mit Leib und Seele hängt und den Prediger eure Hände ineinanderlegen läßt, daß ihr Mann und Frau werdet, so bekommst du keine unsterbliche Seele! Am ersten Morgen, nachdem er mit einer andern verheiratet ist, da wird dein Herz brechen, und du wirst zu Schaum auf dem Wasser.«

»Ich will es!« sagte die kleine Meerjungfrau und ward bleich wie der Tod.

»Aber du mußt mich auch bezahlen!« sagte die Hexe, »und es ist nicht wenig, was ich verlange, du hast die schönste Stimme von allen hier auf dem Grunde des Meeres; damit glaubst du wohl, ihn bezaubern zu können; aber diese Stimme mußt du mir geben. Das Beste, was du besitzest, will ich für meinen köstlichen Trank haben! Mein eigen Blut muß ich dir ja darin geben, damit der Trank scharf werde wie ein zweischneidig Schwert!«

»Aber wenn du meine Stimme nimmst«, sagte

die kleine Meerjungfrau, »was bleibt mir dann übrig?«

»Deine schöne Gestalt«, sagte die Hexe, »dein schwebender Gang und deine sprechenden Augen, damit kannst du schon ein Menschenherz betören. Nun, hast du den Mut verloren? – Strecke deine kleine Zunge hervor, dann schneide ich sie ab als Bezahlung, und du erhältst den kräftigen Trank!«

»Es geschehe!« sagte die kleine Meerjungfrau, und die Hexe setzte ihren Kessel auf, um den Zaubertrank zu kochen. »Reinlichkeit ist eine gute Sache!« sagte sie und scheuerte den Kessel mit den Schlangen, die sie zu einem Knoten band; nun ritzte sie sich selbst in die Brust und ließ ihr schwarzes Blut hineintröpfeln; der Dampf bildete die sonderbarsten Gestalten, so daß einem angst werden mußte. Jeden Augenblick warf die alte Hexe neue Sachen in den Kessel, und als es recht kochte, klang es, als ob ein Krokodil weinte. Zuletzt war der Trank fertig, er sah aus wie das klarste Wasser.

»Da hast du ihn!« sagte die Hexe und schnitt der kleinen Meerjungfrau die Zunge ab, die nun stumm war, weder singen noch sprechen konnte.

»Sollten die Polypen nach dir greifen, wenn du durch meinen Wald zurückkehrst«, sagte die

Hexe, »so spritze nur einen einzigen Tropfen dieses Getränks auf sie, davon zerspringen ihre Arme und Finger in tausend Stücke!« Aber das brauchte die kleine Meerjungfrau nicht zu tun, die Polypen zogen sich erschrocken von ihr zurück, als sie den glänzenden Trank erblickten, der in ihrer Hand leuchtete, als sei es ein funkelnder Stern. So kam sie schnell durch den Wald, das Moor und den brausenden Mahlstrom.

Sie konnte ihres Vaters Schloß sehen, die lodernden Fackeln in dem großen Tanzsaal waren erloschen; sie schliefen sicher alle; sie wagte nicht, sie aufzusuchen, da sie stumm war und sie auf immer verlassen wollte. Es war, als ob ihr Herz zerspringen wollte. Sie schlich in den Garten, nahm von jedem Blumenbeet ihrer Schwestern eine Blume, warf tausend Kußhände dem Schlosse zu und stieg durch die dunkelblaue See hinauf.

Die Sonne war noch nicht aufgegangen, als sie des Prinzen Schloß erblickte und die prächtige Marmortreppe hinanstieg. Der Mond schien wundervoll. Die kleine Meerjungfrau trank den brennenden, scharfen Trank, und es war, als ginge ein zweischneidig Schwert durch ihren feinen Körper, sie fiel in Ohnmacht und lag da wie tot. Als die Sonne über die See schien, erwachte sie und fühlte einen schneidenden Schmerz, aber vor ihr stand der schöne, junge Prinz und heftete seine kohlschwarzen Augen auf sie, so daß sie die ihrigen niederschlug. Da sah sie, daß ihr Fischschwanz fort war, und daß sie die niedlichsten kleinen weißen Beine hatte, die nur ein Mädchen haben kann; aber sie war ganz nackt, deshalb hüllte sie sich in ihr dichtes, langes Haar ein. Der Prinz fragte, wer sie sei und wie sie hierhergekommen wäre, und sie sah ihn milde und doch so traurig an mit ihren dunkelblauen Augen; sprechen konnte sie ja nicht. Da nahm er sie bei der Hand und führte sie in das Schloß. Bei jedem Schritt, den sie tat, war ihr, wie die Hexe vorausgesagt hatte, als träte sie auf scharfe Messer, aber das ertrug sie gern; an des Prinzen Hand ging sie so leicht wie eine Luftblase, und er sowie alle wunderten sich über ihren lieblichen, schwebenden Gang.

Köstliche Kleider von Seide und Musselin bekam sie nun anzuziehen, im Schlosse war sie die Schönste von allen; aber sie war stumm, konnte weder singen noch sprechen. Schöne Sklavinnen, in Seide und Gold gekleidet, kamen und sangen vor dem Prinzen und seinen königlichen Eltern; eine sang schöner als alle die andern, und der Prinz klatschte in die Hände und lächelte. Da wurde die kleine Meerjungfrau betrübt, sie wußte, daß sie selbst weit schöner gesungen hatte. ›Oh‹, dachte sie, ›er sollte nur wissen, daß ich, um bei ihm zu sein, meine Stimme für alle Ewigkeit dahingegeben habe.‹

Nun tanzten die Sklavinnen niedliche, schwebende Tänze zur herrlichsten Musik; da erhob die kleine Meerjungfrau ihre schönen weißen Arme, stellte sich auf die Zehenspitzen und schwebte tanzend über den Fußboden hin, wie noch keine getanzt hatte; bei jeder Bewegung wurde ihre Schönheit noch sichtbarer, und ihre Augen sprachen tiefer zum Herzen als der Gesang der Sklavinnen.

Alle waren entzückt, besonders der Prinz, der sie sein kleines Findelkind nannte; und sie tanzte immerfort, während es ihr jedesmal, wenn ihr Fuß die Erde berührte, war, als ob sie auf scharfe Messer träte. Der Prinz sagte, daß sie immer bei ihm sein solle, und sie erhielt die Erlaubnis, vor seiner Tür auf einem Samtkissen zu schlafen.

Er ließ ihr eine Männertracht machen, damit sie ihn zu Pferde begleiten könne. Sie ritten durch die duftenden Wälder, wo die grünen Zweige ihre Schultern berührten und die kleinen Vögel sangen. Sie kletterte mit dem Prinzen auf die hohen Berge hinauf, und obgleich ihre zarten Füße bluteten, so daß die anderen es sehen konnten, lachte sie darüber und folgte ihm, bis sie die Wolken unter sich segeln sahen.

Zu Hause in des Prinzen Schloß, wenn nachts die andern schliefen, ging sie auf die breite Marmortreppe hinaus, und es kühlte ihre brennenden Füße, wenn sie im kalten Seewasser stand, und sie gedachte derer dort unten in der Tiefe.

Einmal kamen nachts ihre Schwestern Arm in Arm, sie sangen so traurig, indem sie über dem Wasser schwammen, und sie winkte ihnen, und sie erkannten sie und erzählten, wie sie sie allesamt betrübt habe. Darauf besuchten sie sie jede Nacht, und einmal erblickte sie auch in weiter Ferne ihre alte Großmutter, die viele Jahre nicht über der Meeresfläche gewesen war, und den Meerkönig mit seiner Krone auf dem Haupte; sie streckten die Hände nach ihr aus, wagten sich aber nicht so nahe ans Land wie die Schwestern.

Tag für Tag wurde sie dem Prinzen lieber, er hatte sie so lieb, wie man nur ein gutes, liebes Kind lieben kann; aber sie zur Königin zu machen, kam ihm nicht in den Sinn, und seine Frau mußte sie doch werden, sonst erhielt sie keine unsterbliche Seele und mußte an seinem Hochzeitsmorgen zu Schaum auf dem Meere werden.

›Liebst du mich nicht am meisten von ihnen allen?‹ schienen der kleinen Meerjungfrau Augen zu sagen, wenn er sie in seine Arme nahm und ihre schöne Stirne küßte.

»Ja, du bist mir die liebste«, sagte der Prinz, »denn du hast das beste Herz von allen, du bist mir am meisten zugetan, und du gleichst einem jungen Mädchen, das ich einmal sah, aber sicher nie wiederfinde. Ich war auf einem Schiffe, das strandete, die Wellen warfen mich bei einem heiligen Tempel ans Land, wo mehrere junge Mädchen den Dienst verrichteten; die jüngste dort fand mich am Ufer und rettete mein Leben; ich sah sie nur zweimal; sie war die einzige, die ich in dieser Welt lieben könnte, aber du gleichst ihr, du verdrängst fast ihr Bild aus meiner Seele, sie gehört dem heiligen Tempel an, und deshalb hat mein gutes Glück dich mir gesendet, nie wollen wir uns trennen!« – ›Ach, er weiß nicht, daß ich sein Leben gerettet habe!‹ dachte die kleine Meerjungfrau. ›Ich trug ihn über das Meer zum Walde hin, wo der Tempel steht; ich saß hinter dem Schaume und sah, ob keine Menschen kommen würden. Ich sah das hübsche Mädchen, das er mehr liebt als mich!‹ Und die Meerjungfrau seufzte, weinen konnte sie nicht. ›Das Mädchen gehört dem heiligen Tempel an, hat er gesagt, sie kommt nie in die Welt hinaus, sie begegnen sich nicht mehr, ich bin bei ihm, sehe ihn jeden Tag, ich will ihn pflegen, ihn lieben, ihm mein Leben opfern!‹

Aber nun sollte der Prinz heiraten und des Nachbarkönigs schöne Tochter haben, erzählte man; deswegen rüstete er ein prächtiges Schiff aus. Der Prinz reist, um des Nachbarkönigs Länder zu besichtigen, so hieß es; aber in Wahrheit geschieht es, um des Nachbarkönigs Tochter zu sehen, ein großes Gefolge soll ihn begleiten. Die kleine Meerjungfrau schüttelte das Haupt und lächelte; sie kannte des Prinzen Gedanken weit besser als die andern. »Ich muß reisen!« hatte er zu ihr gesagt. »Ich muß die schöne Prinzessin sehen, meine Eltern verlangen es, aber sie wollen mich nicht zwingen, sie als meine Braut heimzuführen. Ich kann sie nicht lieben, sie gleicht nicht dem schönen Mädchen im Tempel, der du ähnlich bist; sollte ich einst eine Braut wählen, so würdest du es eher sein, mein stummes Findelkind mit den sprechenden Augen!« Und er küßte sie auf ihren roten Mund, spielte mit ihrem langen Haar und legte sein Haupt an ihr Herz, so daß es von Menschenglück und einer unsterblichen Seele träumte.

»Du fürchtest doch das Meer nicht, mein stummes Kind?« sagte er, als sie auf dem prächtigen Schiffe standen, das ihn nach dem Lande des

Nachbarkönigs führen sollte; und er erzählte ihr vom Sturm und von der Windstille, von seltsamen Fischen in der Tiefe und was der Taucher dort gesehen, und sie lächelte bei seiner Erzählung, sie wußte es ja besser.

In der mondhellen Nacht, wenn sie alle, bis auf den Steuermann, der am Ruder stand, schliefen, saß sie an der Reling des Schiffes und starrte durch das klare Wasser hinunter, und sie glaubte ihres Vaters Schloß zu erblicken; hoch oben stand die alte Großmutter mit der Silberkrone auf dem Haupte und starrte durch die reißenden Ströme zu des Schiffes Kiel empor. Da kamen ihre Schwestern über das Wasser und starrten sie traurig an und rangen ihre weißen Hände; sie winkte ihnen zu, lächelte und wollte erzählen, daß es ihr gutgehe, daß sie glücklich sei, aber der Schiffsjunge näherte sich ihr, und die Schwestern tauchten unter, so daß er glaubte, das Weiße, was er gesehen, sei nur Schaum gewesen.

Am nächsten Morgen segelte das Schiff in den Hafen von des Nachbarkönigs prächtiger Stadt. Alle Kirchenglocken läuteten, und von den hohen Türmen wurden die Posaunen geblasen, während die Soldaten mit fliegenden Fahnen und blitzenden Bajonetten in Reih und Glied standen. Jeder Tag brachte ein neues Fest. Bälle und Gesellschaften folgten einander, aber die Prinzessin war noch nicht da; sie werde weit entfernt in einem Tempel erzogen, sagten sie, dort lerne sie alle königlichen Tugenden.

Endlich traf sie ein. Die kleine Meerjungfrau war begierig, ihre Schönheit zu sehen, und sie mußte gestehen, daß sie eine lieblichere Erscheinung noch nie gesehen hatte. Die Haut war so fein und klar, und hinter den langen, dunklen Augenwimpern lächelte ein Paar schwarzblaue, treue Augen.

»Du bist es«, sagte der Prinz, »du, die mich gerettet hat, als ich einer Leiche gleich an der Küste lag!« Und er drückte seine errötende Braut in seine Arme. »Oh, ich bin überglücklich!« sagte er zur kleinen Meerjungfrau. »Das Beste, was ich nie zu hoffen wagte, ist mir in Erfüllung gegangen. Du wirst dich über mein Glück freuen, denn du liebst mich am meisten von ihnen allen!« Die kleine Meerjungfrau küßte seine Hand, und es kam ihr schon vor, als fühlte sie ihr Herz brechen. Sein Hochzeitsmorgen sollte ihr ja den Tod geben und sie in Schaum auf dem Meere verwandeln.

Alle Kirchenglocken läuteten, die Herolde ritten durch die Straßen und verkündeten die Verlobung. Auf allen Altären brannte duftendes Öl in köstlichen Silberlampen. Die Priester schwangen die Weihrauchfässer, und Braut und Bräutigam reichten einander die Hand und erhielten den Segen des Bischofs. Die kleine Meerjungfrau stand in Seide und Gold und hielt die Schleppe der Braut; aber ihre Ohren hörten die festliche Musik nicht, ihr Auge sah die heilige Handlung nicht, sie gedachte ihrer Todesnacht und all dessen, was sie in dieser Welt verloren hatte.

Noch am selben Abend gingen Braut und Bräutigam an Bord des Schiffes; die Kanonen donnerten, alle Flaggen wehten, und mitten auf dem Schiffe war ein köstliches Zelt von Gold und Purpur errichtet; da sollte das Brautpaar in der stillen, kühlen Nacht schlafen.

Der Wind schwellte die Segel, und das Schiff glitt leicht und ohne große Bewegung dahin über die klare See.

Als es dunkelte, wurden bunte Lampen angezündet und die Seeleute tanzten lustige Tänze auf dem Verdeck. Die kleine Meerjungfrau mußte ihres ersten Auftauchens aus dem Meere gedenken, wo sie dieselbe Pracht und Freude erblickt hatte, und sie drehte sich mit im Tanze, schwebte, wie die Schwalbe schwebt, wenn sie verfolgt wird, und alle jubelten ihr Bewunderung zu, nie hatte sie so herrlich getanzt; es schnitt wie scharfe Messer in die zarten Füße, aber sie fühlte es nicht; es schnitt ihr noch schmerzlicher durch das Herz. Sie wußte, es war der letzte Abend, an dem sie ihn erblickte, für den sie ihre Familie und ihre Heimat verlassen, ihre schöne Stimme dahingegeben und täglich unendliche Qualen ertragen hatte, ohne daß ihm eine Ahnung davon aufgegangen war. Es war die letzte Nacht, in der sie dieselbe Luft mit ihm einatmete, das tiefe Meer und den sternenklaren Himmel erblickte; eine ewige Nacht ohne Gedanken und Traum harrte ihrer, die keine Seele hatte und nimmer eine Seele gewinnen konnte. Alles war Freude und Heiterkeit auf dem Schiffe bis weit über Mitternacht hinaus; sie lachte und tanzte mit Todesgedanken im Herzen. Der Prinz küßte seine schöne Braut, und sie spielte mit seinem schwarzen Haar, und Arm in Arm gingen sie in das prächtige Zelt, um zu ruhen.

Es wurde still auf dem Schiff, nur der Steuermann stand am Ruder; die kleine Meerjungfrau legte ihre weißen Arme auf die Reling und blickte gegen Osten nach der Morgenröte; der erste Sonnenstrahl, wußte sie, würde sie töten. Da sah sie ihre Schwestern aus dem Meere aufsteigen, sie waren bleich wie sie; ihre langen, schönen Haare wehten nicht mehr im Winde, sie waren abgeschnitten.

»Wir haben sie der Hexe gegeben, um dir Hilfe bringen zu können, damit du diese Nacht nicht sterben mußt! Sie hat uns ein Messer gegeben, hier ist es! Sieh, wie scharf es ist! Bevor die Sonne aufgeht, mußt du es in das Herz des Prinzen stoßen, und wenn dann sein warmes Blut auf deine Füße spritzt, so wachsen sie in einen Fischschwanz zusammen und du wirst wieder eine Meerjungfrau, kannst zu uns herabsteigen und lebst deine dreihundert Jahre, bevor du der tote, salzige Meeresschaum wirst. Beeil dich! Er muß sterben – oder du, bevor die Sonne aufgeht! Unsere alte Großmutter trauert so, daß ihr weißes Haar ausgefallen ist, so wie das unsrige unter der Schere der Hexe fiel. Töte den Prinzen und komm zurück! Beeil dich, siehst du den roten Streifen am Himmel? In wenigen Minuten steigt die Sonne auf, und du mußt sterben!« Und sie stießen einen tiefen Seufzer aus und versanken in den Wogen.

Die kleine Meerjungfrau zog den Purpurteppich vom Zelte fort, und sie sah die schöne Braut an des Prinzen Brust schlafen, und sie bog sich nieder, küßte ihn auf seine schöne Stirn, blickte zum Himmel auf, wo die Morgenröte mehr und mehr leuchtete, betrachtete das scharfe Messer und heftete die Augen wieder auf den Prinzen, der im Traum seine Braut beim Namen nannte;

nur sie war in seinen Gedanken, und das Messer zitterte in der Meerjungfrau Hand – doch da warf sie es weit hinaus in die Wogen, die glänzten rot; wo es hinfiel, sah es aus, als keimten Blutstropfen aus dem Wasser. Noch einmal sah sie mit halbgebrochenem Blick auf den Prinzen, stürzte sich vom Schiff hinab in das Meer und fühlte, wie ihr Körper sich in Schaum auflöste.

Nun stieg die Sonne aus dem Meere; die Strahlen fielen so mild und warm auf den kalten Meeresschaum, und die kleine Meerjungfrau fühlte nichts vom Tode; sie sah die klare Sonne, und oben über ihr schwebten Hunderte von schönen durchsichtigen Wesen; sie konnte durch sie hindurch des Schiffes weiße Segel und des Himmels rote Wolken sehen. Die Sprache dieser Wesen war melodisch, aber so vergeistigt, daß kein menschliches Ohr sie vernehmen konnte; ohne Flügel schwebten sie durch die Luft, getragen von ihrer eigenen Leichtigkeit. Die kleine Meerjungfrau fühlte, daß sie wie diese einen Körper hatte, der sich mehr und mehr aus dem Schaum erhob.

»Wo bin ich?« fragte sie; und ihre Stimme klang wie die der andern Wesen.

»Bei den Töchtern der Luft!« erwiderten die andern. »Die Meerjungfrau hat keine unsterbliche Seele, kann sie nie erhalten, wenn sie nicht eines Menschen Liebe gewinnt; von einer fremden Macht hängt ihr ewiges Dasein ab. Die Töchter der Luft haben auch keine ewige Seele, aber sie können durch gute Taten sich selbst eine schaffen. Wir fliegen in die warmen Länder, wo die schwüle Pestluft die Menschen tötet; dort bringen wir Kühlung. Wir breiten durch die Luft den Duft der Blumen aus und senden Erquickung und Heilung. Wenn wir dreihundert Jahre lang bestrebt waren, das Gute, was wir vermögen, zu tun, so erhalten wir eine unsterbliche Seele und nehmen teil am Glück der Menschen. Du arme, kleine Meerjungfrau hast mit ganzem Herzen nach demselben wie wir gestrebt, du hast gelitten und geduldet, dich zur Welt der Luftgeister erhoben, nun kannst du dir selbst durch gute Werke eine unsterbliche Seele schaffen.«

Die kleine Meerjungfrau hob ihren Blick zu Gottes Sonne, und zum erstenmal fühlte sie Tränen in ihren Augen.

Auf dem Schiff war wieder Lärm und Leben, sie sah den Prinzen mit seiner schönen Braut nach ihr suchen; wehmütig starrten sie in den perlenden Schaum, als wüßten sie, daß sie sich in die Fluten gestürzt habe. Unsichtbar küßte sie die Stirn der Braut, lächelte ihn an und stieg mit den übrigen Kindern der Luft auf die rosenrote Wolke hinauf, die den Äther durchschiffte.

»Nach dreihundert Jahren schweben wir so hinein in das Reich Gottes!«

»Wir können auch noch früher dahin gelangen!« flüsterte eine Tochter der Luft. »Unsichtbar schweben wir in die Häuser der Menschen, wo Kinder sind, und für jeden Tag, an dem wir ein Kind finden, das seinen Eltern Freude macht und deren Liebe verdient, verkürzt Gott unsere Prüfungszeit. Das Kind weiß nicht, wann wir durch die Stube fliegen, und müssen wir aus Freude über das Kind lächeln, so wird von den dreihundert ein Jahr abgerechnet; aber finden wir ein böses Kind, so müssen wir Tränen der Trauer vergießen, und jede Träne verlängert unsere Prüfungszeit um einen Tag!«

Die Springer

Der Floh, der Grashüpfer und der Springbock wollten einmal sehen, wer von ihnen am höchsten springen könne, und da luden sie jeden ein, der kommen wollte, die Pracht mit anzusehen. Es waren drei tüchtige Springer, die da im Zimmer zusammenkamen.

»Ich gebe meine Tochter dem, der am höchsten springt!« sagte der König. »Denn es wäre zu schade, wenn die drei umsonst springen sollten.«

Der Floh trat zuerst auf. Er hatte feine Sitten und grüßte nach allen Seiten, denn er hatte Damenblut in den Adern und war es gewohnt, nur mit Menschen umzugehen, und das machte sehr viel aus.

Nun kam der Grashüpfer, der war freilich bedeutend schwerer, aber er hatte doch eine ganz gute Gestalt und trug einen grünen Rock, der war ihm angeboren. Überdies behauptete er, daß er im Lande Ägypten eine sehr alte Familie besitze und daß er dort hochgeschätzt sei. Er war gerade vom Felde genommen und in ein Kartenhaus von drei Stockwerken versetzt worden, die alle aus Kartenfiguren, die ihre bunte Seite einwärts kehrten, zusammengesetzt waren; da waren sowohl Türme als Fenster ausgeschnitten. »Ich singe so schön«, sagte er, »daß sechzehn eingeborene Grillen, die von ihrer Kindheit an gepfiffen und doch kein Kartenhaus erhalten haben, aus Ärger noch dünner wurden, als sie schon waren, da sie mich hörten!«

Beide, der Floh und der Grashüpfer, taten so gehörig kund, wer sie waren und daß sie glaubten, eine Prinzessin heiraten zu können.

Der Springbock, der aus einem Gänseknochen gefertigt war, sagte nichts, aber man erzählte von ihm, daß er desto mehr denke, und als der Hofhund ihn beschnüffelte, wollte er dafür einstehen, daß er von guter Familie sei.

Der alte Ratsherr, der drei Orden für das Stillschweigen erhalten hatte, versicherte, daß der Springbock mit Weissagungskraft begabt sei; man könne an seinem Rücken erkennen, ob man einen milden oder strengen Winter bekomme, und das kann man nicht einmal auf dem Rücken dessen sehen, der den Kalender schreibt.

»Ich sage gar nichts!« sagte der alte König,

»aber ich gehe nur immer still für mich und denke das meine!«

Nun war es um den Sprung zu tun. Der Floh sprang so hoch, daß niemand es sehen konnte, und da behaupteten sie, daß er gar nicht gesprungen sei, und das war doch eine Gemeinheit!

Der Grashüpfer sprang nur halb so hoch, aber er sprang dem König gerade ins Gesicht, und da sagte dieser, das sei ungezogen.

Der Springbock stand lange still und bedachte sich, am Ende glaubte man, daß er gar nicht springen könne.

»Wenn er nur nicht unwohl geworden ist!« sagte der Hofhund, und dann beschnüffelte er ihn wieder. Rutsch, da sprang er mit einem kleinen, schiefen Sprung in den Schoß der Prinzessin, die auf einem niedrigen goldenen Schemel saß.

Da sagte der König: »Der höchste Sprung ist der, zu meiner Tochter hinaufzuspringen, denn darin liegt das Feine, aber es gehört Kopf dazu, darauf zu kommen, und der Springbock hat gezeigt, daß er Kopf hat. Er hat Verstand im Kopfe!« Und damit erhielt er die Prinzessin.

»Ich sprang doch am höchsten!« sagte der Floh. »Aber es ist einerlei! Laß sie nur den Gänseknochen mit Stock und Pech haben! Ich sprang doch am höchsten, aber es gehört in dieser Welt ein Körper dazu, damit man gesehen werden kann!«

Und dann ging der Floh in fremde Kriegsdienste, wo er, wie man sagt, erschlagen worden sei.

Der Grashüpfer setzte sich draußen in den Graben und dachte darüber nach, wie es eigentlich in der Welt zugeht, und auch er sagte: »Körper gehört dazu! Körper gehört dazu!«

Und dann sang er sein eigentümlich trübseliges Lied, und dadurch ist uns die Geschichte zu Ohren gekommen, die doch erlogen sein könnte, wenn sie auch gedruckt ist.

Der Sandmann

Es gibt niemanden in der ganzen Welt, der so viele Geschichten kennt wie der Sandmann! Er kann wunderbar erzählen.

Gegen Abend, wenn die Kinder noch am Tische oder auf ihrem Schemel sitzen, kommt der Sandmann; er kommt die Treppe sachte herauf, denn er geht auf Socken; er macht ganz leise die Türen auf und, husch, da streut er den Kindern Sand in die Augen hinein, und das so fein, so fein, aber immer genug, daß sie die Augen nicht offenhalten und ihn deshalb auch nicht sehen können. Er schleicht sich gerade hinter sie, bläst ihnen sachte in den Nacken und davon wird ihnen der Kopf ganz schwer. Aber es tut nicht weh, denn der Sandmann meint es gut mit den Kindern; er will nur, daß sie ruhig sein sollen, und das sind sie am schnellsten, wenn man sie zu Bette gebracht hat; sie sollen still sein, damit er ihnen Geschichten erzählen kann.

Wenn die Kinder nun schlafen, setzt sich der

Sandmann auf ihr Bett. Er ist gut gekleidet; sein Rock ist von Seidenzeug, aber es ist unmöglich zu sagen, von welcher Farbe, denn er glänzt grün, rot und blau, je nachdem wohin er sich wendet. Unter jedem Arm hält er einen Regenschirm.

Den einen, mit Bildern darauf, spannt er über die guten Kinder aus, und dann träumen sie die ganze Nacht die herrlichsten Geschichten; auf dem andern ist nichts dergleichen, den stellt er über die unartigen Kinder. Dann schlafen die und haben am Morgen, wenn sie erwachen, nicht das allergeringste geträumt.

Nun wollen wir einmal hören, was der Sandmann während einer Woche einem kleinen Knaben namens Hjalmar, zu dem er jeden Abend kam, erzählte. Es sind sieben Geschichten, denn die Woche hat sieben Tage.

Montag

»Paß einmal auf«, sagte der Sandmann am Abend, als er Hjalmar zu Bett gebracht hatte, »nun werde ich aufputzen!« Da wurden alle Blumen in den Blumentöpfen zu großen Bäumen, die ihre langen Zweige unter der Decke und längs der Wände ausstreckten, so daß die ganze Stube wie ein prächtiges Lusthaus aussah; alle Zweige waren voll Blüten, und jede Blüte war noch schöner als eine Rose, duftete herrlich, und wollte man sie essen, so schmeckte sie süßer als Eingemachtes! Die Früchte glänzten gerade wie Gold, und Kuchen waren da, die vor lauter Rosinen platzten – es war unvergleichlich schön! Aber in diesem Augenblick ertönte ein schreckliches Jammern aus der Schublade, wo Hjalmars Schulbücher lagen.

»Was ist das?« fragte der Sandmann, ging zum Tisch und zog die Schublade auf. Es war die Tafel, in der es riß und wühlte, denn es war eine falsche Zahl in die Rechenaufgabe gekommen, so daß sie nahe daran war, auseinanderzufallen. Der Griffel hüpfte und sprang an seinem Bande, gerade als ob er ein kleiner Hund wäre, der helfen möchte; aber er konnte es nicht. Und dann war da noch Hjalmars Schreibheft, in dem es auch jammerte; oh, es war häßlich mit anzuhören! Auf jeder Linie stand vorne ein großer Buchstaben, ein jeder mit einem kleinen zur Seite, das war die Vorschrift; neben diesen standen wieder einige Buchstaben, die glaubten ebenso auszusehen. Die hatte Hjalmar geschrieben. Sie lagen fast so, als ob sie über die Bleifederstriche gefallen wären, auf denen sie stehen sollten.

»Seht, so solltet ihr euch halten«, sagte die Vorschrift. »Seht, so zur Seite, mit einem kräftigen Schwung!«

»Oh, wir möchten gern«, sagten Hjalmars Buchstaben, »aber wir können nicht, wir sind so schwach!«

»Dann müßt ihr Lebertran und Kinderpulver haben!« sagte der Sandmann.

»O nein!« riefen sie, und da standen sie alle schlank und rank, daß es eine wahre Lust war.

»Jetzt wird keine Geschichte erzählt«, sagte der Sandmann, »nun muß ich sie exerzieren. Eins, zwei; eins, zwei!« Und so exerzierte er die Buchstaben, und sie standen so schlank und schön, wie nur eine Schrift stehen kann. Aber als der Sandmann ging und Hjalmar sie am Morgen besah, da waren sie ebenso elend wie am Tag zuvor.

Dienstag

Sobald Hjalmar im Bett war, berührte der Sandmann mit seinem kleinen Zauberstab alle Möbel in der Stube, und sogleich fingen sie an zu plaudern. Allesamt sprachen sie von sich selbst, mit Ausnahme des Spucknapfes, der stumm dastand und sich darüber ärgerte, daß sie so eitel sein konnten, nur von sich selbst zu reden, nur an sich selbst zu denken und durchaus keine Rücksicht auf den zu nehmen, der doch so bescheiden in der Ecke stand und sich bespucken ließ.

Über der Kommode hing ein großes Gemälde in einem vergoldeten Rahmen, das war eine Landschaft. Man sah darauf hohe, alte Bäume, Blumen im Grase und einen breiten Fluß, der an einem Wald und an vielen Schlössern vorbeifloß und sich endlich in das weite Meer ergoß.

Der Sandmann berührte mit seinem Zauberstabe das Gemälde, und da begannen die Vögel darauf zu singen, die Baumzweige bewegten sich, und die Wolken zogen weiter, ihre Schatten flogen über die Landschaft hin.

Nun hob der Sandmann den kleinen Hjalmar gegen den Rahmen empor und stellte seine Füße in das Gemälde, gerade in das hohe Gras, und da stand er, die Sonne beschien ihn durch die Zweige der Bäume. Er lief hin zum Wasser und setzte sich in ein kleines Boot, das dort lag. Es war rot und weiß angestrichen, das Segel glänzte wie Silber, und sechs Schwäne, alle mit Goldkronen um den Hals und einem strahlenden, blauen Stern auf dem Kopf, zogen das Boot an dem grünen Walde vorbei, wo die Bäume von Räubern und Hexen und die Blumen von niedlichen kleinen

Elfen und von dem, was die Schmetterlinge ihnen gesagt hatten, erzählten.

Die schönsten Fische mit Schuppen wie Silber und Gold schwammen dem Boote nach; mitunter schnellten sie in die Höhe, daß es platschte, und Vögel, rot und blau, klein und groß, flogen in langen Reihen hinterher, die Mücken tanzten und die Maikäfer sagten: »Brumm, brumm!« Sie wollten Hjalmar alle folgen, und alle hatten sie eine Geschichte zu erzählen.

Das war eine Fahrt! Bald waren die Wälder ganz dicht und dunkel, bald waren sie wie der herrlichste Garten mit Sonnenschein und Blumen. Da lagen große Schlösser von Glas und von Marmor; auf den Altanen standen Prinzessinnen, und alle waren es kleine Mädchen, die Hjalmar gut kannte; er hatte früher mit ihnen gespielt. Sie streckten jede die Hand aus und hielten das hübscheste Zuckerherz hin, das je eine Kuchenfrau verkaufen konnte, und Hjalmar faßte die eine Seite des Zuckerherzens an, während er vorbeifuhr, und die Prinzessin hielt recht fest, und so bekam jedes sein Stück, sie das kleinere, Hjalmar das größere. Bei jedem Schlosse standen kleine Prinzen Schildwache, sie schulterten die Säbel und ließen Rosinen und Zinnsoldaten auf Hjalmar regnen. Das waren echte Prinzen!

Bald segelte Hjalmar durch Wälder, bald durch große Säle oder mitten durch eine Stadt; er kam auch durch die, in der sein Kindermädchen wohnte. Sie hatte ihn getragen, da er noch ein ganz kleiner Junge war, und war ihm immer gut geblieben. Sie nickte und winkte und sang den reizenden kleinen Vers, den sie selbst gedichtet und Hjalmar gesandt hatte:

»Ich denke deiner so manches Mal,
Mein Hjalmar, immer wieder!
Ich gab dir Küsse ja ohne Zahl
Auf Stirne, Mund und Augenlider.
Ich hörte dich lallen das erste Wort,
Doch mußt' ich dir Lebewohl sagen.
Es segne der Herr dich an jedem Ort,
Du Engel, den ich getragen!«

Alle Vögel sangen mit, die Blumen tanzten auf den Stielen, und die alten Bäume nickten, gerade als ob der Sandmann auch ihnen Geschichten erzählte.

Mittwoch

Draußen strömte der Regen hernieder! Hjalmar konnte es im Schlaf hören, und als der Sandmann ein Fenster öffnete, stand das Wasser gerade herauf bis an das Fensterbrett, es war ein ganzer See da draußen, und vor dem Hause hatte das prächtigste Schiff angelegt.

»Willst du mitsegeln, kleiner Hjalmar«, sagte der Sandmann, »so kannst du diese Nacht in fremde Länder gelangen und morgen wieder hier sein!«

Da stand Hjalmar plötzlich in seinen Sonntagskleidern mitten auf dem prächtigen Schiffe. Sogleich wurde es schönes Wetter, und sie segelten durch die Straßen, kreuzten um die Kirche, und nun war alles eine große, wilde See. Sie segelten so lange, bis kein Land mehr zu erblicken war, und sie sahen eine Schar Störche, die kamen auch von der Heimat und wollten nach den warmen Ländern; ein Storch flog immer hinter dem andern, und sie waren schon weit, weit geflogen! Einer von ihnen war so ermüdet, daß seine Flügel ihn kaum noch zu tragen vermochten; er war der allerletzte in der Reihe, und bald blieb er ein großes Stück zurück. Zuletzt sank er mit ausgebreiteten Flügeln tiefer und tiefer, er machte noch ein paar Schläge mit den Schwingen, aber es half nichts; nun berührte er mit seinen Füßen das Tauwerk des Schiffes, glitt vom Segel herab, und bums, da stand er auf dem Verdeck.

Da nahm ihn der Schiffsjunge und setzte ihn in

das Hühnerhaus zu den Hühnern, Enten und Truthähnen; der arme Storch stand ganz befangen mitten unter ihnen.

»Was ist denn das für einer!« sagten alle Hühner.

Der Truthahn blies sich so dick auf, wie er konnte, und fragte ihn, wer er sei. Die Enten gingen rückwärts und stießen einander: »Quak, quak!«

Der Storch erzählte vom warmen Afrika, von den Pyramiden und vom Strauße, der einem wilden Pferde gleich die Wüste durchlaufe, von den Antilopen, die er gesehen habe; aber die Enten verstanden nicht, was er sagte, und dann stießen sie einander: »Kein Zweifel, der Kerl ist dumm!«

»Ja, sicher ist er dumm!« sagte der Truthahn, und dann kollerte er. Da schwieg der Storch ganz still und dachte an sein Afrika und an all das Schöne, das es dort zu sehen gab.

»Das sind ja herrlich dünne Beine, die Ihr habt!« sagte der Truthahn. »Was kostet die Elle davon?«

»Quak, quak, quak!« lachten alle Enten, aber der Storch tat, als ob er es gar nicht hörte.

»Ihr dürft gern mitlachen«, sagte der Truthahn zu ihm, »denn es war sehr witzig gesagt, oder war es Euch vielleicht zu hoch? Ach, er ist nicht vielseitig, wir wollen für uns selbst bleiben!« Und dann gluckte er, und die Enten schnatterten: »Gikgak! Gikgak!« und kamen sich unendlich witzig vor.

Aber Hjalmar ging zum Hühnerhause, öffnete die Tür, rief den Storch, und er hüpfte zu ihm hinaus auf das Deck. Nun hatte er ja ausgeruht, und es war, als ob er Hjalmar zunickte, um ihm zu danken. Darauf entfaltete er seine Schwingen und flog nach den warmen Ländern, aber die Hühner gluckten, die Enten schnatterten, und der Truthahn wurde ganz feuerrot am Kopfe.

»Morgen werden wir Suppe von euch kochen!« sagte Hjalmar, und dann erwachte er und lag in seinem kleinen Bette.

Es war doch eine sonderbare Reise, die der Sandmann ihn diese Nacht hatte machen lassen.

Donnerstag

»Weißt du was?« sagte der Sandmann. »Sei nur nicht furchtsam, gleich wirst du eine kleine Maus sehen!« Da hielt er ihm seine Hand mit dem leichten, niedlichen Tier entgegen. »Sie ist gekommen, um dich zur Hochzeit einzuladen. Hier sind diese Nacht zwei kleine Mäuse, die in den Stand der Ehe treten wollen. Sie wohnen unter deiner Mutter Speisekammerfußboden; das soll eine schöne Wohnung sein!«

»Aber wie kann ich durch das kleine Mauseloch im Fußboden kommen?« fragte Hjalmar.

»Laß mich nur machen«, sagte der Sandmann, »ich werde dich schon klein bekommen!« Und er berührte Hjalmar mit seinem Zauberstab, und da wurde der sogleich kleiner und kleiner – zuletzt war er keinen Finger mehr lang. »Nun kannst du dir die Kleider des Zinnsoldaten leihen; ich denke, sie werden dir passen, und es sieht gut aus, wenn man Uniform in Gesellschaft trägt!«

»Ja, gewiß!« sagte Hjalmar, und da war er schon wie der niedlichste Zinnsoldat angekleidet.

»Wollen Sie nicht so gut sein und sich in Ihrer Mutter Fingerhut setzen?« fragte die kleine Maus. »Dann werde ich die Ehre haben, Sie zu ziehen!«

»Will sich das Fräulein selbst bemühen?« sagte Hjalmar, und so fuhren sie zur Mäusehochzeit.

Zuerst kamen sie unter dem Fußboden in einen langen Gang, der nicht höher war, als daß sie gerade mit dem Fingerhut dort fahren konnten; und der ganze Gang war mit morschem Holze erleuchtet.

»Riecht es hier nicht herrlich?« sagte die Maus,

die ihn zog. »Der ganze Gang ist mit Speckschwarten geschmiert worden! Was gibt es Schöneres!«

Nun kamen sie in den Brautsaal. Hier standen zur Rechten die kleinen Mäusedamen, die wisperten und zischelten, als ob sie einander zum besten hielten; zur Linken standen alle Mäuseherren und strichen sich mit der Pfote den Schnauzbart. Aber mitten im Saal sah man das Brautpaar; sie standen in einer ausgehöhlten Käserinde und küßten sich gar erschrecklich viel vor aller Augen, denn sie waren ja Verlobte und wollten nun gleich Hochzeit halten.

Es kamen immer mehr und mehr Gäste. Eine Maus war nahe daran, die andere totzutreten, und das Brautpaar hatte sich mitten in die Tür gestellt, so daß man weder hinaus- noch hereingelangen konnte. Die ganze Stube war ebenso wie der Gang mit Speckschwarten eingeschmiert, das war die ganze Bewirtung, aber zum Nachtisch wurde eine Erbse herumgezeigt, in die eine Maus aus der Familie den Namen des Brautpaares eingebissen hatte, das heißt die Initialen. Das war etwas ganz Außerordentliches.

Alle Mäuse sagten, daß es eine schöne Hochzeit gewesen sei.

Dann fuhr Hjalmar wieder nach Hause; er war

wahrlich in vornehmer Gesellschaft gewesen, aber er hatte auch ordentlich zusammenkriechen, sich klein machen und Zinnsoldatenuniform anziehen müssen.

Freitag

»Es ist unglaublich, wie viele Erwachsene es gibt, die mich gar zu gern haben möchten!« sagte der Sandmann; »besonders die, die etwas Böses verübt haben. ›Guter, kleiner Sandmann‹, sagen sie zu mir, ›wir können die Augen nicht schließen, und so liegen wir die ganze Nacht und sehen alle unsere bösen Taten, die wie häßliche kleine Kobolde auf der Bettstelle sitzen; möchtest du doch kommen und sie fortjagen, damit wir einen guten Schlaf bekämen.‹ Und dann seufzen sie tief: ›Wir möchten es gern bezahlen. Gute Nacht, Sandmann! Das Geld liegt im Fenster.‹ Aber ich tue es nicht für Geld«, sagte der Sandmann.

»Was wollen wir uns nun diese Nacht vornehmen?« fragte Hjalmar.

»Ja, ich weiß nicht, ob du diese Nacht wieder Lust hast, zu einer Hochzeit zu gehen; es ist eine andere Art als die gestrige. Deiner Schwester großer Puppenjunge Hermann will sich mit der

Puppe Berta verheiraten; es ist obendrein der Puppe Geburtstag, und deshalb werden da sehr viele Geschenke kommen!«

»Ja, das kenne ich schon«, sagte Hjalmar. »Immer wenn die Puppen neue Kleider brauchen, läßt meine Schwester sie ihren Geburtstag feiern oder Hochzeit halten; das ist sicher schon hundertmal geschehen!«

»Ja, aber in dieser Nacht ist es die hundertunderste Hochzeit, und wenn hundertundeins aus ist, dann ist alles vorbei! Deswegen wird diese so unvergleichlich schön. Sieh nur einmal!«

Hjalmar sah nach dem Tische. Da stand das kleine Papphaus mit Licht in den Fenstern, und davor präsentierten alle Zinnsoldaten das Gewehr. Das Brautpaar saß ganz gedankenvoll, wozu es wohl guten Grund hatte, auf dem Fußboden und lehnte sich gegen den Tischfuß. Der Sandmann, in den schwarzen Rock der Großmutter gekleidet, traute sie. Als die Trauung vorbei war, stimmten alle Möbel in der Stube folgenden Gesang an, der vom Bleistift geschrieben war; er ging nach der Melodie des Zapfenstreichs:

»Das Lied ertöne wie der Wind:
Dem Brautpaar Hoch! das sich verbind't;
Sie prangen beide steif und blind,
Da sie von Handschuhleder sind,
Hurra! Hurra, ob taub, ob blind,
Wir singen es in Wetter und Wind!«

Nun bekamen sie Geschenke; Eßwaren hatten sie sich verbeten, sie hatten an ihrer Liebe genug.

»Wollen wir nun eine Sommerwohnung beziehen oder auf Reisen gehen?« fragte der Bräutigam. Die Schwalbe, die viel gereist war, und die Hofhenne, die fünfmal Küken ausgebrütet hatte, wurden zu Rate gezogen. Und die Schwalbe erzählte von den herrlichen, warmen Ländern, wo die Weintrauben groß und schwer hängen, wo die Luft so mild ist und die Berge Farben haben, wie man sie hier gar nicht an ihnen kennt.

»Sie haben doch nicht unsern Grünkohl!« sagte die Henne. »Ich war einen Sommer mit allen meinen Küken auf dem Lande, da war eine Sandgrube, in der wir gehen und kratzen konnten, und dann hatten wir Zutritt zu einem Garten mit Grünkohl! Oh, wie war der grün! Ich kann mir nichts Schöneres denken!«

»Aber ein Kohlstrunk sieht geradeso aus wie der andere«, sagte die Schwalbe, »und dann ist hier oft schlechtes Wetter!«

»Ja, daran ist man gewöhnt!«

»Aber hier ist es kalt, es friert!«

»Das ist gut für den Kohl!« sagte die Henne. »Übrigens können wir es auch warm haben. Hatten wir nicht vor Jahren einen Sommer, so heiß, daß man kaum atmen konnte? Dann haben wir nicht alle die giftigen Tiere, die sie dort haben, und wir sind von Räubern befreit! Der ist ein Bösewicht, der nicht findet, daß unser Land das schönste ist; er verdiente wahrlich nicht hier zu sein!« Und dann weinte die Henne und fuhr fort: »Ich bin auch gereist! Ich bin einmal über zwölf Meilen gefahren! Es ist durchaus kein Vergnügen!«

»Ja, die Henne ist eine vernünftige Frau!« sagte die Puppe Berta. »Ich halte nichts davon, Berge zu bereisen, denn das geht nur hinauf und dann wieder herunter! Nein, wir wollen zur Sandgrube hinausziehen und im Kohlgarten spazieren!« Und dabei blieb es.

Sonnabend

»Bekomme ich noch mehr Geschichten zu hören?« fragte der kleine Hjalmar, sobald der Sandmann ihn ins Bett gebracht hatte.

»Heute abend haben wir keine Zeit dazu«, sagte der Sandmann und spannte seinen schönsten Regenschirm über ihm auf. »Betrachte nur die Chinesen!« Der ganze Regenschirm sah aus wie eine große chinesische Schale mit blauen Bäumen und spitzen Brücken und mit kleinen Chinesen darauf, die dastanden und mit dem Kopfe nickten. »Wir müssen die ganze Welt bis morgen schön ausgeputzt haben«, sagte der Sandmann; »es ist ja morgen Sonntag. Ich will die Kirchtürme besuchen, um zu sehen, ob die kleinen Kirchkobolde die Glocken putzen, damit sie hübsch klingen; ich will hinaus auf das Feld gehen und sehen, ob die Winde den Staub von Gras und Blättern blasen, und, was die größte Arbeit ist, ich will alle Sterne herunterholen, um sie zu polieren. Ich nehme sie in meine Schürze; aber erst muß ein jeder numeriert werden, und die Löcher, worin sie da oben sitzen, müssen auch numeriert werden, damit sie wieder auf den rechten Fleck kommen, sonst würden sie nicht festsitzen und wir würden zu viele Sternschnuppen bekommen, weil einer nach dem andern herunterpurzeln würde!«

»Hören Sie, wissen Sie was, Herr Sandmann?« sagte ein altes Bild, das an der Wand hing, wo Hjalmar schlief. »Ich bin Hjalmars Urgroßvater;

ich danke Ihnen, daß Sie dem Knaben solche Geschichten erzählen, aber Sie müssen seine Begriffe nicht verdrehen. Die Sterne können nicht heruntergenommen und poliert werden! Die Sterne sind Kugeln, ebenso wie unsere Erde, und das ist gerade das Gute an ihnen.«

»Ich danke dir, du alter Urgroßvater«, sagte der Sandmann, »ich danke dir! Du bist ja das Haupt der Familie, du bist das Urhaupt, aber ich bin doch älter als du! Ich bin ein alter Heide; Römer und Griechen nannten mich den Traumgott! Ich bin in die vornehmsten Häuser gekommen und komme noch dahin; ich weiß sowohl mit Geringen wie mit Großen umzugehen! Nun kannst du erzählen!« Und da ging der Sandmann und nahm seinen Regenschirm mit.

»Nun darf man wohl seine Meinung gar nicht mehr sagen!« brummte das Bild. Da erwachte Hjalmar.

Sonntag

»Guten Abend!« sagte der Sandmann, Hjalmar nickte und wandte das Bild des Urgroßvaters gegen die Wand, damit es nicht, wie gestern, mitspreche.

»Nun mußt du mir Geschichten erzählen: von den fünf grünen Erbsen, die in einer Schote wohnten, und von dem Hahnenfuß, der dem Hühnerfuße den Hof machte, und von der Stopfnadel, die so vornehm tat, daß sie sich einbildete, eine Nähnadel zu sein!«

»Man kann auch des Guten zuviel bekommen!« sagte der Sandmann. »Du weißt wohl, daß ich dir am liebsten etwas zeige! Ich will dir meinen Bruder zeigen. Er heißt auch Sandmann, aber er kommt zu niemandem öfter als einmal, und zu wem er kommt, den nimmt er mit auf sein Pferd und erzählt ihm Geschichten. Er kennt nur zwei; die eine ist so außerordentlich schön, daß niemand in der Welt sie sich denken kann, und die andere ist so häßlich und greulich – es ist gar nicht zu beschreiben!« Und dann hob der Sandmann den kleinen Hjalmar zum Fenster hinauf und sagte: »Da wirst du meinen Bruder sehen, sie nennen ihn auch den Tod! Siehst du, er sieht gar nicht so schlimm aus wie in den Bilderbüchern, wo er nur ein Knochengerippe ist! Nein, das ist Silberstickerei, die er auf dem Kleide hat, die schönste Husarenuniform, ein Mantel von schwarzem Samt fliegt hinten über das Pferd. Sieh, wie er im Galopp reitet!«

Hjalmar sah, wie der Sandmann davonritt und

sowohl junge wie alte Leute auf sein Pferd nahm. Einige setzte er vorn, andere hinten auf, aber immer fragte er erst: »Wie steht es mit dem Zeugnisbuch?« – »Gut!« sagten sie allesamt. »Ja, laß mich selbst sehen!« sagte er; und sie mußten ihm das Buch zeigen; alle, die ›Sehr gut‹ und ›Ausgezeichnet‹ hatten, kamen vorn auf das Pferd und bekamen die herrliche Geschichte zu hören; die nur ›Ziemlich gut‹ und ›Mittelmäßig‹ hatten, mußten hinten auf und bekamen die greuliche Geschichte. Sie zitterten und weinten, sie wollten vom Pferde springen und konnten es doch nicht, denn sie waren sogleich daran festgewachsen.

»Aber der Tod ist ja der prächtigste Sandmann!« sagte Hjalmar. »Vor ihm ist mir nicht bange!«

»Das soll auch nicht sein!« sagte der Sandmann. »Sieh nur zu, daß du ein gutes Zeugnis hast!«

»Ja, das ist lehrreich!« murmelte des Urgroßvaters Bild. »Es hilft doch, wenn man seine Meinung sagt!«

Und nun war er zufrieden.

Sieh, das ist die Geschichte vom Sandmann. Nun mag er dir heute nacht noch mehr erzählen.

Die Nachtigall

In China, weißt du wohl, ist der Kaiser ein Chinese, und alle, die er um sich hat, sind auch Chinesen. Es ist nun viele Jahre her, aber eben deshalb ist es der Mühe wert, die Geschichte zu hören, ehe sie vergessen wird!

Des Kaisers Schloß war das prächtigste in der Welt, ganz und gar von feinem Porzellan, sehr kostbar, aber zerbrechlich, und es war so gefährlich, daran zu rühren, daß man sich sehr in acht nehmen mußte. Im Garten sah man die wunderbarsten Blumen, und an die prächtigsten waren Silberglocken gebunden, damit man nicht vorbeiging, ohne die Blumen zu bemerken. Ja, alles war in des Kaisers Garten fein ausgedacht. Und er erstreckte sich so weit, daß der Gärtner selbst das Ende desselben nicht kannte. Ging man immer weiter, so kam man in den herrlichsten Wald mit hohen Bäumen und tiefen Seen. Der Wald ging gerade hinunter bis zum Meer, welches blau und tief war; große Schiffe konnten bis unter die

Zweige der Bäume hinsegeln, und in diesen wohnte eine Nachtigall, die so herrlich sang, daß selbst der arme Fischer, der doch viel anderes zu tun hatte, stillhielt und horchte, wenn er des Nachts ausgefahren war, um das Fischnetz auszuwerfen, und dann die Nachtigall hörte. »Ach Gott, wie ist das schön!« sagte er; aber er mußte auf seine Sachen achtgeben und vergaß dabei den Vogel. Doch wenn dieser in der nächsten Nacht wieder sang und der Fischer dorthin kam, sagte er dasselbe: »Ach Gott, wie ist das schön!«

Aus allen Ländern der Welt kamen Reisende nach der Stadt des Kaisers und bewunderten das Schloß und den Garten. Doch wenn sie die Nachtigall zu hören bekamen, sagten sie alle: »Sie ist doch das Beste!«

Die Reisenden erzählten davon, wenn sie nach Hause kamen; und die Gelehrten schrieben viele Bücher über die Stadt, das Schloß und den Garten. Aber auch die Nachtigall vergaßen sie nicht: die wurde sogar am höchsten bewertet; und die, welche dichten konnten, schrieben die herrlichsten Gedichte über die Nachtigall im Wald bei dem tiefen See.

Die Bücher gingen um die Welt, und einige davon kamen auch einmal zum Kaiser. Er saß in seinem goldenen Sessel und las und las; jeden Augenblick nickte er mit dem Kopf, denn es freute ihn, die prächtigen Beschreibungen der Stadt, des Schlosses und des Gartens zu vernehmen. »Aber die Nachtigall ist doch das Allerbeste!« stand da geschrieben.

»Was ist das?« fragte der Kaiser. »Die Nachtigall kenne ich ja gar nicht! Gibt es einen solchen Vogel in meinem Kaiserreich und sogar in meinem Garten? Das habe ich nicht gewußt! So etwas muß ich aus Büchern erfahren!«

Und er rief seinen Kavalier. Der war so vornehm, daß, wenn jemand, der geringer war als er, wagte, mit ihm zu sprechen oder ihn nach etwas zu fragen, er weiter nichts erwiderte als: »Ph!«, und das hat nichts zu bedeuten.

»Hier soll es ja einen höchst merkwürdigen Vogel geben, welcher Nachtigall genannt wird!« sagte der Kaiser. »Man sagt, er sei das Allerbeste in meinem großen Reiche. Weshalb hat man mir nie etwas davon gesagt?«

»Ich habe ihn früher nie nennen hören!« sagte der Kavalier. »Er ist nie bei Hofe vorgestellt worden!«

»Ich will, daß er heute abend herkommen und vor mir singen soll!« sagte der Kaiser. »Die ganze Welt weiß, was ich habe, nur ich weiß es nicht!«

»Ich habe ihn früher nie nennen hören!« sagte

der Kavalier. »Ich werde ihn suchen, ich werde ihn finden!« –

Aber wo war er zu finden? Der Kavalier lief über alle Treppen, auf und nieder, durch Säle und Gänge, aber keiner hatte von der Nachtigall sprechen hören. Und der Kavalier lief wieder zum Kaiser und sagte, daß es sicher so eine Fabel von denen sein müßte, die da Bücher schrieben. »Dero Kaiserliche Majestät können gar nicht glauben, was alles geschrieben wird! Das sind Erfindungen und etwas, das man die Schwarze Kunst nennt.«

»Aber das Buch, in dem ich dieses gelesen habe«, sagte der Kaiser, »hat mir der großmächtigste Kaiser von Japan gesandt, und es kann also keine Unwahrheit sein. Ich will die Nachtigall hören! Sie muß heute abend hier sein! Sie hat meine höchste Gnade! Und kommt sie nicht, so soll nach dem Abendbrot der ganze Hof verprügelt werden!«

»Tsing pe!« sagte der Kavalier und lief wieder über alle Treppen, auf und nieder, durch alle Säle und Gänge; und der halbe Hof lief mit, denn niemand wollte gern verprügelt werden. Da gab es ein Fragen nach der merkwürdigen Nachtigall, welche die ganze Welt kannte, nur niemand bei Hofe.

Endlich trafen sie in der Küche ein kleines, armes Mädchen. Die sagte: »O Gott, die Nachtigall kenne ich gut; ja, wie die singen kann! Jeden Abend habe ich Erlaubnis, meiner armen, kranken Mutter Überbleibsel vom Tisch mitzubringen; sie wohnt unten am Strand; und wenn ich zurückgehe, müde bin und im Wald ausruhe, dann höre ich die Nachtigall singen! Es kommen mir dabei die Tränen in die Augen, und es ist, als ob meine Mutter mich küßte!«

»Kleine Köchin!« sagte der Kavalier, »ich werde dir eine Anstellung in der Küche und die Erlaubnis verschaffen, den Kaiser speisen zu sehen, wenn du uns zur Nachtigall führen kannst, denn sie ist auf heute abend angesagt.«

Und so zogen sie alle hinaus in den Wald, wo die Nachtigall zu singen pflegte; der halbe Hof war mit. Als sie auf dem Wege waren, fing eine Kuh zu brüllen an.

»Oh!« sagte ein Hofjunker, »nun haben wir sie! Was für eine merkwürdige Kraft in einem so kleinen Tier! Die habe ich schon früher einmal gehört!«

»Nein, das sind Kühe, die brüllen!« sagte die kleine Köchin. »Wir sind noch weit von dem Ort entfernt!«

Nun quakten die Frösche im Sumpf.

»Herrlich!« sagte der Hofprediger. »Nun höre

ich sie; es klingt gerade wie kleine Kirchenglokken.«

»Nein, das sind Frösche!« sagte die kleine Köchin. »Aber nun denke ich, werden wir sie bald hören!«

Da begann die Nachtigall zu schlagen.

»Das ist sie!« sagte das kleine Mädchen. »Hört! Seht! Da sitzt sie!« Und sie zeigte auf einen kleinen grauen Vogel oben in den Zweigen.

»Ist es möglich!« sagte der Kavalier. »So hatte ich sie mir nimmer gedacht! Wie einfach sie aussieht! Sie hat sicher ihre Farbe darüber verloren, daß sie so viele vornehme Menschen um sich erblickt!«

»Kleine Nachtigall!« rief die kleine Köchin laut; »unser gnädigster Kaiser wünscht, daß Sie vor ihm singen!«

»Mit dem größten Vergnügen!« sagte die Nachtigall und sang, daß es eine Lust war.

»Es klingt gerade wie Glasglocken!« sagte der Kavalier. »Und seht die kleine Kehle, wie sie arbeitet! Es ist merkwürdig, daß wir sie früher nie gehört haben! Sie wird bei Hofe großen Erfolg haben!«

»Soll ich noch einmal vor dem Kaiser singen?« fragte die Nachtigall, welche glaubte, der Kaiser sei auch da.

»Meine vortreffliche kleine Nachtigall!« sagte der Kavalier, »ich habe die große Freude, Sie für heute abend zu einem Hoffest einzuladen. Sie werden Dero hohe kaiserliche Gnaden mit Ihrem charmanten Gesang bezaubern.«

»Der hört sich am besten im Grünen an!« sagte die Nachtigall; aber sie kam doch gern mit, als sie hörte, daß der Kaiser es wünschte.

Auf dem Schloß war alles schöngemacht. Die Wände und der Fußboden, welche von Porzellan waren, glänzten im Licht von viertausend goldenen Lampen; die prächtigsten Blumen, welche recht klingeln konnten, waren in den Gängen aufgestellt. Das war ein Laufen und ein Zugwind, und alle Glocken klingelten, so daß man sein eigenes Wort nicht hören konnte.

Mitten im großen Saal, wo der Kaiser saß, war ein goldener Stab aufgestellt, auf dem die Nachtigall sitzen sollte. Der ganze Hof war da, und die kleine Köchin hatte die Erlaubnis erhalten, hinter der Tür zu stehen, da sie nun den Titel einer wirklichen Hofköchin bekommen hatte. Alle waren in ihrem größten Putz, und alle sahen nach dem kleinen grauen Vogel, dem der Kaiser zunickte.

Die Nachtigall sang so herrlich, daß dem Kaiser die Tränen in die Augen traten und ihm über die Wangen liefen; da sang die Nachtigall noch schöner: es ging recht zu Herzen. Der Kaiser war so froh, daß er sagte, die Nachtigall solle seinen goldenen Pantoffel um den Hals zu tragen bekommen. Aber die Nachtigall dankte: sie habe schon Belohnung genug erhalten.

»Ich habe Tränen in des Kaisers Augen gesehen, das ist mir die schönste Belohnung! Eines Kaisers Tränen haben eine besondere Kraft! Gott weiß, ich bin genug belohnt.« Darauf sang sie wieder mit ihrer süßen, herrlichen Stimme.

»Das ist die liebenswürdigste Koketterie, die ich kenne!« sagten die Damen ringsumher, und dann nahmen sie Wasser in den Mund, um zu glucken, wenn jemand mit ihnen sprach. Sie glaubten dann, auch Nachtigallen zu sein. Ja, die Lakaien und Kammermädchen ließen melden, daß auch sie zufrieden seien; das will viel sagen, denn die sind am schwersten zu befriedigen. Kurz, die Nachtigall hatte wahrlich Erfolg.

Sie sollte nun bei Hofe bleiben, ihren eigenen Käfig und die Freiheit haben, zweimal des Tages und einmal des Nachts herauszuspazieren. Sie bekam dann zwölf Diener mit, welche ihr alle ein Seidenband um das Bein geschlungen hatten, an dem sie sie festhielten. So ein Ausflug war durchaus kein Vergnügen.

Die ganze Stadt sprach von dem merkwürdigen Vogel. Ja, elf Krämerkinder wurden nach ihr benannt; aber nicht eins von ihnen hatte einen Ton in der Kehle.

Eines Tages erhielt der Kaiser ein Paket, worauf geschrieben stand: »Die Nachtigall.«

»Da haben wir nun ein neues Buch über unsern berühmten Vogel!« sagte der Kaiser. Aber es war kein Buch, sondern ein kleines Kunstwerk, welches in einer Schachtel lag: eine künstliche Nachtigall, die der lebenden gleichen sollte, allein über und über mit Diamanten, Rubinen und Saphiren besetzt war. Sobald man den Kunstvogel aufzog, konnte er eins der Stücke, die der wirkliche Vogel sang, singen; und dann bewegte sich der Schwanz auf und nieder und glänzte von Silber und Gold. Um den Hals hing ein kleines Band, darauf stand geschrieben: »Des Kaisers von Japan Nachtigall ist arm gegen die des Kaisers von China.«

»Das ist herrlich!« sagten alle; und der Mann, welcher den künstlichen Vogel gebracht hatte, erhielt sogleich den Titel: Kaiserlicher Ober-Nachtigall-Bringer.

»Nun müssen sie zusammen singen: was wird das für ein Duett werden!«

Und so mußten sie zusammen singen; aber es wollte nicht recht passen, denn die wirkliche Nachtigall sang auf ihre Weise und der Kunstvogel ging auf Walzen. »Der hat keine Schuld«, sagte der Spielmeister; »der ist besonders taktfest und ganz nach meiner Schule!« Nun sollte der Kunstvogel allein singen. Er machte ebensoviel als der wirkliche, und dann war er ja viel niedlicher anzusehen: er glänzte wie Armbänder und Busennadeln.

Dreiunddreißig Mal sang er ein und dasselbe Stück und war doch nicht müde. Die Leute hätten ihn gern wieder aufs neue gehört, aber der Kaiser meinte, daß nun auch die lebendige Nachtigall etwas singen solle. – Aber wo war die? Niemand hatte bemerkt, daß sie aus dem offenen Fenster zu ihren grünen Wäldern fortgeflogen war.

»Was ist denn das!« sagte der Kaiser. Und alle Hofleute schimpften und meinten, die Nachtigall sei ein höchst undankbares Tier. »Den besten Vogel haben wir doch!« sagten sie; und so mußte denn der Kunstvogel wieder singen, und das war das vierunddreißigste Mal, daß sie dasselbe Stück zu hören bekamen. Sie konnten es aber immer noch nicht auswendig; es war gar zu schwer. Und der Spielmeister lobte den Vogel außerordentlich;

ja, er versicherte, daß er besser sei als eine Nachtigall, nicht nur was die Kleider und die vielen herrlichen Diamanten beträfe, sondern auch innerlich.

»Denn sehen Sie, meine Herrschaften, der Kaiser vor allen: bei der wirklichen Nachtigall kann man nie berechnen, was da kommen wird; aber bei dem Kunstvogel ist alles vorausbestimmt! Man kann ihn erklären, man kann ihn öffnen und zeigen, wie die Walzen liegen, wie sie gehen, und wie das eine aus dem andern folgt!«

»Das sind auch unsere Gedanken!« sagten alle, und der Spielmeister erhielt die Erlaubnis, am nächsten Sonntag den Vogel dem Volke vorzuzeigen. Sie sollten ihn auch singen hören, befahl der Kaiser. Und sie hörten ihn; und wurden so vergnügt, als ob sie sich nach chinesischer Art mit Tee berauscht hätten. Da sagten alle: »Oh!« und streckten den Zeigefinger in die Höhe und nickten dazu. Die armen Fischer jedoch, welche die wirkliche Nachtigall gehört hatten, sagten: »Es klingt ganz hübsch; die Melodien gleichen sich auch; aber es fehlt etwas, ich weiß nicht was!«

Die wirkliche Nachtigall wurde aus dem Reich verwiesen.

Der Kunstvogel hatte seinen Platz auf einem seidenen Kissen neben des Kaisers Bett. Alle Geschenke, welche er erhalten, Gold und Edelsteine, lagen rings um ihn her, und im Titel war er zu einem »Kaiserlichen Nachttisch-Sänger« aufgestiegen, im Range jetzt Nummer eins zur linken Seite. Denn der Kaiser betrachtete die Seite als die vornehmste, auf der das Herz saß, und das Herz sitzt auch bei einem Kaiser links. Und der Spielmeister schrieb ein Werk von fünfundzwanzig Bänden über den Kunstvogel; das war so gelehrt, so lang, so voll von den allerschwersten chinesischen Wörtern, daß alle Leute sagten, sie hätten es gelesen und verstanden, denn sonst wären sie ja dumm gewesen und wären verprügelt worden

So ging es ein ganzes Jahr. Der Kaiser, der Hof und alle die andern Chinesen konnten jeden Ton von des Kunstvogels Gesang auswendig. Und gerade deshalb gefiel er ihnen jetzt am allerbesten: sie konnten selbst mitsingen, und das taten sie auch. Die Straßenbuben sangen: »Zizizi! Gluckgluckgluck!«, und der Kaiser sang mit. Ja, das war gewiß ganz prächtig!

Eines Abends jedoch, als der Kunstvogel am besten sang und der Kaiser im Bette lag und zuhörte, machte es innen im Vogel »Schwupp«. Da sprang etwas! »Schnurrrr!« alle Rädchen liefen, und dann stand die Musik still.

Der Kaiser sprang aus dem Bett und ließ seinen Leibarzt rufen; aber was konnte *der* helfen! Dann ließen sie den Uhrmacher holen, und nach vielem Reden und Nachsehen bekam er den Vogel etwas in Ordnung; aber er sagte, er müsse geschont werden, denn die Schräubchen seien abgenutzt, und es wäre unmöglich, neue so einzusetzen, daß die Musik sicher ginge. Nun waren alle untröstlich. Nur einmal des Jahres durfte man den Kunstvogel singen lassen, und das war schon fast zuviel. Aber dann hielt der Spielmeister eine kleine Rede voll inhaltsschwerer Worte und sagte, daß es ebensogut sei wie früher; dann war es ebensogut wie früher.

Jetzt waren fünf Jahre vergangen, und das Land überkam eine große Trauer. Die Chinesen hatten im Grunde alle ihren Kaiser gern, aber jetzt war er krank und konnte nicht mehr lange leben, sagte man. Schon war ein neuer Kaiser gewählt, und das Volk stand draußen auf der Straße und fragte den Kavalier, wie es dem alten Kaiser gehe.

»Ph!« sagte er und schüttelte den Kopf.

Kalt und bleich lag der Kaiser in seinem großen, prächtigen Bett; der ganze Hof glaubte ihn tot, und ein jeder von ihnen lief hin, den neuen Kaiser zu begrüßen. Die Kammerdiener liefen hinaus, um darüber zu schwatzen, und die Kammermädchen hatten große Kaffeegesellschaft. Ringsumher, in allen Sälen und Gängen, waren Tücher ausgelegt, damit man keinen einzigen Fußtritt höre, und deshalb war es da so still, ganz still! Aber der Kaiser war nicht tot; steif und bleich lag er da in dem prächtigen Bett mit den langen Samtgardinen und den schweren Goldquasten; hoch oben stand ein Fenster offen, und der Mond schien herein auf den Kaiser und den Kunstvogel.

Der arme Kaiser konnte kaum atmen; es war, als ob etwas auf seiner Brust säße; er schlug die Augen auf, und da sah er, daß es der Tod war, der auf seiner Brust saß, und sich seine goldene Krone aufgesetzt hatte und in der einen Hand des Kaisers goldenen Säbel, in der andern seine prächtige Fahne hielt. Und ringsumher aus den Falten der großen, samtenen Bettgardinen sahen wunderbare Köpfe hervor: einige häßlich, andere lieblich und mild. Das alles waren des Kaisers böse und gute Taten, welche ihn anblickten, jetzt, da der Tod ihm auf dem Herzen saß.

»Erinnerst du dich daran?« flüsterte einer nach dem anderen. »Erinnerst du dich?« Und dann erzählten sie ihm so viel, daß ihm der Schweiß von der Stirne rann.

»Das habe ich nicht gewußt!« sagte der Kaiser. »Musik! Musik! Die große chinesische Trommel!«

rief er, »damit ich nicht alles zu hören brauche, was sie sagen!«

Und sie fuhren fort, und der Tod nickte wie ein Chinese zu allem, was gesagt wurde.

»Musik! Musik!« schrie der Kaiser. »Du kleiner herrlicher Goldvogel! Singe doch, singe! Ich hab dir doch Gold und Kostbarkeiten gegeben; ich habe dir selbst meinen goldenen Pantoffel um den Hals gehängt: singe doch, sing!«

Der Vogel aber stand still: es war niemand da, ihn aufzuziehen, und sonst sang er nicht; aber der Tod fuhr fort, den Kaiser mit seinen großen, hohlen Augen anzustarren; und still war es, schrecklich still!

Da klang auf einmal vom Fenster her der herrlichste Gesang: es war die kleine, lebendige Nachtigall, welche draußen auf einem Zweig saß. Sie hatte von der Not ihres Kaisers gehört und war gekommen, ihm Trost und Hoffnung zu singen. Und während sie sang, wurden die Gespenster immer bleicher; das Blut in des Kaisers schwachen Gliedern kam immer schneller und schneller in Bewegung, und selbst der Tod horchte und sagte: »Fahre fort, kleine Nachtigall! Fahre fort!«

»Ja, aber willst du mir dafür den goldenen Säbel geben? Willst du mir die prächtige Fahne geben? Willst du mir des Kaisers Krone geben?«

Und für jedes Lied gab der Tod ein Kleinod; und die Nachtigall fuhr fort zu singen; sie sang von dem stillen Gottesacker, wo die weißen Rosen wachsen, wo der Flieder duftet, und wo das frische Gras von den Tränen der Überlebenden befeuchtet wird. Da bekam der Tod Sehnsucht nach seinem Garten und schwebte wie ein kalter weißer Nebel aus dem Fenster.

»Dank, Dank!« sagte der Kaiser. »Du himmlischer kleiner Vogel! Ich kenne dich wohl! Dich habe ich aus meinem Reich gejagt! Und doch hast du die bösen Gesichter von meinem Bett weggesungen, den Tod von meinem Herzen weggeschafft! Wie kann ich dir das lohnen?«

»Du hast mich belohnt!« sagte die Nachtigall. »Ich habe deinen Augen Tränen entlockt, als ich das erste Mal sang: das vergesse ich nie! Das sind Juwelen, die ein Sängerherz erfreuen! – Aber schlafe nun und werde wieder frisch und stark! Ich werde dir etwas vorsingen!«

Und sie sang – und der Kaiser fiel in einen süßen Schlummer. Ach! wie mild und wohltuend war der Schlaf! Die Sonne schien durch die Fenster zu ihm herein, als er gestärkt und gesund erwachte. Noch keiner von seinen Dienern war zurückgekehrt, denn sie glaubten, er sei tot; nur die Nachtigall saß noch bei ihm und sang.

»Immer mußt du bei mir bleiben!« sagte der Kaiser. »Du sollst nun singen, wann du willst, und den Kunstvogel schlage ich in tausend Stücke.«

»Tu das nicht!« sagte die Nachtigall. »Der hat ja Gutes getan, solange er konnte! Behalte ihn, wie bisher! Ich kann mein Nest nicht im Schloß bauen, aber laß mich kommen, wann ich selbst Lust habe: da will ich des Abends auf dem Zweig dort beim Fenster sitzen und dir etwas vorsingen, damit du froh werden kannst und gedankenvoll zugleich! Ich werde von den Glücklichen singen, und von denen, die leiden! Ich werde vom Bösen und vom Guten singen, was rings um dich verborgen bleibt! Der kleine Singvogel fliegt weit herum, zu dem armen Fischer, zum Dach des Bauern, zu jedem, der von dir und deinem Hofe weit entfernt ist! Ich liebe dein Herz mehr als deine Krone, und doch hat die Krone den Hauch von etwas Heiligem um sich! – Ich komme, ich singe dir etwas vor! – Aber eins mußt du mir versprechen.« –

»Alles!« sagte der Kaiser und stand da in seiner kaiserlichen Tracht, die er selbst angelegt hatte, und drückte den Säbel, welcher von schwerem Gold war, an sein Herz.

»Um eins bitte ich dich! Erzähle niemandem, daß du einen kleinen Vogel hast, der dir alles sagt; dann wird es noch besser gehen!«

Da flog die Nachtigall fort.

Die Diener kamen herein, um nach ihrem toten Kaiser zu sehen – ja, da standen sie, und der Kaiser sagte: »Guten Morgen!«

Es ist ganz gewiß

Das ist eine entsetzliche Geschichte«, sagte eine Henne, und zwar drüben in dem Teil der Stadt, wo die Geschichte nicht passiert war. »Das ist eine entsetzliche Geschichte, die sich im Hühnerhaus abgespielt hat! Ich wage es nicht, heute nacht allein zu schlafen! Es ist gut, daß wir so viele beisammen sind auf der Stiege.« Und dann erzählte sie, so daß den andern Hühnern die Federn zu Berge standen und der Hahn den Kamm hängen ließ. Es ist ganz gewiß!

Aber wir wollen mit dem Anfang anfangen und der spielte sich in dem andern Teil der Stadt in einem Hühnerhaus ab. Die Sonne ging gerade unter, und die Hühner flogen auf ihre Stange. Eins von ihnen war weiß gefiedert und hatte kurze Beine, es legte seine vorgeschriebenen Eier und war als Henne in jeder Beziehung achtbar. Als es auf die Stiege kam, putzte es sich mit dem Schnabel, und da fiel ihm eine kleine Feder aus.

»Da fliegt sie«, sagte es. »Je mehr ich mich rupfe, desto schöner werde ich!«

Und das war im Scherz gesagt; denn dieses Huhn war das heitere Gemüt unter den Hennen, im übrigen, wie gesagt, sehr achtbar; und dann schlief es ein.

Dunkel war es ringsumher, Henne saß neben Henne, und die, welche direkt neben der Weißgefiederten saß, schlief nicht; sie hörte, und sie hörte auch wieder nicht, wie man es ja tun soll in dieser Welt, um ungestört leben zu können. Aber ihrer Nachbarin zur andern Seite mußte sie es doch sagen: »Hast du gehört, was hier gesagt wurde? Ich nenne niemanden, aber es gibt eine Henne, die sich rupft, um gut auszusehen. Wäre ich ein Hahn, ich würde sie verachten!«

Und gleich über den Hühnern saß die Eulenmutter mit dem Eulenvater und den Eulenkindern; sie hatten scharfe Ohren in dieser Familie, sie hörten jedes Wort, das die Henne sagte. Und sie rollten alle mit den Augen und die Eulenmutter schlug mit den Flügeln: »Hört nur nicht zu; aber ihr habt wahrscheinlich schon gehört, was gesagt wurde? Ich hörte es mit meinen eigenen Ohren, und man muß viel hören, ehe sie einem abfallen! Da gibt es eine Henne, die in einem solchen Maße vergessen hat, was sich für eine Henne schickt, daß sie dasitzt und sich alle Federn ausrupft und es den Hahn mit ansehen läßt.«

»*Prenez garde aux enfants!*« sagte der Eulenvater. »Das ist nichts für die Kinder!«

»Ich will es doch der Nachbareule erzählen, sie ist eine solch achtbare Eule!« Und die Mutter flog fort.

»Huhu! Uhu!« heulten sie beide, und das gerade in den Taubenschlag von gegenüber hinein.

»Habt ihr gehört, habt ihr gehört! Uhu! Da ist eine Henne, die sich um des Hahnes willen alle Federn ausgerupft hat! Sie wird erfrieren, wenn das nicht schon geschehen ist, uhu!«

»Wo? Wo?« gurrten die Tauben.

»Im Hof des Nachbarn. Ich habe es so gut wie selbst gesehen. Es gehört sich eigentlich nicht, die Geschichte zu erzählen. Aber es ist ganz gewiß!«

»Gewiß, gewiß stimmt jedes einzelne Wort«, sagten die Tauben und gurrten hinunter in den Taubenhof: »Da ist eine Henne, ja, manch einer sagt, es sind zwei, die sich alle Federn ausgerupft haben, um nicht so wie die andern auszusehen und solcherart die Aufmerksamkeit des Hahnes zu erwecken. Das ist ein gewagtes Spiel, man kann sich erkälten und am Fieber sterben; und sie sind alle beide gestorben!«

»Wacht auf! Wacht auf!« krähte der Hahn und

flog auf den Bretterzaun; der Schlaf saß ihm noch in den Augen, aber er krähte dennoch: »Es sind drei Hühner aus unglücklicher Liebe zu einem Hahn gestorben; sie haben sich alle Federn ausgerupft. Das ist eine scheußliche Geschichte; ich will sie nicht für mich behalten, erzählt sie weiter!«

»Erzählt sie weiter!« piepsten die Fledermäuse, und die Hühner gluckten und die Hähne krähten: »Erzählt sie weiter! Erzählt sie weiter!« Und so ging die Geschichte von Hühnerhaus zu Hühnerhaus und zuletzt zurück an den Ort, von dem sie einst ausgegangen war.

»Da sind fünf Hühner«, hieß es, »die sich alle Federn ausgerupft haben, um zu sehen, welches von ihnen aus Liebeskummer um den Hahn am magersten geworden sei, und dann hackten sie sich gegenseitig blutig und fielen tot um, zur Schmach und Schande für ihre Familie und zum großen Verlust für den Besitzer.«

Und die Henne, welche die eine kleine Feder verloren hatte, erkannte natürlich ihre eigene Geschichte nicht wieder, und da sie eine achtbare Henne war, sagte sie: »Ich verachte solche Hühner; aber es gibt mehr von der Sorte. So etwas soll man nicht verschweigen, und ich will dafür sorgen, daß diese Geschichte in die Zeitung kommt, dann geht sie durch das ganze Land; das haben diese Hühner verdient und deren Familie auch.«

Und es kam in die Zeitung, und es wurde gedruckt, und es ist ganz gewiß: Eine kleine Feder kann sehr wohl zu fünf Hühnern werden.

Der Tannenbaum

Draußen im Walde stand ein kleiner Tannenbaum; er hatte einen guten Platz, Sonne konnte er bekommen, Luft war genug da, und ringsumher wuchsen viele größere Kameraden, sowohl Tannen als Fichten. Aber dem kleinen Tannenbaum schien nichts so wichtig wie das Wachsen; er achtete nicht der warmen Sonne und der frischen Luft, er kümmerte sich nicht um die Bauernkinder, die da gingen und plauderten, wenn sie herausgekommen waren, um Erdbeeren und Himbeeren zu sammeln. Oft kamen sie mit einem ganzen Topf voll oder hatten Erdbeeren auf einen Strohhalm gezogen, dann setzten sie sich neben den kleinen Tannenbaum und sagten: »Wie klein er ist!« Das mochte der Baum gar nicht hören.

Im folgenden Jahre war er ein rechtes Stück größer, und im Jahr darauf ein noch größeres Stück, denn bei den Tannenbäumen kann man immer an den vielen Gliedern, die sie haben, sehen, wie viele Jahre sie gewachsen sind.

»Oh, wäre ich doch so groß wie die andern Bäume!« seufzte das kleine Bäumchen. »Dann könnte ich meine Zweige ebenso weit umher ausbreiten und mit der Krone in die Welt hinausblicken! Die Vögel würden dann Nester zwischen meinen Zweigen bauen, und wenn der Wind weht, könnte ich so vornehm nicken, gerade wie die andern dort!«

Er hatte gar keine Freude am Sonnenschein, an den Vögeln und den roten Wolken, die morgens und abends über ihn hinsegelten.

War es nun Winter und der Schnee lag ringsumher funkelnd weiß, so kam häufig ein Hase angesprungen und setzte gerade über den kleinen Baum weg. Oh, das war ärgerlich! Aber zwei Winter vergingen, und im dritten war das Bäumchen so groß, daß der Hase um es herumlaufen mußte. ›Oh, wachsen, wachsen, groß und alt werden, das ist doch das einzig Schöne auf dieser Welt!‹ dachte der Baum.

Im Herbst kamen immer Holzhauer und fällten einige der größten Bäume; das geschah jedes Jahr, und dem jungen Tannenbaum, der nun ganz gut gewachsen war, schauderte dabei; denn die großen, prächtigen Bäume fielen mit Knacken und Krachen zur Erde, die Zweige wurden abgehauen, die Bäume sahen ganz nackt, lang und schmal aus; sie waren fast nicht zu erkennen. Aber dann wurden sie auf Wagen gelegt, und Pferde zogen sie davon, aus dem Walde hinaus.

Wohin sollten sie? Was stand ihnen bevor?

Im Frühjahr, als die Schwalben und Störche kamen, fragte sie der Baum: »Wißt ihr nicht, wohin sie geführt wurden? Seid ihr ihnen begegnet?«

Die Schwalben wußten nichts, aber der Storch dachte nach, nickte mit dem Kopf und sagte: »Ja, ich glaube wohl; mir begegneten viele neue Schiffe, als ich aus Ägypten zurückflog; auf den Schiffen waren prächtige Mastbäume; ich darf annehmen, daß sie es waren, sie hatten Tannengeruch; ich kann vielmals von ihnen grüßen, sie sind schön und stolz!«

»Oh, wäre ich doch auch groß genug, um über das Meer hinfahren zu können! Was ist das eigentlich, dieses Meer, und wie sieht es aus?«

»Ja, das ist weitläufig zu erklären!« sagte der Storch, und damit ging er.

»Freue dich deiner Jugend!« sagten die Sonnenstrahlen; »freue dich deines frischen Wachstums, des jungen Lebens, das in dir ist!«

Und der Wind küßte den Baum, und der Tau weinte Tränen über ihn, aber das verstand der Tannenbaum nicht.

Gegen die Weihnachtszeit wurden stets ganz

junge Bäume gefällt, Bäume, die oft nicht einmal so groß oder gleichen Alters wie dieser Tannenbaum waren, der weder Rast noch Ruhe hatte, sondern immer davonwollte; diese jungen Bäume, und es waren gerade die allerschönsten, behielten immer alle ihre Zweige; sie wurden auf Wagen gelegt, und Pferde zogen sie zum Walde hinaus.

»Wohin sollen diese?« fragte der Tannenbaum. »Sie sind nicht größer als ich, einer ist sogar viel kleiner; weswegen behalten sie alle ihre Zweige? Wohin fahren sie?«

»Das wissen wir! Das wissen wir!« zwitscherten die Meisen. »Unten in der Stadt haben wir in die Fenster gesehen! Wir wissen, wohin sie fahren! Oh, sie gelangen zur größten Pracht und Herrlichkeit, die man sich denken kann! Wir haben in die Fenster gesehen und erblickt, daß sie mitten in der warmen Stube aufgepflanzt und mit den schönsten Sachen, vergoldeten Äpfeln, Honigkuchen, Spielzeug und vielen hundert Lichtern geschmückt werden.«

»Und dann?« fragte der Tannenbaum und bebte in allen Zweigen. »Und dann? Was geschieht dann?«

»Mehr haben wir nicht gesehen! Das war unvergleichlich schön!«

»Ob ich wohl bestimmt bin, diesen strahlenden Weg zu gehen?« jubelte der Tannenbaum. »Das ist noch besser, als über das Meer zu ziehen! Was ich für Sehnsucht leide! Wäre es doch Weihnachten! Nun bin ich hoch und entfaltet wie die andern, die im vorigen Jahre davongeführt wurden! Oh, wäre ich erst auf dem Wagen, wäre ich doch in der warmen Stube mit all der Pracht und Herrlichkeit! Und dann? Ja, dann kommt noch etwas Besseres, noch Schöneres, warum würden sie mich sonst so schmücken? Es muß noch etwas Größeres, Herrlicheres kommen! Aber was? Oh, ich leide, ich sehne mich, ich weiß selbst nicht, wie mir ist!«

»Freue dich unser!« sagten die Luft und das Sonnenlicht; »freue dich deiner frischen Jugend im Freien!«

Aber er freute sich durchaus nicht; er wuchs und wuchs, Winter und Sommer stand er grün; dunkelgrün stand er da, die Leute, die ihn sahen, sagten: »Das ist ein schöner Baum!« und zur Weihnachtszeit wurde er von allen zuerst gefällt. Die Axt hieb tief durch das Mark; der Baum fiel mit einem Seufzer zu Boden, er fühlte einen Schmerz, eine Ohnmacht, er konnte gar nicht an irgendein Glück denken, er war betrübt, von der Heimat scheiden zu müssen, von dem Flecke, auf dem er emporgeschossen war; er wußte ja, daß er die lieben alten Kameraden, die kleinen Büsche und Blumen ringsumher nie mehr sehen würde, ja vielleicht nicht einmal die Vögel. Die Abreise hatte durchaus nichts Behagliches.

Der Baum kam erst wieder zu sich, als er im Hofe mit andern Bäumen abgeladen wurde und einen Mann sagen hörte: »Dieser hier ist prächtig! Den nehmen wir und keinen anderen!«

Nun kamen zwei Diener in Livree und trugen den Tannenbaum in einen großen, schönen Saal. Ringsherum an den Wänden hingen Bilder, und bei dem großen Kachelofen standen große chinesische Vasen mit Löwen auf den Deckeln; da waren Schaukelstühle, seidene Sofas, große Tische voll von Bilderbüchern und Spielzeug für hundertmal hundert Taler; wenigstens sagten das die Kinder. Der Tannenbaum wurde in ein großes, mit Sand gefülltes Faß gestellt, aber niemand konnte sehen, daß es ein Faß war, denn es wurde rundherum mit grünem Zeug behängt und stand auf einem großen, bunten Teppich. Oh, wie der Baum bebte! Was würde da wohl vorgehen? Sowohl die Diener als die Fräulein schmückten ihn. An einen Zweig hängten sie kleine, aus farbigem Papier ausgeschnittene Netze, und jedes Netz war mit Zuckerwerk gefüllt. Vergoldete Äpfel und Walnüsse hingen herab, als wären sie festgewachsen, und über hundert rote, blaue und weiße kleine Kerzen wurden in den Zweigen festgesteckt. Puppen, die leibhaft wie die Menschen aussahen – der Baum hatte früher nie solche gesehen –, schwebten im Grünen, und hoch oben in der Spitze wurde ein Stern von Flittergold befestigt. Das war prächtig, ganz außerordentlich prächtig!

»Heute abend«, sagten alle, »heute abend wird er strahlen!« und sie waren außer sich vor Freude.

›Oh‹, dachte der Baum, ›wäre es doch Abend! Würden nur die Lichter bald angezündet! Und was dann wohl geschieht? Ob da wohl Bäume aus dem Walde kommen, mich zu sehen? Ob die Meisen gegen die Fensterscheiben fliegen? Ob ich hier festwachse und Winter und Sommer geschmückt stehen werde?‹

Ja, was konnte der Tannenbaum wissen; aber er hatte ordentlich Rindenschmerzen vor lauter Sehnsucht, und Rindenschmerzen sind für einen Baum ebenso schlimm wie Kopfschmerzen für uns Menschen.

Nun wurden die Lichter angezündet. Welcher Glanz, welche Pracht! Der Baum bebte in allen Zweigen dabei, so daß eins der Lichter das Grüne anbrannte; es sengte ordentlich.

»Gott bewahre!« schrien die Fräulein und löschten es hastig aus.

Nun durfte der Baum nicht einmal beben. Oh, das war ein Graus! Ihm war bange, etwas von seiner Pracht zu verlieren; er war ganz betäubt von all dem Glanze. Da gingen beide Flügeltüren auf, und eine Menge Kinder stürzte herein, als wollten sie den ganzen Baum umwerfen, die älteren Leute kamen bedächtig nach; die Kleinen standen ganz stumm, aber nur einen Augenblick, dann jubelten sie wieder, daß es laut schallte; sie tanzten um den Baum herum, und ein Geschenk nach dem andern wurde abgepflückt und verteilt.

›Was machen sie?‹ dachte der Baum. ›Was soll geschehen?‹ Die Lichter brannten gerade bis auf die Zweige herunter, und als sie heruntergebrannt waren, wurden sie ausgelöscht, und dann erhielten die Kinder die Erlaubnis, den Baum zu plündern. Sie stürzten auf ihn zu, daß es in allen Zweigen knackte; wäre er nicht unter dem Goldstern mit der Spitze an der Decke festgemacht gewesen, so wäre er umgefallen. Die Kinder tanzten mit ihrem schönen Spielzeug herum, niemand sah nach dem Baume, ausgenommen das alte Kindermädchen, das zwischen die Zweige blickte; aber es geschah nur, um zu sehen, ob nicht noch eine Feige oder ein Apfel vergessen sei.

»Eine Geschichte, eine Geschichte!« riefen die Kinder und zogen einen kleinen dicken Mann zu dem Baum hin, und er setzte sich gerade unter ihn, »denn so sind wir im Grünen«, sagte er, »und der Baum kann auch gleich zuhören! Aber ich erzähle nur eine Geschichte. Wollt ihr die von Ivede-Avede oder die von Klumpe-Dumpe hören, der die Treppen hinunterfiel und doch erhöht wurde und die Prinzessin bekam?«

»Ivede-Avede!« schrien einige, »Klumpe-Dumpe!« schrien andere. Das war ein Rufen! Nur der Tannenbaum schwieg ganz still und dachte: ›Komme ich gar nicht mit, werde ich nichts dabei zu tun haben?‹ Er hatte ja geleistet, was er sollte.

Der Mann erzählte von Klumpe-Dumpe, der die Treppen hinunterfiel und doch erhöht wurde und die Prinzessin bekam. Und die Kinder klatschten in die Hände und riefen: »Erzähle, erzähle!« Sie wollten auch die Geschichte von Ivede-Avede hören, aber sie bekamen nur die von Klumpe-Dumpe. Der Tannenbaum stand ganz stumm und gedankenvoll da, nie hatten die Vögel im Walde dergleichen erzählt. ›Klumpe-Dumpe fiel die Treppen hinunter und bekam doch die Prinzessin! Ja, ja, so geht es in der Welt zu!‹ dachte der Tannenbaum und glaubte, daß es wahr sei, weil ein so netter Mann es erzählt hatte. ›Ja, ja! Vielleicht falle auch ich die Treppe hinunter und bekomme eine Prinzessin!‹ Und er freute sich, den nächsten Tag wieder mit Lichtern und Spielzeug, Gold und Früchten und dem Stern von Flittergold aufgeputzt zu werden.

›Morgen werde ich nicht zittern!‹ dachte er. ›Ich will mich recht aller meiner Herrlichkeit freuen. Morgen werde ich wieder die Geschichte von Klumpe-Dumpe und vielleicht auch die von Ivede-Avede hören.‹ Und der Baum stand die ganze Nacht still und gedankenvoll da.

Am Morgen kamen die Diener und das Kindermädchen herein.

›Nun werde ich wieder geschmückt!‹ dachte der Baum; aber sie schleppten ihn zum Zimmer hinaus, die Treppe hinauf, auf den Boden und stellten ihn in einen dunklen Winkel, wohin kein Tageslicht schien. ›Was soll das bedeuten?‹ dachte der Baum. ›Was soll ich hier wohl machen? Was soll ich hier wohl hören?‹ Er lehnte sich gegen die Mauer und dachte und dachte. Und er hatte Zeit genug, denn es vergingen Tage und Nächte; niemand kam herauf, und als endlich jemand kam, so geschah es, um einige große Kästen in den Winkel zu stellen; der Baum stand ganz versteckt, man mußte glauben, daß er ganz vergessen war.

›Nun ist es Winter draußen!‹ dachte der Baum. ›Die Erde ist hart und mit Schnee bedeckt, die Menschen können mich nicht pflanzen; deshalb soll ich wohl bis zum Frühjahr hier in Schutz stehen! Wie wohlbedacht ist das! Wie die Menschen doch so gut sind! Wäre es hier nur nicht so dunkel und schrecklich einsam! Nicht einmal ein kleiner Hase! Das war doch angenehm da draußen im Walde, wenn der Schnee lag und der Hase vorbeisprang, ja selbst als er über mich hinwegsprang; aber damals mochte ich es nicht leiden. Hier oben ist es doch schrecklich einsam!‹

»Piep, piep!« sagte da eine kleine Maus und huschte hervor; und dann kam noch eine kleine. Sie beschnüffelten den Tannenbaum, und dann schlüpften sie zwischen seine Zweige.

»Es ist eine greuliche Kälte!« sagten die kleinen Mäuse. »Aber sonst ist es hier ganz gemütlich; nicht wahr, du alter Tannenbaum?«

»Ich bin gar nicht alt!« sagte der Tannenbaum; »es gibt viele, die weit älter sind als ich!«

»Woher kommst du?« fragten die Mäuse, »und was weißt du?« Sie waren schrecklich neugierig. »Erzähle uns doch von den schönsten Orten auf Erden! Bist du dort gewesen? Bist du in der Speisekammer gewesen, wo Käse auf den Brettern liegen und Schinken unter der Decke hängen, wo man auf Talglichtern tanzt, mager hineingeht und fett herauskommt?«

»Das kenne ich nicht«, sagte der Baum; »aber den Wald kenne ich, wo die Sonne scheint und die Vögel singen!« Und dann erzählte er alles aus seiner Jugend. Die kleinen Mäuse hatten früher nie dergleichen gehört, sie horchten auf und sagten: »Wieviel du gesehen hast! Wie glücklich du gewesen bist!«

»Ich?« sagte der Tannenbaum und dachte nach über das, was er selbst erzählt hatte. »Ja, es waren im Grunde ganz fröhliche Zeiten!« Aber dann erzählte er vom Weihnachtsabend, wo er mit Zukkerwerk und Lichtern geschmückt war.

»Oh«, sagten die kleinen Mäuse, »wie glücklich du gewesen bist, du alter Tannenbaum!«

»Ich bin gar nicht alt!« sagte der Baum; »erst in diesem Winter bin ich aus dem Walde gekommen! Ich bin in meinen allerbesten Jahren, ich bin nur so aufgeschossen.«

»Wie schön du erzählst!« sagten die kleinen Mäuse, und in der nächsten Nacht kamen sie mit vier anderen kleinen Mäusen, die den Baum erzählen hören sollten, und je mehr er erzählte, desto deutlicher erinnerte er sich selbst an alles und dachte: ›Es waren doch ganz fröhliche Zeiten! Aber sie können wiederkommen, können wiederkommen! Klumpe-Dumpe fiel die Treppe hinunter und bekam doch die Prinzessin; vielleicht kann ich auch eine Prinzessin bekommen.‹ Und dann dachte der Tannenbaum an eine kleine, niedliche Birke, die draußen im Walde wuchs; das war für den Tannenbaum eine wirkliche, schöne Prinzessin.

»Wer ist Klumpe-Dumpe?« fragten die kleinen Mäuse. Da erzählte der Tannenbaum das ganze Märchen, er konnte sich jedes einzelnen Wortes entsinnen; die kleinen Mäuse hörten aufmerksam zu, denn sie hatten es satt, nur zum Vergnügen in den Zweigen herumzuspringen. In der folgenden Nacht kamen weit mehr Mäuse und am Sonntag sogar zwei Ratten, aber die meinten, die Geschichte sei nicht hübsch, und das betrübte die kleinen Mäuse, denn nun hielten sie auch weniger davon.

»Wissen Sie nur die eine Geschichte?« fragten die Ratten.

»Nur die eine«, antwortete der Baum; »die hörte ich an meinem glücklichsten Abend, aber damals wußte ich selbst nicht, wie glücklich ich war.«

»Das ist eine höchst jämmerliche Geschichte! Kennen Sie keine von Speck und Talglicht? Keine Speisekammergeschichte?«

»Nein!« sagte der Baum.

»Ja, dann danken wir dafür!« erwiderten die Ratten und gingen zu den Ihrigen zurück.

Die kleinen Mäuse blieben zuletzt auch weg, und da seufzte der Baum: »Es war doch ganz hübsch, als sie um mich herumsaßen, die lebhaften kleinen Mäuse, und zuhörten, wie ich erzählte! Nun ist auch das vorbei! Aber ich werde gerne daran denken, wenn ich wieder hervorgenommen werde.«

Aber wann geschah das? Ja, es war eines Morgens, da kamen Leute und wirtschafteten auf dem Boden; die Kästen wurden weggesetzt, der Baum wurde hervorgezogen; sie warfen ihn freilich ziemlich hart gegen den Fußboden, aber ein Diener schleppte ihn gleich zur Treppe hin, wo der Tag leuchtete.

›Nun beginnt das Leben wieder!‹ dachte der Baum; er fühlte die frische Luft, die ersten Sonnenstrahlen, und nun war er draußen im Hofe. Alles ging geschwind, der Baum vergaß völlig, sich selbst zu betrachten, da war so vieles ringsumher zu sehen. Der Hof stieß an einen Garten, und alles blühte darin; die Rosen hingen frisch und duftend über das kleine Gitter hinaus, die Lindenbäume blühten, und die Schwalben flogen umher und sagten: »Quirrevirrevit, mein Mann ist kommen!« Aber es war nicht der Tannenbaum, den sie meinten.

»Nun werde ich leben!« jubelte der und breitete seine Zweige weit aus; aber ach, die waren alle vertrocknet und gelb; und er lag da zwischen Unkraut und Nesseln. Der Stern von Goldpapier saß noch oben in der Spitze und glänzte im hellen Sonnenschein.

Im Hofe selbst spielten ein paar der munteren Kinder, die zur Weihnachtszeit den Baum umtanzt hatten und so froh über ihn gewesen waren. Eins der kleinsten lief hin und riß den Goldstern ab.

»Sieh, was da noch an dem häßlichen, alten Tannenbaum sitzt!« sagte es und trat auf die Zweige, so daß sie unter seinen Stiefeln knackten.

Der Baum sah auf all die Blumenpracht und Frische im Garten, er betrachtete sich selbst und wünschte, daß er in seinem dunklen Winkel auf dem Boden geblieben wäre; er gedachte seiner frischen Jugend im Walde, des lustigen Weihnachtsabends und der kleinen Mäuse, die sich so munter die Geschichte von Klumpe-Dumpe angehört hatten.

»Vorbei, vorbei!« sagte der arme Baum. »Hätte ich mich doch gefreut, als ich es noch konnte. Vorbei, vorbei!«

Der Diener kam und hieb den Baum in kleine Stücke, ein ganzes Bund lag da; hell flackerte es auf unter dem großen Braukessel. Der Baum seufzte tief, und jeder Seufzer war einem kleinen Schusse gleich; deshalb liefen die Kinder, die da spielten, herbei und setzten sich vor das Feuer, blickten hinein und riefen: »Piff, paff!« Aber bei jedem Knalle, der ein tiefer Seufzer war, dachte der Baum an einen Sommerabend im Walde oder an eine Winternacht da draußen, wenn die Sterne funkelten; er dachte an den Weihnachtsabend und an Klumpe-Dumpe, das einzige Märchen, das er je gehört hatte und zu erzählen wußte – und dann war der Baum verbrannt.

Die Jungen spielten im Garten, und der kleinste hatte den Goldstern auf der Brust, den der Baum an seinem glücklichsten Abend getragen hatte. Nun war der Abend längst vorbei, und mit dem Baum war es vorbei und mit der Geschichte ist es auch vorbei – aus und vorbei.

So geht es mit allen Geschichten!

Ein scheinbar glücklicher Dichter

von Walter Muschg

Der Däne Hans Christian Andersen (geboren 1805 in Odense, gestorben 1875 in Kopenhagen), ein Volksliebling, war in seinem Leben tatsächlich ein Glückspilz sondergleichen. Nicht umsonst hat er seinen Aufstieg als das »Märchen meines Lebens« beschrieben. Mit vierzehn Jahren zog er als Kind eines armen Schusters in die Hauptstadt Kopenhagen, um ein berühmter Mann zu werden, überstand, in seinen Glückstraum wie in einen Zauberschleier gehüllt, die ersten Hungerjahre, fand einige Gönner, konnte verspätet die Schulen besuchen und machte sich als Schriftsteller einen Namen. Er hielt seine Person für den Mittelpunkt der Welt und verstand es in seltenem Maß – er war wegen seiner naiven Zudringlichkeit gefürchtet –, die Menschen für sich auszunützen. So stieg er wie ein Märchenheld immer höher empor, erlebte die seltensten Erfolge und Ehren, war mit Königen und allen Großen seiner Zeit befreundet und sättigte auf Reisen um die halbe Erde seinen Lebenshunger. Das Armeleutekind wurde ein Stammgast in den Hallen der internationalen Hotels und ließ sich in den dänischen Schlössern als Nationaldichter feiern und verwöhnen. Andersen hatte davon noch lange nicht genug, als er mit siebzig Jahren starb. Aber auch sein Glück hatte eine Kehrseite. Er verwand es nie, daß er nur als Erzähler anerkannt wurde, mit seinen dramatischen Sachen dagegen nur Achtungserfolge hatte. Er heulte wie ein ungezogenes Kind, wenn wieder eines seiner Stücke durchgefallen war. Noch schmerzhafter nagte an ihm das Ausbleiben des menschlichen Glücks. Er war unverheiratet, ohne Liebe und ohne Heimat, sein Globetrottertum im Grund eine Flucht vor dieser Verlassenheit. Trotz seiner Berühmtheit empfand er sich heimlich als Paria, die rauschenden Feste um seine Person brachten ihm zum Bewußtsein, daß er ein Ausgestoßener war. Das häßliche Entlein wurde nur im Märchen zum Schwan, in der Wirklichkeit blieb es die »lange, schlottrige, lemurenhaft eingeknickte Gestalt mit einem ausnehmend häßlichen Gesicht«, als die Hebbel Andersen beschreibt. Die mit ihm befreundete Sängerin Jenny Lind ließ ihn wie einen Schuljungen stehen, als er ihr seine Liebe erklärte. In jungen Jahren hatte er eine schöne Kaufmannstochter begehrt, die schon verlobt war, aber ihn bewunderte und ihm zugefallen wäre, wenn er sich nicht plötzlich von ihr abgekehrt hätte. Er suchte damals noch den Ruhm, nicht das Glück. Der tote Andersen trug einen Lederbeutel auf der Brust, in dem sich ein Brief jener Jugendgeliebten befand und der nach seiner letztwilligen Verfügung ungelesen verbrannt werden mußte. Der einzige Liebesbrief, den er empfangen und falsch beantwortet hatte, war ihm mehr wert als alle Lorbeeren.

Bitte beachten Sie auch die folgenden Seiten

Die schönsten Märchen der Brüder Grimm

Ausgewählt von Daniel Keel und Gesine Treptow
Mit einem Vorwort der Herausgeber,
Erinnerungen von Herman Grimm
und einem Nachwort von Otto A. Böhmer

Unumstritten ist der Rang der Märchen der Brüder Grimm – sie sind Weltliteratur. Für diese Ausgabe wurden die insgesamt 240 Märchen, die die Brüder Grimm zusammengetragen haben, einer strengen Auswahl unterzogen und die fünfzig schönsten, skurrilsten, lustigsten und traurigsten herausgesucht – für Erwachsene *und* Kinder. Hier kann man die Lieblingsgeschichten der Kindheit wieder entdecken – *Schneewittchen* etwa, *Dornröschen*, *Rotkäppchen* oder *Hänsel und Gretel* – und von vielen immer noch fast unbekannten in Staunen versetzt werden, so von den zauberhaften *Drei Federn*, dem *Mond*, der *Rübe* oder von der schauerlichen Geschichte *Von dem Wacholderbaum.*

»Märchen gehören zum bedeutungsvollsten, was Menschen über Menschen je geäußert haben.«
Federico Fellini

Außerdem lieferbar:

Märchen der Brüder Grimm

Ausgewählt von Lore Segal und Maurice Sendak
Mit Zeichnungen von Maurice Sendak

»Ein wahres Grimm-Spektakel: Eindringlicher sind Zauber und Schrecken in der phantastischen Traumwelt von Schneewittchen, Hänsel und Gretel oder Gevatter Tod nicht dargestellt worden.«
Stern, Hamburg

»Diese Bilder und die Märchen interpretieren einander völlig einleuchtend. Ein Höhepunkt zeitgenössischer Buchillustration.« *Barbara von Wulffen / Süddeutsche Zeitung, München*

Märchen aus dem alten Venedig

Herausgegeben, übersetzt und mit
einem Nachwort von Herbert Boltz
Unter Mitarbeit von Heidrun Vollmer

Ein König wurde von einem Floh gebissen oder *Mißgelaunt über den schlechten Gang der Geschäfte kam einst ein Kaufmann von einer weiten Handelsreise zurück*: So beginnen die volkstümlichen Märchen aus der Stadt der Kaufleute. Venedig besitzt eine reiche, eigenständige Tradition von Legenden und Märchen, die bald rührend und spannend, bald witzig und erotisch, bisweilen derb und lakonisch sind. Fischer, Handwerker, Kaufherren und Bettler, aber auch Hexen und Feen bevölkern diese Geschichten, die man sich im Winter in den Spinnstätten bei einem Stück Polenta und einem Schoppen Wein erzählte. Die Männer warben hier um die Frauen, und so umkreist das Erzählte auch immer die Liebe und das Begehren. Treffsicherer Humor und selbstgewisse Weltklugheit zeichnen die Venezianer von jeher aus und so auch ihre zeitlosen Geschichten, die von alters her überliefert sind.

»Diese Geschichten durchweht der unverwechselbare Geist Venedigs. Immer sind sie irgendwie auf das Wasser bezogen: auf das Meer, die Kanäle, die Schiffe, die Reisen nach fernen Gestaden. Aus der maritimen Welt Venetiens erwächst eine Imaginationskraft, die den Märchen ihr eigenständiges Gepräge verleiht.«
Italo Calvino

»Diese Märchen legen ein wunderbares Zeugnis vom Witz und der Respektlosigkeit der Venezianer ab.«
Donna Leon

Märchen aus der Toskana

Mit einem Vorwort von Magdalen Nabb
Herausgegeben, übersetzt und mit einem
Nachwort von Herbert Boltz,
unter Mitarbeit von Heidrun Vollmer

In der Toskana sind die Nächte so dunkel und die Sommerabende so lau, daß sie einen zum Geschichtenerzählen verleiten. Seit Generationen versammeln sich die Toskaner an solchen Abenden und erzählen sich ihre alten Märchen – Geschichten von handfester Erotik und zarter Liebe, von kleinen Betrügereien und großen Begierden und von den Freuden des Alltags. Unter anderem geht es darum, was die Männer von den Frauen unterscheidet, wie einem Florentiner die Abenteuerlust verging, warum der März einunddreißig Tage hat, was man sich nicht wünschen soll und warum man auch einmal abwarten können muß…

»Es ist eine große Freude, diese Geschichten lesen zu können, deren Protagonisten die Toskaner sind, unter denen ich gelebt habe – ironisch, entlarvend, direkt und unsentimental, vorsichtig gegenüber Priestern und kritisch gegenüber Gott, bekannt für ihren Geiz, aber oft auch erstaunlich großzügig und immer voller Liebe für ihr herrliches Essen, ihren Wein und ihre wundervolle Landschaft.« *Magdalen Nabb im Vorwort*

»Die Toskana und Sizilien sind die bevorzugten Märchenregionen unseres Landes. Das gilt gleichermaßen für die Quantität wie die Qualität des Materials.«
Italo Calvino

Das große Märchenbuch

Die schönsten Märchen aus Europa
Gesammelt von Christian Strich,
mit über 600 Bildern von Tatjana Hauptmann
Ein Diogenes Hausbuch

»Ein Buch zum Schmökern und Stöbern… mit vorzüglichen Zeichnungen und Aquarellen von Tatjana Hauptmann, deren Figuren nicht wie in anderen Märchenbüchern niedlich sind, sondern keck und frech, dumm und dreist, hochnäsig und arrogant, lieb und böse – ganz wie im wirklichen Leben.«
Der Tagesspiegel, Berlin

»Tatjana Hauptmann, schon berühmt und vielgeehrt, hat sich selbst übertroffen.«
Maria Frisé/Frankfurter Allgemeine Zeitung

»Ein Buch, das ich allen Kindern wünsche – und auch deren Eltern.«
Gregor Filthaut/Süddeutscher Rundfunk

»Märchen kann man in seinem Leben zweimal und zweifach lesen. Zuerst einfältig, als Kind, mit dem naiven Glauben, daß die belebt-bunte Welt ihrer Geschehnisse eine wahrhaftige sei, und dann, viel, viel später, mit dem vollen Bewußtsein ihrer Erfindung.«
Stefan Zweig

Klassiker im Diogenes Verlag

● Hans Christian Andersen
)ie schönsten Märchen. Ausgewählt von
›aniel Keel und Silvia Zanovello. Mit einem
'orwort von Egon Friedell und einem Nach-
›ort von Walter Muschg

Angelus Silesius
er cherubinische Wandersmann. Geistreiche
nn- und Schlußreime. Herausgegeben und
't einem Nachwort von Erich Brock

Jane Austen
nma. Roman. Aus dem Englischen von
›rst Höckendorf. Mit einem Nachwort von
aus Udo Szudra
fühl und Verstand. Roman. Deutsch von
ka Gröger
: Abtei von Northanger. Roman. Deutsch,
: einem Nachwort und Anmerkungen von
ristiane Agricola
Liebe der Anne Elliot oder Überredungs-
ɪst. Roman. Deutsch und mit einem Nach-
:t von Gisela Reichel

Honoré de Balzac
ei Frauen. Roman. Aus dem Französischen
Gabrielle Betz
Frau von dreißig Jahren. Roman. Deutsch
Erich Noether. Mit einem Nachwort von
en Lerch
er Goriot. Roman. Deutsch von Rosa Scha-
Mit einem Nachwort von W. Somerset
gham
gesellenwirtschaft. Roman. Deutsch von
z Hessel
rene Illusionen. Roman. Deutsch von
Flake. Mit einem Nachwort von Hans-
Neuschäfer
e Lisbeth. Roman. Deutsch von Paul Zech
er Pons. Roman. Deutsch von Otto Flake
dunkle Geschichte. Roman. Deutsch von
rich von Oppeln-Bronikowski und Frieda
)ppeln
reiste Geschichten. Deutsch und mit ei-
Nachwort von Herbert Kühn. Mit Bil-
von Gustave Doré
btes Leben. Herausgegeben von Werner
-Hartmann
ische Geschichten. Deutsch von Franz
l, Else von Hollander und Emmi Hirsch-
Mit einem Nachwort von Wilhelm Dil-

lädchen mit den Goldaugen. Erzählung.
ch von Victor von Koczian. Mit einem
wort von Stefan Zweig

Oberst Chabert. Erzählung. Deutsch von Ernst Weiss
Balzac – Leben und Werk. Zeugnisse und Aufsätze von Victor Hugo bis Georges Simenon. Mit einem Repertorium der wichtigsten Romanfiguren, Chronik und Bibliographie. Herausgegeben von Claudia Schmölders

● Charles Baudelaire
Die Tänzerin Fanfarlo und *Der Spleen von Paris.* Prosadichtungen. Aus dem Französischen von Walther Küchler
Die Blumen des Bösen. Gedichtzyklus. Deutsch von Terese Robinson. Nachwort von Hans H. Henschen

● Ludwig van Beethoven
Briefe. Herausgegeben von Erich Valentin

● Ambrose Bierce
Meistererzählungen. Auswahl und Vorwort von Mary Hottinger. Aus dem Amerikanischen von Joachim Uhlmann. Mit Zeichnungen von Tomi Ungerer (vorm.: *Die Spottdrossel*)

● Giovanni Boccaccio
Meistererzählungen aus dem Decamerone. Aus dem Italienischen von Heinrich Conrad. Ausgewählt von Silvia Sager

● Ulrich Bräker
Der arme Mann im Tockenburg. Lebensgeschichte und Natürliche Ebentheuer des armen Mannes im Tockenburg. Herausgegeben von Samuel Voellmy. Mit einem Vorwort von Hans Mayer

● Charlotte Brontë
Jane Eyre. Eine Autobiographie. Roman. Aus dem Englischen von Bernhard Schindler. Mit einem Essay von Klaus Mann

● Emily Brontë
Sturmhöhe. Aus dem Englischen von Gladys von Sondheimer

● Charles Brockden Brown
Arthur Mervyn oder Die Pest in Philadelphia. Herausgegeben und mit einem Nachwort versehen von Frederik Burwick

● Georg Büchner
Werke und Briefe. Dantons Tod / Lenz / Leonce und Lena / Woyzeck / Über Schädelnerven / Briefe. Herausgegeben und mit einem Vorwort von Franz Josef Görtz. Mit einem Nachwort von Friedrich Dürrenmatt

● Wilhelm Busch

Max und Moritz. Eine Bubengeschichte in sieben Streichen. Mit einem Nachwort von Dr. Friedrich Bohne. Als Vorlage diente ein ausgesuchter handkolorierter Frühdruck
Gedichte
Die fromme Helene
Tobias Knopp. Trilogie
Hans Huckebein/Fipps der Affe/Plisch und Plum

● Anton Čechov

Das dramatische Werk in 8 Bänden. Neu übersetzt, transkribiert und herausgegeben von Peter Urban. Jeder Band bringt den unzensurierten Text mit sämtlichen Varianten und Lesarten, Auszüge aus Čechovs Notizbüchern, Anmerkungen und einen editorischen Bericht
Der Kirschgarten. Komödie in vier Akten
Der Waldschrat. Komödie in vier Akten
Die Möwe. Komödie in vier Akten
Onkel Vanja. Szenen aus dem Landleben in vier Akten
Ivanov. Drama in vier Akten
Drei Schwestern. Drama in vier Akten
Die Vaterlosen (vorm.: *Platonov*). Übersetzt, herausgegeben und mit einem Anhang von Peter Urban
Sämtliche Einakter

Das erzählerische Werk in 10 Bänden. Aus dem Russischen von Gerhard Dick, Wolf Düwel, Ada Knipper, Hertha von Schulz, Michael Pfeiffer und Georg Schwarz. Gesamtredaktion, Anmerkungen und Nachweise von Peter Urban
Ein unbedeutender Mensch. Erzählungen 1883–1885
Gespräch eines Betrunkenen mit einem nüchternen Teufel. Erzählungen 1886
Die Steppe. Erzählungen 1887–1888
Flattergeist. Erzählungen 1888–1892
Rothschilds Geige. Erzählungen 1893–1896
Die Dame mit dem Hündchen. Erzählungen 1897–1903
Eine langweilige Geschichte / Das Duell. Kleine Romane I
Krankenzimmer Nr. 6 / Erzählung eines Unbekannten. Kleine Romane II
Drei Jahre / Mein Leben. Kleine Romane III
Die Insel Sachalin. Reisebericht

Ein unnötiger Sieg. Frühe Novellen und Kleine Romane. Deutsch von Beate Rausch und Peter Urban. Herausgegeben, mit Anmerkungen und einem Nachwort von Peter Urban
Das Drama auf der Jagd. Eine wahre Begebenheit. Roman. Übersetzt von Peter Urban

Meistererzählungen. Ausgewählt von Fra
Sutter. Deutsch von Ada Knipper, Herta v
Schulz und Gerhard Dick

Gesammelte Humoresken und Satiren in zw
Bänden. Übersetzt und herausgegeben v
Peter Urban
Das Leben in Fragen und Ausrufen. Hum
resken und Satiren 1880–1884
Aus den Erinnerungen eines Idealisten. H
moresken und Satiren 1885–1892
Frühe Erzählungen in zwei Bänden. Üb
setzt und herausgegeben von Peter Urban
Er und sie. Frühe Erzählungen 1880–188
Ende gut. Frühe Erzählungen 1886–1887
Gesammelte Stücke. Übersetzt und heraus
geben von Peter Urban
Briefe 1877–1904 in 5 Bänden. Übersetzt
herausgegeben von Peter Urban
Čechov-Chronik. Daten zu Leben und W
Zusammengestellt von Peter Urban. Der
hang bringt ein Nachwort, das Inhalts
zeichnis der ersten russischen Gesamtaus
und eine Bibliographie aller deutschen Ü
setzungen
Anton Čechov – Sein Leben in Bildern. He
gegeben von Peter Urban. Mit 739 A
dungen, einem Anhang mit Daten zu L
und Werk und einem Personenregister
Freiheit von Gewalt und Lüge. Geda
über Aufklärung, Fortschritt, Kunst, L
Müßiggang und Politik. Zusammenge
von Peter Urban. Mit fünf Porträts und
Selbstkarikatur von Doktor Čechov
Wie soll man leben? Anton Čechov liest
Aurel. Herausgegeben, deutsch und mit e
Vorwort von Peter Urban
Das Čechov Lesebuch. Herausgegeben,
mentiert und mit einem Vorwort von
Urban
Kaschtanka und andere Kindergeschi
Ausgewählt und aus dem Russischen
setzt von Peter Urban. Mit Zeichnunge
Tatjana Hauptmann

● Miguel de Cervantes Saav

Leben und Taten des scharfsinnigen
Don Quixote von la Mancha. Roman
dem Spanischen von Ludwig Tieck. Mit
Essay von Heinrich Heine und Illustra
von Gustave Doré

● Choderlos de Laclos

Gefährliche Liebschaften. Roman. Au
Französischen von Franz Blei. Mit
Nachwort von Renate Briesemeister

● Joseph Conrad

Lord Jim. Roman. Aus dem Englischen von Fritz Lorch. Nachwort von Otto A. Böhmer
Der Geheimagent. Eine einfache Geschichte. Deutsch von Günter Danehl
Herz der Finsternis. Erzählung. Deutsch und mit einem Nachwort von Urs Widmer

● James Fenimore Cooper

Der letzte Mohikaner. Ein Bericht über das Jahr 1757. Aus dem Amerikanischen von L. Tafel

● Dante Alighieri

Die göttliche Komödie. Aus dem Italienischen von Philaletes (König Johann von Sachsen). Mit einer kleinen Abhandlung zum Lobe Dantes von Giovanni Boccaccio

Daniel Defoe

obinson Crusoe. Seine ersten Seefahrten, sein chiffbruch und sein siebenundzwanzigjähriger Aufenthalt auf einer unbewohnten Insel. Mit einem Nachwort von Ulrich Greiner

Charles Dickens

usgewählte Romane und Geschichten. In der deutschen Übertragung von Gustav Meyrink
avid Copperfield. Roman. Mit einem Essay on W. Somerset Maugham
liver Twist. Roman
eakhaus. Roman. Mit einem Nachwort von ans Hennecke
ie Pickwickier. Roman. Mit einem Nachwort von Walter Kluge
artin Chuzzlewit. Roman. Mit einem Nachwort von Jérôme von Gebsattel
ihnachtslied. Eine Gespenstergeschichte. utsch von Richard Zoozmann. Mit Zeichngen von Tatjana Hauptmann und einem ay von John Irving

John Donne

himie der Liebe. Gedichte, zweisprachig. sgewählt, aus dem Englischen sowie mit em Nachwort und Anmerkungen versehen Werner von Koppenfels

Fjodor Dostojewskij

sterererzählungen. Herausgegeben, aus dem sischen und mit einem Nachwort von Jones von Guenther

Joseph von Eichendorff

dem Leben eines Taugenichts. Novelle. einem Nachwort von Hermann Hesse
Das Marmorbild und andere Erzählungen. Mit einem Nachwort von Otto A. Böhmer (vorm.: *Meistererzählungen*)

● Ralph Waldo Emerson

Natur. Aus dem Amerikanischen von Harald Kiczka. Mit dem Nachruf auf Emerson von Herman Grimm
Essays. Erste Reihe. Herausgegeben, deutsch und mit einem ausführlichen Anhang von Harald Kiczka
Von der Schönheit des Guten. Betrachtungen und Beobachtungen. Ausgewählt, übertragen und mit einem Vorwort von Egon Friedell. Nachwort von Wolfgang Lorenz
Repräsentanten der Menschheit. Sieben Essays. Deutsch von Karl Federn. Mit einem Nachwort von Egon Friedell

● Erasmus von Rotterdam

Das Lob der Narrheit. Mit vielen Kupfern nach Illustrationen von Hans Holbein und einem Nachwort von Stefan Zweig
Die Klage des Friedens. Aus dem Lateinischen übersetzt, herausgegeben und mit einem Vorwort von Brigitte Hannemann
Vertrauliche Gespräche. Übersetzt, herausgegeben und mit einem Vorwort versehen von Kurt Steinmann

● Gustave Flaubert

Werke in acht Bänden in Kassette. Alle Bände auch einzeln lieferbar:
Leidenschaft und Tugend. Erste Erzählungen. Herausgegeben, aus dem Französischen übersetzt und mit einem Nachwort von Traugott König (vorm.: *Jugendwerke*)
Memoiren eines Irren. November, Erinnerungen, Aufzeichnungen und innerste Gedanken. Herausgegeben, übersetzt und mit einem Nachwort von Traugott König (vorm.: *November*)
Die Versuchung des heiligen Antonius. Deutsch von Felix Paul Greve. Mit einem Brief von Ernest Renan, einem Essay von Paul Valéry sowie einem Glossar im Anhang
Madame Bovary. Sitten der Provinz. Roman. Deutsch von René Schickele und Irene Riesen. Mit den Rezensionen von Sainte-Beuve, Jules Barbey d'Aurevilly und Charles Baudelaire sowie einem Nachwort von Heinrich Mann
Salammbô. Roman. Deutsch von Friedrich von Oppeln-Bronikowski. Mit Rezensionen von Gautier, Berlioz und George Sand, den Verteidigungsbriefen Flauberts an Sainte-Beuve und Froehner sowie zwei Karten und einem Glossar im Anhang

Drei Geschichten. Ein schlichtes Herz/Die Legende von Sankt Julian dem Gastfreien/Herodias. Deutsch von E.W. Fischer. Mit Äußerungen von Théodore de Banville, Maxim Gorki, Marcel Schwob und Anatole France im Anhang
Bouvard und Pécuchet. Roman. Deutsch von Erich Marx. Mit Essays von Raymond Queneau, Lionel Trilling und Jorge Luis Borges sowie einem Glossar im Anhang
Die Erziehung des Herzens. Geschichte eines jungen Mannes. Deutsch von E.A. Rheinhardt. Mit den Rezensionen von Jules Barbey d'Aurevilly, George Sand und Émile Zola sowie einem Glossar im Anhang
Briefe. Herausgegeben und übersetzt von Helmut Scheffel
Reisetagebuch aus Ägypten. Deutsch von E.W. Fischer. Mit einem Nachwort von Wolfgang Koeppen
Leben und Werk. Herausgegeben von Gerd Haffmans, Franz Cavigelli und Daniel Kampa (vorm.: *Über Flaubert*)

• Theodor Fontane

Frau Jenny Treibel. Roman. Mit einem Nachwort von Kurt Tucholsky
Schach von Wuthenow. Erzählung. Mit einem Nachwort von Marcel Reich-Ranicki
L'Adultera. Roman. Mit einem Nachwort von Werner Weber
Der Stechlin. Roman. Mit einem Nachwort von Peter Härtling
Effi Briest. Roman. Mit einem Nachwort von Max Rychner

• Johann Wolfgang Goethe

Faust. Der Tragödie erster und zweiter Teil. Herausgegeben von Ernst Merian-Genast. Mit einem Nachwort von Thomas Mann
Die Leiden des jungen Werther. Roman. Mit einem Kommentar des Autors aus dem Jahre 1814
Die Wahlverwandtschaften. Roman. Mit einem Nachwort von Reinhard Baumgart
Die schönsten Gedichte. Ausgewählt von Franz Sutter
Denken mit Johann Wolfgang Goethe. Herausgegeben und mit einem Vorwort von Ernst Freiherr von Feuchtersleben. Mit einer Schlußbemerkung von Hans Tabarelli (vorm.: *Gedanken und Aussprüche*)
Johann Wolfgang Goethe. Sein Leben erzählt von Otto A. Böhmer

• Nikolai Gogol

Meistererzählungen. Auswahl, Vorwort unc Übersetzung aus dem Russischen von Sigismund von Radecki (vorm.: *Die Nase*)
Die toten Seelen. Roman. Deutsch von Philipp Löbenstein. Mit einem Nachwort von Hors Bienek

• Jeremias Gotthelf

Uli der Knecht. Eine Gabe für Dienstbote und Meisterleute. Roman
Uli der Pächter. Roman
Anne Bäbi Jowäger. Roman
Geld und Geist. Roman. Mit einer Einleitun von Walter Muschg
Die schwarze Spinne / Elsi, die seltsame Mag Kurt von Koppigen. Ausgewählte Erzählu gen II
Meistererzählungen. Mit einem Anhang ›Go fried Keller über Jeremias Gotthelf‹

• Brüder Grimm

Die schönsten Märchen. Ausgewählt v Daniel Keel und Gesine Treptow. Mit ein Vorwort der Herausgeber, Erinnerungen v Herman Grimm und einem Nachwort v Otto A. Böhmer

• Heinrich Heine

Gedichte. Ausgewählt und eingeleitet v Ludwig Marcuse
Reisebilder. Mit einem Nachwort von Hilt Häntzschel
Deutschland. Ein Wintermärchen. Gesch ben im Januar 1844
Heinrich Heine. Sein Leben erzählt von C A. Böhmer

Ludwig Marcuse
Heinrich Heine. Melancholiker, Streite Marx, Epikureer

• E.T.A. Hoffmann

Meistererzählungen. Herausgegeben von C stian Strich. Mit einem Nachwort von S Zweig

• Homer

Ilias
Odyssee
Beide Bände aus dem Griechischen vo hann Heinrich Voss. Edition von Peter der Mühll. Nachwort von Egon Friedell

Victor Hugo

er letzte Tag eines Verurteilten. Aus dem ranzösischen und mit einem Vorwort von '. Scheu

er Glöckner von Notre-Dame. Roman. eutsch von Philipp Wanderer. Nachwort n Arthur von Riha

Henrik Ibsen

itzen der Gesellschaft. Übersetzt und her- sgegeben von Heiner Gimmler

Immanuel Kant

nken mit Immanuel Kant. Eine Einführung lie Gedankenwelt des Vaters der modernen losophie von Wolfgang Kraus. Mit einem ay von Otto A. Böhmer

Gottfried Keller

grüne Heinrich. Roman

Leute von Seldwyla. Erzählungen. Erster zweiter Band

icher Novellen

stererzählungen. Mit einem Nachwort von ter Muschg

Pëtr Kropotkin

le und Wirklichkeit in der russischen Lite- r. Aus dem Englischen von B. Ebenstein. ausgegeben und kommentiert von Peter an

Guy de Maupassant

Haus Tellier und andere Erzählungen. dem Französischen von Georg von der g

sell Fifi und andere Erzählungen. Ausge- , übertragen und mit einem Nachwort Walter Widmer

Glück und andere Erzählungen. Deutsch Walter Widmer

ererzählungen. Ausgewählt, übertragen nit einem Nachwort von Walter Widmer

erman Melville

-Dick. Roman. Aus dem Amerikanischen hesi Mutzenbecher und Ernst Schnabel. nem Essay von W. Somerset Maugham

osper Mérimée

ererzählungen. Mit einem Nachwort .S. Pritchett

onrad Ferdinand Meyer

rerzählungen. Mit einem Nachwort lbert von Schirnding

● Molière

Die Schule der Frauen / Kritik der ›Schule der Frauen‹ / Die Schule der Ehemänner

Der Menschenfeind / Die erzwungene Heirat / Die gelehrten Frauen

Der eingebildete Kranke / Die Gaunereien des Scappino

● Eduard Mörike

Mozart auf der Reise nach Prag. Novelle

● Michel de Montaigne

Essais nebst des Verfassers Leben nach der Ausgabe von Pierre Coste, ins Deutsche übersetzt von Johann Daniel Tietz. Mit Personen- und Sachregister sowie einem Nachwort zu dieser Ausgabe von Winfried Stephan

Denken mit Michel de Montaigne. Eine Auswahl aus den Essais, vorgestellt von André Gide. Aus dem Französischen und mit einem Nachwort von Hanno Helbling (vorm.: *Essais. Eine Auswahl*)

Über Montaigne. Aufsätze und Zeugnisse von Pascal bis Canetti. Herausgegeben von Daniel Keel. Deutsch von Irene Holicki und Linde Birk. Mit Chronik und Bibliographie

Wilhelm Weigand
Michel de Montaigne. Eine Biographie

Mathias Greffrath
Montaigne heute. Leben in Zwischenzeiten

● Montesquieu

Vom weisen und glücklichen Leben. Herausgegeben von Bernard Grasset. Aus dem Französischen von Erwein Freiherr von Aretin. Mit einem Nachwort von Fritz Schalk

● Thomas Morus

Utopia. Roman. Aus dem Lateinischen von Alfred Hartmann. Mit einem Porträt des Autors von Erasmus von Rotterdam

● Wolfgang Amadeus Mozart

Briefe. Herausgegeben, ausgewählt und mit einem Nachwort von Horst Wandrey

● Wilhelm Müller

Die Winterreise und Die schöne Müllerin. Mit Zeichnungen von Ludwig Richter und einem Nachwort von Winfried Stephan

● Friedrich Nietzsche

Vom Nutzen und Nachteil der Historie für das Leben. Herausgegeben und mit einem Nachwort von Michael Landmann

Brevier. Ausgewählt, herausgegeben und mit einem Vorwort von Wolfgang Kraus
Gedichte. Ausgewählt von Anton Friedrich. Mit einer Rede von Thomas Mann
Denken mit Friedrich Nietzsche. Ausgewählt, herausgegeben und mit einem Vorwort von Wolfgang Kraus (vorm.: *Brevier*)

● Blaise Pascal

Denken mit Blaise Pascal. Aus dem Französischen von Ferdinand Bruckner. Mit einem Nachwort von Egon Friedell (vorm.: *Größe und Nichtigkeit des Menschen*)

● Plutarch

Von der Heiterkeit der Seele. Moralia. Herausgegeben und aus dem Altgriechischen übertragen von Wilhelm Ax. Mit einer Einführung von Max Pohlenz

● Edgar Allan Poe

Werkausgabe in Einzelbänden, herausgegeben von Theodor Etzel. Aus dem Amerikanischen von Gisela Etzel, Wolf Durian u. a.
Der Untergang des Hauses Usher und andere Geschichten von Schönheit, Liebe und Wiederkunft
Die schwarze Katze und andere Verbrechergeschichten
Die Maske des Roten Todes und andere phantastische Fahrten
Der Teufel im Glockenstuhl und andere Scherz- und Spottgeschichten
Die denkwürdigen Erlebnisse des Arthur Gordon Pym. Roman. Mit einem Nachwort von Jörg Drews
Meistererzählungen. Auswahl und Nachwort von Mary Hottinger

● Ernest Renan

Das Leben Jesu. Vom Verfasser autorisierte Übertragung aus dem Französischen

● Joseph Victor von Scheffel

Ekkehard. Roman. Mit einem Nachwort des Autors

● Friedrich Schiller

Die schönsten Gedichte. Ausgewählt von Christian Strich
Denken mit Friedrich Schiller. Eine Auswahl aus den Briefen und dem Prosawerk. Herausgegeben und mit einem Vorwort von Wolfgang Kraus (vorm.: *Unsterbliche Hoffnung*)
Friedrich Schiller. Sein Leben erzählt von Otto A. Böhmer

● Arthur Schopenhauer

Aphorismen zur Lebensweisheit. Textidentis mit Band 8 der ›Zürcher Ausgabe‹. Herau gegeben von Arthur Hübscher. Mit ein Nachwort von Egon Friedell

● Olive Schreiner

Geschichte einer afrikanischen Farm. Rom Aus dem Englischen von Elisabeth Schnac

● Franz Schubert

Briefe. Tagebuchnotizen, Gedichte. Her gegeben und mit einer Einleitung von E Valentin

● Seneca

Mächtiger als das Schicksal. Herausgege und aus dem Lateinischen übertragen Wolfgang Schumacher

● William Shakespeare

Dramatische Werke. Übersetzung von S gel / Tieck, Edition von Hans Matter, Illu tionen von J. H. Füßli
Romeo und Julia / Hamlet / Othello
König Lear / Macbeth / Timon von Athen
Julius Cäsar / Antonius und Cleopatra / Coriolanus
Ein Sommernachtstraum / Der Kaufman Venedig / Viel Lärm um nichts / Wie es gefällt / Die lustigen Weiber von Windsor
Shakespeares Königsdramen. Nacher und mit einem Vorwort von Urs Widme Zeichnungen von Paul Flora

● Stendhal

Über die Liebe. Essay. Aus dem Fran schen von Franz Hessel. Mit Fragm einem Anhang aus dem Nachlaß des A und einer Anmerkung von Franz Blei
Rot und Schwarz. Eine Chronik des 19 hunderts. Deutsch von Rudolf Lewy einer Anmerkung von Franz Blei und Nachwort von Heinrich Mann
Die Kartause von Parma. Roman. D von Erwin Rieger. Mit einem Nachwo Franz Blei
Meistererzählungen. Mit einem Nachw Maurice Bardèche

● Laurence Sterne

Tristram Shandy. Roman. Aus dem schen von Rudolf Kassner. Anmerkung Walther Martin

● Robert Louis Stevenson

Die Schatzinsel. Roman. Aus dem Eng von Rose Hilferding

Dr. Jekyll und Mr. Hyde. Erzählung. Deutsch von Marguerite und Curt Thesing
Meistererzählungen. Deutsch von Marguerite und Curt Thesing. Mit einem Nachwort von Lucien Deprijck

● Adalbert Stifter
Bergkristall und andere Meistererzählungen. Mit einem Nachwort von Julius Stöcker (vorm.: *Meistererzählungen*)

● Jonathan Swift
Gullivers Reisen. Aus dem Englischen von Franz Kottenkamp. Mit einem Vorwort von Hermann Hesse, einer Lebensbeschreibung des Autors von Walter Scott, einem Swift-Lexikon und einem Nachwort von Franz Riederer

Tausendundeine Nacht
Die schönsten Geschichten. Ausgewählt von Silvia Sager. Aus dem Arabischen von Max Henning und Hans W. Fischer. Mit einem Nachwort von Iring Fetscher

Teresa von Avila
Die innere Burg. Herausgegeben und übersetzt von Fritz Vogelgsang

Henry David Thoreau
Über die Pflicht zum Ungehorsam gegen den Staat – Civil Disobedience. Ein Essay. Zweisprachige Ausgabe. Deutsch von Walter E. Richartz. Mit einem Nachwort von Manfred Allié. Mit Anmerkungen und einer Zeittafel
Walden oder Leben in den Wäldern. Aus dem Amerikanischen von Emma Emmerich und Tatjana Fischer. Mit einem Vorwort von Walter E. Richartz, Anmerkungen, Sach- und Namenregister sowie einer Zeittafel
Vom Spazieren. Ein Essay. Deutsch von Dirk van Gunsteren

Leo Tolstoi
Anna Karenina. Roman. Aus dem Russischen von Arthur Luther. Mit einem Nachwort von Egon Friedell
Meistererzählungen. Ausgewählt von Christian Strich. Deutsch von Arthur Luther, Erich Müller und August Scholz
Auferstehung. Roman. Deutsch von Ilse Frapan. Mit einem Nachwort von Stefan Zweig

Iwan Turgenjew
Meistererzählungen. Herausgegeben, aus dem Russischen und mit einem Nachwort von Johannes von Guenther

● Mark Twain
Die Abenteuer von Tom Sawyer und Huckleberry Finn. Mit Bildern von Tatjana Hauptmann. Aus dem Amerikanischen von Lore Krüger. Beide Bände zusammen in farbigem Schuber und auch einzeln lieferbar
Tom Sawyers Abenteuer. Roman. Deutsch von Lore Krüger. Nachwort von Jack D. Zipes
Huckleberry Finns Abenteuer. Roman. Deutsch von Lore Krüger. Mit einem Essay von T.S. Eliot
Bummel durch Europa. Deutsch von Ana Maria Brock
Ein Yankee aus Connecticut an König Artus' Hof. Roman. Deutsch von Lore Krüger
Meistererzählungen. Auswahl von Marie Louise Bischof. Vorwort von N.O. Scarpi

● Jules Verne
Die Hauptwerke, ungekürzt und originalgetreu
Reise um die Erde in achtzig Tagen. Aus dem Französischen von Erich Fivian
Fünf Wochen im Ballon. Deutsch von Felix Gasbarra
Von der Erde zum Mond. Roman. Deutsch von William Matheson
Reise um den Mond. Roman. Deutsch von Ute Haffmans
Zwanzigtausend Meilen unter Meer. Roman in zwei Bänden. Deutsch von Peter Laneus und Peter G. Hubler
Reise zum Mittelpunkt der Erde. Roman. Deutsch von Hansjürgen Wille und Barbara Klau
Die Erfindung des Verderbens. Roman. Deutsch von Karl Wittlinger
Zwei Jahre Ferien. Roman. Deutsch von Erika Gebühr
Das Karpathenschloß. Roman. Deutsch von Hansjürgen Wille und Barbara Klau

● François Villon
Lieder und Balladen. Das Kleine Testament/Die Balladen/Das Große Testament. Aus dem Französischen und mit einem Nachwort von K.L. Ammer

● Voltaire
Candide oder der Optimismus. Aus dem Französischen von Johann Frerking. Mit einem Nachwort von Ingrid Peter und einem Essay von Egon Friedell
Briefe aus England. Herausgegeben, übersetzt und mit einem Nachwort von Rudolf von Bitter

Denken mit Voltaire. Eine Auswahl aus dem Gesamtwerk. Herausgegeben von Wolfgang Kraus (vorm.: *Gedanken regieren die Welt*)

● Walt Whitman

Grashalme. Nachdichtung von Hans Reisiger. Mit einem Essay von Gustav Landauer

● Oscar Wilde

Der Sozialismus und die Seele des Menschen. Ein Essay. Aus dem Englischen von Gustav Landauer und Hedwig Lachmann

Sämtliche Erzählungen sowie 35 philosophische Leitsätze zum Gebrauch für die Jugend. Herausgegeben und mit einem Nachwort von Gerd Haffmans. Zeichnungen von Aubrey Beardsl

Das Bildnis des Dorian Gray. Roman. Deuts von W. Fred und Anna von Planta

De profundis. Epistola: in carcere et vincu sowie Die Ballade vom Zuchthaus zu Readir Deutsch von Hedda Soellner, Otto Hauser u Markus Jakob. Mit einem Nachwort von Gis Hesse und einem Essay von Jorge Luis Borge

Extravagante Gedanken. Eine Auswahl. He ausgegeben und mit einem Vorwort v Wolfgang Kraus. Auswahl und Übersetzu von Candida Kraus

Barbara Belford

Oscar Wilde. Eine Biographie. Aus dem An rikanischen von Susanne Luber